Alliés face à l'inconnu

*

Piège dans les Appalaches

HEATHER GRAHAM

Alliés face à l'inconnu

Traduction française de
ISABEL ROVAREY

BLACK ROSE

HARLEQUIN

Collection : BLACK ROSE

Titre original :
SHADOWS IN THE NIGHT

Ce roman a déjà été publié en 2018

HARPERCOLLINS FRANCE
83-85, boulevard Vincent-Auriol, 75646 PARIS CEDEX 13
Service Clients — www.harlequin.fr
ISBN 978-2-2805-0323-5 — ISSN 1950-2753

Composé et édité par HarperCollins France.
Imprimé en janvier 2024 par CPI Black Print (Barcelone)
en utilisant 100% d'électricité renouvelable.
Dépôt légal : février 2024.

FSC
www.fsc.org
MIXTE
Papier issu de sources responsables
FSC® C159065

Pour limiter l'empreinte environnementale de ses livres, HarperCollins France s'engage à n'utiliser que du papier fabriqué à partir de bois provenant de forêts gérées durablement et de manière responsable.

Prologue

La momie
Un an plus tôt

— Monsieur !

L'apostrophe avait été formulée d'une voix douce, empreinte de respect.

Le Dr Henry Tomlinson, égyptologue de renom, se retourna. L'un de ses étudiants, une jeune femme, venait juste de se faufiler par la porte de la tente et souriait, attendant que le professeur lui prête attention.

Henry n'avait plus réellement dispensé de cours depuis cinq ans, mais il aimait toujours autant enseigner — et être au contact des étudiants. Il avait pris sa retraite pour pouvoir passer le plus clair de son temps sur le terrain et avait récemment été recruté par Alchemy, une entreprise commanditaire anglo-américaine, pour prendre la direction de ces fouilles. Alchemy, société spécialisée dans les hautes technologies, comptait désormais au nombre des entreprises du classement Fortune 500. Chaque année, ils parrainaient un événement archéologique de portée exceptionnelle qui était suivi d'une grande exposition. Les derniers en date avaient été centrés sur la rivière Amazone, la Chine centrale — et maintenant l'Égypte ancienne. Les ressources d'Alchemy étaient phénoménales et Henry n'en revenait toujours pas de la chance qu'il avait eue.

Mais, quelle que soit l'importance des moyens financiers mis à sa disposition, ce qui l'enthousiasmait surtout, c'était l'idée de se retrouver face à un groupe d'étudiants.

Celle qui l'avait interpellé s'appelait Harley Frasier. Tout juste vingt-six ans, grande, belle, blonde comme les blés, avec un visage à la beauté classique et d'immenses yeux verts auxquels rien ne semblait pouvoir échapper. Elle était sérieuse, brillante et capable de mettre instantanément le doigt sur le point crucial d'une information. Elle était également douée d'un vrai sens de l'humour et du rire le plus délicieux qu'il ait jamais entendu.

Des cinq étudiants diplômés chacun dans un domaine spécialisé, elle était sans aucun doute sa préférée. Henry, qui avait l'âge d'être son grand-père, se voyait un peu comme son mentor — idée qui le réjouissait. Il n'avait pas d'enfants. Il n'avait même jamais été marié. Oh ! ce n'avait pas été un choix délibéré, mais il y avait toujours eu tant à faire... Il n'avait jamais trouvé le temps de fonder une famille. Mais, s'il avait eu la chance d'être père, il aurait été heureux et fier d'avoir Harley pour petite-fille. Elle aussi semblait se sentir proche de lui.

Ce qui était étrange dans le lien particulier qui s'était tissé entre eux était que, du groupe de cinq qu'il supervisait, elle était la seule à ne pas se destiner à l'égyptologie, ni même à l'archéologie ou à l'histoire. Si elle était ici, c'était d'abord pour sa connaissance du terrain et l'amour qu'elle portait à cette terre et, ensuite, parce qu'elle étudiait la psychologie criminelle et la science médico-légale.

Henry avait été très surpris lorsque l'université du Maryland, où elle avait étudié, avait pris contact avec lui. C'était sans conteste la meilleure faculté en matière de criminologie et elle proposait également des cours d'initiation et de spécialisation en égyptologie et archéologie. Ses professeurs lui avaient expliqué l'intérêt pour lui d'adjoindre à son expédition une étudiante comme Harley. Il recherchait depuis près d'une décennie le tombeau d'Amenmose ; au fil des années, les indices s'étaient accumulés quant à son emplacement et les campagnes de fouilles successives qu'il avait conduites l'avaient logiquement amené à mettre au jour d'autres tombeaux et trésors archéologiques, cela sous l'œil bienveillant du gouvernement égyptien. Ces découvertes lui avaient permis de poursuivre ses excavations, mais son but était bel et bien de trouver le tombeau d'Amenmose.

Beaucoup d'autres égyptologues s'y étaient essayés avant lui — en vain. Certains étaient morts, ou avaient disparu, lors de ces campagnes de fouilles.

Les faits historiques donnaient à penser qu'Amenmose avait été assassiné. Le rôle de Harley, en tant qu'étudiante en criminologie, serait donc, à la découverte de la sépulture, de chercher des indices permettant d'identifier ceux qui l'avaient enterré dans le plus grand secret.

Non qu'Amenmose n'ait pas mérité le sort qui lui avait été fait, de l'avis de Henry. Il n'avait été qu'un vil usurpateur et n'avait pas hésité à tromper ses subordonnés pour se hisser sur l'échelle sociale. L'hypothèse était même avancée qu'il avait tenté d'éliminer les dignitaires de plus haut rang que lui.

— Je pense que nous avons effectué tout le travail manuel que nous pouvions faire pour aujourd'hui. Il est temps de lever le pied. Nous allons dîner dans cette petite ville. Voulez-vous vous joindre à nous ? Vous devriez. Ça vous ferait du bien. À moins que vous ne préfériez que nous vous rapportions quelque chose ? lui demanda Harley.

— La prochaine fois, Harley, promit-il. Il y a tant de choses qui ont été mises au jour ! Je ne toucherai à rien tant que les mesures de préservation n'auront pas été prises, mais je tiens à regarder tout ça de plus près.

Au cours de la semaine, ils avaient enfin trouvé la tombe d'Amenmose. Et, bien sûr, depuis lors, Henry Tomlinson voguait sur un petit nuage. Après dix longues années de recherches, son rêve était devenu réalité — le point d'orgue d'une vie consacrée à sa passion.

Harley rit doucement.

— Je comprends. Vous y êtes arrivé, docteur Tomlinson.

— Oui... J'y suis arrivé.

La découverte du tombeau d'Amenmose était l'événement le plus important de ces dernières années en matière d'égyptologie, et en être à l'origine était extraordinairement satisfaisant et gratifiant. Et, même après cette journée épuisante — et bien qu'il apprécie la compagnie des jeunes gens qui travaillaient à son côté —, il était beaucoup trop fasciné par sa trouvaille pour quitter le champ de fouilles. Il y avait une douzaine de sarcophages à examiner, parmi lesquels, vraisemblablement, celui d'Amenmose. Le groupe n'envisageait pas de les ouvrir avant leur transfert au musée, au Caire. Mais rien ne l'empêchait d'étudier les vases canopes qu'ils avaient extraits du caveau. Quantité d'autres objets étaient ainsi soigneusement entreposés dans la tente de stockage. Seigneur, il y avait tant à observer, tant à décrire ! Il y avait également ces sarcophages brisés, qui avaient sans doute été tout aussi méticuleusement assemblés que les autres, intacts, mais s'étaient trouvés dans la zone où un effondrement partiel de terrain s'était produit. Plusieurs d'entre eux avaient été éventrés, laissant apparaître les momies qu'ils abritaient. Henry Tomlinson était impatient de voir ce qu'il pouvait tirer de leur observation avant qu'ils ne soient emballés en vue du transport jusqu'au Caire ; là-bas, les possibilités de conservation étaient beaucoup plus sophistiquées et les momies pourraient être passées aux rayons X et leur ADN, analysé.

Oh ! C'était tellement phénoménal...

Amenmose avait été prêtre à l'époque où un autre prêtre, Aÿ, jouait le rôle de régent de l'Égypte, à la place du célèbre jeune roi, Toutankhamon. À ce titre, Aÿ avait joui d'un immense pouvoir. Il en avait usé pour devenir lui-même pharaon — à la mort de Toutankhamon à l'âge de dix-neuf ans.

Amenmose, d'après certains textes de l'Antiquité, avait tenté de s'approprier une partie de ce pouvoir. Et il disposait de ses propres séides dans l'entourage du pharaon, ce qui faisait de lui un homme dangereux. Pour cette raison, il avait craint pour son immortalité — et sa femme avait jalousement gardé le secret des modalités de ses funérailles, que seuls les membres de sa famille connaissaient. Bien entendu, la légende voulait que nombre de ses partisans les plus loyaux — plutôt que de révéler le secret si bien défendu — se soient portés volontaires pour mourir avec lui, enfermés vivants dans une tombe pour l'éternité.

— Docteur Tomlinson, vous avez travaillé si dur. Et... Waouh ! Vous avez brillamment réussi ! Il faut fêter ça. Venez avec nous. Comment puis-je vous convaincre ?

Elle avait toujours ce merveilleux sourire, comme si c'était elle la plus expérimentée, la plus sage.

— Rien ne va disparaître, poursuivit-elle. Nous allons juste nous détendre un moment, boire et manger, et ensuite nous reviendrons. Le site est sous bonne garde. Et puis, vous méritez bien une petite célébration avec nous, non ? Enfin, quoi, pendant des années, vous avez effectué des recherches, réfléchi, imaginé, sondé l'esprit des Égyptiens de l'Antiquité, et votre travail vient d'être couronné de succès. C'est votre moment de gloire, docteur Tomlinson ! Comme Carter avec son Toutankhamon. Vous ne semblez pas vous en rendre compte.

— Oh ! non, non, protesta modestement Henry en secouant la tête. J'avoue que votre proposition est bien tentante, mais je ne peux pas partir maintenant. C'est impossible. Une autre fois, c'est promis. Harley... Regardez ces merveilles ! Je me sens comme le personnage du dessin animé, vous savez ? La sirène, quand elle chante *Tous ces secrets que j'ai gardés* !

Harley éclata de rire.

— Non ? Vous avez vu *La Petite Sirène* ?

Il la contempla, un peu chagriné.

— Quoi ? Oh ! je comprends. Vous ne m'imaginez pas devant un film pour enfants.

Il rit, lui aussi.

— Vous oubliez que j'ai une nièce et qu'elle et son mari ont des enfants. Quoi qu'il en soit…

Il se mit à marcher tout en parlant.

— Harley, la découverte de tous ces trésors… C'est tellement extraordinaire ! Et ce cercueil brisé, avec son occupant à l'intérieur… On dirait presque qu'il a été enveloppé de bandelettes et enterré vivant, criant encore…

— Je ne pense pas qu'une personne puisse être embaumée et en réchapper vivante, souligna Harley, amusée. À part dans un récit de fiction. Vous et moi, nous savons comment se déroulait le processus d'embaumement et les facteurs qui peuvent expliquer l'aspect de cette momie. Les momies encore vivantes, c'est pour les films de série B. Et, d'ailleurs, à bien y réfléchir, la découverte d'une momie d'aspect étrange est une raison de plus de nous accompagner.

— Ah, et pourquoi ?

Harley ne répondit pas. La porte de toile venait de se soulever de nouveau ; la tête de Jensen Morrow, l'un des autres étudiants, apparut dans l'entrebâillement.

De toute évidence, il avait entendu la question.

— Oh ! mais c'est tout simple ! répliqua-t-il. Parce que vous ne devriez pas rester seul ici avec tous ces vieux trucs qui fichent la frousse alors que vous avez une bande de jeunes sympas qui réclament votre présence à cor et à cri.

Ils éclatèrent tous de rire. Jensen était un beau jeune homme brun qui adorait les études qu'il avait choisies, et le Dr Tomlinson l'appréciait également beaucoup. Il aimait bien faire la fête, mais il aimait plus encore travailler. Il était issu d'un milieu aisé ; son père était un inventeur qui avait mis au point un produit de nettoyage révolutionnaire. Mais Jensen ne le faisait jamais sentir. Il n'était ni prétentieux ni condescendant, comme certains enfants de riches.

— Ah, c'est vraiment tentant, répéta Henry. Mais je vais rester ici.

Jensen arqua les sourcils et regarda Harley.

— OK. Eh bien, ma belle, nous voilà seuls tous les deux à partir en goguette, il me semble ? Le bon docteur déclare forfait. Belinda Gray n'est pas non plus de la partie puisqu'elle attend une communication vidéo avec son fiancé militaire, en mission en Irak. Roger Eastman a accepté d'aider l'un des techniciens à surfer sur Internet pour tenter d'en savoir un peu plus — c'est bien regrettable, mais il semblerait qu'une insurrection couve dans les parages ? Quant à Joe Rosello, il paraît qu'il veut jeter un coup d'œil au matériel d'excavation. Les treuils, les palans... Avec l'aide de notre jolie traductrice égyptienne, bien sûr.

— Les treuils, mon œil ! riposta en riant Harley. C'est surtout Satima qui le retient ici. C'est vrai qu'elle est jolie. Et je suis bien contente qu'elle se soit présentée à la dernière minute quand le traducteur qui était prévu s'est désisté pour cause de maladie. Connaissant Joe, j'imagine qu'il l'est plus encore que moi !

Elle regarda Henry.

— On est tous surexcités, donc on ne rentrera pas tard. On vous rapportera quelque chose à manger et on verra si vous êtes d'humeur plus sociable à notre retour, d'accord ? Si vous êtes *absolument sûr* de ne pas vouloir nous accompagner, ce beau, quoique un tantinet ridicule, jeune homme et moi ?

Henry partit d'un petit rire.

— Harley, vous êtes adorable. Mais vous savez que je ne viendrai pas.

— Oui, admit-elle.

Elle fit la grimace — ce qui se résuma à un exquis plissement de nez.

— Mais nous sommes vos dévoués étudiants et nous ne pouvons pas faire moins que tout tenter pour vous arracher à votre travail. Je vous rapporterai quelque chose de bon, c'est promis.

— Ne vous inquiétez pas pour moi, les jeunes. Allez-y, amusez-vous.

— Désolée, mais si nous ne nous inquiétions pas pour vous,

je ne suis pas sûre que vous vous nourririez. Je parie que vous allez rester debout toute la nuit... et que vous ne vous rendrez même pas compte que vous n'avez pas dormi, rétorqua Harley.

Des deux mains, il leur fit signe de partir.

— Allez, oust, filez ! Profitez de votre jeunesse, amusez-vous et ne devenez pas de vieux grincheux monomaniaques comme moi. Jensen, allez, emmenez-la !

— Oui, chef, répondit l'intéressé.

Mais Harley s'attarda encore un instant.

— Vous n'êtes ni grincheux ni vieux, protesta-t-elle. Un peu monomaniaque, peut-être. Mais bref... On sera de retour vers 21 heures. Avec quelque chose de délicieux à déguster.

— Merveilleux ! À tout à l'heure.

Et, enfin, Harley et Jensen s'en allèrent.

Le Dr Henry Tomlinson reporta son attention sur la Momie Inconnue n° 1 pendant un long moment. De nombreux rois et pharaons, et même de hauts fonctionnaires estimés mais de moindre rang, comme Amenmose, étaient enterrés avec, dans leur tombe, des inconnus — des serviteurs dont ils auraient besoin dans leur prochaine vie.

Le couvercle du cercueil avait été presque totalement arraché. Cet après-midi, deux des étudiants s'étaient escrimés à dégager la momie de la gangue de terre et de gravats qui l'emprisonnait. Mais Henry avait l'impression de contempler les restes d'une momie sortie tout droit d'un film d'horreur ; cela semblait être un homme qui avait été empaqueté, la bouche ouverte en un cri d'effroi, hurlant en silence pour l'éternité.

Jamais les momies n'étaient ainsi enveloppées, vivantes. Sauf, bien sûr, si...

Si cet homme avait été victime d'un meurtre !

Cette momie non identifiée pouvait-elle être Amenmose lui-même ? se demanda-t-il avec une excitation grandissante.

Vaste et passionnante question. Mais sauter à des conclusions hâtives n'était pas scientifique. Les rayons X leur fourniraient une image interne — qui leur indiquerait probablement si les contorsions faciales étaient dues à un incident survenu durant la phase de dessiccation ou s'il avait été enveloppé vivant !

Non, ce ne pouvait pas être Amenmose, décida Henry. D'après les écrits anciens et toutes les informations dont il disposait, Amenmose était bel et bien mort quand il avait été enterré.

De plus, ils avaient découvert un cercueil dans une chambre intérieure soigneusement dissimulée tout au fond du tombeau — là encore, exactement comme les textes le mentionnaient. Cela probablement pour éviter qu'elle ne soit profanée par les nombreux ennemis d'Amenmose. Cette momie, trouvée dans l'antichambre, ne pouvait donc pas être Amenmose — ou alors ils n'avaient rien compris !

— Désolé, mon vieux. Dieu seul sait ce qui t'est arrivé, dit Henry à la momie.

— Bonsoir !

La porte de toile de la tente s'ouvrit de nouveau. Henry se retourna et vit entrer le directeur général d'Alchemy, Ned Richter. Il souriait. Rien d'étonnant à cela. Ils venaient tous de vivre une journée fantastique.

— Salut, répondit Henry.

Il aimait bien Richter. Ce dernier, bien que n'étant pas lui-même égyptologue, était attentif, studieux et toujours prêt à prêter main-forte pour les tâches manuelles.

Henry ne pouvait pas en dire autant de sa femme, Vivian. Elle était égyptologue, elle aussi — du moins se considérait-elle comme telle, corrigea-t-il mentalement. Certes, elle était diplômée de Brown, mais elle était d'un pénible ! Sans compter que ses raisonnements étaient confus, dénués de logique. C'était une assez jolie femme, avec des cheveux bruns coupés court et des yeux sombres ; elle affirmait avoir du sang égyptien dans les veines par l'ascendance maternelle de la famille de son père.

Elle aimait se mettre en avant et donner l'impression de savoir de quoi elle parlait.

Ce qui était rarement le cas.

— Je passais juste vous voir, annonça Richter.

Henry entendit la voix de Vivian chuchoter derrière lui.

— Dis-lui de venir boire un verre avec nous.

— Salut, Viv ! releva à dessein Henry. Je vais rester là ce soir. Travailler encore un peu. Deux des jeunes doivent me rapporter de quoi manger... Mais je suis impatient d'être à demain pour que nous puissions comparer nos notes, ajouta-t-il d'un ton plus affable.

Il entendit Vivian murmurer :

— Tu ne peux pas l'obliger à venir ?

— Non. Il est responsable de la mission... jusqu'au transfert au Caire par Alchemy et le gouvernement égyptien... Comme tu le sais, répliqua Richter d'un ton maussade.

— À demain matin ! lança plaisamment Henry.

Ouf ! Mais à peine avait-il tourné le dos que la porte s'ouvrait de nouveau.

Cette fois, c'était Arlo Hampton, l'égyptologue qui avait été recruté spécialement par Alchemy pour veiller au grain et garder un œil sur leur investissement.

Arlo était jeune — grand, raide, sec comme un coucou. Il préférait ses lunettes à verres épais aux lentilles de contact. Heureusement pour lui que la mode était au style intello binoclard un peu coincé, car il en était un, incontestablement. Mais un intello binoclard plutôt sympa et ouvert. Il adorait la discipline qu'il avait choisie et pourtant, contrairement à certains autres, il n'était nullement imbu de sa personne ni certain de tout savoir.

— Ah ! Je savais bien que je vous trouverais ici, fidèle au poste, seul avec tous ces trésors ! s'exclama gaiement Arlo.

Henry décela un soupçon de culpabilité dans le ton de sa voix.

— Je venais juste m'assurer que vous alliez bien, ajouta-t-il.

— En pleine forme. Bien sûr, si vous voulez vous joindre à moi...

— Je suis vanné, Henry. J'ai... quoi ? Trente ans de moins que vous, à quelque chose près ? Je ne sais pas comment vous faites ! Je vais avaler un sandwich avec les étudiants quand Harley et

Jensen seront de retour et, ensuite, je me mettrai directement au lit. Si vous n'y voyez pas d'inconvénient. Je devrais faire comme vous, continuer à travailler... Oh ! au fait, je viens juste de voir l'ami de Belinda sur Skype. Ça a l'air d'être quelqu'un de bien. Donc, Belinda, Roger et Joe vaquent à leurs affaires de leur côté et, ensuite, on se retrouve tous pour...

— Oui, Harley et Jensen sont passés me voir, l'interrompit Henry. Ils me rapportent à manger. Ne vous en faites pas, Arlo. Reposez-vous et passez une bonne nuit.

— Oui, merci. C'est bizarre, tout de même... J'ai l'impression que quelque chose ne va pas ce soir. Est-ce que c'est moi qui suis parano ?

— Oui. Allez, Arlo, filez ! Vous avez travaillé dur toute la journée. Ce n'est pas parce que je suis un vieux rabat-joie obnubilé par ses fouilles que vous devez faire comme moi.

Arlo sourit et leva les mains.

— OK, je m'en vais !

Et, enfin, il tourna les talons.

Tout à sa joie d'être enfin seul, Henry se mit à siffloter l'air de *La Petite Sirène* et revint vers la Momie Inconnue n° 1.

— Curieux, murmura-t-il en secouant la tête, perplexe, tandis qu'il l'étudiait. Qui est-ce ? Et pourquoi est-il dans cet état ?

Il finit par hausser les épaules. Il avait trouvé des corps *naturellement* momifiés sur d'autres sites de fouilles — des serviteurs qui avaient monté la garde auprès de leur maître après ses funérailles et étaient morts d'une lente asphyxie une fois les tombes scellées.

Henry retourna à son bureau afin de dicter ses notes en vue de l'exposition qui, un jour prochain, se tiendrait autour de ce projet.

— Les premiers Égyptiens enterraient leurs morts dans de petites fosses creusées dans le désert. L'action conjointe du sable et de la chaleur momifiait naturellement les défunts. Plus tard, pour empêcher que des animaux ne déterrent les corps, ils en sont venus à construire des cercueils — lesquels protégeaient effectivement les corps, mais ne permettaient pas le processus de momification. Les Égyptiens ont alors appris l'art de l'embaumement. Ils ont rapidement découvert qu'il leur fallait retirer les parties « humides » du corps pour ce faire, c'est-à-dire les poumons, le cerveau, le foie, les viscères. Ces derniers étaient conservés dans des vases canopes et placés sous bonne garde, comme les corps, afin que les défunts soient protégés et prêts pour leur entrée dans l'au-delà. Le processus comportait une phase de dessiccation de soixante-dix jours grâce au natron, une solution de soude naturelle. Bien sûr, le corps n'était pas seulement déshydraté, mais également oint d'huiles, de résines et de parfums au cours des différentes étapes, qui s'accompagnaient de rites religieux.

Henry s'interrompit. Il lui semblait avoir entendu un bruit, quelque part, dans la tente de stockage. C'était curieux. Les gardes locaux et le personnel de sécurité d'Alchemy avaient bien assez vu leurs découvertes. Les Égyptiens déterraient des momies depuis toujours et les Américains et les Britanniques eux-mêmes étaient plus lassés qu'intrigués par la mise au jour de ces trésors archéologiques. La plupart d'entre eux avaient travaillé un peu partout dans le monde. En un mot, ils étaient blasés et beaucoup plus intéressés par la rémunération que par la mission en elle-même.

Il fit le tour de la tente. Rien. Tout était en place. Les caisses, les boîtes, les momies, les trésors.

Il secoua la tête, s'en voulant de s'être dérangé pour rien. C'était une chance incroyable que de disposer de ce moment de solitude et de tranquillité dans la tente. C'était lui qui avait fait les recherches et les calculs ; lui qui avait décroché le parrainage qui avait rendu cette expédition possible. Ses articles avaient suscité un large intérêt. Oui, cette découverte, c'était la sienne.

Mais le Dr Arlo Hampton voudrait lui aussi passer du temps ici, à étudier ces momies et ces objets. Ainsi que Yolanda Akeem, la déléguée du Conseil Suprême des Antiquités. Et puis Ned Richter, bien sûr… et sa femme. Henry aurait parié que Richter se moquait bien d'examiner les momies et autres découvertes. Il était là pour veiller aux intérêts d'Alchemy et, de l'avis de Henry, pour donner l'impression que l'entreprise était incroyablement magnanime vis-à-vis du gouvernement égyptien. Car, après tout, si Alchemy finançait des fouilles archéologiques, c'était d'abord pour les avantages fiscaux et la publicité qu'elle en retirait.

Tout était donc pour le mieux puisque cette campagne s'était conclue par un succès retentissant. Et c'était maintenant *son* heure. Son moment de solitude avec tous ses trésors !

Il revint s'installer à sa table de travail. Il tendait la main vers l'enregistreur lorsqu'il crut capter un mouvement du coin de l'œil.

Il se releva et se retourna, balayant la tente du regard.

Rien.

Henry se rassit et reprit son enregistrement.

— L'Égypte ancienne...

Si ! Cette fois, il en était sûr. Il y avait quelque chose derrière lui !

Il esquissa un geste pour se retourner.

Et il n'eut que le temps de voir une forme entortillée dans du tissu — des bandelettes de lin, identiques à celles qui avaient servi à envelopper les défunts de l'Antiquité.

Des doigts encerclèrent son cou et se mirent à lui enserrer la gorge avec une force digne d'un étau d'acier.

Il se débattit, lutta pour se dégager, se tortilla, chercha à se lever. Mais il n'y parvint pas. La douleur était terrible. Le monde commença à sombrer dans l'obscurité autour de lui. Tout ce qu'il put penser fut...

La momie !

La momie s'était levée pour le tuer !

Non, c'était impossible. Impossible !

Il était scientifique. Doué d'une pensée rationnelle, cartésienne.

Il était scientifique...

Et, tandis que les derniers électrons explosaient dans l'abîme stygien où s'enfonçait son esprit mourant, il ne put s'empêcher de songer…

Il était scientifique. Égyptologue.

Et il était en train de se faire assassiner par une momie égyptienne.

Ça n'avait pas de sens. Ce n'était pas possible.

1

Un an plus tard
Le nouveau musée des Antiquités
New York City, New York

Le clair de lune qui traversait la verrière dans la partie du musée où se dressait la reproduction du temple offrait un spectacle saisissant. Son éclat opalescent scintillait sur le marbre et donnait au « Nil » qui coulait le long du temple l'aspect d'un ruban de cristal argenté. L'éclairage, dans le secteur, était tamisé, dispensé par des luminaires ressemblant à d'antiques flambeaux fixés à intervalles réguliers tout le long des murs.

Même pour Harley qui avait participé à l'expédition dans le Sahara, l'exposition, au nouveau musée des Antiquités, était véritablement impressionnante. En en préparant la scénographie, les organisateurs avaient beaucoup emprunté à un autre célèbre musée de New York City, pour le plus grand bénéfice des trésors égyptiens présentés. Un soudain courant d'air climatisé l'effleura et un frisson la parcourut.

— La vue de ces momies vous émeut, n'est-ce pas ?

— Pardon ? dit Harley en se retournant vivement.

Les mots avaient été formulés sur le ton de la plaisanterie par une voix masculine, agréable et profonde.

Une voix qui éveillait un étrange et lointain souvenir...

Quelque chose qui devait être tapi tout au fond des replis de sa mémoire parce qu'elle n'arrivait pas tout à fait à le situer.

Si la voix lui avait paru curieusement familière, l'homme lui était étranger. En cette soirée inaugurale, elle aurait dû connaître la quasi-totalité des invités. Mais elle n'avait jamais vu cet homme et — par habitude, ainsi que le lui avait enseigné l'exercice de sa discipline, la criminologie — elle étudiait quiconque lui était inconnu dans une situation telle que l'événement de ce soir.

Une grande célébration. C'était la soirée d'ouverture de l'exposition itinérante qui, à terme, retournerait en Égypte, terre d'origine de ces précieux objets. Mais, ce soir, c'était la toute première fois qu'un public d'invités triés sur le volet pouvait les admirer ! L'exposition, légitimement intitulée en l'honneur de Henry « La collection Henry Tomlinson de culture et d'art égyptiens », ne serait accessible au plus grand nombre que le lendemain matin.

Ce vernissage serait également l'occasion de rendre un vibrant hommage à celui sans qui cette somptueuse exposition n'aurait jamais vu le jour.

Seule ombre au tableau : Henry n'était plus là, pensa-t-elle tristement. Comme les trésors qui étaient exposés, il faisait désormais partie de l'histoire.

Or elle pressentait que cet homme dont la belle voix grave lui évoquait quelque chose avait un rapport avec Henry.

Pourtant, elle était sûre et certaine de ne l'avoir jamais vu.

Elle s'en serait souvenue…

Il était grand — plus d'un mètre quatre-vingt-cinq, songea-t-elle. Ayant récemment suivi des cours d'identification pour apprendre aux criminologues à rechercher les détails qui leur permettraient d'affiner leurs descriptions, elle nota également que non seulement il mesurait à peu de chose près un mètre quatre-vingt-huit, mais encore qu'il était en excellente condition physique. Il avait une belle musculature. Sans doute fréquentait-il régulièrement une salle de sport, non pour se forger des abdominaux et des biceps impressionnants, mais pour entretenir la complexe machine humaine qui était son outil le plus important.

Comment pouvait-elle être tellement sûre de ses déductions ? se demanda-t-elle. C'était pourtant le cas.

Il portait un costume classique, pas l'ombre d'un bijou. Il était rasé de près et ses cheveux sombres étaient coupés court.

Un garde du corps ?

Dans la lueur pâle du clair de lune, elle ne parvenait pas à discerner la couleur de ses yeux, mais quelque chose lui disait qu'ils étaient clairs en dépit du brun foncé de ses cheveux.

Entre trente-trois et trente-six ans, estima-t-elle. Des vêtements d'une banalité étudiée : costume bleu marine, chemise bleu marine, cravate rayée bleu et noir. Des lunettes de soleil perchées sur sa tête.

Il s'approcha d'elle. Elle avait le sentiment qu'il l'avait examinée avec autant d'attention qu'elle venait de le détailler.

Non, décidément, elle ne l'avait jamais vu, mais elle avait déjà *entendu* sa voix.

— Désolé, je ne voulais pas vous déranger. Vous n'avez pas peur des momies, n'est-ce pas ? demanda-t-il encore, l'air interrogateur.

— Non, pas du tout. Oh ! enfin... Pour être très exacte, je pourrais avoir peur de certaines bactéries que l'on peut trouver dans ces tombes anciennes... Mais, pour ce qui est des momies elles-mêmes, non. Mon père était policier — un très bon policier. Il m'a appris à me méfier des vivants, pas des morts.

— Un homme avisé, déclara-t-il.

Il avança d'un pas et tendit la main.

— Micah. Micah Fox.

Elle lui serra la main.

— Harley Frasier. Enchantée. Et, excusez-moi, mais... Qui êtes-vous ? Est-ce que nous nous connaissons ?

Il sourit.

— Oui et non. Je suis un ancien étudiant du Dr Tomlinson. J'étais à Brown lorsqu'il y enseignait. Il y a environ douze ans de cela, j'ai eu la chance de participer à l'une de ses expéditions. À l'époque, il cherchait le tombeau d'une princesse de la Ve dynastie, sous l'Ancien Empire.

Il s'interrompit, souriant toujours, et haussa les épaules.

— Et il l'a trouvé. Il est présenté dans l'une des salles d'exposition, non loin d'ici, près du temple.

Il se tut, scrutant son expression, puis s'enquit :

— Ça vous surprend ?

— Non, non, protesta Harley. C'est juste que vous n'avez pas l'air d'un égyptologue. Désolée… Non pas que les égyptologues aient une allure particulière, mais…

— Oh ! ne vous excusez pas, je ne suis pas égyptologue, répondit-il. Je voulais dire : cela vous surprend-il qu'il ait trouvé sa princesse ? En fait, ça n'a rien d'étonnant, bien sûr : Henry était le meilleur. Mais, bien que je me sois d'abord intéressé à l'archéologie, j'ai pris une autre direction par la suite. Je travaille aujourd'hui pour le gouvernement.

— Oh ! FBI ? demanda Harley.

Il hocha la tête.

— De vagues réminiscences me reviennent, dit-elle. Je veux dire… Je connais votre voix, et pourtant je ne vous ai jamais rencontré.

— Oui, c'est exact. Peut-être devrais-je commencer par le début. Je vous ai appelée après ce qui est arrivé au Dr Tomlinson… vous étiez alors à Rome. Votre groupe se déplaçait de pays en pays et moi, j'essayais de comprendre ce qui s'était passé. Je suis le monsieur Fox à qui vous avez parlé. L'agent spécial M. Fox, mais je dois avouer que je travaillais à titre personnel. Je n'étais pas missionné par le Bureau. Et je vous dois des excuses parce que j'en sais beaucoup sur vous, ce qu'il n'était pas opportun d'évoquer à l'époque. Vous êtes la cousine germaine de Craig Frasier et Craig et moi avons fait équipe, même si nous dépendons aujourd'hui de bureaux différents. Naturellement, vous avez rencontré un certain nombre d'hommes et de femmes du bureau de New York. Craig m'a dit que vous aviez terminé vos études et que vous étiez en train de décider quelle voie vous alliez choisir avec tous vos diplômes... rejoindre la police de New York, rester dans l'agence privée qui vous emploie aujourd'hui ou intégrer une agence fédérale. Mais, ce soir, vous êtes ici pour la même raison que moi : pour rendre hommage à notre ancien professeur. Vous avez été officieusement égyptologue pendant un été à son côté. Et, comme je viens de le mentionner, vous avez reconnu ma voix parce que nous nous sommes parlé par téléphone. Je travaille à la division criminelle du FBI. Actuellement, je suis affecté à Washington DC. J'ai pris un congé pour venir ici.

— Je vois, dit-elle, même si, en réalité, elle ne voyait pas grand-chose, abasourdie qu'elle était par ce qu'il venait de lui révéler.

Mais Fox... Oui, c'était bien le nom de l'homme avec qui elle s'était entretenue au sujet de Henry voilà ce qui lui semblait être une éternité.

Aujourd'hui, cette période lui semblait bien nébuleuse — peut-être parce qu'elle se *refusait* à y penser ? Mais, en écoutant les propos de son interlocuteur, elle ne put s'empêcher de remonter le fil du temps et de se projeter en arrière... À ce soir où ils étaient rentrés au campement avec un bon repas pour leur professeur, riant et plaisantant, et où ils l'avaient trouvé gisant sur le sol, à côté du sarcophage brisé et de la « momie hurlante ». Étranglé par sa propre ceinture, les yeux exorbités, la gorge bleuie, contusionnée, une longueur de lin ancien encore enroulée autour du cou.

Cela avait immédiatement provoqué un tollé général. La sécurité était convaincue que personne de l'extérieur n'avait pu approcher des tentes de l'expédition — ils avaient maintenu un cordon de sécurité autour du périmètre de travail, dans lequel étaient plantées les tentes du personnel. La police égyptienne était intervenue, prête à participer à l'enquête.

Puis l'enfer s'était déchaîné. Le bruit leur était parvenu qu'un jeune groupe militant se faisant appeler l'Ancienne Garde, très hostile à l'expédition, allait passer à l'action de façon imminente. Peut-être dans l'intention de voler les objets mis au jour, pour financer leur cause. Le scénario était plausible et assez courant… Toute l'équipe avait dû plier bagage dans l'urgence. Des forces dépêchées par le gouvernement arrivaient sur les lieux, mais personne ne voulait que des scientifiques étrangers se retrouvent pris dans des tirs croisés.

La sécurité d'Alchemy, conjointement avec la police égyptienne, avait fait de son mieux pour préserver le maximum de l'expédition et pour protéger le corps de Henry Tomlinson afin que la lumière puisse être faite sur les circonstances de sa mort.

Beaucoup de choses avaient été perdues. Mais au moins personne d'autre n'avait-il été tué. L'enquête, conduite dans la précipitation par la police égyptienne et la sécurité d'Alchemy, avait conclu que le Dr Tomlinson, pris d'une crise de démence, s'était donné la mort. D'après leur rapport, il s'était figuré qu'une momie était revenue à la vie dans l'intention de l'assassiner… On avait craint qu'une bactérie inconnue n'ait causé son accès de folie passagère, et tout ce qui appartenait à l'expédition avait été minutieusement inspecté par une équipe scientifique qui avait pris des mesures de sécurité draconiennes.

Harley s'était farouchement opposée à ce verdict. Étant étudiante en criminologie, elle savait ce qu'il convenait d'effectuer pour mener une enquête criminelle ; or tout n'avait pas été fait — loin, très loin de là. La scène de crime n'avait pas été analysée comme elle aurait dû l'être.

Combien d'exemples existait-il d'hommes s'étant suicidés ainsi, avec leur propre ceinture ? Elle, en tout cas, n'en connaissait aucun. Et elle étudiait la criminologie !

Ses amis l'avaient d'abord soutenue. Puis, un par un, ils s'étaient tous persuadés que le pauvre professeur — bouleversé par l'enthousiasme que lui avait procuré sa découverte — avait perdu la tête. Personne ne parvenait à imaginer le motif pour lequel on aurait voulu le tuer. Henry Tomlinson avait été aimé et respecté de tous.

Les forces de police qui avaient pris l'affaire en main étaient incompétentes, d'après Harley. Les autorités, tant égyptiennes qu'américaines, avaient bâclé le travail.

Quant au personnel d'Alchemy...

Ils tenaient à la thèse du suicide. Ils ne voulaient pas entendre parler de meurtre. Ils avaient donc accepté les conclusions sans broncher.

Ils s'étaient déclarés immensément tristes, soulignant qu'avec le recul ils se rendaient compte que beaucoup d'erreurs avaient été commises.

Selon eux, l'équipe aurait dû se ménager davantage, être plus prudente !

Henry aurait dû être plus prudent !

L'enthousiasme du professeur pour le projet, avaient-ils osé laisser entendre, les avait tous conduits à faire l'impasse sur certaines règles de sécurité qui auraient pu éviter sa mort.

Belle façon de soutenir celui qu'ils avaient choisi comme directeur des fouilles ! songea Harley, dégoûtée.

Mais qu'est-ce qui lui arrivait ? se dit-elle. Ils auraient tous pu être tués par un groupe d'excités insurgés dont on ne savait même pas exactement contre quoi ils livraient bataille. C'était un miracle qu'ils s'en soient tous sortis vivants.

Enfin, *presque* tous, puisque ce pauvre Henry s'était suicidé, du moins aux dires des autorités et d'Alchemy, qui persistait à marteler qu'ils n'avaient jamais compris ce qui s'était passé, sur le plan biologique. Ils n'avaient pas reçu l'autorisation du gouvernement égyptien de retourner sur le site.

Et cette nuit-là...

On les avait d'abord conduits au Caire, puis, presque aussitôt — sur ordre des autorités égyptiennes et du département d'État américain —, on leur avait trouvé des places sur un vol pour Rome. De là, ils avaient été rapatriés à New York.

Mais, en y repensant, Harley se souvint que c'était pendant qu'elle était dans ce petit hôtel italien, près de la place d'Espagne, qu'elle avait reçu l'appel de cet homme. Fox. Il lui avait demandé de lui relater tout ce qu'elle savait. Et elle s'était exécutée, sans rien omettre, précisant qu'elle ne croyait pas un mot de l'explication officielle.

Il était impossible que Henry Tomlinson se soit suicidé.

L'agent spécial Fox avait paru accepter sa version des faits, mais, apparemment, il était dans l'impasse, lui aussi.

Comme elle, il avait été forcé d'admettre que personne ne le croirait.

Et voilà que, ce soir, tout à coup, pour la première fois depuis un an, tout lui revenait de cette affreuse tragédie.

Il s'agissait, en cette occasion spéciale, d'honorer la mémoire du Dr Henry Tomlinson. Au fil de la soirée, chacun secouerait tristement la tête, rappellerait combien l'éminent professeur manquait à l'égyptologie, dirait une nouvelle fois combien il était tragique qu'il ait ainsi perdu la tête à cause d'une science qu'il avait passionnément aimée et à laquelle il avait voué sa vie.

— Mademoiselle Frasier ?

Elle cligna des yeux et regarda l'homme qui se tenait devant elle, se demandant combien de temps elle s'était abîmée dans ses pensées.

D'une certaine façon, elle le connaissait. Simplement, ils ne s'étaient jamais rencontrés en chair et en os puisqu'on les avait tous évacués précipitamment avant son arrivée.

— Pardonnez-moi, dit-elle doucement.

Il secoua la tête.

— Ce n'est rien. Je sais que ce drame vous a bouleversée et que vous avez essayé de faire entendre votre voix, de réfuter la thèse du suicide. Camper sur votre position alors que tout le monde soutenait le contraire n'a pas dû être facile, déclara Micah Fox.

Non. Et ça ne l'était pas davantage aujourd'hui.

— Oh ! mais, voyons, vous ne savez pas ? se récria-t-elle, une ironie acerbe dans la voix. Henry a été pris d'un coup de folie ! La faute à des bactéries nichées dans les bandelettes. La curiosité scientifique l'a poussé à examiner les momies alors que les précautions de rigueur n'étaient pas encore prises. *C'est déjà tellement tragique — ne rends pas les choses pires en cherchant la petite bête.*

Son intonation était dure et sarcastique, elle en avait conscience.

Ils étaient seuls dans le secteur du temple — du moins était-ce ce qu'il lui avait semblé. Elle jeta néanmoins un coup d'œil autour d'elle et répéta :

— Pardonnez-moi, je m'emporte. Mais je reste convaincue qu'il a été assassiné. Ils ont effectivement trouvé des traces d'une bactérie, mais pas en quantité suffisante pour provoquer un tel effet. Henry a été tué, c'est une certitude. Et je n'ai rien pu faire pour le prouver.

Micah hocha la tête. Elle aimait bien son visage. Une mâchoire solide, un peu anguleuse. Des yeux, elle en voyait la couleur maintenant, qui étaient effectivement bleus — bleu ciel — et auxquels rien ne semblait échapper.

— N'oubliez pas que j'ai été son étudiant, moi aussi, et que je suis maintenant agent du FBI. Si, moi, je n'ai rien pu faire, comment l'auriez-vous pu ?

Il marqua une pause.

— J'ai encore quelques explications à vous fournir. Si j'en sais tant sur vous, c'est par le biais de Craig, bien sûr, mais également par Henry lui-même. Nous avions gardé le contact. De temps en temps, il me racontait ce qu'il faisait. J'étais entré dans les forces de l'ordre, mais j'aimais toujours l'égyptologie. Henry pensait énormément de bien de vous.

Il secoua la tête.

— Je n'imagine que trop bien ce qu'a dû être cette terrible soirée. J'espère que vous avez surmonté le choc désormais. Enfin, vous savez ce qu'on dit... Il n'y a qu'avec le temps...

— Oui, je sais.

— Avec le temps, tout guérit... à condition de ne nourrir aucun soupçon sur le passé.

— Ce qui n'est pas mon cas, concéda-t-elle sombrement. Ni le vôtre, apparemment.

— Non, en effet. Quoi qu'il en soit, j'aimerais que vous me reparliez de la dernière fois que vous l'avez vu. Si ça ne vous ennuie pas, bien sûr.

— Ce soir, c'est impossible. Ce n'est ni le lieu ni le moment.

— Je sais. À une autre occasion.

Harley hocha la tête.

— Entendu. Volontiers. Encore que je ne voie pas ce que je puisse vous apprendre que je ne vous ai déjà dit.

— C'est vous qui l'avez trouvé.

— C'est vrai.

— Je voudrais simplement que nous repassions les faits ensemble. Je sais que c'est pénible pour vous, mais...

— Cette enquête n'a été qu'une mascarade ! Vous connaissez la conclusion du médecin légiste : un suicide !

— Un médecin légiste égyptien qui souhaitait se débarrasser de cette affaire le plus rapidement possible, alors qu'une bande d'insurgés s'apprêtait à attaquer l'expédition.

C'était vrai, mais...

— La société, Alchemy, a fait venir sur place un autre médecin légiste. Il est tombé d'accord avec son collègue égyptien.

— Je suis sûr que tout a dû se traiter en deux minutes, au Caire ou à Rome. Et, une fois leurs conclusions établies, ils ont dû injecter un conservateur dans la dépouille de Henry et l'emballer dans une boîte. Donc, tout ce qui aurait pu constituer une preuve a été compromis. Peut-être que je me trompe complètement. Que *nous* nous trompons. Mais j'avoue que je me sentirais l'esprit plus tranquille si nous pouvions avoir une conversation.

— Oui, bien sûr, répondit-elle.

Comment ça, « bien sûr » ? Elle n'avait aucune envie de se remémorer cette horrible soirée.

Mais, d'un autre côté, elle avait enfin trouvé quelqu'un qui partageait son avis et croyait comme elle à une vérité que tout le monde avait, de bonne foi ou non, niée.

Ils se regardèrent, un peu embarrassés.

— Eh bien, ça a été un plaisir de vous rencontrer en personne. Je vais rejoindre la salle de réception, déclara Micah. Encore désolé de vous avoir interrompue. Vous aviez souhaité vous isoler un moment... Et, au fait, je connais très bien votre cousin, Craig. On a travaillé ensemble sur une affaire, à Washington, il y a quelques années. C'est vraiment un chic type.

— Oui, absolument, conclut Harley.

Elle sentit qu'il attendait autre chose. Peut-être qu'elle lui dise où et quand ils pourraient se revoir ? Mais il n'en prit pas plus qu'elle l'initiative car ils n'étaient plus seuls.

Jensen Morrow s'avançait vers le temple. Apparemment, il avait vu Harley, mais pas Micah dissimulé dans l'ombre de l'obélisque sculpté.

— Je savais que je te trouverais ici ! lança-t-il en s'approchant pour l'embrasser avec effusion.

Il avait rédigé sa thèse, obtenu son diplôme et commencé à travailler ici comme curateur adjoint en mettant en avant son doctorat en égyptologie. Il l'avait épaulée tout au long de cette épreuve, la soutenant dans ses soupçons, sa colère, ses demandes insistantes et ses dénégations — et, finalement, dans la défaite, lorsqu'elle s'était rendue à l'évidence et avait compris que rien ne serait entrepris.

Mais Jensen avait abandonné la partie comme les autres, elle en était sûre. Le mensonge avait été martelé tant de fois qu'il avait fini par devenir la vérité.

Harley lui donna l'accolade en retour ; elle aimait toujours bien Jensen. Dès leur rencontre, ils s'étaient liés d'amitié. Une amitié qui aurait pu évoluer vers autre chose ; il était drôle, plein d'énergie, attentionné, sans parler du fait qu'il était grand, avec un physique de beau brun ténébreux. Mais la mort de Henry Tomlinson avait tout changé.

Même si elle ne voyait pas très souvent les amis qu'elle s'était faits en Égypte, chacun ayant suivi sa route et étant absorbé par son travail, ils étaient tous restés en contact. Ils étaient même étrangement proches. Sans doute en raison des expériences fortes qu'ils avaient partagées — les fouilles, l'exaltation de la découverte, la mort de Henry et l'évacuation forcée du désert dans la panique en pleine nuit. Tout cela avait créé un puissant lien affectif entre eux.

Mais cette proximité était entachée par la perte de l'homme qu'ils avaient tous vénéré. Entachée, aussi, par la façon dont ils avaient fui la nuit même de sa mort sous la menace de la terreur.

Elle s'était plongée à corps perdu dans ses études, avait terminé sa thèse, puis s'était mise à travailler à temps partiel pour une prestigieuse agence d'investigation en ville afin de pouvoir poursuivre ses cours en attendant de décider de la carrière qu'elle entendait embrasser. Pour l'instant, ce statu quo lui convenait. Mais elle allait bientôt devoir faire un choix. Et pourtant, même si elle complétait son cursus en vue de sa future carrière, elle ne pouvait se défaire du sentiment qu'elle retardait l'échéance. Un emploi temporaire — avec des horaires flexibles... C'était tout ce qu'elle se sentait capable d'accepter pour le moment.

— Ils ne vont pas tarder à commencer, déclara Jensen en s'écartant d'elle pour la regarder.

Ce fut seulement alors qu'il s'avisa de la présence d'une tierce personne.

Contrit, il tendit la main à Mica Fox.

— Oh... Désolé. Je ne vous avais pas vu. Jensen Morrow.

— Micah Fox. Et, en réalité, nous nous sommes déjà parlé... par téléphone il y a un an à propos de la mort de Henry.

— Oh ! c'était vous ? répliqua Jensen. Waouh ! J'espère que je n'ai pas été trop évasif, ou impoli ? Si c'est le cas, mes plus plates excuses. C'est simplement que... Il faut avoir été présent ce soir-là pour savoir comment les choses se sont passées... Nous avons trouvé Henry ou, plutôt, Harley l'a trouvé. Et, à partir de là, tout s'est enchaîné si vite, dans une telle confusion... Quand le médecin légiste est arrivé sur les lieux, la police et la sécurité s'activaient déjà pour nous évacuer, brandissant la menace d'insurgés qui n'étaient qu'à quelques kilomètres de là et clamant qu'il fallait quitter le campement séance tenante. Harley et moi étions anéantis, incrédules, mais... Enfin, voilà, conclut-il, penaud.

— Vous n'auriez rien pu faire de plus, déclara Micah.

— Vous êtes du FBI, n'est-ce pas ? Évidemment, si vous, vous n'avez rien pu faire, Harley et moi, qui n'avions aucune légitimité judiciaire, ne pouvions guère faire plus que formuler nos doutes et nos interrogations. Ce dont nous ne nous sommes pas privés. Ce qui me chiffonne, c'est que, si une bactérie l'a infecté, elle aurait dû contaminer quelqu'un d'autre. Nous n'étions pas dans un espace clos, confiné. Quoi qu'il en soit, aviez-vous été chargé de l'enquête... officiellement ? Le FBI est-il habilité à exercer en Égypte ?

— Le FBI peut travailler n'importe où, en fonction des nécessités, répondit Micah. Mais... si je suis intervenu, c'est à titre personnel, à cause de Henry.

— L'agent spécial Fox a eu Henry pour professeur il y a longtemps, s'empressa de préciser Harley.

— Ah, murmura Jensen, qui parut se satisfaire de cette explication. Je suppose que vous l'adoriez, vous aussi ?

— Oui. Un brillant scientifique. Mort dans d'horribles circonstances.

Jensen jeta un coup d'œil à Harley.

— Je pense que nous sommes les derniers à l'avoir vu vivant. Harley avait tenté de le convaincre de se joindre à nous. Mais vous le connaissiez... Elle a eu beau faire, il n'a pas cédé. Il tenait à poursuivre son travail.

— Oui, j'imagine, dit Micah avant de s'éclaircir la gorge. Ah... Je crois qu'ils sont prêts à commencer.

— Allons-y.

Harley glissa ses doigts dans la main de Jensen et ils s'éloignèrent, saluant Micah d'un signe de tête.

C'était absurde, mais elle avait peur, tout à coup, qu'une trop grande proximité s'installe entre elle et cet homme. Non seulement il émanait de lui une grande force, mais encore il était pour elle comme une source de chaleur dans ce monde qui lui était devenu froid et hostile. Et puis il avait trop d'assurance, il était trop séduisant.

Rattrapée par le chagrin, la tristesse et la colère, elle aurait pu facilement céder à l'émotion par une soirée comme celle-ci. Avec un homme comme celui-ci.

Dans son dos, elle sentit le regard de Micah posé sur eux.

Et elle se demanda ce qu'il pensait.

Harley Frasier était certainement une belle jeune femme, songea Micah en la regardant s'éloigner, main dans la main, avec Jensen Morrow.

Il l'avait étudiée de loin pendant un bon moment avant de l'aborder. De toute évidence, elle était très attachée à Henry. Et il savait à quel point son ancien professeur l'avait appréciée, elle.

D'après Craig, elle avait des parents merveilleux, un frère aînés et des grands-parents toujours en vie ; bref, elle était bien entourée. Ses parents à lui avaient péri dans un accident alors qu'il était encore enfant ; c'était sa tante qui l'avait élevé. Tante Jane... Une femme pleine de compassion et de talent, à laquelle il vouait un amour sans bornes, mais elle était sa seule famille. Il n'avait ni frères ni sœurs, pas de cousins — personne d'autre nulle part, pour autant qu'il sache. Il avait beau venir d'une vieille famille de Virginie, au fil des temps, celle-ci s'était réduite jusqu'à ne plus compter que lui et Jane.

Son père avait appartenu au FBI, lui aussi. Les gens s'étaient inquiétés des dangers liés à sa profession, mais personne, évidemment, ne se serait imaginé qu'il mourrait jeune dans l'écroulement d'un pont.

Henry Tomlinson l'avait traité comme un fils. Il lui avait fait partager son enthousiasme pour l'égyptologie. Henry avait une famille qu'il adorait. Il n'était pas marié, mais il était très proche de sa nièce et de son neveu par alliance et littéralement gâteux devant leurs enfants.

Un jour, il avait envoyé à Micah des photos d'un vase canope d'un style inhabituel en même temps que des clichés de ses petits-neveux posant devant l'objectif avec leur nouvel animal de compagnie. Typique de Henry !

Micah suivit pensivement des yeux les deux jeunes gens, se demandant s'il ne se lançait pas dans une vaine entreprise. La vérité concernant la mort de Henry serait-elle jamais découverte ? Henry avait été tué, ce qui était déjà terrible en soi, mais cela s'était produit une nuit où le gouvernement égyptien, redoutant une explosion de violence, et le département d'État s'étaient employés à éloigner le plus vite possible tout le personnel du site et à le renvoyer dans la foulée à l'étranger. Le groupe qui avait planifié cet attentat se faisait appeler l'Ancienne Garde.

Apparemment, ils ne croyaient pas aux promesses d'Alchemy selon lesquelles les trésors mis au jour seraient prêtés aux États-Unis et à d'autres pays avant d'être restitués à l'Égypte, dont ils resteraient propriété. Mais peut-être n'était-ce qu'un prétexte ? Peut-être l'Ancienne Garde, comme la plupart des mouvements extrémistes, ne cherchait-elle qu'à faire elle-même main basse sur le butin afin de financer son combat — quel qu'il soit ?

Toujours est-il qu'ils avaient soit battu en retraite, soit été rapidement mis en déroute lorsqu'ils avaient rencontré une résistance armée.

Micah s'était rendu au Caire pour enquêter officieusement sur la mort de Henry, puis à Rome, où les membres de l'expédition avaient brièvement séjourné. Mais, à son arrivée en Italie, ils s'étaient déjà envolés pour les États-Unis. Ayant toujours un jour de retard sur leurs déplacements, il avait dû se contenter des échanges téléphoniques qu'il avait eus avec certains d'entre eux. Et, lorsqu'il était lui-même rentré en Amérique, trop de temps s'était écoulé.

Henry avait été incinéré, ainsi qu'il en avait exprimé le souhait auprès de sa nièce pour le cas où il lui arriverait quelque chose. Et il était donc trop tard pour requérir une expertise.

Mais, évidemment, Henry n'avait pas imaginé une seconde qu'il pourrait un jour être assassiné.

Et, d'ailleurs, pourquoi tuer un éminent professeur comme lui ? Jamais il n'avait cherché à s'approprier la moindre antiquité déterrée. Son unique but, c'était de faire découvrir au monde entier les trésors de culture de l'Égypte ancienne.

Ce soir… Eh bien, ma foi, ce soir, Micah devait ouvrir l'œil. Il allait pouvoir observer tous ceux qui avaient côtoyé de près Henry pendant ses derniers jours.

C'était la salle d'exposition principale du musée qui avait été choisie pour la tenue du grand gala privé d'inauguration. Le monument majeur de la vaste salle était une réplique massive d'un temple mésopotamien qui trônait en son centre, sous une imposante rotonde vitrée. Le musée était magnifique etsitué à quelques centaines de mètres seulement de son grand cousin, le Metropolitan. Nombre de concepts qui avaient fonctionné dans ce dernier avaient d'ailleurs été réutilisés ici. La plupart des bureaux, par exemple, aménagés au sous-sol, étaient invisibles des visiteurs. Le musée était consacré au monde ancien. Il se divisait en sections qui couvraient l'époque des premiers humains jusqu'aux riches civilisations antiques de la Grèce, de l'Égypte, de la Perse, de la Mésopotamie et autres.

L'exposition qui allait ouvrir ses portes au public le lendemain constituait un ajout admirable aux collections permanentes. Les expositions temporaires n'étaient par définition destinées à ne durer qu'un temps, mais cette salle d'exposition continuerait à attirer les foules à cause du travail de Henry et d'autres archéologues et scientifiques. Mais, pour l'instant, c'était Henry et lui seul qui était à l'honneur.

La salle était remplie d'hommes et de femmes qui bavardaient, en couple ou par petits attroupements, tandis que les serveurs et serveuses en uniforme noir et blanc se faufilaient entre les groupes, un plateau à la main, proposant amuse-bouches et flûtes de champagne.

Beaucoup de ceux qui avaient été invités étaient ici parce

qu'ils étaient des mécènes du musée. Il y avait aussi un certain nombre de politiciens, dont le maire de la ville.

Aucun de ces invités-là n'intéressait Micah.

Il balaya la foule du regard, notant les personnes qui avaient retenu son attention.

Arlo Hampton, jeune, aimable, ambitieux. Grand et mince, mais l'air emprunté et juvénile dans son costume, il parlait avec un dignitaire égyptien. Ned Richter et sa femme, Vivian. Lui de constitution robuste, elle, plutôt menue, souriants tous les deux, se tenant proches l'un de l'autre, discutant avec le maire. Et là-bas, entre un metteur en scène de Broadway d'un certain âge et sa dernière conquête, Belinda Gray, venue sans son fiancé qui servait toujours sous les drapeaux. Il avisa ensuite Roger Eastman, sec et mince, le nez chaussé d'épaisses lunettes, évoquant d'une voix forte, à grand renfort de gestes, une innovation technique permettant d'améliorer la sécurité des objets d'art historiques de grande valeur. À l'autre bout de la salle, au milieu d'une cour de jeunes employées du musée, se trouvait Joe Rosello. Doué d'une personnalité apparemment charismatique et débordant d'énergie, il avait une carrure d'athlète, la tête couronnée de cheveux noirs bouclés et un sourire éblouissant de blancheur.

Micah s'était renseigné sur tous ceux qui avaient participé aux dernières étapes des fouilles et avaient eu accès à la tente de stockage. Pour les travailleurs d'origine égyptienne, ce n'avait pas été une mince affaire. Comme ils n'étaient ni archéologues ni experts en conservation, ils n'avaient pas été autorisés à pénétrer dans le centre névralgique du camp, où se dressait la tente de stockage. Mais il s'était efforcé d'être aussi exhaustif que possible. Cependant, son instinct lui criait que le coupable n'était pas à chercher parmi les Égyptiens, mais bien parmi ceux qui étaient censés admirer et honorer Henry.

Pourquoi ? se demanda-t-il de nouveau. Pourquoi diable avait-on tué Henry ? S'il parvenait à trouver la réponse à cette question...

— Micah ?

Il se retourna. Il ne s'était pas attendu à connaître tant de gens ce soir. Son nom avait été prononcé d'une voix douce par l'une des rares personnes qu'il connaissait bien.

Simone Bixby. La nièce de Henry Tomlinson.

À trente-six ans, avec ses cheveux blond clair, Simone avait l'air d'une éternelle adolescente. Elle était petite et mince, avec de grands yeux. Elle était accompagnée de son mari, Jerry, banquier, mince et doté d'yeux immenses, lui aussi.

Micah les salua chaleureusement tous les deux.

— Merci d'être venu. Et merci aussi de l'intérêt que vous portez à mon oncle, déclara Simone. C'est tellement difficile, encore aujourd'hui, d'accepter leurs conclusions.

— Oui, je comprends, admit Micah.

— Mais, ce soir, ajouta gaiement Jerry. Nous sommes là pour rendre hommage à son travail.

— Oui. Et quel travail ! renchérit Micah. Comment vont les enfants ?

— Ils grandissent, répondit Simone. Ils ont dix, huit et cinq ans, maintenant.

Il hocha la tête.

— J'ai vu des photos. Ils sont adorables.

— Merci. Ce n'est pas moi qui vais vous dire le contraire, répliqua en riant Simone. Ils aimaient tellement l'oncle Henry, eux aussi...

— Il nous manque à tous.

— Oh... Voilà Arlo Hampton, annonça Jerry. Micah, pouvons-nous parler tout à l'heure ? Simone, il faut qu'on sache ce qu'il veut qu'on fasse quand ce sera son tour de prendre la parole.

— Vous nous excusez ? ajouta Simone.

— Bien sûr.

Ils s'éloignèrent et il reprit son examen des personnes présentes.

Bingo, toute la bande est là, au grand complet. Les étudiants.

Le personnel administratif. Les égyptologues. Les hauts fonctionnaires de la ville. Le personnel du musée. Et...

Une femme à la peau sombre et aux cheveux de jais avait approché Simone et son mari. Arlo se tenait à côté d'eux.

Yolanda Akeem. Ils s'étaient rencontrés brièvement — très brièvement — au Caire. C'était la déléguée du Conseil Suprême des Antiquités égyptien. Bien évidemment, elle était là, elle aussi.

Elle le vit qui l'observait. Elle leva son verre d'un geste élégant dans sa direction pour le saluer.

Elle lui avait transmis les informations dont elle disposait, au Caire, c'est-à-dire pas grand-chose. Une restitution verbale du rapport d'autopsie plus que succincte et un cours sur les dangers du Moyen-Orient. Il ne l'avait écoutée que d'une oreille distraite. Le corps de Henry avait déjà été enlevé et les membres de l'équipe, expédiés à Rome.

Ce soir, donc, tout ce petit monde était réuni ici.

Et il y avait Harley Frasier, bien sûr. Le sourire aux lèvres, elle était en train de parler avec Gordon Vincent, le directeur général du musée. Même de loin, son sourire était forcé, il le voyait. À son côté, Jensen souriait et bavardait, lui aussi, plus amène et charmant que jamais. Comme s'il cherchait à se montrer sous son meilleur jour, songea Micah.

Ce qui, à première vue, ne semblait pas nécessaire puisqu'il était déjà engagé par le musée.

Ce n'était pas le cas de Harley. Elle travaillait pour Fillmore Investigations, une grosse société de sécurité et d'investigation qui avait une clientèle civile, mais était réputée pour son étroite collaboration avec la police de New York et avec d'autres forces de l'ordre, d'État ou fédérales. Le fondateur de la société, Edward Fillmore, avait survécu de justesse à un enlèvement contre rançon, étant enfant. Il avait créé cette entreprise avec pour objectif de faire coopérer toutes les agences de sécurité, qu'elles soient publiques ou privées, dans l'intérêt des victimes. Étant donné que c'était un point de vue similaire qui avait poussé Micah à intégrer le FBI, l'homme lui était a priori sympathique, même s'il ne le connaissait pas. Micah se réjouit que Harley Frasier ait choisi une société aussi sérieuse. Bien sûr, cela ne le regardait pas, mais…

Il avait éprouvé quelque chose… d'indéfinissable pour elle en entendant sa voix au téléphone, un an plus tôt.

Et maintenant qu'il l'avait vue…

Bref, n'importe qui l'aurait jugée attirante et séduisante.

Lui, en tout cas, avait été charmé et impressionné. Pour ne pas dire plus.

Même s'il la connaissait à peine.

Il s'obligea à détourner les yeux et à observer de façon objective les autres personnes présentes dans la salle.

Il se plaçait un peu en retrait pour contempler la foule à son aise lorsqu'il s'avisa qu'un ami était arrivé.

— Je dois avouer que je pensais bien te trouver ici, déclara Craig Frasier.

Micah sourit sans tourner la tête.

— Et je ne suis pas plus surpris que toi que tu sois là aussi.

— Je ne veux pas que tu t'attires des ennuis, murmura Craig.

— Mais je ne suis là que pour rendre hommage à la mémoire d'un vieil ami, protesta Micah.

— À d'autres ! répliqua Craig avec un sourire en coin, étudiant la foule rassemblée dans la grande salle. Mais je me demande ce que tu espères découvrir après tout ce temps.

Micah se tourna enfin vers Craig avec un demi-sourire un peu désenchanté.

— C'est juste. Disons que ce serait bien que quelqu'un se sente subitement pris d'un accès de culpabilité et reconnaisse avoir perdu l'esprit — à cause des bactéries contenues dans les bandelettes, bien sûr — et tué Henry.

— Ne rêve pas ; ça n'arrivera pas.

— Je sais.

— Alors ?

— Ne t'inquiète pas. Je ne vais pas harceler ta cousine.

— Je ne m'inquiète pas. Je pense que vous pourriez être

utiles l'un à l'autre si vous pouviez avoir une vraie discussion. Peut-être trouveriez-vous un angle d'attaque, même si c'est bien tard. Tout s'est enchaîné avec une telle précipitation après la mort de Henry. Et dans un climat de tension politique… Le département d'État qui s'en mêle, toutes ces salades. Ça sent le scandale qu'on veut étouffer. Oui, ce serait bien que vous ayez une conversation.

— On dirait que la version officielle de l'affaire ne te satisfait pas non plus, déclara posément Micah.

— C'est le cas. Je pense qu'il y a eu manipulation.

— Pas par le gouvernement, dit Micah.

— Par qui, alors ?

Micah regarda son ami.

— Alchemy ?

Craig n'eut pas le loisir de répondre.

Arlo Hampton approchait du micro sur une petite estrade placée au centre de la salle.

— Mesdames et messieurs, amis du musée, de la science et de l'exploration archéologique… Amis de la ville de New York !

Il fallut un moment pour que l'auditoire cesse de parler et concentre son attention sur l'orateur. Quelqu'un tapota sa flûte de champagne avec sa fourchette. Et le silence se fit.

— Nous sommes heureux de vous accueillir ici ce soir, pour inaugurer cette magnifique exposition. Si nous sommes tous ici rassemblés ce soir pour admirer ces merveilles, c'est grâce au génie d'un homme…un scientifique brillant, généreux, un homme dont le nom figurera désormais sur les murs de notre musée : le Dr Henry Tomlinson. Il était aimé et respecté de tous ceux qui le connaissaient. C'était un érudit, mais également quelqu'un de très humain, tout dévoué à sa famille et à ses amis. Égyptologue émérite…

Un murmure parcourut soudain l'assistance et Arlo Hampton se tut. Tout le monde se retourna.

Quelqu'un avait surgi des marches menant au sous-sol et s'avançait en titubant parmi les invités.

Quelqu'un qui était déguisé en momie et qui fendait la foule d'un pas chancelant, comme sorti tout droit d'un mauvais film d'horreur.

S'agissait-il d'une performance ?

Manifestement non, puisque Arlo Hampton grommelait un rapide « Veuillez m'excuser » et quittait précipitamment l'estrade pour venir à la rencontre de la « momie » qui, maintenant, s'approchait de lui.

— Qu'est-ce que c'est que ce cirque ? l'entendirent marmonner Micah et Craig comme il passait à proximité d'eux. Richter, c'est vous ? Espèce d'idiot ! C'est vous ?

Ce n'était pas Richter, Micah en eut immédiatement la certitude. Richter était trop charpenté pour être la personne qui se dissimulait sous ce travestissement.

En tout cas, pas *Ned* Richter.

Le téléphone à la main, Micah s'élança vers la « momie ». Il composa le 911 tout en ordonnant à voix haute :

— Enlevez-lui ces bandelettes ! Vite !

La momie s'écroula.

Micah n'eut que le temps de rattraper le corps enveloppé de lin avant qu'il ne touche le sol.

Aussi rapidement qu'il le put, il déroula les bandes de tissu.

Le son d'une sirène lui parvint.

Puis Vivian Richter le regarda, frissonna et ferma les yeux.

Les bandelettes avaient été imbibées de poison, Micah en était certain.

2

Le chaos régnait maintenant dans la salle.

Choquée et horrifiée, Harley contemplait la scène.

Vivian avait été enveloppée de couches et de couches de bandes de lin étroitement serrées. Les bandelettes extérieures étaient abîmées, déchirées ; elles provenaient sans aucun doute d'une momie de l'Antiquité. Les couches inférieures étaient composées de lin contemporain, comme celui qu'utilisait le musée pour ses reconstitutions.

Vivian pleurait et cherchait son souffle, gémissant des paroles incohérentes. Une femme médecin était agenouillée auprès d'elle. Elle avait pris les choses en main et, le téléphone collé à l'oreille, elle informait en temps réel les secouristes qui étaient en route de l'état de sa patiente.

L'agent spécial Fox avait déjà pris soin de faire bloquer toutes les issues. Personne ne devait sortir de la salle.

Harley se félicita que Craig soit là — avec Kieran, bien sûr, sa... fiancée. Elle ne savait pas exactement ce qu'ils étaient officiellement l'un pour l'autre, mais une chose était certaine : ils étaient ensemble pour la vie. Kieran, prenant son rôle de presque cousine aînée très au sérieux, se tenait auprès d'elle, prête à la réconforter. Mais Harley n'avait pas besoin de tant de sollicitude. Elle était criminologue, après tout. Calme et stoïque, elle regarda Micah et Craig poser des questions, rassurer les gens.

— Elle va mourir ! Elle va mourir ! cria Simone Bixby, la nièce de Henry.

Micah Fox s'approcha aussitôt, mit une main réconfortante sur son épaule et la fit asseoir.

La sécurité du musée était arrivée, la police de New York et la police d'État également.

Les invités, que Micah et Craig avaient sans délai groupés par catégories en fonction de leur rapport avec le musée, échangeaient à voix basse, l'air horrifié. Il y avait les employés du musée ; les invités spéciaux. Les membres de l'expédition se tenaient dans un coin. Harley se trouvait donc avec Belinda Gray, Joe Rosello, Roger Eastman et Jensen Morrow — ainsi qu'avec l'égyptologue d'Alchemy, Arlo Hampton.

Ned Richter était penché au-dessus de sa femme.

Tout cela lui parut durer une éternité, mais il ne se passa en réalité que quelques minutes avant que le hurlement des sirènes ne s'arrête et que les urgentistes n'entrent en trombe dans la salle.

Entre-temps, Arlo Hampton avait été transféré dans le groupe de personnes étroitement associées à l'exposition.

Tous ceux qui avaient de près ou de loin participé aux préparatifs de la soirée formaient un groupe distinct.

Les policiers et les techniciens du laboratoire scientifique s'éparpillèrent dans le musée, certains allant examiner la partie consacrée à Amenmose, d'autres investissant les bureaux et les locaux où s'était préparée l'exposition.

— Dommage que la soirée ait été interrompue alors qu'elle venait à peine de commencer, déclara Joe Rosello, l'air profondément déçu. Tout ce vin, ce champagne et cette nourriture gaspillés...

— Joe ! s'exclama Belinda d'un ton réprobateur. Qu'est-ce qui te prend ?

— Oh ! ça va. Nous savons tous que Vivian Richter est une comédienne.

— Mais, là, elle risque de mourir, argua doucement Roger.

— Elle ne mourra pas... Vous verrez, insista Joe.

— Il paraît qu'elle aurait été empoisonnée, continua Roger. Par quelque chose qui se trouvait sur les bandelettes.

— Elle va être très, très malade, ajouta Jensen. Ces vieilles bandelettes déchirées dans lesquelles elle était entortillée... Dieu seul sait d'où elles viennent. Et de quelle saleté elles peuvent être porteuses...

— Une saleté qui pourrait très bien avoir été versée intentionnellement dessus, indiqua Roger. Pour l'empoisonner.

Un long silence accueillit sa remarque.

— Et la tuer... comme Henry Tomlinson, déclara Belinda, formulant tout haut ce que chacun pensait tout bas.

De nouveau, tous se turent.

— Super, conclut posément Harley. Mais, au moins, peut-être que, maintenant, d'autres que moi seront prêts à se battre pour savoir ce qui est arrivé à Henry.

En fait, elle s'était déjà découvert un allié ce soir. En la personne de cet agent spécial à la voix caressante. L'ami de Craig. Micah Fox.

— D'accord, d'accord, concéda Belinda. C'est vrai que, sur le moment, je n'ai pas cherché à en savoir plus. Mais deux médecins légistes affirmaient que c'était une bactérie qui avait perturbé l'équilibre mental de Henry et l'avait conduit à se tuer, alors...

De nouveau, personne ne souffla mot pendant quelques instants.

— Que pouvions-nous faire ? reprit Belinda d'un ton plaintif. Nous n'avions aucun pouvoir. Les insurgés menaçaient le camp et tout le monde voulait nous évacuer.

— Pour autant, aucun de nous n'a réellement cru à la thèse du suicide, rappela finalement Jensen.

— Mais nous avons tous laissé faire, conclut Roger d'un ton chagriné. À l'exception de Harley... que nous n'avons pas écoutée.

Il soupira.

— Mais, sérieusement, quelle était notre marge de manœuvre ? Il y avait ce groupe de rebelles prêt à s'en prendre à nous. Je suis désolé, mais je suis forcé de reconnaître que je n'avais pas envie de me faire trucider. Sur le moment, je ne me suis pas soucié de savoir si on recueillait correctement les indices matériels ; je ne pensais qu'à une chose : fuir et sauver ma vie ! Et, au bout du compte, nous avons tous fini par adhérer à la thèse...

De ses index et majeurs repliés, il dessina dans l'espace des guillemets virtuels.

— Officielle. C'était plus simple et...

— Mademoiselle Frasier !

Harley se retourna. C'était McGrady, l'enquêteur en civil qui avait apparemment été chargé de l'enquête. Il était mince et son expression était dure, fermée. Son partenaire, plus corpulent, avait un visage poupin, enfantin presque, et il arborait un sourire bienveillant. Lui s'appelait Rydell.

On la conduisit dans l'un des bureaux du musée, où la police avait établi son quartier général. Du coin de l'œil, elle vit son cousin Craig et l'énigmatique Micah Fox entrer à leur tour dans la pièce. Ce bon vieux Craig... Toujours présent lorsqu'elle avait des problèmes. Fugitivement, elle se demanda ce qui se serait passé si elle avait parlé à son ami Fox quand il l'avait approchée, en début de soirée, près du temple.

Le drame aurait-il pu être évité ?

Ils restèrent debout, en retrait, derrière elle.

McGrady prit place derrière le bureau et l'interrogea d'un ton sévère :

— Mademoiselle Frasier, quel est exactement votre lien avec le musée, l'expédition... et la personne qui a été intoxiquée ?

— Je faisais partie de l'expédition. Pour ce qui est de Vivian, je n'ai aucun lien particulier avec elle. Elle est mariée à Ned Richter, le directeur général d'Alchemy, l'entreprise qui a financé la campagne de fouilles et qui est donc le principal sponsor de cette exposition. Nous vivions tous dans une relative promiscuité dans le Sahara, par la force des choses.

— Donc, vous la connaissiez bien ?

— Non. Nous étions simplement... collègues.

— Mais vous aimez les momies, n'est-ce pas ? Tout ce qui touche à l'Égypte ancienne ? insista McGrady.

— Oui, bien sûr. C'est une culture fascinante.

— Et ce pourrait être une bonne blague à faire à quelqu'un que de l'enrouler dans du lin empoisonné... Comme une momie ?

— *Quoi ?* s'écria Harley.

McGrady se pencha en avant, agitant un crayon dans sa direction.

— C'est vous qui avez découvert Henry Tomlinson... mort. Je me trompe ?

Ces sous-entendus... C'en était trop.

Elle entendit une exclamation sourde derrière elle. Craig ou Micah Fox ? Elle n'aurait su le dire.

Mais peu importait. Elle était capable de se défendre et c'était exactement ce qu'elle allait faire. Elle s'inclina en avant.

— Oui, c'est moi. C'était mon ami et mon mentor. Quand je l'ai trouvé mort, j'ai alerté les autorités, j'ai fait part de mes doutes... J'ai remué ciel et terre, croyez-moi ! Mais personne, vous m'entendez ?, *personne* n'a paru s'en soucier. On nous a rétorqué que des insurgés faisaient subitement peser une menace imminente sur nous, que mettre les vivants en sécurité était plus urgent que d'enquêter sur la mort du professeur Tomlinson. OK, cela, je pouvais le comprendre. Du point de vue des autorités, c'était la décision logique à prendre. Mais ensuite ? Il n'y a eu qu'une autopsie bâclée avant que le corps ne soit rapidement rapatrié aux États-Unis, où sa nièce, effondrée, l'a aussitôt fait incinérer. Et maintenant, vous venez me poser des questions sur Henry ? et sur Vivian Richter ? Comme si c'était moi la coupable ?

Vous ne manquez pas d'air ! J'étais ici ce soir pour rendre hommage à la mémoire de Henry. Je n'avais jamais vu l'exposition avant ce soir. Je n'ai eu aucune relation avec Alchemy depuis notre retour. Alors, je vous invite à vous tourner vers ceux qui ont des liens avec ce musée et ont participé à la préparation de cette exposition.

McGrady en resta sans voix pendant un moment.

Dans la pièce, on aurait entendu une mouche voler.

Puis il sembla à Harley discerner un « bravo » étouffé.

McGrady s'éclaircit la gorge.

— Désolé de vous avoir froissée, mademoiselle Frasier. Mais l'état de Vivian Richter est très préoccupant. Nous pourrions nous retrouver avec un meurtre sur les bras, donc...

— Vous avez *déjà* un meurtre sur les bras ! Le Dr Tomlinson a été assassiné. Il ne nous reste plus qu'à prier pour que Vivian s'en sorte vivante, mais le fait est qu'un tueur est à l'œuvre. Vous avez d'autres questions ? conclut Harley.

— Avez-vous vu Vivian au cours de la soirée ?

— Non.

— Mais vous êtes arrivée en avance, non ?

— Seulement de quelques minutes. Je me suis rendue du côté du temple.

— Dont l'accès est interdit jusqu'à l'ouverture officielle de l'exposition, demain.

— J'ai été autorisée à y pénétrer parce que j'étais membre de l'expédition.

— Et vous étiez donc près de l'endroit où s'effectuaient les préparatifs de l'exposition ?

— Oui.

— Où devait se trouver Vivian.

— Peut-être.

— Mais vous ne l'avez pas vue. Qui avez-vous vu ?

— Seulement Jensen Morrow. Il travaille ici ; il s'occupe de l'exposition. J'ai vu Jensen. Oh ! et aussi l'agent spécial Fox, dit-elle en se retournant brièvement vers lui.

Craig et lui se tenaient derrière elle, comme deux sentinelles de l'Égypte ancienne veillant sur elle. Pour un peu, ils lui auraient presque tiré un sourire. *Presque*. Elle n'arrivait pas à en croire ses oreilles : ce policier venait lui chercher des noises alors qu'elle avait fait des pieds et des mains pour secouer les autorités à la mort de Henry et que personne n'avait voulu l'écouter !

— Agent spécial Fox ? interrogea McGrady.

— Je suis arrivé juste après Mlle Frasier. On m'a indiqué qu'elle était allée du côté du temple. Je voulais lui parler à propos de la mort de Henry Tomlinson. Donc, je l'ai rejointe aussitôt. Nous étions en train de discuter quand son collègue d'expédition, Jensen Morrow, est arrivé. Exactement comme elle vous l'a dit.

McGrady se leva.

— Bien. Mademoiselle Frasier, vous pouvez partir.

Harley se redressa, elle aussi, et lui jeta un regard noir.

— Vous m'en voyez ravie. Mais peut-être auriez-vous l'obligeance, avant, de me dire comment va Vivian ? Même si nous n'étions pas proches, nous avons travaillé ensemble.

McGrady soupira.

— Elle tient le coup. Les médecins s'efforcent de combattre l'effet du poison.

— De quel produit s'agissait-il ?

— L'enquête est en cours. Même si je disposais de cette information, je ne pourrais pas vous la communiquer.

— Je vois. Merci.

Harley sortit, la tête haute, Craig et Micah sur ses talons. Il lui sembla entendre McGrady grommeler : « C'est ça... Et emmenez vos agents fédéraux avec vous ! »

— D'habitude, nous avons d'excellents rapports professionnels avec la police de New York, crut bon de préciser Craig.

— Peut-être qu'il est furieux parce qu'il ne sait pas dans quoi il met les pieds. En l'état actuel des choses, il est impossible de savoir ce qui s'est passé, déclara Micah.

Harley fit volte-face.

— Vous plaisantez ? Vous et moi savons très bien que Henry a été tué. Et quand Vivian Richter fait irruption, en pleine inauguration de l'exposition, entortillée comme une momie dans des bandelettes imbibées de poison, vous en concluez qu'on ne sait pas ce qui s'est passé ? On le sait très bien : quelqu'un a essayé de la tuer !

Craig la saisit par les épaules.

— Harley, stop ! Micah est de ton côté. Calme-toi.

Elle rougit, gênée. Ils étaient dans le couloir, juste de l'autre côté de la porte. Rydell, le gentil flic, celui qui avait le visage poupin, sortit pour aller chercher Jensen Morrow. Comme ces flics étaient stupides ! Jensen et elle étaient ensemble ce soir-là, loin du camp, quand Henry avait été tué. Ils ne semblaient pas assez futés pour voir que les tenants et les aboutissants de cette affaire étaient plus complexes qu'il n'y paraissait. Et si leurs yeux ne se dessillaient pas très vite, ils auraient peut-être bien un nouveau mort sur les bras très bientôt.

Mais Craig avait raison. Elle n'avait aucun motif de se défouler sur Micah Fox.

Pourquoi donc se montrait-elle si agressive ?

Il essayait de l'aider. Il était...

Il était... une promesse qu'elle avait peur d'accepter. Il proclamait vouloir faire éclater la vérité, lui aussi, et il semblait avoir les cartes en main pour y parvenir. Mais c'était trop beau pour être vrai et elle n'osait pas se laisser aller à dépendre d'un homme comme lui. La notion même d'allié lui paraissait encore... tellement étrangère ! Un policier fédéral qui était de son côté... Incroyable. Après tout ce temps, c'était inespéré.

— Désolée, murmura-t-elle.

À peine avait-elle fini de parler que Kieran Finnegan s'approcha prestement d'elle.

— J'ai une voiture. Viens, je te raccompagne chez toi.

— Mais...

— Vous ne pouvez rien faire de plus ici ce soir, Harley, déclara Micah.

— Si j'ai bonne mémoire, c'est vous qui êtes venu me trouver.

— En effet. Mais il n'y a rien de plus que vous puissiez faire ici ce soir, répéta-t-il sans s'émouvoir.

Harley se raidit.

— Allons-y, insista doucement Kieran en lui passant un bras autour des épaules.

Harley salua donc Craig et Micah et elles s'éloignèrent.

— Micah a raison, ajouta Kieran. Personne ne sera autorisé à approcher des antiquités, des salles d'exposition, ni des bureaux... Espérons que Vivian en réchappe ; elle pourra peut-être se souvenir d'un détail important. Mais pour l'instant...

— McGrady est de la police de New York. Il ne communiquera aucune info à Craig ni à l'agent Fox.

Kieran l'entraîna en direction d'une berline claire, dans laquelle attendait un chauffeur. Du FBI, probablement, se dit Harley.

— Crois-moi, ces infos, ils les obtiendront, assena Kieran avec assurance. Craig ira voir son superviseur. Son superviseur appellera le chef de la police, ou le maire, mais, d'une façon ou d'une autre, ils sauront ce qu'ils ont besoin de savoir.

Harley monta à l'arrière de la voiture, notant au passage que Kieran s'installait à son côté et se penchait en avant pour indiquer leur destination au chauffeur. Tout à coup très lasse, elle renversa la tête contre le dossier du siège. Elle ferma les yeux puis les rouvrit et roula la tête sur le côté pour regarder Kieran. Elle aimait bien l'amie de son cousin. Vraiment. Elle ne savait pas pourquoi ils n'étaient ni fiancés ni mariés, mais...

Kieran, bien sûr, n'ignorait rien de ce qui s'était passé au cours de cette expédition dans le Sahara. Craig l'avait mise au courant. Étant donné la nature de sa profession — elle était psychologue et collaborait régulièrement avec la police sur des affaires criminelles —, il en fallait beaucoup pour la surprendre ou la déstabiliser. De plus, elle avait rencontré Craig à un moment critique, alors que toutes les forces de l'ordre étaient sur les dents en raison d'une importante vague de vols de diamants commis par un gang qui sévissait en ville.

— Dis-moi... Que penses-tu de toute cette affaire ? s'enquit Harley. C'est à la psychologue que je parle. Selon toi, qui a tué Henry Tomlinson ? Ou plutôt, qui a pu se travestir en momie pour le tuer, puis déguiser Vivian en momie et tenter de la tuer, elle aussi ?

— Il n'y a peut-être pas de rapport entre les deux, répondit Kieran.

— Oh ! je t'en prie ! Ne me dis pas que Henry n'a pas été assassiné ! Ne me dis pas que je m'accroche à cette thèse parce que je refuse de croire qu'il soit devenu fou et ait attenté à ses jours !

— Non, ce n'est pas ce que je dis. Mais je ne connais aucun des membres de l'expédition, toi mise à part. C'est déjà difficile de porter un jugement quand on a pu parler avec une personne et lui poser des questions...

— Oui, oui, bien sûr. Pardonne-moi.

— Cela étant...

— Oui ?

Kieran sourit et haussa les épaules.

— Ton niveau d'études est tout aussi élevé que le mien, sinon supérieur.

— Ah, mais pas dans le même domaine. En matière de psychologie, j'ai besoin de tes lumières.

— Notamment en matière d'émotions humaines. Comme la jalousie.

— La jalousie ? Tu veux dire... que ce pourrait être quelqu'un qui enviait la position et la renommée de Henry ?

— C'est possible. Certains tuent parce qu'ils ont l'esprit dérangé... des sociopathes, des psychopathes. Ensuite, il y a bien sûr les mobiles habituels : l'amour, la cupidité, la haine... La jalousie. Si tu es convaincue que les deux cas sont liés, pense à tous ceux qui sont concernés. Les autres invités de ce soir n'étaient pas dans le désert, avec vous, donc ils ne comptent pas. Il n'y a que toi qui connaisses la dynamique des interactions entre les membres de cette expédition.

— Je n'arrive pas à imaginer quiconque voulant tuer Henry.

— Ce n'est pas que tu n'y *arrives* pas. C'est que tu ne le *veux* pas, indiqua Kieran.

La voiture avait atteint Rector Street où se situait le vieil appartement qui, légalement, appartenait à l'oncle de Harley. Celui-ci n'y vivant plus, il avait généreusement proposé à Harley d'y habiter le temps qu'elle termine ses études et arrête définitivement son choix quant à son orientation professionnelle.

Kieran se pencha pour l'embrasser.

— Rentre vite, mets-toi au lit et dors, suggéra-t-elle. Tu y verras plus clair demain.

Harley l'embrassa affectueusement sur la joue.

— Merci. Et merci de m'avoir ramenée. Mais... je reprends tout à tête reposée dès demain matin.

Kieran sourit.

— Je n'en attendais pas moins de toi, dit-elle en se renfonçant sur son siège tandis que le chauffeur fermait la portière.

Il inclina poliment la tête à l'adresse de Harley et attendit qu'elle ait déverrouillé la porte de son immeuble.

Harley poussa le battant et salua de la main le concierge de nuit chargé de la surveillance de l'ancien immeuble de vingt étages rénové, puis monta dans le vieil ascenseur jusqu'au dixième étage. La machinerie soupira et grinça et elle se demanda si M. Otis en personne avait été témoin de son installation. Quoi qu'il en soit, l'ascenseur fonctionna parfaitement et elle rejoignit bientôt son étage et le spacieux appartement qu'elle avait la chance incroyable d'occuper en plein New York. Le bâtiment avait autrefois abrité une fabrique de textile et des entrepôts. Elle jouissait d'une surface de près de cent mètres carrés, avec vue sur la ville et, cerise sur le gâteau, sur Grace Church. Harley avait conscience de la chance qui était la sienne et elle prit mentalement note de songer à envoyer un nouveau mot de remerciement à oncle Theo. Un comptoir séparait la cuisine du grand séjour-salon et une cage d'escalier incurvée, ornée d'une balustrade en fer forgé, menait à l'espace ouvert qui était sa chambre. Elle savait par sa mère que l'appartement avait autrefois été la garçonnière d'oncle Theo. Mais, parvenu à l'âge de soixante-cinq ans, il avait rencontré Helen, l'amour de sa vie, et coulait désormais des jours heureux en voyageant de par le monde tout au long de l'année, goûtant tour à tour les plaisirs de Naples, de la Grèce ou de la Floride. Helen, sa dulcinée, un perdreau de l'année de cinquante-cinq ans, était ravie que Harley garde la maison afin qu'ils puissent avoir un point de chute lorsqu'ils venaient en ville voir des amis.

Harley s'avança devant la large baie vitrée qui donnait sur la ville et contempla Grace Church. L'église elle-même avait été édifiée plus de deux cents ans plus tôt, mais le bâtiment actuel remontait aux années 1840, avec des ailes qui lui avaient été adjointes au fil des décennies. Gothique, magnifique, c'était le genre de monument historique que Henry avait adoré.

Elle se demanda si Vivian Richter avait survécu. Elle songea à appeler l'hôpital, mais se ravisa en pensant qu'on ne lui dirait probablement rien, étant donné qu'elle n'était pas de la famille.

Rentrer chez elle... Se coucher... Dormir.

Elle pouvait toujours essayer.

Gravissant l'escalier jusqu'à sa chambre, elle passa rapidement une chemise de nuit en coton et se glissa sous les couvertures. Elle se rendit alors compte qu'elle n'avait pas tiré les rideaux.

Elle contempla la façade de Grace Church.

Oui, Henry aurait adoré la vue de son appartement.

Que devait penser Simone, la nièce de Henry, ce soir ?

Et Micah Fox ? Comment s'était-il arrangé pour se libérer afin d'assister à cette cérémonie ? Et découvrirait-il quelque chose ?

Elle chercha le sommeil, mais son esprit revenait sans arrêt à ces heures terribles qu'elle avait vécues dans le Sahara. Avoir fait partie de cette expédition était un tel privilège... Elle se souvint de l'excitation générale lorsqu'ils avaient trouvé la tombe. Satima Mahmoud — la jolie interprète égyptienne qui avait tourné la tête de Joe Rosello — avait été la première à pousser un cri de victoire lorsque les ouvriers avaient dégagé l'entrée.

Bien sûr, Henry Tomlinson avait immédiatement été appelé. Il était là lorsqu'ils avaient descellé l'ouverture du tombeau. Ils avaient tous ri et plaisanté à propos de la malédiction qui guettait les découvreurs de tombes et des mauvais films que le sujet avait inspirés.

Oui, des égyptologues étaient morts au cours d'autres expéditions — comme s'ils avaient réellement été frappés par le mauvais œil. L'histoire de Toutankhamon en était un exemple et, pourtant, il y avait toujours eu une explication scientifique à tout ce qui était arrivé.

Presque tout, en tout cas.

Quant à leur découverte, elle n'avait pas été frappée par le mauvais sort, elle. En tout cas, aucun écrit n'y faisait allusion.

Seulement, Henry était mort. Et Henry avait ouvert une sépulture scellée pour l'éternité.

Il ne s'agissait pas de la malédiction de la momie. Non, quelqu'un avait délibérément tué Henry. Et ce quelqu'un s'en était tiré impunément parce que le département d'État américain et le gouvernement égyptien avaient craint pour la vie des membres de l'expédition à cause de ces insurgés. Cela avait pu paraître raisonnable sur le moment.

Mais maintenant...

Curieusement, pour une raison qui lui échappait, les rêves déplaisants qui peuplaient son sommeil agité n'étaient pas pleins de momies, de tombes, de sarcophages et de vases canopes. Aucun objet funéraire, aucun sceptre d'or, pas de bijou ni de trésor.

Non... Ce qu'elle voyait, c'était du sable. Des étendues de sable qui s'étiraient à perte de vue. Le Sahara. Puis le sable s'agglomérait, se rassemblait en une masse compacte, s'élevait au-dessus du sol et se mettait à tourbillonner dans les airs.

Quelqu'un arrivait...

Elle se crispa parce que des bruits étranges venaient se mêler au vortex de sable. Leur groupe était en péril. Il risquait de tomber dans un piège tendu par des ennemis — la région était instable, secouée par des troubles politiques. Bon sang... Évidemment ! Ils étaient au Moyen-Orient !

Mais elle se retrouva en train de marcher dans le sable, en direction de ce qui approchait d'elle.

Elle discerna une silhouette.

Le tueur ?

Elle continua à avancer. Derrière l'homme régnait le chaos. Le sable soulevé de terre tourbillonnait, telle une énorme nuée menaçante, une tornade de grains de poussière mortels.

Puis elle le vit.

C'était Micah Fox.

Elle s'éveilla en sursaut.

Et elle se demanda s'il allait être le soutien qu'elle avait tant espéré, sa planche de salut...

Ou bien s'il allait incarner un danger plus grand encore — pour son cœur. Un danger dont elle ne prenait pas la mesure.

3

Micah fit de son mieux pour rester calme et totalement maître de lui. C'était l'un des enseignements qu'il avait conquis de haute lutte lors de sa formation.

C'était l'aube, le lendemain de l'événement, et il avait été convoqué par le directeur Richard Egan. Seul.

Egan était le supérieur direct de Craig à la division criminelle. L'homme était coriace, lui avait confié Craig, mais dans le bon sens du terme. Il avait le don de savoir toujours choisir le bon agent pour la bonne mission.

Il se battait bec et ongles lorsqu'il estimait qu'une affaire relevait de la compétence du Bureau. En revanche, il n'hésitait pas à passer la main quand il jugeait que l'intervention de son agence n'avait pas lieu d'être et interférait avec l'action des autorités locales.

Ils étaient souvent appelés pour participer à une force d'intervention conjointe, mais ça ne semblait pas devoir être le cas dans cette affaire. Bon sang, il n'y aurait peut-être même pas *un seul* agent du FBI affecté à cette enquête ! Pour l'instant, les choses se présentaient ainsi : ils avaient un meurtre supposé qui s'était produit à des milliers de kilomètres, un an plus tôt, et une possible tentative de meurtre commise lors de l'inauguration d'une exposition dans un musée new-yorkais. On ne pouvait pas encore écarter l'hypothèse d'une mauvaise plaisanterie ou d'un rituel bizarre.

Plusieurs journaux du matin — ceux qui étaient encore

disponibles en version papier — étaient étalés sur le bureau d'Egan. En gros titre, à la une du premier quotidien qui lui tomba sous les yeux, il lut : « Une momie ressuscite à New York ! » Toutes les autres étaient du même tonneau.

Egan jeta un coup d'œil aux journaux et secoua la tête, ennuyé, songea Micah, non pas tant par ces titres racoleurs que par la promptitude des lecteurs à gober de telles sottises.

— Vous voyez ça ? Tous les esprits vont s'échauffer. Dieu merci, cette femme n'est pas morte. Mais, avec cette rumeur de momie revenant à la vie, la pression va être forte. La presse tient un sujet qui excite les imaginations, elle va en faire des tonnes. Donc, soyons clairs, assena Egan. Est-ce que vous avez des jours de congé à prendre ?

— Oui, monsieur. D'ailleurs, je suis actuellement en congé.

— Oui. Vous en aviez pris un pour vous rendre en Égypte, également.

— Oui, monsieur.

Il hésita.

— C'était il y a un an. J'ai pris plusieurs semaines à l'époque. J'avais entendu dire que Henry Tomlinson, qui est un vieil ami, était mort dans des circonstances étranges. J'ai voulu me rendre sur le site, mais, à mon arrivée, le champ de fouilles était désert ; tout avait été évacué. J'ai essayé de pister son corps, mais... je suis arrivé trop tard. Il avait déjà été rapatrié. Mais je suppose que vous savez tout cela.

Il hésita encore.

— J'ai tendance à travailler beaucoup, monsieur. Comme je vous l'ai dit. Je ne tombe jamais malade et je prends rarement des vacances, c'est pourquoi j'ai accumulé tous ces congés. C'est ce qui explique que je ne sois pas en service actuellement.

— Et, pendant vos congés, vous travaillez encore, je vois.

— Si je me suis déplacé en Égypte l'an dernier pour tenter d'y voir plus clair dans la mort de Henry Tomlinson, c'était à titre personnel. Nos agents du Caire ont essayé de m'aider, mais ils se sont heurtés à un mur, eux aussi. Nombre d'officiels égyptiens m'ont traité comme si j'étais un imbécile ou que je cherchais à leur mettre des bâtons dans les roues. D'après eux, ils mettaient tout en œuvre pour garder nos compatriotes en vie alors que, moi, je faisais des vagues à propos d'un mort. Il était trop tard pour qu'ils puissent faire quelque chose, bien sûr. J'ai persisté autant que je l'ai pu, mais on avait informé la nièce de Henry que son oncle bien-aimé était mort dans un horrible accident et, pour respecter ses dernières volontés, elle l'avait fait incinérer. On ne peut pas autopsier un tas de cendres.

— Nos agents du Moyen-Orient auraient agi exactement comme vous, lui assura Egan.

— Oui, monsieur.

— Mais ?

— Mais je connaissais personnellement Henry Tomlinson, répéta-t-il. C'était quelqu'un de bien. Un homme éminemment respectable et qui méritait qu'une enquête soit menée dans les formes pour élucider les circonstances de sa mort... ce qui n'a pas été le cas.

Egan garda le silence pendant quelques instants.

Puis il dit :

— Et vous vous êtes comme par hasard trouvé au musée au moment où une femme, enroulée dans de supposées vieilles bandes de lin trempées dans de la nicotine, est venue s'écrouler au milieu de l'assistance, en pleine inauguration.

— Oh ? C'était donc de la nicotine. Non, je n'étais pas là par hasard, monsieur. Comme je vous l'ai dit, je connaissais le professeur Tomlinson. C'est quelqu'un qui m'était très cher. J'étais présent pour lui rendre hommage.

— Mais Craig Frasier avait une raison plus précise d'être présent... puisque sa cousine Harley faisait partie de l'expédition.

Micah haussa les épaules, mais continua à regarder Egan droit dans les yeux.

— Vous êtes un bon agent, Micah, reprit Egan au bout d'un moment. J'ai vu vos états de service et je connais votre superviseur.

Il marqua une pause, puis secoua la tête.

— J'ai entendu dire que le flic chargé de l'enquête est un vrai crétin, dit-il en souriant.

Surpris, Micah arqua les sourcils.

Egan se mit à rire.

— Son équipier, Rydell, m'a appelé. Il tenait à présenter ses excuses pour l'attitude de son collègue. McGrady espérait, je suppose, voir l'affaire se transformer en meurtre et il comptait bien être chargé de l'enquête criminelle. Il ne voulait pas se la faire souffler par le FBI.

— Je vois.

— Mais ne vous inquiétez pas. Non seulement nous sommes sur le coup, mais de plus c'est nous qui prenons les rênes.

— Vraiment ?

Il avait décidé de rester calme de bout en bout, donc il prit soin de ne pas manifester sa surprise et sa joie.

Egan se renfonça dans son fauteuil, l'examinant avec attention.

— L'affaire a commencé au Moyen-Orient. Elle dépasse de loin le seul cadre de la ville de New York.

Le pouls de Micah s'accéléra, mais il demeura de marbre extérieurement.

— C'est une excellente nouvelle, monsieur. Et...

— Oui, j'ai parlé avec le bureau de Washington, dont vous dépendez. Craig et vous pouvez vous charger de cette enquête. Mike... vous connaissez Mike, n'est-ce pas, le partenaire de Craig ? Il a besoin de vacances et, puisque vous êtes ici et que vous pouvez faire équipe avec Craig, je vais les lui accorder. Vous ne serez donc que tous les deux sur cette affaire. Il vous faudra collaborer avec la police et les autres agences susceptibles d'être également impliquées, bien sûr. Le département d'État et les ambassades s'en mêleront aussi, j'imagine. Quoi qu'il en soit, notre victime d'hier a repris connaissance voilà une demi-heure. J'ai demandé expressément que Craig et vous soyez les premiers à lui parler. Vous n'êtes plus en congé, c'est officiel. Je vous suggère donc de vous mettre en route sans plus tarder.

— Oui, monsieur. Absolument. Merci.

— Et coincez ce salaud, ajouta Egan.

Micah hocha la tête, se leva et se dirigea vers la porte.

— Hé ! lança Egan, l'arrêtant net.

— Monsieur ? s'enquit Micah, revenant sur ses pas.

— Je n'ai pas su exactement ce qui s'était passé en Égypte. Comment s'est soldée cette histoire d'insurrection ?

— Elle est retombée comme un soufflé, d'après ce que j'ai compris, répondit Micah. Étouffée dans l'œuf avant même d'avoir commencé. L'armée avait paraît-il réprimé la rébellion — un bien grand mot pour ce qui n'était guère plus qu'une protestation estudiantine, apparemment. Malheureusement, il est vrai que la situation n'est pas stable au Moyen-Orient, pour diverses raisons. Bref, quand je suis arrivé sur place, tout était fini, le danger, écarté, mais les membres de l'expédition étaient déjà dans un avion à destination de Rome et le campement, évacué. Il n'y avait plus rien. Tout avait été nettoyé.

— Et les insurgés ?

— Il y a eu quelques arrestations. La plupart d'entre eux ont pris la fuite quand l'armée est intervenue.

— Rétrospectivement, les mesures prises semblent excessives, mais mieux vaut parfois pécher par excès de prudence, déclara Egan.

— Bien sûr, admit Micah.

Mais, comme il quittait le bureau d'Egan, une question qu'il ne s'était encore jamais posée se présenta à son esprit. Se pouvait-il que l'insurrection ait été orchestrée afin d'éviter qu'une enquête approfondie sur la mort de Henry ne soit menée ?

Peut-être était-ce pousser le bouchon un peu loin. Peut-être qu'il devenait parano.

Peut-être voyait-il un complot qui n'existait que dans son imagination surchauffée ?

Et pourtant...

S'il y avait bel et bien eu conspiration ?

— Qu'en dis-tu ? demanda Jensen à Harley.

Elle était de retour au musée, dans l'exposition consacrée à Amenmose ; elle n'avait pas pu résister. Jensen l'avait appelée à la rescousse, disant que, Vivian étant hospitalisée, il aurait bien eu besoin d'un coup de main, et elle avait accepté.

— Ils ont décalé l'ouverture d'une journée, lui avait-il appris au téléphone, tôt, ce matin. Heureusement... Mais puisque tu es ici et que tu as une mémoire visuelle aussi fidèle que l'objectif d'une caméra, tu pourras m'aider à tout boucler dans les temps... Finaliser ce qui n'est pas encore tout à fait au point, vérifier les détails, la paperasse, ce genre de choses.

Elle lui avait assuré qu'il pouvait compter sur elle.

Jensen lui avait dit ne pas avoir quitté le musée, la veille. Ses traits, pourtant, n'accusaient même pas la fatigue. Mais il était de ces personnes qui pouvaient aligner des journées et des nuits de travail sans relâche, puis dormir vingt-quatre heures d'affilée, faire la fête une nuit entière, et recommencer à travailler d'arrache-pied. Jensen pouvait se montrer véritablement infatigable.

— Cette exposition est absolument unique, dit-elle posément. Comme Henry.

Ils se tenaient dans le secteur du temple, au même endroit où elle s'était trouvée la veille quand Micah Fox l'avait abordée. Mais ce n'était pas l'œuvre monumentale entourée d'une promenade de verre et de béton et de la « rivière » qu'elle contemplait. En fait, elle regardait au-delà, le couloir qui menait au temple.

Il s'agissait d'un large corridor qui desservait six petites salles d'exposition. Le temple donnait vers l'est, en direction du soleil levant, puisqu'il était dédié au dieu du soleil, Rê. Il se dressait, sobre, exempt de statues, seulement ouvert aux premiers rayons du soleil qui filtraient par la verrière.

— Le premier temple connu dédié à Rê, murmura-t-elle, souriante.

Jensen hocha la tête.

— Oui. Et les infos sur Rê, sur Toutankhamon, Aÿ et

Amenmose figurent sur le cartel qu'on a placé à côté de la momie d'Amenmose.

Celle-ci était exposée, seule, dans une petite salle, à part.

— Les fabuleux objets d'art funéraire que nous avons découverts sont en grande partie présentés dans des vitrines, disposées le long des couloirs, poursuivit Jensen.

— Ce qui est surprenant, tu ne trouves pas ? lança Harley, songeuse.

— Que veux-tu dire ? Qu'il est surprenant que nous ayons pu récupérer tout ça alors que nous nous sommes enfuis, la queue entre les jambes ?

— Non, puisque nous n'avions pas de solution, c'était la seule chose à faire, répliqua Harley. En revanche, je parlais de l'hypothèse historique selon laquelle Amenmose a été tué. Par quelqu'un qui était aux ordres de Aÿ, qui savait qu'Amenmose voulait prendre sa place auprès du jeune roi, Toutankhamon. Notre découverte a apporté la preuve qu'il avait bien été assassiné, après que nous sommes rentrés aux États-Unis et que le corps a pu être identifié grâce aux tests ADN.

— Étranglé, précisa Jensen.

— Comme Henry, murmura Harley.

— Oui, mais nous ne sommes sûrs de rien, s'agissant de Henry.

— Moi, si.

Jensen haussa les épaules.

— En tout cas, pour ce qui est d'Amenmose, les rayons X ont clairement fait apparaître une fracture de l'os hyoïde.

— Mais nous ne savons pas *qui* l'a frappé.

— Je suis prêt à parier que c'est Aÿ lui-même.

— Oh ! de nos jours, dans une salle d'audience, Aÿ serait sûrement déclaré coupable. Il serait coupable d'avoir *fomenté* un complot en vue d'assassiner son rival. L'idée venait de lui, ça, j'en suis sûre. Mais nous n'en savons pas plus. Amenmose a été momifié dans les règles de l'art et placé dans un cercueil intérieur, puis dans plusieurs sarcophages afin de reposer pour l'éternité dans sa tombe. Alors, qui l'a tué ? Et qui a réussi à récupérer le corps pour l'enterrer en aussi grande pompe ?

— Hé, tu sais que c'est moi, l'égyptologue, ici ? la taquina Jensen.

— Oui. Et, moi, je suis criminologue. Il faut qu'on découvre qui a fait le coup et pourquoi, répliqua-t-elle avec légèreté.

— Je crois que nous pouvons être tranquilles : qui qu'il soit, le meurtrier est lui-même passé de vie à trépas depuis belle lurette, déclara Jensen avec un large sourire.

— Le meurtrier d'Amenmose, oui.

— Ah ! Mais pas celui de Henry, c'est ça ?

Elle hocha la tête.

— Ton cousin et cet autre type, Micah, sont du FBI. Ils vont creuser jusqu'à ce qu'ils trouvent la vérité. Ils ne sont pas près de laisser tomber, surtout maintenant, après ce qui vient d'arriver à Vivian, déclara-t-il avec assurance. Au fait, tu sais quoi ? Tous les billets d'entrée à l'exposition se sont vendus comme des petits pains. L'ouverture a été repoussée de vingt-quatre heures, bien sûr, mais c'est un énorme succès. Demain, l'expo se tiendra à guichets fermés ! Ce n'est pas que les chiffres des préventes n'aient pas été bons, mais maintenant que nous avons des momies qui se baladent dans le musée... On fait un tabac !

— J'ai vu le journal télévisé et lu quelques journaux. Oui, c'est un excellent sujet pour exciter les esprits avides de sensationnel. À ceci près qu'il n'y a jamais eu de momie arpentant les couloirs du musée. C'était Vivian. Au fait, sais-tu comment elle va ?

— Elle a repris connaissance et elle fait déjà marcher à la baguette le personnel de l'hôpital, c'est le signe qu'elle va mieux.

— Dieu merci. Mais qu'a-t-elle dit ?

— Rien. Elle ne se souvient de rien. Elle va passer entre les mains de psychiatres et autres psychologues, on verra ce qu'il en sort. Mais, pour le moment, on n'en sait pas plus.

— Elle s'en est tirée, c'est le principal.

— Bien sûr, renchérit Jensen.

Puis il demanda :

— Qu'est-ce que tu fais, ce soir ?

— Ce que je fais ? répéta Harley, prise de court par le brusque changement de sujet.

Une étrange tension s'empara d'elle. Elle avait failli sortir avec lui en Égypte, un an plus tôt. Failli. Oh ! rien ne l'avait rebutée, chez Jensen. Il avait tout pour plaire : il était beau, intelligent, drôle et…

Bref, elle l'aimait beaucoup.

Mais elle redoutait tout à coup que cette invitation ne prenne la tournure d'un rendez-vous galant. Il n'y aurait rien eu de mal à cela, bien sûr. Ils avaient plaisanté, flirté, s'étaient peu à peu rapprochés. Mais, aujourd'hui, elle préférait garder ses distances, sans d'ailleurs trop savoir pourquoi. Ce devait être le contrecoup de tout ce qui était arrivé… De tout ce qui *arrivait*.

Elle ne voulait pas avoir à lui opposer un refus. Elle tenait à conserver son amitié. Peut-être même à garder une porte ouverte sur l'éventualité d'une relation future.

— Euh, je… je ne sais pas trop, bredouilla-t-elle. Je suis venue ici ce matin parce que tu disais avoir besoin de moi.

— Oui, mais là, ce n'est pas professionnel.

— Oh… Eh bien…

Jensen se mit à rire doucement.

— Ne t'en fais pas. Je ne te mets pas la pression… pas encore. On avait simplement dans l'idée d'essayer de réunir tout le groupe de l'expédition. Ceux qui ont été les derniers à côtoyer Henry, ajouta-t-il.

— Oh ! D'accord. Eh bien, tu sais que l'amie de mon cousin est propriétaire d'un établissement et…

— Ah, mais oui ! Le Finnegan's à Broadway. Excellente idée. On avait prévu de se retrouver quelque part, à mi-chemin entre les domiciles des uns et des autres, mais une fois qu'on est dans le métro, quelle importance ? Nous avons discuté, Belinda, Joe, Roger et moi. Et nous nous sommes dit que nous nous devions d'organiser notre petit événement privé, entre nous. Tu peux nous réserver une table dans un coin tranquille, au Finnegan's ?

— Tout le monde peut réserver, mais…

— Mais on prêtera plus d'attention si la demande vient de toi.

— C'est un pub, tu sais. Ce qui est synonyme d'hospitalité. Ils s'efforcent d'être prévenants envers toute leur clientèle.

— Mais ils le seront davantage avec toi.

Elle capitula.

— OK. Je m'occuperai de la réservation.

— Super. Donc, tu te joins à nous ?

— Bien sûr. Vous avez eu une très bonne idée.

Son esprit changea de direction et se concentra sur le musée. Il restait encore un peu de temps à la police pour poursuivre leurs investigations et examiner les objets de la collection Henry Tomlinson, mais, demain, une fois les lieux ouverts au public, tout serait terminé. S'ils passaient à côté de preuves aujourd'hui, elles seraient perdues à jamais.

— Je t'adore ! s'exclama Jensen en l'attrapant par les épaules et en plantant un rapide baiser sur ses lèvres. Je suis vraiment content que tu sois de la partie ! J'avais peur que tu refuses.

— Non, non, je viendrai, lui assura Harley. Bon… Je croyais que tu avais besoin de mon aide ici ?

— Oui… Fais un tour de l'exposition. Certains des travaux présentés ici sont de toi, comme les légendes explicatives que tu rédigeais alors même que nous n'avions pas encore localisé la tombe. Pour quelqu'un qui se destinait à la criminologie, tu étais vraiment une bonne égyptologue.

— Hé, tu oublies que beaucoup de gens, aujourd'hui, ont plusieurs cordes à leur arc. Et je te rappelle que l'égyptologie était ma matière secondaire.

— C'est bien pour ça que j'ai fait appel à toi. Donc, je voudrais que tu jettes un coup d'œil global, pour t'assurer qu'aucune erreur stupide ne s'est glissée nulle part.

— OK. Mais je ne suis pas la personne la plus qualifiée pour effectuer une telle vérification.

— Penses-tu ! Tu aurais *dû* choisir l'égyptologie comme discipline principale. J'ai bien vu à quel point tu étais douée quand on creusait un peu certains sujets ardus. Tu savais qui pensait quoi, tu connaissais tout de la controverse au sujet des dieux, tout ! Et tu portais un réel intérêt à notre travail. Tu voulais simplement en faire plus concernant les empreintes digitales, l'ADN et la partie « enquête ». Mais cette exposition est autant ton bébé que le nôtre. Allez, vas-y... Fais le tour. Tu vas adorer !

Il la salua de la main et commença à s'éloigner en direction du temple, puis, apparemment, se ravisa et fit demi-tour pour s'en aller dans le sens opposé. Le temple ne menait nulle part, sauf, bien sûr, pour les employés du musée. Il y avait derrière un couloir de service qui menait à l'escalier et à une partie des bureaux du musée.

— Où vas-tu ? lança-t-elle.

— Nettoyer... Après le passage de la police, répondit-il.

— Nettoyer quoi ?

Il ne l'entendit pas ou fit mine de ne pas l'avoir entendue. Mais une chose était sûre : il n'allait pas dans son bureau.

Elle consulta sa montre.

Ainsi donc, c'était tout ce qu'il voulait ? Qu'elle jette un coup d'œil aux objets exposés ? Il avait dit avoir besoin d'aide en raison de l'absence de Vivian, mais, en fin de compte, il ne lui demandait pas grand-chose.

Après tout, peu importait. Elle avait l'exposition entière pour elle toute seule. Une occasion comme celle-ci ne se représenterait pas.

Elle n'était plus partie prenante de tout cela ; elle était l'invitée de Jensen uniquement parce que, un an plus tôt, elle avait fait partie de l'expédition. Elle ne vouait pas à l'égyptologie la dévotion qui avait guidé certains des autres membres de l'équipe, mais il était vrai qu'elle aimait l'histoire de l'Égypte ancienne.

Non, elle n'aurait probablement pas d'autre occasion de se promener seule dans l'exposition.

L'espace d'un moment, elle demeura immobile, puis un sourire étira lentement ses lèvres. Elle se dirigea vers la droite et entra dans l'une des salles où le contexte social et politique du temps d'Amenmose était expliqué. Elle avait accompli une bonne partie du travail de recherche et réuni la documentation qui avait servi de base à la rédaction des commentaires de l'exposition.

En entrant dans la première salle, elle regarda autour d'elle. Divers ustensiles de la vie quotidienne étaient présentés dans des vitrines ; bien sûr, il y avait aussi de merveilleux colliers et bijoux, mais Harley avait toujours été plus intéressée par les jarres, récipients et autres objets usuels qui témoignaient de la vie de tous les jours en ces temps anciens.

Le clou de l'exposition, sculpté avec une extraordinaire finesse, était une statue du dieu Rê, représenté avec une tête de faucon, surmontée du disque du soleil.

Elle lut à voix haute :

— Rê, ancien dieu égyptien du soleil. Son culte atteignit son apogée sous l'Ancien Empire, à l'époque de la Ve dynastie, entre le XXVe et le XXIVe siècle avant Jésus-Christ. Il serait rejoint par la suite par d'autres divinités, à différentes périodes. Les grands changements intervenus sous Toutankhamon, après le règne de son père, Akhenaton, et sa propre accession au trône, portèrent essentiellement sur le retour à l'ancienne religion et aux valeurs traditionnelles. Sous le règne d'Akhenaton, les anciens dieux avaient été délaissés, méprisés ; de nombreuses statues et monuments érigés à leur gloire, démolis. La dévotion d'Akhenaton pour sa religion — celle de la divinité Aton, le disque de Rê, qu'il voulait voir vénérée entre toutes — avait affaibli l'armée égyptienne, induisant dans ses rangs une passivité qui fut considérée comme une trahison par certains alliés du royaume. Toutankhamon, entendant réparer le mal qu'avait, de son point de vue, fait son père, décida de restaurer le culte de tous les dieux traditionnels, y compris Amôn, Mut et les autres divinités qui constituaient la hiérarchie des déités de l'ancienne puissance égyptienne. Amon-Rê, ainsi qu'était souvent désigné Rê, et les autres allaient voir leur suprématie rétablie. Aux yeux de Toutankhamon, son père ne lui avait légué en héritage que la destruction des anciennes croyances. Il entendait, lui, construire un monde meilleur. À cet effet, il se tourna, non pas vers le prêtre Aÿ, qui exerçait le pouvoir suprême au titre de régent du roi-enfant, mais vers le prêtre Amenmose.

Ses paroles résonnèrent dans la salle vide.

— Pas mal du tout, déclara-t-elle avec satisfaction.

Un autre sarcophage, enterré avec Amenmose, était présenté dans la dernière vitrine. C'était celui d'une servante, une jolie femme, à en juger par le dessin qui avait été peint sur le sarcophage.

— Qu'en dis-tu ? demanda-t-elle en contemplant l'image de la femme morte depuis des millénaires. Le Nouvel Empire, le Moyen Empire, l'Ancien Empire, les périodes intermédiaires... il est facile de s'y perdre. Et je ne parle pas des dynasties ! Mais je crois que la présentation d'ensemble fonctionne bien... et je n'y suis pas étrangère. C'est compréhensible et simple, sans être simpliste. Bien sûr, de mon point de vue, le jeune roi Toutankhamon a probablement été assassiné, lui aussi. Mais nous n'en saurons jamais rien parce que Howard Carter, le découvreur de sa tombe, l'a mise au jour il y a beaucoup trop longtemps.

Elle lut le cartel, au-dessous du sarcophage. La jeune femme s'était appelée Ser. Elle n'avait pas été tuée pour accompagner son maître dans sa dernière demeure, mais avait succombé d'une fièvre, avant que lui-même ne décède. Son sarcophage avait été placé dans cette tombe ultérieurement pour qu'elle repose auprès de l'homme qu'elle avait si loyalement servi.

À côté d'elle se trouvait un autre serviteur, Namhi. Comme Amenmose, Namhi avait été étranglé. Aucune explication le concernant ne figurait sur ses bandelettes ou dans la tombe. Compte tenu de tout ce qu'elle avait pu lire sur le sujet, Harley soupçonnait Namhi soit d'avoir été un instrument de meurtre, soit d'avoir appartenu au culte d'Aton-Aton, une société secrète prétendant soutenir la remise en cause religieuse opérée par

Toutankhamon, mais s'efforçant, sous le manteau, de la saboter. Du vivant d'Amenmose, on avait même suspecté Namhi d'être l'un des initiateurs de ce culte. Rien que pour cela, Aÿ aurait eu toutes les raisons de vouloir se débarrasser de lui, ainsi que d'Amenmose. Mais ce dernier avait également pu être tué par la demi-sœur ou le beau-frère de Toutankhamon.

Aÿ, en fait, avait été le grand vizir. Et, à la mort de Toutankhamon, il serait devenu pharaon.

— Vous aviez tous vos raisons, murmura Harley.

Oui, exactement comme cela semblait être le cas de tous, aujourd'hui, pour le meurtre de Henry Tomlinson et la tentative de meurtre commise contre Vivian Richter. Personne n'avait de mobile évident — ou, plutôt, tous avaient les mêmes ! La notoriété, l'ambition, le statut social. Mais... cela suffisait-il à pousser quelqu'un à commettre un crime ?

Harley se retourna pour regarder la vitrine dans laquelle des animaux momifiés étaient présentés. Elle contemplait la momie d'un chat lorsqu'un affreux miaulement lui perça les tympans, semblable à celui d'un chat se coinçant la patte dans une portière de voiture.

Elle se figea et sentit ses avant-bras se couvrir de chair de poule.

Il n'y avait pas de chat dans le musée. Pas de chat vivant, du moins.

Un silence oppressant s'ensuivit. Puis Harley entendit remuer dans l'une des salles sur lesquelles donnait le hall principal de l'exposition consacrée à Amenmose.

Elle dressa l'oreille, immobile.

Elle s'était toujours considérée comme une personne cartésienne. De toute évidence, un chat momifié ne pouvait pas faire de bruit ni produire le moindre son. Quelqu'un d'autre devait donc se trouver non loin. Et peut-être qu'un chat avait d'une façon ou d'une autre réussi à s'introduire dans le bâtiment sans que personne s'en aperçoive ?...

C'était une explication logique — la seule, en fait — et,

pourtant, l'étrange sensation de malaise qu'avait déclenchée le miaulement refusait de se dissiper.

Elle sortit rapidement de la salle dans laquelle elle se trouvait, la plus proche du temple. Il lui sembla discerner un mouvement à l'autre bout du grand hall.

Une forme humaine, vêtue de noir.

Ce couloir constituait une impasse pour les visiteurs. Un magnifique podium y avait été érigé, sur lequel se trouvaient les sculptures monumentales de lions qui avaient gardé la porte intérieure de la tombe d'Amenmose. En contournant le podium, on se retrouvait dans la deuxième partie de l'exposition, puis on devait sortir pour regagner le reste du musée.

Elle n'avait pas de raison de redouter une autre présence humaine, pensa-t-elle. Après tout, des gens travaillaient ici ! Sans compter la police et les techniciens de scène de crime qui essayaient encore probablement de recueillir des indices et de comprendre comment Vivian Richter avait été agressée et empoisonnée à la nicotine.

Mais...

Il y avait eu quelque chose de furtif dans la façon dont la silhouette entrevue se déplaçait.

Ma foi... Au moins ne s'était-il pas agi d'une momie hantant les couloirs du musée !

La personne entrevue, qui qu'elle soit, était habillée de noir de la tête aux pieds. Et elle s'était coulée le long du mur comme si elle ne voulait pas être vue.

Bizarre.

La salle dans laquelle elle se trouvait maintenant présentait les différentes étapes de la momification. Dans une grande vitrine, un mannequin étendu sur une table de travail illustrait la phase de dessiccation induite par le natron tandis que des prêtres récitaient leurs prières et l'oignaient d'huiles et autres substances parfumées. Dans la vitrine suivante, c'était le processus d'enveloppement lui-même qui était représenté.

Elle poursuivit sa visite et entra dans une nouvelle salle,

remplie de sarcophages et de momies, certaines intégralement enveloppées, d'autres, à demi, d'autres totalement dépourvues de leurs bandelettes. Et parmi elles…

Elle marqua une pause, le regard rivé sur la Momie Inconnue n° 1. Et, d'un seul coup, l'image, parfaitement nette et vivace, de la nuit où Henry était mort lui revint en mémoire. Elle revit l'intérieur de la tente de stockage, Henry lui-même, le visage illuminé par l'enthousiasme.

Un bruissement dans le hall capta son attention, interrompant brusquement le fil de ses pensées.

Stop ! s'intima-t-elle fermement. Elle n'allait tout de même pas se mettre à sursauter au moindre bruit !

N'importe qui pouvait se trouver là. Un membre du personnel qui travaillait, un policier explorant le musée en quête d'un indice.

Mais non. Ces sons feutrés… La personne qui se déplaçait cherchait à passer inaperçue.

Vivement, elle se précipita vers l'entrée de la salle et regarda à droite puis à gauche. Deux possibilités se présentaient à elle. Courir vers les statues et s'échapper par l'arrière, en direction des bureaux et des salles de service.

Ou apostropher l'inconnu qui rôdait dans le secteur et lui enjoindre de se montrer.

C'est ça, s'admonesta-t-elle, se ravisant aussitôt. *Pour finir étranglée par une ceinture ou le corps emmailloté de bandelettes empoisonnées ?*

Elle s'aperçut que son cœur battait la chamade. Jamais elle n'aurait pu imaginer être prise d'une telle frayeur, en plein jour, dans un musée. Même lorsqu'on les avait forcés à quitter le Sahara en catastrophe, elle n'avait pas eu aussi peur.

Harley s'adossa au mur, attendant, le pouls résonnant à ses oreilles. Puis, de nouveau, l'effrayant miaulement se fit entendre.

Bon sang, ce n'était pas une fichue momie qui criait comme ça ! C'était un chat bien vivant qui se trouvait dans le musée.

N'écoutant plus que son instinct, qui lui soufflait de déguerpir, elle jaillit de la salle comme une fusée.

— Harley !

Ce n'était pas un cri, mais un chuchotement. Un chuchotement pressant, intense. Sans trop savoir pourquoi, elle eut le sentiment qu'il n'était pas menaçant.

Prenant ses jambes à son cou, elle se mit à courir.

— Harley !

Ce murmure, encore... Pas loin derrière elle.

Elle n'atteindrait jamais la sortie !

Elle fit volte-face et n'eut que le temps de voir Micah Fox lui foncer dessus.

L'instant suivant, l'agent spécial la percutait de plein fouet, surpris par l'arrêt brutal de sa course, et elle se retrouvait étalée par terre, dos au sol, contemplant, les yeux écarquillés, Micah Fox qui la chevauchait.

— Harley... Bon sang !

Fox. L'agent spécial Micah Fox !

Elle le regarda sans comprendre. L'espace d'un moment, elle se demanda si c'était lui qui l'avait traquée dans l'exposition Amenmose.

— Il y avait quelqu'un là-bas ! Quelqu'un qui me surveillait.

— Oui, dit-il posément. Et, maintenant, grâce à vous, ce quelqu'un a pris la fuite.

Micah se releva et tendit la main à Harley.

— Comment ça ? s'enquit-elle.

— Je le tenais presque. *Le* ou *la*... Je ne sais même pas si c'était un homme ou une femme. Et puis vous avez fait suffisamment de vacarme pour réveiller un bataillon entier de morts...

— Ah, non, pardon ! se récria-t-elle. C'est vous qui avez fait du bruit.

— Harley, si vous étiez restée là où vous étiez...

— Si j'avais sagement attendu qu'on vienne m'assassiner, vous voulez dire ? Judicieux conseil venant d'un représentant de la loi !

— Harley, lança-t-il avant de s'interrompre.

Un sourire en coin étira ses lèvres et il secoua la tête.

— Désolé. Je crois que c'est parce que vous êtes la cousine de Craig et que vous êtes étudiante en criminologie... Alors, j'ai tendance à...

— À quoi ?

— Eh bien, à supposer que vous alliez réagir comme si vous étiez formée au comportement criminel et... que vous participiez à l'enquête.

Elle demeura muette un instant, le regardant, les lèvres pincées. Puis elle lui décocha un sourire glacial.

— OK, voyons les choses comme ça : prenez les médecins. Certains sont de grands praticiens et d'autres, des diagnosticiens. Je suis l'équivalent d'une diagnosticienne. Dans ma formation, on m'apprend à découvrir ce qui s'est passé, pas à me jeter dans la bataille, tête baissée et arme au poing, quand les coups de feu pleuvent de toutes parts !

Il l'écouta, visiblement amusé.

— Bon, OK. Allons jeter un coup d'œil du côté des bureaux pour voir si nous trouvons quelqu'un, d'accord ?

Lui tournant le dos, elle se dirigea d'un pas ferme vers la porte marquée Réservé aux membres du personnel — comme s'ils étaient dans un parc à thèmes et non dans un musée — et poussa le battant qui, heureusement, n'était pas fermé à clé.

Un long couloir s'ouvrait devant elle. À sa gauche s'alignaient des bureaux ; à droite, les laboratoires et les salles de préparation. Sur une porte figurait le nom de Gordon Vincent. Elle ne le connaissait pas vraiment, s'avisa-t-elle, alors qu'il était responsable de l'exposition Amenmose et directeur du musée. Il avait le physique de l'emploi : massif, environ un mètre quatre-vingts, les cheveux gris, l'air pénétré de son importance. Sur la porte du bureau qui jouxtait le sien, un nom provisoire avait été ajouté ; cela se voyait à la façon dont l'étiquette d'identification avait été apposée sur la plaque initiale. Il s'agissait d'Arlo Hampton.

Suivait une porte portant une plaque dorée où se détachait en lettres noires le nom de Vivian Richter.

Jensen Morrow disposait de son propre bureau, lui aussi, étant donné qu'il faisait maintenant partie du personnel du musée.

Il n'y avait personne dans le couloir. En regardant au travers de la large paroi vitrée du laboratoire, ils virent qu'Arlo n'était pas dans son bureau, mais au labo. Il travaillait sur l'une des momies non identifiées qu'ils avaient découvertes dans la tombe, passant les restes humains sous les rayons X. Harley attendit qu'il ait terminé, puis elle frappa à la vitre. Arlo releva vivement la tête, surpris. Il vit Harley et lui adressa un grand sourire, puis il avisa Micah, ce qui ne parut pas le ravir autant. Il disparut à leur vue, le temps de passer par le sas où le personnel changeait de vêtements, puis il ouvrit la porte donnant sur le couloir, un large sourire aux lèvres.

En fait, tout son visage semblait s'animer lorsqu'il croisait le regard de Harley.

Il ne semblait pas du tout préoccupé par le fait qu'une collègue soit actuellement hospitalisée à la suite de la tentative de meurtre mise en scène de façon particulièrement grotesque qui avait été commise contre sa personne.

— Harley, content de te voir. Jensen m'a dit qu'il t'avait demandé de venir. Je crois qu'il comptait te demander de travailler avec lui aux ajouts que nous envisageons d'apporter ? Je vais être franc : j'aurais bien voulu que tu intègres notre équipe, ici. Je voudrais disposer d'une salle consacrée à ce que l'examen de ces momies nous a permis de découvrir, et à ce que nous savons de leur mort. Toutes ces conjectures autour de Toutankhamon... Ce n'est encore que pur spéculation et ce n'est pas à nous de trancher. Ce sont ces momies-là, le cœur de notre sujet !

— Merci pour le vote de confiance, répondit Harley, se demandant pourquoi Jensen ne lui en avait pas parlé. Je suis contente de pouvoir aider à... achever les préparatifs avant le grand jour.

— Super. Et vous, agent Fox, poursuivit Arlo en se tournant vers lui. Êtes-vous associé à l'enquête de police ? Ils sont restés la nuit entière ici, mais ils n'ont rien trouvé. Évidemment, l'interdiction d'entrer dans le bureau de Vivian est maintenue et l'exposition d'Amenmose n'ouvrira que demain, mais... quelle histoire !

— Oui. Quelle histoire, répéta Micah d'une voix parfaitement atone. Puis-je vous demander votre avis sur ce qui est arrivé à Vivian Richter ?

— Son mari est à son chevet en ce moment même, déclara Arlo. N'allez pas vous imaginer que nous nous soucions plus des morts que des vivants, mais, vous comprenez... Tout ne peut pas s'arrêter à cause de cet incident, si regrettable qu'il soit.

— Oui, mais ce regrettable incident s'est produit au musée, lui rappela Micah.

— Bien sûr, bien sûr. Mais enfin... Elle n'est pas morte. Ce devait être une plaisanterie qui a mal tourné, vous ne croyez pas ? À mon avis, un étudiant qui lui en voulait de l'avoir fait trop travailler a dû se glisser parmi la foule des invités et lui jouer ce qu'il pensait n'être qu'un mauvais tour et...

— L'empoisonnement à la nicotine n'a rien d'une plaisanterie.

Arlo parut sincèrement perplexe.

— C'est forcément quelqu'un qui est arrivé par l'arrière du bâtiment. Sinon, l'agresseur aurait été filmé par les caméras. Or les seules personnes qui apparaissent dans les vidéos de surveillance sont vous deux et Jensen Morrow. Bien sûr, il y a aussi des accès à partir du sous-sol — des entrées secrètes. Saviez-vous que le bâtiment édifié par Astor était à l'origine une banque ? C'est pourquoi il est doté de ce majestueux hall principal. Mais, à propos d'entrées secrètes, et puisque les flics passent tout au peigne fin... Vous voulez peut-être que je vous les montre et que je vous fasse faire le tour du bâtiment ?

— S'il vous plaît, répondit Micah. Mais, d'abord, dites-moi, qui d'autre travaille aujourd'hui ?

— Eh bien, tout dépend de ce que vous appelez « travailler ».

Je pense que tout le monde est ici. La seule qui n'ait pas directement participé à la préparation de l'expo, c'est Harley. Belinda, Joe et Roger ont donné environ dix heures de leur temps, chaque semaine. Jensen est ici à plein temps, ce que vous savez certainement. Joe et Belinda travaillent à temps complet pour deux des autres grands musées de la ville et Roger enseigne désormais. Ils ont tous fait une apparition, à un moment ou à un autre, ce matin, pour venir jeter un dernier coup d'œil à la partie qui leur avait été confiée. Les flics ont tout retourné pour tenter de découvrir d'où venaient le lin et le poison. Mais, franchement, je ne crois pas que nous ayons du lin véritable ici. Et puis, d'ailleurs, même un profane sait que ce n'est pas ainsi que se faisaient embaumer les anciennes momies égyptiennes.

— Et, donc... Qui d'autre encore se trouvait ici ce matin, Arlo ?

— Voyons... Il y avait Ned Richter. Il a quitté l'hôpital pour faire une brève apparition, avant de retourner auprès de Vivian.

— Et ?..., souffla Harley.

— Comme je l'ai dit, à peu près tout le monde, à un moment ou à un autre. Mais, comme vous avez pu le constater, je suis occupé. Je n'ai pas passé mon temps à surveiller les allées et venues. On a encore un tas d'objets usuels et d'objets d'art à trier et à identifier... Lorsque Alchemy a eu vent de l'arrivée imminente de ces insurgés, en Égypte, la société et le gouvernement ont dépêché des types avec de gros camions pour vider la tombe, momies comprises, et emporter le maximum de choses avant que des voleurs ne viennent la piller. Quand je pense que certains voient l'Occident comme un voleur ! Alors que tout ce que nous avons entre les mains a été dûment visé par le gouvernement égyptien et que tout lui sera restitué, ce qui avait été clairement établi dès le début.

Arlo semblait donner une grande importance au respect des accords internationaux qui avaient été conclus.

C'était parfaitement admirable.

À ceci près que Henry était mort. Et que Vivian avait bien failli être tuée, elle aussi.

— Bon, et si vous nous emmeniez faire cette visite, maintenant ? suggéra Micah.

Harley nota la façon dont son visage s'animait quand il souriait. De toute évidence, travail ou pas, il avait le sourire facile. Et il avait un sourire qui lui donnait envie de découvrir ce que ce serait de bavarder agréablement avec lui, dans un restaurant.

— Je ne peux pas vous faire tout visiter. Nous allons nous concentrer sur cette exposition. Vous remarquerez que nos bureaux sont situés dans cette partie, près de la direction, de Gordon Vincent. C'est quelqu'un de très avisé, très érudit. Il nous a apporté tout son soutien. C'est lui qui a tenu à ce que nous soyons installés près de lui. Cela lui permet d'être immédiatement mis au courant de tout ce que nous découvrons.

— Donc, il aurait pu être dans son bureau avant que Vivian ne sorte en criant ? demanda Micah.

— Je suppose que oui, répondit Arlo. Mais est-ce que vous suggérez que Gordon ait pu être impliqué ? Je n'y crois pas.

Harley ne le pensait pas non plus. Il n'avait pas fait partie de l'expédition. Elle voyait d'ailleurs que Micah ne croyait pas non plus réellement à la culpabilité de Vincent ; simplement, il ne laissait rien au hasard.

— Bon, allons-y, reprit Arlo.

Il retira sa blouse de laboratoire et se mit en route.

— Comme vous pouvez voir, ici, c'est le laboratoire, une sorte de salle blanche, si vous préférez. Pour y entrer, il faut revêtir une tenue spéciale, des gants et un masque. On ne sait jamais ce qui pourrait se terrer dans le sol depuis des millénaires ! Et, là-bas, les bureaux administratifs. On croirait se trouver au rez-de-chaussée... du moins, c'est l'impression que ça donne. Juste au-dessous de l'endroit où nous sommes, il y a la cafétéria et un autre grand espace réservé aux expositions internationales. Cette exposition-ci est un peu différente. Elle est internationale, bien sûr, mais l'égyptologie a toujours occupé une place de choix dans les goûts du public. Malheureusement, les musées manquent d'argent — tous ont besoin de donations, du mécénat — et les momies coûtent très cher. Savez-vous qu'à l'époque victorienne, quand de nombreuses momies ont été découvertes, les gens les utilisaient parfois pour allumer des feux de cheminée ? Oui, si incroyable que cela puisse paraître, des gens très respectueux de la religion, des paysans très pieux, se servaient de restes humains pour allumer leurs feux.

Il poursuivit ses explications, leur montrant en chemin différentes salles de recherche et d'autres bureaux. Puis ils arrivèrent devant un escalier — un vieil escalier de pierre incurvé, étroit et raide, qui s'enfonçait vers le sous-sol.

— Il permettait d'accéder aux chambres fortes. Il ne devait pas être facile de voler quelque chose là, en bas, quand c'était une banque !

Ils s'engagèrent à sa suite dans l'escalier, mais dépassèrent le niveau du sous-sol pour descendre plus bas, jusqu'au second sous-sol.

— Cette cage d'escalier ne dessert pas le premier niveau ? demanda Harley.

— Non. Et, attention ! les mit en garde Arlo en braquant une torche électrique dans leur direction alors que la lumière de l'étage supérieur les éclairait encore. Il va bientôt faire sombre.

Harley tira une petite lampe de son sac en même temps que Micah en sortait une de sa poche. Elle se targuait de ne jamais sortir de chez elle sans en avoir une.

— On y voit encore un peu. Il y avait un éclairage, mais l'endroit a été saccagé pendant la Grande Dépression, expliqua Arlo. Comme vous voyez, l'agencement des couloirs forme une croix presque parfaite, chacun d'eux ouvrant sur cinq chambres fortes. L'élite de l'élite conservait ses trésors ici. Le musée utilisera cet espace lorsque le besoin s'en fera sentir, mais ce n'est pas encore vraiment le cas pour l'instant. La qualité des expositions importe plus que la quantité, n'est-ce pas ?

Arlo continua à bavarder allègrement. Ils notèrent ce qu'il avait voulu dire en parlant de l'agencement en croix ; à chaque intersection, des chambres fortes étaient réparties de part et d'autre du couloir, toutes de taille légèrement différente.

— Et est-ce qu'il y a une sortie ? demanda Harley.

Arlo n'eut pas le loisir de répondre. Un renfoncement étroit s'ouvrait sur ce qui semblait être un simple recoin vide au fond d'une salle voûtée, orientée du côté de Central Park. Micah s'avança résolument dans cette direction.

Harley lui emboîta le pas, suivie d'Arlo.

— Que se passe-t-il ? demanda-t-il en voyant Micah s'arrêter net.

Ce dernier avait repéré quelque chose. Entendant un grincement métallique, Harley comprit qu'il avait trouvé une porte. Et l'avait ouverte.

Elle le rejoignit et regarda par-dessus son épaule.

Elle ne vit que du noir.

— Un tunnel de métro abandonné. Il y en a plein la ville, murmura Micah.

— Vous posiez la question à propos des issues… En voilà une. Plus simplement, on peut aussi passer par la porte qui permet de remonter jusqu'au parc et aux aires de pique-nique qui jouxtent le musée, expliqua Arlo en pointant le doigt vers la droite. Mais un tunnel de métro abandonné… Il me semble avoir entendu une rumeur à ce sujet, mais sans avoir jamais su si elle était fondée ou non. Super !

— Oui. Super, ajouta Micah d'un ton dénué d'humour. Et donc… Est-ce que tout le monde connaît cette issue donnant sur Central Park ? demanda-t-il à Arlo.

— Oh ! je ne pense pas. Seulement les employés du musée. Et peut-être les gens à qui ils l'ont dit.

— Bon. Il faudra peut-être faire poser un cadenas sur cette porte, annonça Micah. Cette information peut très bien s'être répandue.

Il marqua une pause, étudiant Harley.

— Je vais faire poster des policiers en faction dans ce deuxième sous-sol, lui dit-il. Il faut que j'aille à l'hôpital. On m'a fait savoir que Vivian avait repris connaissance et était en état de parler. Mais j'aurai besoin de vous voir plus tard. Savez-vous où je pourrai vous trouver ?

Harley hésita, puis haussa les épaules.

— Au Finnegan's, sur Broadway.

— Dans l'établissement qui appartient à la famille de Kieran ?

— Il n'y a qu'un Finnegan's à Broadway.

— Vous êtes sûre d'être là-bas ?

— Oh ! oui. Je dois y retrouver mes collègues de l'expédition.

— Dont moi ! intervint joyeusement Arlo.

Il soupira.

— Malheureusement, Vivian ne sera pas parmi nous. Et Ned Richter non plus, probablement.

— Henry non plus ne sera pas là, assena Harley.

— Non, bien sûr, admit Arlo.

Il eut un petit sourire gêné.

— Mais au moins sommes-nous sûrs qu'aucune momie ne viendra semer la terreur au Finnegan's. Peut-être une banshee ou deux, ajouta-t-il en référence à la légende des créatures surnaturelles de la mythologie celtique. Mais certainement pas de momie.

Ni Harley ni Micah ne réussirent à sourire de sa plaisanterie.

Tandis qu'ils quittaient les lieux, Harley se souvint du chat qu'elle avait entendu miauler. Il n'y avait plus eu aucun bruit après l'apparition de Micah — lui reprochant d'avoir mis en fuite la personne qui, apparemment, la suivait. La personne que lui, à son tour, avait prise en chasse. Avant de perdre sa trace.

4

— J'étais dans mon bureau, déclara Vivian Richter.

Sa voix s'éteignit. Elle se concentra, les sourcils froncés.

— J'étais dans mon bureau et puis...

— Et puis ? souffla doucement Micah.

Vivian était assise dans son lit d'hôpital, calée contre ses oreillers. Craig et Micah se tenaient face à elle, au pied du lit.

La police locale était déjà venue la voir. Mais Micah opta pour passer l'éponge, l'enquête n'ayant été dévolue au FBI que depuis peu. Vivian, cependant, les avait informés du passage de McGrady et de Rydell. Et l'infirmière de service, dans le couloir, leur avait confié que McGrady l'avait presque fait pleurer en exigeant d'elle qu'elle fasse un effort pour se rappeler ce dont elle était incapable de se souvenir.

Micah avait reçu un appel de Rydell, puisque plusieurs forces de l'ordre travaillaient toujours conjointement sur l'affaire, sous la houlette du FBI.

En général, j'ai des collègues tout à fait compétents. La police de New York est très efficace, vous savez, lui avait-il assuré, s'excusant une fois de plus pour son partenaire.

Micah lui avait dit de ne pas s'inquiéter ; arguant que n'importe quelle force de police pouvait avoir un ou deux moutons noirs — que celui du NYPD était McGrady. Il ne l'avait pas exactement formulé ainsi, mais Rydell avait parfaitement compris le message.

— Je parie que vous deviez vous réjouir de l'ouverture de cette exposition, dit Micah. Tout ce travail qui avait été accompli. Puis cette fabuleuse découverte… et la terreur dans le désert, la mort de Henry Tomlinson et la crainte que ces rebelles armés n'attaquent le camp. Mais ensuite, ici… C'était l'aboutissement de votre rêve : montrer l'exposition Amenmose aux États-Unis.

— Oh ! oui, j'étais aux anges. Nous devions accueillir tous nos étudiants de dernière année, la nièce de Henry et sa famille, ses petites-nièces… Ou petits-neveux, je ne sais plus ? Et d'autres enfants étaient certainement également présents…

Elle s'interrompit, rembrunie.

— Seigneur ! Dire que j'ai surgi là, devant eux, déguisée en…

— En momie. Vivian, réfléchissez. Est-ce que quelqu'un est venu vous voir dans votre bureau pendant que vous vous prépariez pour la grande célébration ?

Son froncement de sourcils s'accentua.

— *Tout le monde* est passé me voir. Tout le monde. Ned, bien sûr, qui était tout aussi excité que moi. C'est un administratif et moi, je suis égyptologue, mais nous sommes mariés, si bien que c'était une soirée incroyablement forte en émotions pour nous deux. Arlo n'a cessé d'entrer et sortir, s'affairant aux détails de dernière minute. Les étudiants… Je crois qu'ils ont tous fait une incursion dans mon bureau à un moment ou à un autre. Belinda voulait que je voie sa robe et Joe — ce garçon est un tel charmeur ! — se demandait s'il était suffisamment élégant. Voyons… Ah oui. Jensen. Il est embauché ici désormais, vous savez. Je l'ai vu à plusieurs reprises. Et puis…

Elle se tut subitement et sa bouche s'arrondit lentement en un O horrifié.

— Quelque chose vous revient ? s'enquit vivement Craig.

— J'ai vu… une des momies entrer. Elle… elle marchait. Oui, oui, c'est ça… J'en suis sûre ! Il y avait une momie ! Oh ! mon Dieu. Je me souviens maintenant. Elle me dévisageait…

Elle se mit à trembler. Micah et Craig échangèrent un regard, se disant qu'il était peut-être temps d'appeler l'infirmière.

Mais, d'abord, ils s'approchèrent d'elle et lui prirent chacun une main.

— Tout va bien maintenant. Vous ne risquez plus rien, la rassura Micah d'un ton apaisant.

Elle secoua la tête.

— Les momies ne se relèvent pas pour marcher. Sauf dans les navets, au cinéma. Enfin, parfois, dans les bons films aussi… *La Momie*, avec Brendan Fraser, par exemple, était très réussi.

Elle avait cessé de trembler. Marquant une pause, elle arrêta son regard sur Craig, songeuse.

— Vous portez le même nom. Vous êtes apparentés ?

— Je crains que non. Mon nom de famille s'écrit avec un « i », répondit Craig.

Vivian reporta subitement son regard sur Micah.

— C'est ça, j'en suis certaine. J'ai vu cette momie qui s'encadrait dans l'embrasure de la porte. Alors… Je me suis levée… j'étais assise à mon bureau. Je n'arrivais pas à en croire mes yeux, évidemment. Je me suis dit que quelqu'un me jouait un tour. Mais, alors, cette… chose s'est avancée vers moi et je me suis mise à crier. Enfin, je crois… Elle a continué à approcher et… et…

— Qu'est-il arrivé ? la pressa Micah.

Elle secoua la tête.

— Ensuite, je ne me souviens plus de rien. J'ai juste l'image de cette momie revenue à la vie, murmura-t-elle.

— Vivian, vous êtes bien placée pour savoir que les momies ne ressuscitent pas. La personne qui s'est fait passer pour une momie vous a enveloppée de bandelettes qui avaient préalablement été imbibées de nicotine. Ce n'était pas une vraie momie.

— Mais… Elle avait l'air tellement réaliste. Ou surréaliste, plutôt. Terrifiante, en tout cas.

— Quelqu'un qui était présent au musée à ce moment-là s'est déguisé en momie pour vous attaquer. Avez-vous une idée de qui cela pourrait être ? Étiez-vous en conflit avec quelqu'un ?

Y a-t-il une raison pour laquelle — pardonnez-moi d'être aussi direct — quelqu'un pourrait vouloir vous voir morte ?

Vivian retint son souffle. Ses yeux s'agrandirent.

— Oh ! seigneur !

Micah jeta un coup d'œil à Craig. Elle venait juste de se rendre compte qu'on avait voulu la tuer.

— Non... Non ! protesta Vivian. Je sais que je ne suis pas un ange de douceur et que je peux être un peu rigide, parfois. Mais... Je n'ai jamais nui à personne. Je n'ai jamais renvoyé personne, ce n'est d'ailleurs pas de mon ressort. Je m'adresse à tout le monde poliment, je ne maltraite pas les employés, je ne les invective pas. Non, vraiment, je ne vois pas pourquoi on voudrait me tuer, déclara-t-elle.

— Avez-vous eu une altercation avec quelqu'un ? s'enquit Micah.

Elle soupira.

— De temps en temps, nous nous crêpons le chignon avec Arlo. Mais c'est juste que... Quand Henry était en vie, nous le considérions tous comme notre gourou. Il avait l'expérience. C'était lui qui avait été choisi par Alchemy pour diriger la campagne de fouilles et l'exposition qui s'ensuivrait et il y avait une raison à cela : c'est le meilleur spécialiste d'Amenmose. Maintenant que Henry n'est plus là, je pense qu'une certaine rivalité s'est peut-être installée entre Arlo et moi. Mais une saine rivalité ! Une émulation.

— Arlo travaillait aujourd'hui.

— Bien sûr. Il reste encore tant à faire. Vous devez comprendre que la tombe était *remplie* de momies, en plus de celle d'Amenmose. Et, comme dans le cas de Toutankhamon, certains des objets funéraires semblent avoir été réutilisés. Nous avons toutes les raisons de penser qu'Amenmose a été assassiné. Néanmoins, il a été enterré dans le respect de tous les rites religieux, probablement par un proche, quelqu'un qui l'aimait vraiment, et cela, dans le plus grand secret. C'est Aÿ qui a pris le pouvoir à la mort de Toutankhamon. Bref, il reste encore des tas de choses à éclaircir… Donc, il est bien normal que tout le monde soit sur le pont.

Elle se tut quelques secondes.

— Y compris mon mari, béni soit-il ! Le pauvre… Il était tellement écartelé entre son désir de rester ici, à mon chevet, et la nécessité de retourner travailler ! Mais je lui ai assuré que j'étais en voie de guérison et que c'était l'exposition qui importait dans l'immédiat. Et on s'occupe très bien de moi ici, donc il a bien fait de m'écouter.

Micah n'était pas certain qu'elle dise vrai. Il n'arrivait pas à se convaincre qu'elle ne s'était pas sentie blessée que son mari ne soit pas resté auprès d'elle.

Mais il ne tenait pas à remuer le couteau dans la plaie.

De nouveau, il lança un coup d'œil à Craig, qui semblait aussi peu convaincu que lui. Mais ils n'obtiendraient rien de plus d'elle sur le sujet — du moins, pour l'instant. Donc, il était temps de passer à autre chose.

— Et les étudiants ? Vous ne vous êtes jamais disputée avec l'un d'entre eux ?

— À vrai dire, ce ne sont plus exactement des étudiants, n'est-ce pas ? répliqua Vivian un peu sèchement. Je vous l'ai dit, j'ai vu Belinda et Joe et…

Elle s'interrompit et poussa un profond soupir.

— J'étais un peu soucieuse à l'idée de revoir votre cousine, agent Frasier. Elle était tellement dévouée à Henry. Nous l'aimions tous, mais il la considérait un peu comme sa petite-fille et elle, comme un grand-père merveilleusement brillant. Elle ne s'est jamais remise de sa mort. Et puis, bien sûr, il y a Jensen qui, désormais, est membre permanent du personnel de ce musée. Il l'a soutenue jusqu'au bout quand elle a rejeté la thèse du suicide de Henry. Et puis… Henry a été incinéré. Nous nous trouvions face à deux médecins légistes qui avaient conclu à un suicide, peut-être commis sous l'effet d'une bouffée délirante due à une bactérie. Quoi qu'il en soit… Nous ne saurons jamais ce qui est passé par la tête de Henry. Et maintenant…

Elle s'interrompit une nouvelle fois, regardant Micah et Craig tour à tour.

— Quelqu'un a voulu me tuer, moi aussi. Mais comment suis-je arrivée jusqu'au grand hall ? Vous croyez qu'on m'a aidée à aller jusqu'à là-bas ? Mon Dieu, c'est tellement terrifiant !

Elle se mit à pleurer en silence.

Micah lui pressa la main.

— Allons, tout va bien maintenant. Si quelque chose vous revient en mémoire, même un détail insignifiant, appelez l'un de nous deux. Nous avons la ferme intention de trouver la vérité. Et nous la trouverons.

Elle hocha la tête et, à son tour, imprima une brève pression à sa main.

— Merci.

— Avec plaisir.

Il lui sembla voir un sourire fugace effleurer ses lèvres.

En ce vendredi soir, Finnegan's, sur Broadway, était plein à craquer. L'ambiance y était festive et animée.

Les New-Yorkais avaient tendance à sortir dans leur quartier. Sur Upper East Side, vous rencontriez des habitants d'Upper East Side. Ce n'étaient pas les bars et les pubs qui manquaient autour de Cooper Union, à St. Mark's Place, dans les Villages, Est et Ouest, ainsi que dans de nombreux autres quartiers de la métropole géante.

Mais Finnegan's attirait une clientèle venue d'un peu partout. D'une part, c'était l'un des plus anciens pubs de la ville puisque sa création datait d'avant la guerre civile et, donc, une véritable institution. D'autre part, il y régnait une atmosphère conviviale où l'esprit de famille prévalait. Les habitués savaient quand amener leurs enfants et quand ne pas le faire. La cuisine y était aussi importante que le bar. En bref, c'était un lieu unique et Harley était ravie du lien qui unissait Craig aux Finnegan — et, par son intermédiaire, de sa propre connexion avec eux.

Elle avait pu réserver une table dans un recoin, près de l'entrée, un peu à l'écart du reste du bar.

Arrivé le premier, Jensen la salua en la serrant dans ses bras avant de l'embrasser sur les deux joues. Elle n'eut pas le loisir de découvrir s'il serait allé plus loin car une serveuse s'était approchée pour prendre leur commande. Joe Rosello entra sur ces entrefaites.

Il ne put s'empêcher de flirter d'entrée de jeu. Mais il avait visiblement du mal à choisir entre exercer son charme sur Harley ou sur la serveuse.

Il opta pour les deux, ce qui lui valut une bourrade sur l'épaule de la part de Jensen.

— Bon sang, Joe, tu es insortable.

— Ignoble, renchérit Harley en secouant la tête.

— Hé ! Je rends hommage à leur beauté et je les complimente ! Je ne fais rien de mal ! protesta Joe.

— Passons... Pour cette fois, dit Jensen. Mais oublie Harley, d'accord ? Elle t'a vu à l'œuvre avec les femmes. Elle connaît ton mode opératoire.

— Harley, franchement, est-ce que ça t'ennuie vraiment que je te dise que tu es magnifique, mystérieuse et désirable, habillée en noir comme tu l'es aujourd'hui ? se récria Joe, l'air profondément meurtri.

— Non, mais tu n'as pas besoin de baver sur ma main.

— *Baver* ? C'était un délicat baisemain !

— Ha ha ! Délicat... Et très humide, railla Jensen.

Entre-temps, Roger les avait rejoints. Il écouta l'échange en levant les yeux au ciel.

— Et dire que nous sommes tous titulaires d'un doctorat ! C'est pathétique. Où va le monde ?

— Je crois que le monde ne nous a pas attendus pour glisser sur la pente savonneuse ! lança joyeusement Belinda, qui venait à son tour d'arriver.

Ce fut alors que Harley remarqua la présence de Micah Fox ; elle ne l'avait pas vu entrer. Il se tenait au bar, en compagnie de son cousin Craig. L'aîné des Finnegan, Declan, qui dirigeait l'établissement familial, bavardait avec les deux agents.

Elle eut le sentiment qu'ils observaient son groupe d'amis.

Une minute plus tard, Micah s'avança vers eux.

Ce ne fut pas Harley qui le salua la première. Belinda la prit de vitesse pendant que Harley disait bonjour à Arlo, qui venait d'entrer, et à Ned Richter, qui avait apparemment choisi de se joindre à eux plutôt que de rester auprès de sa femme, à l'hôpital.

Ils étaient tous réunis autour de deux massives tables de chêne, Ned Richter, Arlo, Joe, Roger et Belinda d'un côté, contre le mur, et Craig, Micah, Harley et Jensen, en face d'eux, sur des chaises. Ils commandèrent à boire et à manger et parlèrent d'abord de tout et de rien. Puis Ned Richter leva son verre et déclara solennellement :

— Buvons à la mémoire de Henry Tomlinson, le plus grand égyptologue que j'aie jamais connu et l'un des hommes les plus bienveillants qu'il m'ait également été donné de rencontrer.

— À Henry Tomlinson ! répondirent en chœur les autres.

Ils portèrent tous un toast à Henry, puis Ned poursuivit :

— Et au salaud qui a essayé d'empoisonner Vivian... en espérant que ces agents fédéraux et ces policiers le retrouveront. Puisse-t-il pourrir à jamais en enfer !

— Qu'il pourrisse en enfer ! renchérirent ses compagnons de table.

— Vous n'êtes pas tendre, le taquina Jensen. Mais, vous voyez, vous avez le soutien de vos amis !

— C'est ça, les pubs irlandais, rappela Richter, déclenchant un éclat de rire général. Désolé, je ne peux pas m'en empêcher. Je souhaite à ce fumier de connaître une mort atroce.

Harley se demanda pourquoi il n'était pas avec sa femme s'il était tellement révolté par ce qui lui était arrivé.

Mais elle était coincée entre Jensen et Micah et très consciente de la proximité des deux hommes, ce qui l'amena à s'interroger sur les liens qui se tissaient entre les gens. Elle était assise entre deux hommes exceptionnellement beaux et intelligents — tous deux très engagés dans le monde dans lequel ils vivaient... Chacun à sa manière.

Elle les appréciait tous les deux.

Et pourtant, tout à coup, elle sut pourquoi elle n'était pas avec Jensen, pourquoi ils n'étaient pas sortis ensemble.

Aucun de ces deux hommes n'était dénué d'intérêt.

Cependant, seul l'un d'eux semblait compter.

Elle était irrésistiblement attirée par Micah Fox. Elle avait beau le connaître à peine, le simple son de sa voix avait suffi à éveiller ses sens.

— Sérieusement, qui a pu faire une chose pareille ? Harley, de quoi te souviens-tu ?

Harley s'aperçut qu'elle avait laissé son esprit vagabonder et s'écarter très loin — et de façon très inopportune — de leur petite réunion amicale. Belinda la regardait, ses grands yeux bruns écarquillés, attendant une réponse.

Harley avala une gorgée de sa boisson — une bière non alcoolisée fabriquée par Guinness. Il était hors de question qu'elle perde une once de son contrôle ce soir. Elle espérait que quelqu'un lâcherait un détail — quelque chose qui apporterait un début de réponse à la question de Belinda.

Elle sentit le regard de Micah se poser sur elle. Savait-il ce qui l'avait à ce point distraite ? Non, il ne pouvait pas se douter qu'il était la cause de son absence temporaire.

— À propos de cette nuit... dans le Sahara, dit-il.

— Nous étions tous si excités, lança-t-elle.

Autour d'elle, Jensen, Joe, Roger et Belinda hochèrent la tête.

— Et à juste titre ! précisa Ned Richter.

— Une découverte inespérée, renchérit Arlo.

— Nous avions commencé à rapporter des objets de la tombe dans la tente de stockage, déclara Harley. C'est une tente spéciale, équipée d'un système de régulation de température. Tout le monde fait très attention, en y entrant. Il s'est avéré que la tombe d'Amenmose contenait plus d'une douzaine de momies et de sarcophages... tous à des stades plus ou moins avancés de dégradation. Nous avons apporté la preuve qu'Amenmose avait été tué. Donc, aussitôt après sa mort, des proches se sont arrangés pour mettre la main sur des objets funéraires ayant été utilisés pour d'autres, morts avant lui. Ils ont également réuni ceux, morts ou vivants, qui l'avaient servi.

— Quel intérêt d'agir ainsi ? s'enquit Micah.

Il ajouta, un peu embarrassé :

— J'ai étudié l'égyptologie, mais j'avoue qu'il y a là quelque chose qui m'échappe. Pourquoi enterrer Amenmose avec des gens morts avant lui et avec les objets funéraires leur ayant appartenu ? C'est comme voler un mort. C'*est* voler un mort.

— Parce que, du point de vue des Égyptiens de l'Antiquité, il aurait besoin d'être entouré dans sa prochaine vie. De serviteurs, de servantes, de femmes... D'animaux et d'objets, également, expliqua Harley.

Il lui sembla que Micah s'était rapproché d'elle. Elle sentait son regard peser sur elle, son épaule touchant presque la sienne. Il avait le coude calé sur le bord de la table et sa main pendait, toute proche de ses jambes.

Elle se força à se concentrer.

— Nous avions énormément travaillé ce jour-là. Je pense qu'il devait être au moins 8 heures du soir. Il y avait un petit village non loin du champ de fouilles et les habitants étaient extrêmement gentils avec nous. On allait parfois y dîner ou y boire un café. Mais, ce soir-là, finalement, il s'est décidé que Jensen et moi nous y rendrions seuls et que nous rapporterions de quoi manger. J'étais en train d'essayer de convaincre Henry de se joindre à nous quand Jensen est venu me chercher. Évidemment, nous étions tous fourbus après cette longue journée riche en émotions...

Elle jeta un coup d'œil à Belinda qui la regardait toujours avec de grands yeux.

— Belinda était en communication par Skype avec Al, qui était en Irak, me semble-t-il, à l'époque.

L'intéressée confirma d'un hochement de tête.

— Et Roger était occupé à collecter des données sur Internet à propos de la constitution d'un groupe de rebelles qui risquait de présenter une menace pour le camp, donc il n'est pas venu, lui non plus.

Elle se tourna vers Joe et ne put s'empêcher de sourire.

— Joe était encore en train d'exhumer certains objets du tombeau. Nous avions pour interprète une charmante jeune Égyptienne. Satima Mahmoud. Ils... étaient en train de travailler ensemble.

— De travailler ? À d'autres ! ironisa Belinda en jetant un coup d'œil affectueux à Joe. De flirter, tu veux dire !

— Quoi ? Je ne flirte jamais, protesta Joe.

— Tu passes ton temps à ça !

Harley eut l'impression que tous avaient répondu à l'unisson.

Joe rougit et grommela :

— Elle était vraiment très jolie. Et intelligente.

Micah hocha la tête, puis se pencha pour regarder Jensen, assis de l'autre côté de Harley.

— Donc, Harley et vous êtes partis ensemble, ce soir-là. Combien de temps vous êtes-vous absentés ?

Jensen réfléchit, consultant Harley du regard.

— Environ une heure et demie, je pense.

— Quelque chose comme ça, confirma Harley.

Micah acquiesça d'un nouveau hochement de tête, puis pivota sur lui-même pour s'adresser à Ned Richter et à Arlo Hampton.

— Aucun de vous n'est allé s'assurer que Henry allait bien pendant ce temps-là ?

— À quoi bon ? rétorqua Ned Richter. Nous avions des gardes postés tout autour du camp. Après cette découverte, Henry était comme un gosse dans une confiserie. Je n'aurais même pas eu l'idée d'aller l'interrompre !

— Et vous ? demanda Micah à Arlo. Vous n'auriez pas dû être avec lui ?

— Non, parce que je...

Arlo vira au rouge écarlate et se tut.

— Vous... Quoi ?

— Je travaillais.

— Sur quoi ? demanda Ned Richter.

Arlo jeta un regard coupable autour de la table.

— Eh bien... J'avais rapporté une des tablettes funéraires dans ma tente.

— Vous aviez dérobé une tablette pour l'apporter dans votre tente ? répéta, incrédule, Ned Richter.

— C'est-à-dire que... J'avais commencé à la déchiffrer. J'essayais de me représenter ce qui s'était passé sur ce site. Ce à quoi nous étions confrontés était assez inhabituel... je veux dire, trouver autant de morts dans une tombe. J'étais occupé à transcrire la tablette.

— Que disait-elle ? s'enquit Harley.

Elle n'avait jamais entendu parler de cette tablette.

Arlo rougit de nouveau pitoyablement.

— Je ne sais pas.

— Il est formellement interdit de rapporter des objets dans les tentes privées, vous le savez, rappela Ned avec irritation. Je ne vais pas vous renvoyer, mais, bon sang, que ce soit la dernière fois, Arlo ! Chez Alchemy, on respecte les règles.

— Que disait cette tablette ? insista Harley.

— Je ne sais pas, répéta Arlo, maussade.

— Tu ne l'as pas traduite ?

— Je n'en ai pas eu le temps. J'avais lu des lignes et des lignes qui chantaient toutes les louanges d'Amenmose quand tu t'es mise à crier. Tout le monde a accouru... Et puis, aussitôt après, on nous a annoncé qu'on était en danger et qu'il fallait partir. On s'est tous mis à charger ce qu'on pouvait dans les camions et on s'est retrouvés en route pour Le Caire.

— Oui, mais où est la...

— Harley, je n'ai pas la moindre idée de ce qu'est devenue cette fichue tablette ! dit Arlo. Je croyais que nous devions tous nous réunir ici ensemble ce soir pour nous serrer les coudes et je me retrouve mis en accusation par vous tous !

— Nous ne vous accusons de rien, répondit sèchement Ned. Vous avez avoué avoir subtilisé un objet trouvé dans la tombe.

Arlo soupira.

— Et où étiez-vous, vous ? Que faisiez-vous ? Pourquoi Vivian n'était-elle pas avec Henry ? Elle qui est tellement, tellement férue d'égyptologie ?

— En ce qui me concerne, dit Harley, j'étais allée chercher à manger avec Jensen. Et puis, évidemment, à notre retour... Ça a été le cauchemar. Mais enfin, on n'est pas venus ici pour se disputer et s'en prendre à l'un ou à l'autre !

— Elle a raison. Si vous êtes tous ici ce soir, c'est pour honorer la mémoire de Henry, rappela Micah.

Jensen leva les yeux au ciel et laissa échapper un petit rire.

— C'est vous qui avez tout déclenché.

— C'est vrai, reconnut Micah, très sérieux. Mais je vous rappelle que Henry est mort, ce soir-là. Et hier, c'est Vivian qu'on a voulu tuer. Je me demande si vous vous rendez compte que la nicotine peut être un poison mortel.

— J'en suis parfaitement consciente, dit Ned Richter d'une voix contrainte.

— Nous nous en rendons tous compte. C'est juste que... Jamais aucun de nous n'aurait fait de mal à Henry, répliqua Belinda. Et, dans le cas de Vivian, je n'ai aucune idée de ce qui s'est passé. Pas la moindre.

— Moi non plus, renchérit Jensen. Elle était dans son bureau.

— À quel moment l'avez-vous vue pour la dernière fois ?

— Je l'ai dit à la police... Environ une heure avant le début de la célébration. Elle était assise à son bureau, elle m'a dit bonjour, puis elle m'a congédié d'un geste de la main. Elle semblait trop occupée pour se soucier de la cérémonie d'inauguration.

— Et vous tous ? demanda Micah en jetant un regard à la ronde. L'avez-vous vue avant le début de la cérémonie ?

— Je l'ai vue vers 4 heures de l'après-midi, répondit Ned Richter. Elle est venue dans mon bureau. Elle voulait mon aval pour engager des dépenses afin de réaliser des tests supplémentaires. Je lui ai dit qu'il fallait mettre la pédale douce pendant quelque temps.

Il marqua une pause, puis ajouta :

— De temps à autre, je dois lui faire comprendre mon point de vue. Je suis un patron d'entreprise. Je ne peux pas accéder à toutes ses demandes au prétexte qu'elle est ma femme. *Tout particulièrement* parce qu'elle est ma femme. C'est une égyptologue hautement qualifiée, mais elle ne travaillait même pas pour Alchemy au début. Elle a obtenu ce poste grâce à moi, donc...

— Je l'ai vue, je l'ai saluée de la main, dit Arlo. Je travaillais au laboratoire. Elle ne m'a pas répondu. Elle semblait concentrée sur ce qu'elle faisait. Ce n'est pas inhabituel de la part de Vivian, donc je n'y ai pas prêté attention.

— Je ne l'ai pas vue du tout, déclara Belinda. Enfin, pas avant...

— Moi non plus, coupa Joe.

— Ni moi, ajouta Roger.

— Merci, dit Micah en levant son verre. Donc, à cette soirée, à Henry, qui a été notre mentor à tous et que nous aimions tous énormément... J'imagine ?

Tout le monde opina du chef.

— À Henry !

La serveuse approcha. Et Harley nota que Micah cessait de poser des questions pour commander le très populaire *shepherd's pie* du pub.

Il pouvait de toute évidence être absolument charmant quand il le voulait. Il incita Belinda à parler de son mariage, prévu pour la période de Noël, et Arlo à expliquer comment il était tombé amoureux des momies en visitant le musée de Chicago Field, étant enfant. Joe, ensuite, s'enthousiasma à propos de la belle Satima Mahmoud, vantant ses qualités d'interprète, et le fait qu'elle était toujours prête à apporter son aide lorsqu'un membre de l'équipe en avait besoin. Ils avaient été sur le point de sortir ensemble, reconnut-il, lorsque tout avait été bouleversé par la mort de Henry et la supposée attaque imminente du camp par les rebelles.

Roger parla de son amour du désert — et de son bonheur d'être rentré à la maison. Il n'y avait pas d'autre endroit comparable à New York. Il adorait vivre ici ; et il adorait son travail.

Ned ne resta qu'une heure en leur compagnie car il devait retourner auprès de sa femme.

Personne ne semblait pressé de mettre fin à leur soirée, mais il commençait à être tard. Le groupe de musique celtique qui jouait ce soir-là annonça leur dernière chanson.

La soirée touchait à sa fin.

— Qui se charge de s'assurer que nos charmantes compagnes rentrent à bon port ? demanda Joe en se levant et en pointant du menton Belinda et Harley.

— Ne vous dérangez pas pour moi, répondit Harley. Sérieusement… Ce bel homme, assis au comptoir, là-bas, est mon cousin.

— Oh ! Craig est ici ! Je ne l'avais pas vu. Il aurait dû se joindre à nous, s'écria Belinda.

— Peut-être qu'il ne voulait pas que notre petite réunion se transforme en séance d'interrogatoire, lança Jensen en regardant Micah bien en face.

— Peut-être, dit Micah d'un ton détaché.

Les deux hommes étaient approximativement de la même taille. Ils se fixèrent. Micah se borna à sourire placidement, sans relever la pique — mais sans plier non plus.

— Si tu es fatiguée, je peux te reconduire, proposa Jensen à Harley.

— Ça ira, répondit-elle. Il y a mon cousin, tu t'en souviens ? Craig est mon cousin.

— Oui, répondit Jensen. Je m'en souviens.

L'espace d'un moment, ses yeux s'arrêtèrent sur elle et elle se demanda s'il n'éprouvait pas quelque chose comme de la jalousie parce qu'elle lui préférait la compagnie de Craig. Mais, même si Jensen et elle avaient flirté, ils n'avaient jamais franchi le pas et n'étaient pas sortis ensemble. Qu'il soit protecteur vis-à-vis d'elle ne la dérangeait pas. Mais il n'avait pas de raison d'être jaloux. Du moins pas de Craig...

— Comme tu voudras. Belinda ?..., demanda Jensen.

Elle rit.

— Je suis new-yorkaise. J'ai passé ma vie à rentrer par le dernier métro. Mais puisque tu me le proposes gentiment...

— Ton fiancé sert la nation, Belinda. C'est un privilège pour moi que de veiller à ce que tu rentres sans encombre chez toi. Et puis, d'ailleurs, ajouta-t-il, moi aussi, je connais le métro comme ma poche.

— OK, merci. Allons-y. Je te ferai un thé quand nous arriverons chez moi... pour que, toi aussi, tu rentres à bon port ensuite.

Belinda et Jensen partirent bras dessus, bras dessous.

Comme le reste de la bande quittait petit à petit le pub, Harley s'avisa que Micah et elle se tenaient toujours près de l'entrée.

— Étrange, murmura-t-il en observant les deux jeunes gens s'éloigner.

— Quoi donc ?

— C'est le seul qui ne puisse pas être coupable.

— Qui ? Jensen ?

Micah se tourna vers elle et plongea son regard dans le sien, pensif.

— Oui. Il était avec vous. Vous étiez ensemble quand vous avez vu Henry vivant pour la dernière fois. Ensuite, vous êtes partis tous les deux et, à votre retour, Henry était mort.

— Oui. Mais... Pourquoi trouvez-vous Jensen suspect ?

— Difficile à dire. Il y a... quelque chose que je ne parviens pas à cerner, chez lui.

— On vous apprend ce genre de choses à l'école de police ? demanda Harley.

— Eh bien, à vrai dire, oui. Mais peu importe.

Il la saisit par le coude et elle s'étonna de la réaction que provoquait chez elle ce simple contact.

— On va rejoindre Craig ? s'enquit-il.

Ils s'avancèrent vers le bar où un jeune couple enamouré libérait opportunément les deux tabourets à côté de Craig.

Ils s'assirent et, une fois perché sur son tabouret, Micah revint sur la conversation qui avait roulé parmi les convives de la tablée. Jensen avait vu juste, songea Harley. Micah était effectivement venu les interroger.

Kieran choisit ce moment pour sortir de l'arrière-salle et vint se glisser entre le comptoir et Craig, prenant appui contre lui, assis sur son tabouret.

— Alors, vous avancez ? demanda-t-elle.

— Ah... Apparemment, oui. L'agent spécial Fox a un pressentiment, répondit Harley.

— Ce type... Jensen, ne m'inspire pas confiance, déclara doucement Micah.

— Mmm, murmura Kieran.

— Le fameux « mmm » de la psychologue ! la taquina Craig. Il doit y avoir une signification freudienne là-dessous !

— Non, je ne crois pas qu'il y ait une explication rationnelle à un pressentiment, dit Kieran en secouant la tête. Mais peut-être que, s'il y a un antagonisme latent...

— Non, ce n'est pas ça. Il ne m'est pas antipathique. Il a l'air OK. Mais quelque chose me dit qu'il n'est pas tout à fait digne de confiance, expliqua Micah.

Harley haussa les épaules.

— J'ai du mal à imaginer Jensen dans la peau d'un criminel. Si quelqu'un, dans notre groupe, a tendance à s'écarter du droit chemin, ce serait plutôt Joe, ce qui ne signifie pas que je le crois coupable. Mais disons qu'il se laisse facilement influencer.

— Par la belle interprète égyptienne, Satima, par exemple, indiqua Micah.

— Oui, et elle est toujours en Égypte, donc je doute qu'elle ait quoi que ce soit à voir avec ce qui est arrivé hier soir.

— Vous êtes sûre de ce que vous avancez ? demanda Micah.

— Eh bien, je...

Harley s'interrompit.

— Non. Évidemment, je ne peux pas le savoir de façon certaine. Mais c'est là-bas qu'elle vit et qu'elle travaille.

— Ça vaudrait quand même la peine de le vérifier, déclara Micah en consultant Craig du regard.

Celui-ci hocha la tête.

— En ce qui me concerne, je crois qu'il est temps de rentrer, annonça Harley en étouffant un bâillement.

— Je suis en voiture aujourd'hui, dit Craig. On va te ramener. Kieran, tu es prête ?

— Allez-y sans moi. J'ai promis à Declan de l'aider à décrypter une facture.

— Non, non, pas de problème, protesta Harley. J'ai l'habitude de rentrer seule. Vous...

— Micah, prends la voiture, coupa Craig. Tu passeras me chercher demain matin. Je vais attendre que Kieran ait terminé. Declan nous déposera ou nous prendrons un Uber.

— Moi aussi, je peux en prendre un. Je ne suis vraiment pas loin, juste à côté de Grace Church, insista Harley.

— Non. Micah va te raccompagner... S'il te plaît. Surtout avec ces histoires de momie...

— Je n'ai pas peur des momies.

— Eh bien, tu devrais... Mais seulement de celles qui reviennent à la vie, déclara Kieran. Enfin, je veux dire, des gens qui se déguisent... ou déguisent les autres... en momies. En tout cas, fais bien attention à toi, d'accord ?

Elle était coincée. Pas moyen de refuser sans paraître inutilement butée.

— Bien sûr... Merci.

Elle se détourna, consciente qu'elle tremblait légèrement. Bon sang, il ne s'agissait que d'un trajet en voiture... Pas de quoi en faire tout un plat. Mais ce n'était pas de Micah qu'elle avait peur ; c'était d'elle.

Elle éprouvait une vive attirance pour lui. Assise à la table, elle s'était demandé comment il était possible d'être placée entre deux hommes qui avaient absolument tout pour plaire et ressentir un tel attrait pour l'un et pas pour l'autre.

Elle ne savait rien de Micah Fox, hormis le fait qu'il travaillait pour le FBI, que Craig avait été son partenaire et qu'il semblait beaucoup l'apprécier. Ah, et, bien sûr, qu'il avait eu Henry pour professeur, lui aussi.

C'était là tout ce qu'elle savait de lui. Cela suffisait-il pour... entamer quelque chose ?

Ou était-ce qu'elle avait passé l'année qui venait de s'écouler un peu à la dérive, à tenter désespérément de s'intéresser à quelqu'un sans que, jamais, la moindre étincelle se produise, lui fournisse une raison de poursuivre une relation, fût-elle uniquement sexuelle ?

Mais si ce qu'elle éprouvait là était exclusivement physique, cela comptait-il ?

Oui ! Cet homme avait beaucoup aimé Henry, lui aussi. Et il était l'ami de Craig.

Qu'arriverait-il si elle se jetait à sa tête et qu'elle se heurtait à un refus ?

Craignant que la tournure de ses pensées ne finisse par la faire rougir, elle embrassa Craig et Kieran et s'éloigna en direction de la sortie, suivie de Micah, répétant que c'était ridicule de prendre tant de peine alors qu'elle n'habitait qu'à un kilomètre et demi d'ici.

— Oui, mais il est tard, répondit Micah.

Les voitures dont se servait Craig étaient des véhicules du FBI qui pouvaient donc être garés à peu près n'importe où. À ceci près que dégoter la moindre place de stationnement dans Lower Manhattan — comme, d'ailleurs, dans tout Manhattan ! — relevait de la gageure.

— Inutile de chercher une place. Vous n'en trouverez pas. Déposez-moi là, devant l'immeuble... Ça ira très bien. Merci encore, dit Harley.

— Je ne crois pas, répondit Micah en souriant. Désolé,

mais, même si vous n'étiez pas la cousine de Craig... Ce n'est pas mon genre.

— Mais vous ne pourrez pas vous garer.

— Si. À l'école de police, on nous apprend aussi à invoquer la sorcière du stationnement qui nous a été personnellement dévolue, plaisanta-t-il, pince-sans-rire.

Elle serra les lèvres et soupira.

— Super. Mais ce serait plutôt une fée, non ?

— Non. Pour les policiers, c'est une sorcière. Elles ont un plus fort pouvoir dissuasif. Elles effraient les autres voitures et les dissuadent de s'arrêter.

Soit il avait effectivement une « sorcière » d'une redoutable efficacité, soit il était incroyablement chanceux, car il trouva une place non loin de son domicile.

Il l'escorta et entra avec elle dans l'immeuble. Il vit le vigile à son poste et hocha la tête d'un air approbateur.

Et, bien sûr, il ne se contenta pas de l'avoir accompagnée jusque-là. De toute évidence, elle ne risquait plus rien ; son immeuble était équipé d'un digicode et d'un gardien à qui il suffisait de presser un bouton pour que la police accoure.

Debout face à lui, elle attendait.

— C'est un beau bâtiment, dit-il.

— Merci.

Elle hésita. Elle se serait volontiers giflée. Elle restait là, à attendre comme si de rien n'était — à parler comme si de rien n'était —, mais elle n'avait pas envie de le voir partir. Une étincelle s'était allumée en elle, menaçant de l'embraser tout entière... Une flamme si vive qu'elle avait l'impression d'être redevenue adolescente. Elle n'avait fait qu'étudier et travailler tout au long de cette dernière année, s'efforçant de combler l'étrange vide qu'avait créé la mort de Henry.

— Vous... vouliez peut-être venir boire un thé ? suggéra-t-elle finalement. Ou quelque chose de plus fort ? Et admirer la vue sur Grace Church ? Je me sens tendue ce soir. Je ne sais pas pourquoi. Nous devrions tous être épuisés...

Elle devait avoir l'air d'une idiote.
— Oui.
— Pardon ?
— Oui, merci, je veux bien monter.
— Oh ! Euh... Bien sûr.

Elle pivota sur elle-même et se dirigea vers les ascenseurs, espérant que son visage rosi ne trahissait pas à quel point elle avait tout à coup envie de tout oublier, de faire fi des convenances, des mots — de tout ! —, et de se laisser tomber dans ses bras.

Nue de préférence !

5

— Cet endroit est incroyable ! s'exclama Micah en tournant sur lui-même pour contempler son loft.

Il reporta le regard sur elle, les sourcils froncés.

— Est-ce que j'ai raté quelque chose, vous concernant ? Vous êtes une riche héritière ?

Elle éclata de rire.

— Il se trouve que j'ai un oncle qui ne vit pas ici actuellement. Il voyage beaucoup et passe désormais le plus clair de son temps en Floride. Il possède cet appartement depuis cinquante ans et je crois que son père y habitait déjà avant lui. Tous deux travaillaient dans le bâtiment, donc ils l'ont merveilleusement bien agencé. Quoi qu'il en soit, il n'y a que New York, Tokyo, Mexico, Londres ou Paris pour considérer un appartement comme celui-ci comme un luxe inabordable. J'imagine que vous avez dû tenter de louer un appartement à New York à un moment ou à un autre ?

Il hocha la tête, regarda Grace Church par la fenêtre.

— J'ai étudié à Brown, puis à Columbia University, donc j'ai vécu ici quelque temps, expliqua-t-il.

Il eut un bref sourire.

— Je vivais dans ce qui s'appelle, je pense, un placard.

— Ah, Columbia, murmura-t-elle. Mais c'est à Brown que vous avez fait la connaissance de Henry, n'est-ce pas ?

— Oui. Après Brown, je suis allé à Columbia. Je ne voulais

pas particulièrement devenir égyptologue, mais j'envisageais l'anthropologie ou l'archéologie. Et puis...

Il laissa sa phrase en suspens. Haussant les épaules, il se tourna vers elle.

— L'année avant mon diplôme, un ami à moi a été enlevé. Le FBI a coincé les kidnappeurs. La famille de mon ami était riche et ils voulaient réclamer une rançon. Mais... Bref, quand ils ont été arrêtés, l'un d'eux a avoué qu'ils n'avaient jamais eu l'intention de lui laisser la vie sauve. Je pense que j'ai dû développer à partir de ce moment-là une vraie vénération pour le FBI. J'ai donc changé de voie et me suis orienté vers la criminologie. Je savais que je voulais suivre la trace de ces agents.

— Je suis sûre que vous avez fait le bon choix. Je sais ce que ressent Craig. Évidemment, toute ma famille s'inquiète pour lui, mais nous sommes tous certains qu'il a pris la bonne décision.

— Oui. Malheureusement, on est parfois confronté à l'échec. Les choses ne se déroulent pas toujours comme on le voudrait.

— En ce qui concerne Henry, vous n'avez pas échoué. Vous n'avez jamais pu engager la bataille, déclara posément Harley.

Il hocha la tête.

— Mmm... Merci. Eh bien, je vais m'en aller.

— Je suis encore tout à fait éveillée. Euh... Puis-je vous offrir quelque chose à boire ? Je vais préparer du thé. Oh ! mais... il n'est pas déthéiné. J'avoue que ça ne fait guère de différence pour moi, mais...

— De la théine. Très bien.

— OK.

Elle se dirigea vers son coin-cuisine et mit de l'eau dans la bouilloire. Il s'installa sur l'un des tabourets hauts, face à elle et à la cuisine. De son perchoir, il lui suffisait de faire pivoter le tabouret pour jouir de la vue spectaculaire sur

Grace Church. Elle ouvrit une porte de placard, sortit les tasses et les sachets de thé, consciente qu'il suivait chacun de ses gestes.

Il fallait absolument qu'elle se reprenne. Qu'elle le laisse partir. Et qu'elle oublie l'intérêt qu'elle lui portait — qu'il soit uniquement physique ou pas.

— Comment se passe la collaboration avec cet enquêteur tellement sympathique ? demanda-t-elle.

— McGrady ? Il compte pour du beurre, en quelque sorte. L'enquête a été confiée au bureau de New York du FBI. Rien ne prouve que la mort de Henry soit liée à ce qui est arrivé à la cérémonie d'inauguration, mais, d'un autre côté, elle pourrait très bien l'être ; donc, l'affaire dépasse le cadre national pour devenir internationale. Et, heureusement, le FBI a une antenne au Caire. C'est par là que j'avais commencé mon enquête, l'an dernier, quand j'ai appris, pour Henry. Concernant l'inspecteur McGrady, c'est terrible à dire, mais je pense qu'il est déçu de se retrouver avec une victime qui n'est pas décédée. Et contrarié de n'être qu'associé à l'enquête dirigée par le FBI.

— Donc, vous êtes quand même obligé de collaborer avec lui ?

— Oui, mais il est moins intéressé, maintenant. Et Rydell est un type bien. Il passe son temps à s'excuser pour l'attitude de son partenaire. Nous ne nous sommes pas plaints à leur hiérarchie. On s'efforce de rester magnanimes.

— Où peut-on se procurer autant de nicotine ? Si j'ai bien compris, les bandelettes étaient imprégnées d'une quantité de poison considérable et Vivian n'a eu la vie sauve que parce qu'elles ont été retirées rapidement ?

— C'est exact.

La bouilloire se mit à siffler et Harley versa l'eau dans les tasses. Leurs doigts faillirent se toucher lorsqu'elle poussa l'une d'elles dans sa direction. Ils plongèrent tous deux leurs sachets dans l'eau bouillante. Elle rougit, surprenant son regard posé sur elle.

Il fallait vraiment, vraiment qu'il s'en aille.

C'était ça ou bien...

Elle allait craquer. Lui avouer qu'elle était incroyablement attirée par lui. Ce qui serait totalement inapproprié étant donné les circonstances. Mais, après tout, ils étaient adultes, tous les deux. Ce pouvait n'être qu'une relation charnelle. Et ils verraient plus tard, lorsque cette affaire serait résolue.

— Nous sommes en train de rechercher les personnes qui ont acheté une grande quantité de nicotine, mais...

— De l'insecticide ! l'interrompit Harley, songeant au moyen le plus simple de trouver de la nicotine dans le commerce.

Il sirota une gorgée de thé et hocha la tête.

— C'est vrai. J'oubliais... Vous êtes enquêtrice pour une agence de sécurité et d'investigation.

— À temps partiel... En attendant de décider précisément de ce que je veux faire. Et c'est bien payé.

Elle haussa les épaules.

— Seules quelques-unes des affaires sur lesquelles j'ai travaillé étaient de nature criminelle. Pour la plupart, il s'agit d'affaires civiles. Des histoires d'héritage, de violences conjugales qui, parfois, se terminent mal... auquel cas la nature criminelle est avérée. Le travail est intéressant, mais je ne suis toujours pas fixée quant à l'orientation à donner à ma carrière. Cela dit, depuis que j'ai rencontré Kieran, je me suis penchée sur l'aspect psychologique. Je pense que le profilage m'intéresserait vraiment.

— Vous avez certainement la formation et les diplômes requis pour réussir dans cette branche.

— Oui, sur le papier, c'est très joli. Reste à voir ce que ça donnerait, en pratique.

— Vous voulez vous entraîner ?

— Comment ça ? s'étonna-t-elle.

Il paraissait très sérieux, tout à coup.

— Pensez à toutes les personnes que vous connaissez qui ont participé à l'expédition et à l'exposition Amenmose. Qui aurait une vraie raison de tuer Henry ? Pourrait-il s'agir d'une question d'argent ?

— Pas que je sache, si ce n'est qu'un archéologue qui a connu une réussite retentissante — ce qui, en l'occurrence, est le cas —, voit son prestige monter en flèche et que cela signifie qu'il obtiendra sans peine des fonds pour ses projets futurs. Mais je suis sûre que vous le savez.

Harley s'aperçut qu'elle était accoudée au comptoir, penchée en avant, et qu'elle était, de ce fait, de plus en plus proche de lui. Leurs doigts, refermés autour de leurs tasses, n'étaient séparés que de quelques centimètres.

Non, non, non. Il fallait qu'elle recule, qu'elle...

— Le vieux procédé d'élimination, murmura-t-il, apparemment totalement imperméable à la proximité qui était la leur. Voyons... Qui élimineriez-vous, spontanément ?

— Tout le monde, répondit Harley.

Il secoua la tête.

— Non... Il est très probable que vous connaissiez le tueur.

— N'importe quel étudiant tirerait parti des retombées d'une découverte aussi prestigieuse. Cela pourrait faire la différence, une différence radicale, pour la suite de sa carrière d'égyptologue, d'archéologue ou d'anthropologue, dit Harley. Travailler avec quelqu'un comme Henry était impressionnant, mais prendre sa place le serait davantage encore. N'empêche que...

— Le procédé d'élimination, répéta Micah avant de se lever brusquement. Il faut que je m'en aille, cette fois.

— Oh ! D'accord. S'il le faut, alors...

— Oui.

Mais il ne bougeait pas. Un sourire éclaira soudain son visage.

— Oui, mieux vaut que je parte... Vraiment.

— Vous êtes sûr ?

Son sourire s'élargit.

— Absolument.

— Parce que je suis la cousine de Craig ?

Il secoua la tête sans la quitter des yeux un seul instant.

— Non. Parce que vous êtes… vous. Je ne sais pas ce que c'est… J'imagine qu'il est difficile de décrire l'attirance d'un être pour un autre mais… Bref, je m'avance beaucoup trop…

— Non, non, pas du tout, l'interrompit Harley tout en se demandant comment on pouvait *percevoir* à ce point ce que ressentait une personne alors qu'on ne la touchait même pas.

— Mieux vaut se donner un peu de temps et de réflexion.

— Oh ! mais je ne pensais pas à un engagement éternel. Je ne suis pas du FBI, mais je peux vous apporter une aide considérable et… nous allons être amenés à beaucoup nous côtoyer. Donc…

— Ce n'est pas ce que je voulais dire, déclara Micah.

— D'accord. Bien… Je crois que je vois ce que vous voulez dire. Je suppose que nous nous verrons demain et après-demain et si…

— Oui, coupa Micah.

Il n'en dit pas plus. Ils se regardèrent.

— Mais nous sommes adultes, murmura Harley.

— Précisément. C'est bien pourquoi je m'en vais.

Il se dirigea vers la porte et Harley le suivit pour fermer à clé derrière lui, prenant soin de maintenir une certaine distance entre eux. Malgré tout, il lui sembla que sa chair et son sang, ses muscles et ses os s'animaient d'une vie propre, comme si les neurones, les atomes, ou quelque autre élément biologique, déclenchaient dans son organisme un véritable feu d'artifice. Oui. Mieux valait qu'il parte, et vite, sinon elle allait se ridiculiser.

Il avait raison. Ils avaient besoin de temps. Ce n'était pas parce qu'ils étaient attirés l'un par l'autre qu'il fallait oublier que tout acte avait des conséquences, même si ni l'un ni l'autre n'attendait rien.

Parvenu à la porte, il se retourna.

Tout aurait pu se terminer ici.

Elle aurait pu rester là où elle était.

Mais elle s'avança, les yeux braqués sur lui, jusqu'à le toucher. Il se retrouva adossé à la porte. Dans le même temps, ses bras s'ouvrirent et l'enlacèrent.

Elle effleura son visage. Lui caressa la joue, sentit la puissance de ses bras tandis qu'il l'attirait contre lui. Elle frissonna de plaisir au contact de la chaleur de son corps, de la texture de sa peau, de la force de ses muscles. Puis elle sentit sa bouche se plaquer avec ardeur sur la sienne et elle ouvrit les lèvres et lui rendit son baiser avec la même dévorante passion. Ils étaient dans l'entrée de l'appartement, tirant gauchement sur leurs vêtements. Micah s'écarta une seconde pour retirer son holster et son Glock de sa ceinture et les poser sur le premier guéridon venu.

Puis il marqua une pause, respirant fort.

— Attendez. Y a-t-il... quelqu'un d'autre ?

Elle secoua la tête.

— Non. Personne. Depuis plus d'une année, maintenant.

Elle sentit ses joues s'empourprer.

— Mais ce n'est pas un problème. Je prends la pilule.

Il l'attira de nouveau à lui pour l'embrasser, avec plus de ferveur encore.

Puis ils reculèrent dans l'appartement, se dévêtant au fur et à mesure de leur progression, s'entraidant fébrilement.

Ils se retrouvèrent au centre du loft, près des grandes baies vitrées qui ouvraient sur la nuit et sur l'architecture gothique de Grace Church. Ils hésitèrent tous deux une minute.

Non que quelque chose aille mal ; bien au contraire, elle se sentait lui pousser des ailes.

La lumière de la ville les baignait d'une lueur douce et romantique. Micah sourit et dit :

— J'ai cette image fabuleuse qui me traverse l'esprit... Vous dans mes bras et je gravis cette cage d'escalier... Mais elle est en colimaçon et en fer forgé, alors...

Harley rit. Elle pivota sur ses talons et s'élança dans l'escalier. Micah ne se fit pas prier pour la rejoindre.

Le loft paraissait animé d'une lumière irréelle — des pastels striés d'éclats de bleu plus foncé et de mauve, probablement causés par le passage d'une voiture, en bas, dans la rue. Leurs bouches se joignirent de nouveau et Harley le fit rouler sur le dos et se plaça au-dessus de lui. Leurs doigts se mêlèrent et ils se regardèrent longuement. Comment était-il possible, ne put-elle s'empêcher de se demander, d'être face à un presque inconnu — mais d'avoir le sentiment que vous le connaissiez depuis toujours ?

Peut-être que tu te trompes complètement, lui souffla une petite voix insidieuse.

Mais elle s'en moquait. Depuis la mort de Henry, elle avait passé son temps à attendre...

Quoi ? Elle aurait été bien incapable de le dire.

Ceci ?

Peut-être était-ce purement sexuel...

Mais tant pis. Au stade où elle en était de sa vie, c'est-à-dire au point mort, elle était preneuse quand même !

Les mains de Micah se mirent à se promener sur son corps, explorant, taquinant, caressant, dispensant des plaisirs toujours renouvelés. Ils se tournèrent sur le côté, se faisant face sur le lit, riant, échangeant des baisers de plus en plus fiévreux, de plus en plus hardis — des baisers si voluptueux que les sensations s'aiguisèrent, que des cris étouffés transpercèrent la nuit.

Puis, enfin, ils ne firent plus qu'un, ondulant à l'unisson dans la nuit balayée par les flashs colorés de la ville. Elle croisa son regard ; il était magnifique, incandescent.

Le contact de ses mains était électrisant, ses va-et-vient farouches et érotiques, et elle eut tout à coup l'impression d'être partie prenante de quelque chose de merveilleux qui capturait le pouls et le rythme de la cité... Une exquise torture qui n'en finissait pas et qui, pourtant, s'acheva trop tôt.

Elle se laissa retomber sur l'oreiller, cherchant désespérément son souffle. Elle entendait son sang battre furieusement dans ses oreilles.

Les doigts de Harley frôlèrent sa joue. Il pria pour que son rythme cardiaque s'apaise...

— À quoi penses-tu ? demanda-t-il doucement.

Sans trop savoir pourquoi, elle se sentit dans l'obligation d'être sincère.

— Que c'était très bien. Que *tu* as été très bien. Ou alors, tous les petits amis que j'ai pu avoir étaient médiocres. En tout cas, décevants. Je veux dire... En tant qu'amants.

Il rit.

— Je vais retenir le « très bien ».

Il hésita, traçant du bout de l'index une ligne de son visage jusqu'à sa clavicule.

— Pourquoi ?

— Pourquoi c'était très bien ? murmura-t-elle, parfaitement consciente que ce n'était pas ce qu'il avait voulu dire.

— Pourquoi es-tu... seule ?

Elle secoua la tête.

— Je ne suis pas seule. Je suis entourée de ma famille et de mes amis. J'ai de la chance. J'ai voyagé. Il m'arrive d'aller donner un coup de main, au Finnegan's, quand ils sont à court de personnel. Et j'aime bien mon travail à Fillmore Investigations. Je me vois un peu comme une Sherlock Holmes moderne. Des agents de terrain me transmettent des informations et je reconstitue l'histoire petit à petit, à partir de presque rien parfois ; des fragments d'indices, des bribes d'éléments. Je discute régulièrement avec Kieran. Son avis sur les personnes à qui j'ai affaire dans mes enquêtes m'est souvent précieux.

— Mais, ça, c'est le travail. Ce n'est pas personnel.

— Oui, c'est vrai. Eh bien... Je rends visite à ma famille, en Floride. Et je vais voir quantité de spectacles avec la famille de Kieran. Son frère jumeau, Kevin, est acteur et...

— Je sais, l'interrompit-il. Tout ça ne me dit pas pourquoi tu as subitement eu tellement envie de moi ?

Elle se tourna vers lui, remontant le drap sur ses épaules.

— Et pourquoi es-tu ici, *toi* ? Juste parce que je te désirais ? Ou parce que tu étais dans le même état d'esprit que moi ? rétorqua-t-elle.

Il rit doucement.

— Aïe. OK.

— Mais la question était fondée, reprit-elle, pensive. Pourquoi... pourquoi je me suis inscrite en criminologie ? Ça, c'est sans doute à cause de Craig. Cela étant, toute criminologue que je sois, je n'avais jamais vu quelqu'un mourir de la façon dont Henry est mort. Et je l'aimais tellement... Il était comme un membre de ma famille pour moi. Tu sais, il... Oui, enfin, tu le connaissais, toi aussi. Bref, j'ai essayé d'obtenir qu'on enquête de façon sérieuse sur sa mort. Sans succès. Et ensuite... J'étais loin de m'attendre à ça !

— Tu veux parler de moi ?

— Non. Pardon... Je parlais de jeudi soir, au gala. Pourquoi tuer Henry puis attendre aussi longtemps pour s'en prendre à Vivian ?

Micah roula sur le dos et contempla le plafond.

— Peut-être que ce sont les événements qui poussent le tueur à passer à l'acte ? Henry est mort le jour où ton équipe a fait cette découverte. Vivian a été agressée le jour où vous vous apprêtiez tous à célébrer cette même découverte.

— Oh ? La malédiction de la momie ? lança-t-elle.

Pour toute réponse, il laissa échapper un grognement.

— Je n'y crois pas, reprit-elle. Mais Micah... Des ouvriers égyptiens nous avaient prévenus que nous serions frappés par la malédiction.

— Il n'y avait aucun travailleur égyptien au gala, lui rappela Micah.

— Yolanda. Yolanda Akeem, objecta Harley.

— Ah, Yolanda.

— Tu la connais ?

— Oui. Je l'ai rencontrée au Caire.

— Et donc... Dirais-tu que vous êtes amis ?

— Oh ! je ne crois pas que ce mot décrive le peu de temps que je l'ai côtoyée. Non, elle m'a aidé à quitter l'Égypte quand je tentais de vous rattraper. Nous avons du mal à entrer en contact avec elle, même si je pense qu'elle est toujours ici, aux États-Unis — après la soirée de gala, McGrady lui a demandé de ne pas quitter le territoire. Il a pu lui parler brièvement, mais, à mon avis, elle n'a pas encore été interrogée dans les règles.

— Ah bon ? Pourquoi cela ?

— Elle jouit d'une sorte d'immunité diplomatique. Mais, de toute façon, elle n'a rien à voir avec la tentative de meurtre contre Vivian.

— Comment le sais-tu ?

— Elle a été constamment dans le champ des caméras de surveillance, répondit Micah en souriant. Le FBI est chargé de l'enquête, donc nous avons toutes les bandes-vidéo, les empreintes, tout le tralala. Malheureusement, malgré toutes les preuves matérielles qui ont été recueillies sur la scène de crime, nous ne sommes pas plus avancés pour l'instant. Cela étant, s'agissant de Yolanda, nous sommes pratiquement certains qu'elle ne s'est jamais trouvée aux abords du musée avant le gala. Elle est arrivée juste avant le début de la cérémonie et, ensuite, elle a toujours été dans le champ des caméras. Elle n'est même pas allée aux toilettes.

— Pourquoi penses-tu qu'elle ne veut pas parler à la police ?

— Apparemment, elle était de l'avis que l'expédition était dirigée par une bande d'imbéciles. Et elle en a assez de voir des articles décriant le travail archéologique accompli dans son pays.

Son visage se fendit soudain d'un large sourire et il laissa glisser son doigt de son cou jusqu'à son abdomen.

— Il y a quelque chose de curieux dans ce tableau… Je suis allongé là, à côté de toi. Je te regarde, je te touche et…

— Et nous parlons boulot ? Mais ce n'est pas si curieux que ça. Dans une profession comme la tienne, le travail ne s'arrête jamais tout à fait, non ?

— Non, répondit-il en riant. Ce que je voulais dire, c'est que je ne dois pas être si bien que ça puisque tu continues à te creuser la cervelle à propos de l'affaire alors que nous sommes tous les deux, nus, dans ton lit !

Harley se sentit comme prise de vertige, submergée tout à la fois par la convoitise et par un sentiment d'appréhension. C'était trop naturel de dialoguer ainsi avec lui, sur l'oreiller. Trop normal, trop… satisfaisant.

L'enjambant, elle s'assit à califourchon sur lui et s'inclina en avant, effleurant lascivement son torse de ses seins.

— Ne t'inquiète pas. Je ne me laisse pas distraire si facilement. Je maintiens que je t'ai trouvé très bien. Mais si, d'aventure, tu tenais à m'en apporter la preuve une seconde fois, je n'y verrais aucune objection…

— Il suffit de demander, murmura-t-il en la plaquant contre lui.

Leurs deux corps impatients de nouveau soudés l'un à l'autre, ils s'embrassèrent fougueusement avant de se détacher pour se couvrir mutuellement de caresses et de baisers, de frôlements délicats qui, bientôt, s'enfiévrèrent et se changèrent en une étreinte frénétique qui les laissa tous deux pantelants, le cœur battant à tout-va.

C'était prodigieux. Faire l'amour avec cet homme était tout bonnement prodigieux. Elle se pelotonna contre lui tandis qu'il passait un bras autour de ses épaules. Ils gardèrent le silence pendant un long moment, attendant que leur pouls retrouve un rythme normal.

— OK, nous savons que, s'il est matériellement possible que Yolanda Akeem ait eu quelque chose à voir avec la mort de Henry, elle ne peut pas être mêlée à ce qui est arrivé à Vivian, murmura Micah.

Harley laissa échapper un petit rire.

— C'est *moi* qui ne dois pas être si bien que ça !

Il se tourna vers elle.

— *Bien ?* Le mot est très au-dessous de la réalité. Tu es extraordinaire. Tu m'as littéralement ensorcelé !

Et ils continuèrent à se prouver combien ils s'appréciaient mutuellement.

Au matin, après qu'ils se furent tous deux douchés et habillés, il vint s'asseoir sur le lit à côté d'elle, ajustant ses manches, tandis qu'elle boutonnait son chemisier.

— Ça a été extraordinaire, déclara-t-il. Et ce n'est pas un mot que j'emploie à la légère.

— Quoi donc ? le taquina-t-elle sans pouvoir s'empêcher de sourire. Très, *très* bien, c'est sûr. Mais *extraordinaire...*

— Hé !

— D'accord... Extraordinaire.

— Cette nuit a été... unique, vraiment. Être ainsi entièrement concentré sur l'autre, sans pour autant perdre le fil du reste de notre vie...

— N'oublie pas que nous n'avons aucune attache l'un vis-à-vis de l'autre. Ce n'est pas romantique, vu comme ça, mais ce que je veux dire, c'est que... Tu ne t'es engagé à rien.

Il l'embrassa tendrement sur les lèvres.

— OK, OK, nous ne sommes engagés ni l'un ni l'autre, d'accord. Maintenant, il faut que je m'en aille. Je dois rejoindre Craig au bureau. On se voit plus tard ?

Harley hocha la tête.

— Je serai au Finnegan's ce soir. Depuis quelques semaines, nous avons pris l'habitude de nous y retrouver avec Kieran et Craig pour le rôti du dimanche. Donc, si tu es avec lui, je suppose que tu seras de la fête, toi aussi.

— Super.

Dans l'entrée, il prit le temps de l'embrasser longuement.

Puis il s'en alla et elle s'adossa à la porte lorsqu'elle l'eut refermée derrière lui.

Alors, elle se rappela qu'il n'avait été qu'une voix à demi oubliée, deux jours plus tôt. Et qu'elle s'était persuadé qu'elle se satisferait tout à fait d'une unique nuit d'amour.

À ceci près que maintenant...

Elle désirait beaucoup plus qu'une nuit.

Assis dans l'antenne new-yorkaise du FBI en compagnie de Craig et d'un informaticien, Micah repassa la bande-vidéo du musée.

Mais il pourrait bien la visionner cent fois, les images ne changeraient pas. Il voyait défiler tous ceux qui s'étaient occupé de l'exposition. Les administrateurs et d'autres invités de marque étaient arrivés en avance et s'étaient dirigés droit vers la partie du musée accueillant l'exposition qui était sur le point d'être dévoilée.

Il voyait les allées et venues des visiteurs dans la partie principale du musée tout au long de la journée.

Puis l'arrivée du traiteur et de son personnel... Tout semblait se présenter sous les meilleurs auspices pour la soirée qui allait faire honneur à un homme et à son équipe lors de l'inauguration officielle de la collection Henry Tomlinson.

— L'agression de Vivian a été préparée bien en amont de l'événement. Il y a des caméras à peu près partout, excepté dans les bureaux, et elles ne révèlent strictement rien d'inhabituel. Bien sûr, il y a ces « accès secrets » souterrains qu'Arlo nous a montrés, à Harley et à moi, déclara Micah.

Mais il ne fait aucun doute, pour moi, que cette attaque a été préméditée très longtemps à l'avance. Les bandelettes de lin devaient être prêtes, à portée de main, dans la salle de préparation. Même avant l'exposition Amenmose, le musée s'intéressait à l'égyptologie. Il offrait à des classes de lycéens la possibilité de venir assister à des démonstrations de rituels religieux et funéraires. Quant à l'empoisonnement à la nicotine, il est assez facile de se procurer de l'insecticide.

— Il va nous falloir des mandats si nous voulons vérifier les achats effectués par carte de crédit, argua Craig. Même si je doute que nous trouvions ce que nous cherchons. Et je ne suis même pas sûr que nous obtenions ces mandats de perquisition si nous n'avons ni informations ni preuves désignant des suspects.

— Celui qui a acheté le poison n'a pas payé par carte. Et il n'a certainement pas acheté la quantité nécessaire en une seule fois, répondit Micah. C'est l'un d'eux. Je sais que c'est l'un d'eux qui a tué Henry. Et c'est probablement la même personne qui a attaqué Vivian. À moins que...

— À moins que quoi ?

— À moins qu'on se soit laissé abuser..., dit Micah d'un air songeur. Tous ceux qui sont concernés par l'exposition et l'expédition savent que la plupart n'ont pas cru au verdict de mort accidentelle, selon lequel Henry se serait tué, en proie à une bouffée délirante, quoi qu'aient pu affirmer les rapports officiels. Je m'aperçois que beaucoup ont fini par renoncer à se poser des questions et par accepter le verdict... ou fait mine de l'accepter.

— Et si celui qui a voulu tuer Vivian avait voulu faire croire que c'était le meurtrier de Henry qui était revenu à la charge ? suggéra Craig.

— Je ne sais pas, répondit Micah avec un long soupir. Ça paraît peut-être un peu tiré par les cheveux. Je reste très dubitatif concernant ce qui s'est passé dans le désert. Cette prétendue violente insurrection qui n'a tué personne et n'a abouti qu'à l'arrestation de quelques manifestants… Et puis, il y a un autre nom qui m'intrigue et qui revient souvent dans les conversations. Celui de Satima Mahmoud, la traductrice.

— Elle est en Égypte.

— J'aimerais m'entretenir avec elle. Peut-être que notre antenne du Caire peut arranger ça par vidéoconférence ?

— Je m'en occupe. Je vais appeler le service technique et voir avec Le Caire s'il leur est possible de faire venir Satima dans les bureaux afin d'établir une liaison par satellite.

— Un entretien par vidéo serait parfait, mais, s'il le faut, je retournerai sur place.

— Tout seul ? s'enquit Craig.

— Libre à toi de m'accompagner, bien sûr.

— Non, ce n'est pas à moi que je pensais. Pour être tout à fait franc, je ne tiens pas à ce que Harley retourne là-bas. Pas maintenant et pas en lien avec cette affaire.

— Si je devais repartir pour l'Égypte, je n'emmènerais pas Harley, se hâta de lui assurer Micah.

— Fais en sorte de la garder hors de danger, hein, Micah ? Je sais ce qu'elle dirait si elle m'entendait… qu'elle est parfaitement capable de se débrouiller seule, etc. Et elle aurait raison, bien sûr. Mais c'est ma cousine et je ne peux pas m'empêcher de me faire du souci. Tu comprends ?

Micah hocha la tête. Oui, il comprenait même très bien.

Craig continuait à le regarder.

— Oui, tu saisis. Merci, dit-il calmement.

Et, de nouveau, Micah inclina la tête.

6

Edward Fillmore était un patron exceptionnel.

À bien des égards, il lui rappelait Henry Tomlinson, le côté « tête dans les nuages » du scientifique mis à part.

Tous deux étaient des hommes admirables. Oh ! pas parfaits, bien sûr, chacun avait ses défauts — ou, du moins, en avait eu, s'agissant de Henry, jusqu'à cette mort injuste et prématurée.

Edward avait fondé sa société des années plus tôt. Lui et ses collaborateurs s'occupaient d'enquêtes privées, comme la recherche de personnes dont les familles étaient sans nouvelles, d'enfants disparus, et ils étaient toujours disposés à apporter leur contribution en cas d'alerte enlèvement. Edward ne traitait que rarement les cas de divorce dans lesquels l'un des conjoints s'efforçait de piéger l'autre. En fait, il n'acceptait que si la personne qu'il avait rencontrée lui semblait être la partie lésée et que l'intérêt des enfants, si enfants il y avait, était en jeu.

Quand Harley avait commencé à travailler avec lui, il lui avait dit de ne pas hésiter à se servir des ressources de la société pendant son temps libre pour enquêter sur la mort de Henry. Elle n'en avait jamais abusé et n'avait pas empiété sur son temps de travail pour mener ses recherches. Mais elle avait accepté son offre avec joie, même si rien de nouveau n'était venu étayer ses certitudes jusque-là. Henry n'était plus là, il avait été incinéré. Et elle n'avait aucune piste à suivre. Elle se heurtait à un mur. D'une certaine façon, c'était réconfortant de savoir que le FBI avait lui aussi fait chou blanc. Personne n'avait réussi à trouver la faille dans la version officielle qui avait été érigée en vérité lorsque l'expédition Amenmose avait subitement tourné court dans ces tragiques circonstances.

Et, maintenant, bien sûr, il y avait un autre crime à élucider — l'empoisonnement de Vivian Richter.

Elle appela Edward Fillmore et lui demanda la permission de se rendre dans les bureaux en ce jour de fermeture dominicale afin d'effectuer des recherches sur les différentes personnes concernées.

Edward lui donna le feu vert sans hésiter.

Harley passa donc son dimanche matin à collecter tout ce qu'elle pouvait trouver sur le personnel d'Alchemy et ses collègues de l'expédition, qu'elle n'avait jamais suspectés. Ses recherches ne furent pas très fructueuses.

Ned Richter avait été patron d'un groupe pharmaceutique pendant neuf ans avant de rejoindre Alchemy, où il avait supervisé le secteur « exploration » pendant plus d'une décennie.

Elle ne trouva pas le moindre accroc dans sa carrière et découvrit, en remontant plus loin, qu'il avait fait ses études à Harvard.

Il avait épousé Vivian Clifford, diplômée de Cornell, dix ans plus tôt. Lorsqu'il ne travaillait pas, le couple aimait passer ses vacances dans des lieux réputés pour leur riche passé historique, le Pérou, le Mexique, l'Égypte et la Grèce. Ils n'avaient pas d'enfants, mais semblaient très dévoués l'un à l'autre.

Arlo Hampton paraissait blanc comme neige. Il n'avait jamais commis la moindre entorse à la loi, n'avait pas même une contravention pour stationnement interdit à son actif. Après avoir obtenu son doctorat en égyptologie à Brown, il avait été engagé par Ned Richter et travaillait pour Alchemy depuis maintenant huit ans.

Elle passa ensuite à Jensen. Il avait fait son cursus universitaire à l'université de New York. C'était un vrai New-Yorkais.

Il avait une liste de contraventions pour stationnement interdit longue comme le bras.

Rien d'autre sur lui.

Roger Eastman avait été arrêté une fois alors qu'il participait à une manifestation contre les tests sur les animaux. Rien de bien méchant.

Belinda ne risquait pas d'avoir eu des contraventions. Elle ne conduisait pas. Jamais le moindre problème avec la police. Elle avait été la meilleure élève de sa classe au lycée, puis avait poursuivi ses études à l'université de Northwestern avant de passer son doctorat à New York.

Joe — Joseph — Rosello était également natif de New York, dans le Bronx. Il était allé à Ithaca, à Syracuse, puis avait achevé son cursus à Brown. Dans son cas, elle avait découvert quelque chose qu'elle ne savait pas. Il avait payé ses études en travaillant comme figurant pour le cinéma et en présentant un spectacle de comédie dans un café-théâtre de Times Square.

À en juger par ses pages sur les réseaux sociaux, il aimait toujours autant se déguiser et jouer la comédie.

Elle aurait dû être au courant. Évidemment, ç'aurait été le cas si elle-même avait passé plus de temps à naviguer sur les réseaux sociaux. Ainsi donc... Il se plaisait à incarner des personnages.

Se pouvait-il que, parmi ces rôles, il ait joué celui d'une momie ?

Harley décrocha le téléphone et appela Kieran pour lui demander le numéro de Kevin, puisqu'il était acteur.

Naturellement, Kieran voulut savoir la raison de sa requête. Harley la renseigna.

— Kevin participe aujourd'hui à une performance à Times Square... une marche de zombies, je crois. Quel est le nom du type qui t'intéresse ? Je peux m'arranger pour découvrir s'il y participe aussi.

Mais Harley n'eut pas besoin de recourir à l'aide de Kieran. Ayant entre-temps entré d'autres informations, elle voyait s'afficher présentement sur son écran le statut du jour de Joe.

— Oui ! s'exclama-t-elle. Ils ont été engagés tous les deux pour cette parade. Cette performance a été organisée pour réunir des fonds au profit d'un organisme de bienfaisance. Joe est l'un des acteurs chargés de prendre des photos avec le public. Écoute… Ça te dirait d'aller assister à un défilé de zombies ?

— Banco, répondit Kieran. Je suis un peu comme une grande sœur pour toi, n'est-ce pas ? Pas question que je te laisse tomber. On fera d'une pierre deux coups : soutenir une bonne cause et mener l'enquête.

Elles convinrent de se retrouver dans un restaurant pas loin de Times Square pour déjeuner — au calme, à l'écart de l'affluence des touristes — avant de rejoindre la parade.

Et d'observer les participants.

Était-ce une perte de temps ? s'interrogea Harley.

De manière générale, le travail minutieux d'investigation était souvent une perte de temps. Cela faisait partie du processus d'élimination, comme l'avait souligné Micah. Mais Kieran avait raison. Dans le pire des cas, le prix de leurs billets servirait une cause louable.

Micah ne niait pas l'évidence. Il portait un réel intérêt à Harley — et, manifestement, il ne lui était pas indifférent non plus. Était-ce le début de quelque chose de durable ? Comment le savoir ? Voulait-il la revoir ?

Poser de nouveau les mains sur elle, respirer son parfum, s'unir à elle, la sentir, nue, blottie contre lui ?

La réponse était « oui ». Assurément, oui.

Mais il ne s'était encore jamais trouvé exactement dans cette situation.

Craig était-il censé lui demander quelles étaient ses intentions ? Ou prendre ombrage de la situation et lui décocher une bonne droite ?

— Tu couches avec elle, n'est-ce pas ? s'enquit Craig.

Micah opta pour jouer franc-jeu.

— Écoute, voilà deux jours, je ne la connaissais que parce que je lui avais parlé au téléphone l'an dernier et qu'elle était ta cousine, mais oui, hier soir, nous étions ensemble.

Il hésita avant d'avouer :

— J'ai vraiment essayé de m'en aller, mais... Il faut croire que je manquais de motivation.

Craig baissa la tête, visiblement amusé.

— Je n'ai qu'une chose à te dire : ne lui fais pas de mal.

Puis, avant que l'un ou l'autre ait eu le temps d'ajouter quelque chose, le téléphone sonna dans la salle de conférences.

Craig décrocha et fronça les sourcils tandis qu'il écoutait son interlocuteur. Il raccrocha lentement et se leva.

— En route pour le bureau d'Egan. Nous avons un appel vidéo avec l'un de nos agents du Caire.

— Déjà ? Ils ont réussi à joindre Satima Mahmoud ? s'enquit Micah.

— Non, mais ils ont des informations à nous communiquer.

Ils remontèrent rapidement le couloir. La secrétaire d'Egan leur fit signe d'entrer en les voyant arriver. Egan parlait avec quelqu'un par le biais de son ordinateur. Ils contournèrent tous deux son bureau pour se poster derrière lui.

Micah avait déjà rencontré l'agent qu'il voyait à l'écran, Sanford Wiley. Il le salua, puis Egan lui présenta Craig.

— On vient de recevoir votre requête et il se trouve que j'étais au bureau, expliqua Wiley. Je ne sais pas si c'est important ou non, mais je voulais vous communiquer ce que je sais. La police locale recherche Satima Mahmoud. Bon, ils ne jouent pas toujours cartes sur table avec nous, mais, d'après ce que j'ai pu savoir, ils la soupçonnent d'être une agitatrice, à la tête d'un groupe contestataire qui aurait semé le trouble et tenté de provoquer une insurrection. La police égyptienne, qui, désormais, semble nous assister également dans cette enquête, l'avait à l'œil, apparemment. Ils la recherchent depuis plusieurs jours. Nous allons mener nos propres investigations de notre côté, puisqu'elle est témoin ou personne d'intérêt dans l'affaire qui vous intéresse. Fox, je sais que vous l'aviez rencontrée. La suspectez-vous d'être mêlée à la mort de Henry Tomlinson ?

— Quand je l'ai vue, elle m'a appris qu'il n'y avait plus personne sur le champ de fouilles. Elle-même venait juste d'arriver au Caire alors que je cherchais, moi, à rejoindre le site de l'expédition, déclara Micah. J'aimerais vraiment la cuisiner un peu. Je pense qu'elle sait des choses qu'elle ne nous a pas dites. C'est elle qui a tiré la sonnette d'alarme à propos de cette rébellion. C'était le chaos total quand je suis arrivé là-bas, comme vous le savez, Wiley. Mais oui, si vous la trouvez, j'aimerais vraiment lui parler.

— On va faire notre possible... en collaboration avec la police égyptienne, bien entendu.

— Bien entendu.

— Notre sentiment, c'est qu'ils sont intrigués par sa disparition.

— Merci de nous avoir mis au courant, dit Micah.

Ils échangèrent encore quelques mots, puis l'appel vidéo prit fin.

Egan regarda Micah, l'air songeur.

— Entre nous, je ne sais pas ce que vous pourrez tirer de cette femme, et moins encore *prouver*, après le temps qui s'est écoulé. Nos équipes sont encore en train de passer le musée au peigne fin à la suite de l'agression de Vivian, mais...

— Je sais, monsieur, répondit Micah. Mais c'est encore tout récent ; nous venons juste d'être investis de l'enquête. Et je suis à peu près sûr que l'attaque contre Vivian a un rapport avec Henry. Et même si ce n'était pas le cas, ce dont je doute fort, il faut quand même que nous découvrions qui a tenté de tuer une femme en l'enveloppant de bandelettes empoisonnées à la nicotine.

— Absolument, et nous le découvrirons, assena Egan avec force. Je vous tiendrai au courant dès que j'aurai des nouvelles de nos équipes, ici ou au Caire.

Il hésita une seconde.

— S'ils ne parviennent pas à localiser cette femme...

— C'est peut-être qu'elle est morte, conclut Craig.

— Mais peut-être qu'elle est bien vivante... et qu'elle a joué un rôle dans toute cette affaire, objecta Micah.

— Quand tu lui as parlé, as-tu eu l'impression qu'elle pouvait être mêlée à tout ça ? interrogea Craig.

— Elle semblait épuisée, effrayée et soulagée d'être de retour au Caire. Ce qui m'a paru naturel, au vu des événements qu'elle venait de vivre. Et, moi, je n'avais qu'une idée en tête : entrer en contact avec nos compatriotes. Je me rends compte maintenant que j'aurais dû prêter plus attention à elle. Mais, encore aujourd'hui, je ne vois toujours pas quelle raison elle aurait pu avoir d'étrangler Henry.

— On ne sait jamais, lança Egan.

— Mais ce qu'on sait de façon certaine, c'est qu'elle n'est pas aux États-Unis, déclara Craig, qui se mit tout à coup à tâtonner dans sa poche.

— Désolé, marmonna-t-il. Un appel. C'est peut-être important.

Il prit la communication et s'écarta de Micah et d'Egan.

— Franchement, reprit Micah à l'adresse d'Egan. Je n'arrive pas à l'imaginer tuant Henry.

— Mais vous pensez qu'elle pourrait savoir quelque chose ?

— Oui. Et puis elle est l'alibi de Joe Rosello pendant le moment où Jensen Morrow et Harley Frasier se sont absentés du camp. Qui sait si elle ne s'est pas laissé convaincre de mentir ?

Egan hocha la tête.

— C'est une possibilité.

— Vous parlez de Joe Rosello ? coupa Craig, après avoir raccroché.

— Oui.

— C'était Kieran. Elle va à Times Square avec Harley. Et c'est justement à propos de Joe Rosello. Il participe en tant qu'acteur à une marche de zombies aujourd'hui. Je ne suis pas sûr d'avoir tout suivi, mais, apparemment, Kieran était au courant de cette performance par le biais de son jumeau, Kevin, qui y participe aussi.

— Eh bien, je suggère que nous allions nous aussi faire un petit tour du côté de Times Square pour voir ce que mijote notre ami Joe, dit Micah.

— Une marche de zombies ? lança Egan en secouant la tête.

— Ils sont partout sur les écrans, rappela Micah. C'est le pouvoir de la télévision et des médias. La popularité de certaines séries télévisées peut produire des effets étranges.

— Est-il question de momies dans une série télévisée ? interrogea Craig.

— De morts vivants, en tout cas. *Walking Dead*... Je présume que ça te dit quelque chose ? Mais les morts vivants, les momies, les zombies, c'est un peu du pareil au même, non ? Allons-y, dit Micah à Craig.

Il se tourna vers Egan.

— Avec votre permission, monsieur, bien entendu, ajouta-t-il en inclinant la tête avec déférence.

— Mais comment donc, messieurs, allez-y ! répondit Egan. Et trouvez-moi ce fichu salopard ! Au fait, les médias se frottent les mains... Cette affaire est pain bénit pour eux. Pensez donc... Des momies ! Comme si nous n'avions pas suffisamment de travail avec les bons vieux criminels bien vivants, de chair et de sang !

Une majorité de « zombies » venus défiler et soutenir une cause humanitaire étaient déguisés.

Ils étaient fardés, portaient des vêtements déchirés, transformés en haillons, et semblaient s'être roulés dans la boue avant de participer à l'événement.

Heureusement, ce n'était pas le cas de tous. Comme il s'agissait de récolter des fonds pour une œuvre de charité, chacun était libre de s'habiller comme il l'entendait. Le billet était de dix dollars et comprenait, à la fin de la manifestation, un spectacle de « zombies », les gradins étant réservés aux spectateurs qui s'étaient acquittés du ticket d'entrée. Il était accessible à tous, mais, l'intégralité des fonds récoltés devant être reversée à une cause humanitaire — en l'occurrence, les services de pédiatrie de trois des principaux hôpitaux —, les gens ne voyaient sans doute aucun inconvénient à se délester d'une aussi modique somme.

— Même si nous n'avions pas eu une idée derrière la tête, cela aurait valu la peine de se déplacer, déclara Kieran en balayant la foule du regard. Les costumes des « zombies » sont vraiment originaux. Oh ! regarde, Kevin est là-bas.

Comme elle s'avançait vers son jumeau, Harley lui emboîta vivement le pas.

Kevin Finnegan était un très bel homme, avec des épaules larges et un corps musclé. La ressemblance entre Kieran et lui sautait aux yeux ; il avait les mêmes cheveux auburn, les mêmes yeux bleu vif.

Harley attendit que Kieran l'ait embrassé pour le saluer à son tour.

— Je suis vraiment content que tu sois venue. D'autant que je connais ta phobie des rassemblements de foule à Times Square, dit Kevin à sa sœur. Tout va bien ? Tu veux acheter un billet ?

— Non, ne t'inquiète pas. C'est déjà fait. Nous sommes en règle, répondit-elle en riant. Mais nous nous demandions si le nom de Joe Rosello te disait quelque chose ?

— Joe Rosello ? Ça ne me dit rien.

— Non ? Mais je suppose que tu connais tous les acteurs participant au défilé ? demanda Harley.

— Oui, bien sûr.

— Joe est censé être ici aujourd'hui.

— Peut-être qu'il travaille sous un pseudonyme s'il est acteur ?

— Le voilà ! s'écria Harley. Il est là-bas !

— Oh ! C'est lui que vous cherchez ? Il s'appelle Robbie. Du moins, c'est sous ce nom que nous le connaissons ici. Un type plutôt sympa, apparemment.

Joe, ou Robbie, comme il se faisait appeler pour l'occasion, était penché au-dessus d'une table, un peu plus loin. Comme

Kevin avant qu'elles ne viennent l'interrompre, il posait avec les spectateurs qui désiraient être pris en photo avec un zombie.

Il était en haillons. Pas en momie. Simplement revêtu d'oripeaux. Son visage était blanc et il arborait un maquillage saisissant qui donnait l'impression que ses yeux étaient enfoncés dans ses orbites et ses joues, creuses.

Et, comme à son habitude, il était en train de faire du charme à deux spectatrices.

Comme les jeunes filles s'en allaient, Harley courut dans sa direction. Il tourna la tête et ses yeux s'écarquillèrent... de surprise et, peut-être aussi, d'inquiétude.

— Harley ! Que fais-tu ici ? Je ne te savais pas fan des zombies ? demanda-t-il d'un ton sceptique.

— C'est pour une bonne cause, non ? rétorqua-t-elle. J'ai été très étonnée de découvrir que tu étais acteur, tu sais.

— Oh ! ma foi...

Il lui décocha un petit sourire gêné.

— Je ne suis pas vraiment acteur. Plutôt un cinéphile passionné qui passe de temps en temps de l'autre côté de la barrière quand l'occasion se présente. Je ne m'en cache pas, mais j'évite d'en parler dans le cadre du travail. Tu sais ce que c'est, certaines personnes ne peuvent pas te prendre au sérieux si tu es scientifique et que tu joues par ailleurs les zombies dans des performances comme celles-ci.

— C'est stupide.

— Oui, peut-être. Mais c'est comme ça. Le monde est parfois totalement absurde.

Elle hocha la tête.

— Je sais. Mais, si c'est véritablement une passion, tu ne devrais pas craindre le regard des autres.

Il fronça les sourcils.

— C'est vrai.

— Je suppose qu'il va nous falloir convaincre le reste du monde.

— Du monde des sciences, en tout cas. Mais, au fait, comment as-tu atterri ici ?

— Tu te souviens de Craig Frasier, mon cousin ? Il sort avec Kieran Finnegan. Et son frère, Kevin Finnegan, est acteur...

— Oh... Kevin. Oui, c'est un authentique acteur, lui. Il vit de son art, répondit Joe avant de faire la grimace. Je ne crois pas que j'en serais capable, donc il faut vraiment que je réussisse dans ma branche.

— En tout cas, ton déguisement de zombie est super. Vraiment impressionnant.

— Merci.

— Le costume est à toi ? Tu en as beaucoup ?

— Oh ! non. Non, répéta-t-il fermement, comprenant avec un temps de retard où elle voulait en venir. Non ! Je ne me suis jamais travesti en momie si c'est ce que tu insinues.

Il hésita.

— Je te jure que je n'ai jamais fait de mal à Henry ni à Vivian Richter ! Je te le jure !

— Hé, Robbie ! La danse des zombies va commencer ! l'apostropha quelqu'un.

— Désolé, il faut que j'y aille. Ne t'inquiète pas. J'ai des milliers de témoins qui pourront confirmer mes faits et gestes aujourd'hui, lança-t-il.

— Amuse-toi bien, dit-elle.

Il leva le pouce dans sa direction et rejoignit en courant plusieurs autres acteurs, parmi lesquels se trouvait Kevin Finnegan. Un accord de guitare retentit et le groupe se mit à ondoyer au son de la musique dans un style proche de celui de la vidéo de Michael Jackson, *Thriller*.

Le texte de la chanson était bien écrit et en appelait à la générosité des gens pour lutter contre la maladie.

Lorsque ce fut terminé, Kevin — apparemment, le zombie en chef — se détacha du groupe pour annoncer à l'assistance qu'ils allaient descendre Broadway et que leur parcours s'achèverait devant les gradins, où plusieurs membres de la troupe donneraient le spectacle final.

Harley rebroussa chemin et chercha des yeux Kieran. Elle finit par la repérer dans la foule et se mit à jouer des coudes pour la rejoindre, se faufilant parmi les aspirants zombies et autres créatures sorties tout droit de films ou de dessins animés.

Elle croisa plusieurs personnages comiques qu'elle ne reconnut pas. Un homme habillé d'une grande combinaison banane esquissa un mouvement pour la dépasser, mais trébucha, déséquilibré par le déplacement de la foule.

Il s'affala de tout son long. Harley s'apprêtait à lui porter secours quand un groupe de gens habillés en grains de raisin la devança. Il y avait des policiers un peu partout mais les grains de raisin avaient été les plus rapides.

Décidément, songea Harley. *Pas de doute. On est bien à Times Square !*

Et Times Square, par une journée particulièrement excentrique ! Cela lui rappela pourquoi elle évitait ce secteur. Mais beaucoup de théâtres étaient concentrés dans cette zone et elle adorait aller voir de temps en temps une pièce de théâtre quand Kevin jouait. Et quand il ne jouait pas aussi, d'ailleurs.

Mais aujourd'hui...

— Hé ! Harley ! appela Kieran.

Elle marchait dans la même direction que Harley, mais à quelques mètres sur sa gauche.

— Hé ! répondit Harley en agitant le bras, souriante.

C'est alors qu'elle vit la momie.

Dans un contexte comme celui-ci, il était difficile de déterminer les spécificités de certains déguisements, beaucoup de participants ayant le visage barbouillé de blanc et semblant vêtus de guenilles qui auraient toutes pu être en lin...

Mais ce travestissement-là ne prêtait pas à confusion.

C'était bel et bien une momie.

Une momie qui avait exactement le même aspect que Vivian Richter lorsqu'elle avait fait irruption, chancelante, en plein gala. On aurait pu croire que cet accoutrement-là avait été créé par la même costumière.

La momie se tenait à quelques mètres derrière elle. Harley promena son regard alentour, mais la « momie » semblait marcher seule.

Et elle se rapprochait progressivement de Harley de son pas vacillant.

— Kieran ! hurla-t-elle.

D'abord, son amie se tourna vers elle, un large sourire aux lèvres. Puis elle vit la momie. Et elle se mit à fendre résolument la foule pour la rejoindre. La momie se trouvait maintenant entre elles deux.

Se sentant sans doute suivie, la momie rebroussa chemin et se dirigea vers Kieran. Puis, paraissant s'être brusquement ravisée, elle fit volte-face et mit de nouveau le cap sur Harley, d'une démarche qui n'avait plus rien d'hésitant.

Allez, viens, viens, ose approcher... Je t'attends de pied ferme ! songea Harley

Prenant une grande inspiration, elle cria à pleins poumons :

— Police ! Appelez la police !

Et, tout à coup, la chose fut sur elle et tendit la main vers sa poitrine. Elle planta son regard dans le sien, mais Harley ne put voir ses yeux. Ils étaient masqués par les mêmes bandes de lin crasseux, vieilli et déchiré qui recouvraient le reste de son corps, comme si la créature — momie ou zombie — était morte depuis des siècles.

L'affluence était impressionnante, particulièrement pour un événement caritatif, songea Micah. Les gens s'étaient déplacés en nombre, sans doute attirés par le côté festif de la manifestation et, bien sûr, pour le plaisir de camper des zombies à l'aide de tenues plus fantaisistes les unes que les autres.

— Je vois Kevin, annonça Craig.

— Où ça ?

— En tête de la parade des zombies.

— Tu es sûr que c'est lui ?

— Oui. Et, s'il est là, Kieran ne doit pas être loin.

— De même que Harley, conclut Micah. Allons-y !

Se frayer un chemin parmi la horde de zombies sanguinolents et autres étranges créatures qui se mêlaient au flux habituel des passants ne fut pas une mince affaire. Apparemment, bien des gens n'avaient pas su que Times Square allait être envahi par les morts vivants aujourd'hui.

Micah vit un zombie poser à côté d'un personnage de Disney et d'un des imitateurs du célèbre cow-boy « nu » qui officiait régulièrement à Times Square.

Il pressa le pas, multipliant les « Pardon » et les « Excusez-moi ».

Puis, tout à coup, Kevin lui apparut, riant et faisant une annonce dans un micro tout en pointant les gradins qui se trouvaient en face.

Il repéra aussi Joe Rosello, qui se déplaçait en dansant au milieu d'un groupe, costumé lui aussi, vêtu d'un jean élimé, d'un T-shirt en lambeaux à l'effigie d'un groupe de rock, le visage et le corps grimés.

Et là, juste à quelques mètres de lui…

Une momie !

Une momie, debout, dans la rue… et qui touchait Harley de ses mains emmaillotées de lin mouillé !

— Stop ! Arrêtez ! rugit-il.

Il faillit renverser une adolescente qui jouait les zombies-à-la-béquille. Il contourna à grand-peine le groupe de jeunes dont elle faisait partie et poursuivit sa route, bille en tête.

La momie le vit — et tourna aussitôt les talons pour se mettre à courir.

Il entendit Harley pousser un cri. Ne faisant ni une ni deux, elle s'élança à son tour à la poursuite de la momie.

— Harley… Non ! s'écria-t-il en la rattrapant.

— Mais il faut qu'on le coince !

— Non, non. Enlève ton T-shirt !

— Quoi ?

— Ton T-shirt ! Enlève-le tout de suite.

— Ici ? En plein Times Square ?

— Oui ! la pressa-t-il comme Craig les rejoignait. Les mains de la momie étaient imprégnées de quelque chose... Ôte-le tout de suite, bon sang ! C'était peut-être du poison.

Poussant un cri d'effroi, elle arracha littéralement le vêtement. Il tomba sur le sol.

Un attroupement s'était formé autour d'eux. Des créatures de toutes sortes riaient et interpellaient Harley.

— Waouh ! Super cool, lança un zombie en passant près d'eux.

— Oui, répondit un autre. Et c'est légal. Les hommes peuvent se promener torse nu, pourquoi pas les femmes ? On est à New York ! L'endroit le plus cool du monde.

— Peut-être qu'elle va enlever son soutien-gorge ! observa, goguenard, un troisième.

Harley fit volte-face.

— Pauvre abruti !

— Ça y est, j'ai le T-shirt, annonça Craig en ramassant le vêtement de Harley de ses mains gantées et en le déposant dans un sachet en plastique.

— La momie doit laisser goutter du poison à chaque pas, dit Micah, s'éloignant déjà. J'y vais ! Craig, appelle les flics. Préviens-les qu'il y a un risque... Qu'ils prennent leurs précautions... Gants, etc.

Il aurait pu économiser son souffle. Craig savait tout aussi bien que lui ce qu'il convenait de faire. Micah se lança aux trousses de la momie. Il n'avait pas fait trois pas qu'il poussa un juron. Effectivement, la momie, apparemment, ruisselait, laissant dans son sillage des gouttes de liquide et des lambeaux de lin probablement empoisonnés.

Heureusement, telles les empreintes d'un animal dans la forêt, ces traces lui indiquaient au moins la direction à suivre.

— Regardez ! s'écria une voix juvénile. C'était une momie !

La gamine se pencha et ramassa un morceau de lin sur le sol.

Micah jura de plus belle. En deux enjambées, il fut à son côté et lui arracha le morceau de tissu des mains.

— Hé ! protesta-t-elle.

— Trouve un policier. Et va voir un médecin. Ce tissu est peut-être empoisonné, dit Micah.

Un homme accourut aussitôt et passa un bras protecteur autour des épaules de la jeune fille, prenant manifestement la mise en garde de Micah plus au sérieux qu'elle.

— Allez voir un policier et un médecin ! ordonna Micah.

— Oui, monsieur, répondit l'homme en serrant sa fille contre lui.

Micah reprit sa course.

Il y avait des flics partout. Craig avait réussi à atteindre Kevin et celui-ci passait le message au micro, annonçant qu'il ne fallait pas toucher aux morceaux de tissu qui pouvaient traîner par terre et exhortant ceux qui l'avaient fait à alerter un policier et à se rendre à l'hôpital ou chez un médecin.

Micah continuait à courir, mais il trouvait de plus en plus de bouts de lin sur sa route. Il jura de plus belle. Il devait les ramasser et les ajouter à ceux qu'il avait déjà fourrés dans un grand sachet.

La « momie » avait bien planifié son coup. Elle savait que la police et le FBI, connaissant la potentielle toxicité de ce lin, seraient obligés de veiller en priorité à ce qu'il n'y ait pas de victimes parmi la foule et que cela les retarderait.

La dernière bande de lin gisait à l'entrée d'une ruelle qui reliait Times Square à une artère avoisinante.

Micah tourna le coin et s'élança dans la petite rue avant de s'arrêter net.

Elle était bordée d'immeubles de bureaux ; il nota aussi un cabinet de massage, un restaurant chinois et un grill.

Mais il n'y avait personne. La rue était déserte.

Bon sang. On était en plein centre de New York. Où étaient passés les gens ?

Mais c'était dimanche. Les bureaux étaient fermés. Le cabinet de massage, aussi. Et les clients du restaurant se trouvaient à l'intérieur, probablement déjà attablés.

Micah se remit en route au pas de course. La momie avait-elle pu se débarrasser de tous ses oripeaux aussi rapidement ? Peut-être que oui. Peut-être que plus rien ne la distinguait et qu'elle était assise, en train de déguster un délicieux bol de soupe au poulet et aux champignons noirs !

Mais, qu'elle ait eu le temps de retrouver son apparence ou pas, une chose était certaine : Micah devait la connaître. Il ne la lâcherait pas. Il pourchasserait cette fichue momie jusqu'au Connecticut s'il le fallait !

Là ! Droit devant.

Elle venait de tourner sur la Cinquième Avenue, en direction du nord.

Micah s'élança.

— As-tu pu voir de qui il s'agissait ? demanda Kieran à Harley.

Ç'avait été une expérience terriblement embarrassante pour elle. Elle était encore à demi nue et se sentait affreusement mal à l'aise, ainsi exposée aux regards. Ce n'était pas parce que les lois égalitaires en vigueur à New York permettaient à chacun de se promener torse nu qu'elle avait envie de les mettre en pratique ! Elle courait donc au milieu de la foule, Kieran sur ses talons, pressée de se retrouver dans une voiture afin de rentrer chez elle et de passer sous la douche.

Un taxi s'arrêta comme elles atteignaient la Huitième Avenue. Le chauffeur décocha un sourire carnassier à Harley, mais hocha la tête sans commentaire lorsqu'elles lui donnèrent son adresse. Un ami de Craig, médecin légiste de son état, avait assuré qu'elle pouvait sans risque rentrer chez elle et se doucher si le poison n'avait contaminé que ses vêtements.

— On n'est même pas sûr que ces bandelettes aient été effectivement empoisonnées, déclara Harley d'un ton boudeur.

— Tu veux parier ? rétorqua Kieran.

Non, elle ne voulait pas parier.

La momie l'avait prise complètement par surprise. Harley avait voulu la frapper et lui arracher son déguisement.

Mais, au lieu de ça...

C'était *la momie* qui l'avait touchée et seule l'arrivée de Micah l'avait empêchée d'être au contact du lin potentiellement empoisonné.

— Comment diable cette fichue momie peut-elle se promener enveloppée de bandelettes empoisonnées sans succomber elle-même ? interrogea-t-elle à voix haute.

Elle vit le chauffeur l'observer dans son rétroviseur, plus intrigué encore qu'il ne l'avait été en la voyant.

Elle se pencha en avant pour lui dire le fond de sa pensée, puis se ravisa et se laissa retomber contre la banquette.

— Comment est-ce possible, Kieran ? répéta-t-elle.

— En portant une protection au-dessous, j'imagine. Rien n'a encore été analysé, mais je suis convaincue qu'il s'agissait d'une tentative de meurtre contre toi... ou d'un avertissement.

— OK. Donc, la momie m'a localisée. Mais, quand elle s'est enfuie, elle courait au milieu de la foule en touchant n'importe qui...

— C'était sûrement pour empêcher la police de l'attraper.

— Hé ! lança tout à coup Harley à l'adresse du chauffeur qui, tout sourires, s'apprêtait en douce à faire un détour pour rejoindre son immeuble. Non, non ! Allez tout droit et, ensuite, à droite.

— C'est une rue à sens unique, objecta-t-il d'une voix à l'accent chantant.

— Et ça tombe bien, nous sommes dans le bon sens ! rétorqua Harley avec humeur.

Elles arrivèrent enfin à destination et Kieran régla le taxi tandis que Harley sortait du véhicule.

— Désolée. Je ne voulais pas te laisser payer cette course.

— Harley, c'est le cadet de nos soucis en ce moment, non ?

— Comment se fait-il que nous n'ayons pas de nouvelles de Micah ni de Craig ?

— Micah était à la poursuite de la momie et Craig devait porter le lin qu'il a récupéré au labo. Ça prend du temps. Écoute-moi, contente-toi de sourire au gardien, conseilla Kieran. Il te scrute avec le même regard libidineux que le chauffeur de taxi, tout à l'heure.

Harley réussit à décocher au vigile un aimable sourire. Il la lorgnait d'un air concupiscent, ainsi que Kieran l'avait noté, mais le naturel de son comportement le désarçonna et son air vaguement goguenard se mua en un sourire penaud.

Une fois chez elle, Harley invita Kieran à s'installer confortablement pendant qu'elle se douchait.

Après s'être frictionnée presque jusqu'au sang, elle se rinça longuement à l'eau chaude.

Lorsqu'elle émergea de la salle de bains, enroulée dans une robe de chambre, elle dévala pratiquement l'escalier en entendant Kieran parler au téléphone.

Celle-ci se tourna vers elle comme elle approchait.

— C'était Micah. Tout va bien de son côté. Le lin était bien imprégné de nicotine.

Il y avait quelque chose d'étrange dans la façon dont elle s'exprimait.

— Qu'est-ce qu'il y a, Kieran ?

— Micah a suivi la momie à pied. Cela l'a conduit jusqu'à Central Park où il l'a vue... s'engouffrer dans le musée.

— Le musée ? répéta Harley, retenant son souffle.

— Oui. Et il y a trouvé une momie... à demi morte.

— Par définition, les momies *sont* mortes, Kieran.

— Non, je veux dire... Je suis navrée, Harley. C'était Arlo Hampton. Il a peu de chances de survivre... Micah l'a trouvé gisant sur le sol, enveloppé de bandelettes à moitié arrachées, juste devant le temple de Rê.

7

Le jour même où Vivian fut autorisée à quitter l'hôpital, ce fut Arlo Hampton qui y fut admis en urgence.

Tout était sa faute, apparemment.

De tueur présumé, il était également devenu victime en tombant malencontreusement dans son propre piège.

Du moins était-ce l'impression que cela donnait, songea Harley. Ou que cela était *censé* donner.

Il avait dû s'habiller en momie en prenant des précautions et en portant des gants en plastique, cela semblait évident, puis il avait dû tremper certains lambeaux de lin dans la nicotine. Des lambeaux dont il avait recouvert sa tenue de momie sans les enrouler étroitement. Se croyant ainsi protégé de tout contact avec le poison, il avait arpenté les rues de New York, se mêlant aux zombies, ses bandelettes déchiquetées imbibées de poison pendant autour de lui. Puis, pris en chasse par Micah, il avait rejoint le musée, où il s'était écroulé.

Peut-être avait-il commencé dans le Sahara ? Peut-être la jalousie, sa volonté de se distinguer dans son domaine l'avaient-elles poussé à tuer Henry Tomlinson ? Et c'était lui, bien entendu, qui avait dû attaquer Vivian, déguisé en momie, avant de l'enrouler elle-même dans les bandelettes empoisonnées pendant qu'elle était sans connaissance.

Quant à aujourd'hui… Personne ne pouvait découvrir de façon certaine quelles avaient été ses intentions. Avait-il simplement voulu empoisonner des « zombies » pris au hasard, dans la rue ? Avait-il cru que Joe savait quelque chose et qu'il devait être réduit au silence ?

C'était de Harley, cependant, qu'il s'était approché.

Et c'était elle qu'il avait tenté de contaminer.

Mais il ne pouvait pas deviner qu'elle serait là ; Harley elle-même ne l'avait su qu'à la dernière minute. Donc, initialement, c'était bien Joe qui avait dû être visé.

À moins, bien sûr, qu'Arlo Hampton n'ait cherché à empoisonner n'importe qui, sans distinction, dans la foule ? Aucun d'entre eux n'était en mesure de répondre à ces questions pour l'instant. Et si Arlo mourait, peut-être emporterait-il son secret dans la tombe.

Quoi qu'il en soit, si c'était bien lui le coupable, il avait fait un mauvais calcul aujourd'hui et n'avait pas pris suffisamment de précautions. Il n'était pas immunisé contre le poison qu'il avait tenté d'administrer aux autres.

Toutes ces informations, c'était de Craig que les deux jeunes femmes les tenaient, par téléphone. Micah et lui étaient arrivés rapidement au musée. En fait, Micah avait été le premier sur les lieux puisqu'il avait traqué la momie depuis Times Square !

Harley insista pour que Kieran et elle se rendent sur place.

Elle ne savait pas trop pourquoi, mais tout ceci lui paraissait bizarre.

À leur arrivée, elles découvrirent qu'une armée de policiers avait investi le bâtiment. Le musée avait évacué le public et fermé ses portes, mais l'un des policiers en faction reconnut Kieran. Il appela Craig, qui vint les chercher, et toutes deux lui emboîtèrent le pas, laissant derrière elles les policiers, les badauds, les visiteurs du musée restés là par curiosité et un parterre de journalistes massés devant l'entrée.

Les photographes et les techniciens du labo étaient encore là. Arlo avait été découvert par deux adolescentes qui s'étaient réfugiées dans un coin de la salle, terrorisées, après l'avoir trouvé se tordant et gémissant sur le sol. Après avoir relaté leur histoire plusieurs fois, elles attendaient maintenant leurs parents, toujours en état de choc.

Rydell et McGrady aussi étaient présents ; après tout, l'enquête était toujours menée par une force conjointe. Avec Craig et Micah, ils s'efforçaient de comprendre ce qui avait pu se passer.

Micah examinait des photos de la scène de crime sur son téléphone, prises par le vigile qui, le premier, avait accouru en entendant les cris des adolescentes.

McGrady tenta de barrer la route à Harley lorsqu'elle s'avança vers Micah.

— Mademoiselle Frasier, je suis désolé, mais vous interférez dans une enquête policière.

Micah prit immédiatement sa défense.

— Elle a plus de diplômes en criminologie que nous tous réunis. Elle connaissait Arlo. Et il a essayé de s'en prendre à elle à la marche des zombies. Mlle Frasier pourrait avoir quelque chose d'utile à nous dire.

— Qu'y a-t-il à dire ? marmonna McGrady. Il est presque sûr qu'il ne s'en sortira pas. Il n'a pas pu être conduit à l'hôpital assez vite. Empoisonnement à la nicotine. Le médecin vient juste de confirmer que le lin en était intégralement imprégné. Cet imbécile s'est déguisé en momie pour se fondre dans cette fichue marche de zombies et il a causé sa propre mort.

— Ce n'est pas lui, assena Harley.

— Quoi ? se récria McGrady en faisant volte-face pour la regarder.

— Ce n'est pas lui...

— Harley, c'est forcément Arlo Hampton, l'interrompit Craig d'un ton ferme tout en l'observant, les sourcils froncés.

— Je sais que c'est bien lui que vous avez découvert ici, mais ce n'est pas lui, la momie qui était présente à la marche des zombies.

— Harley, dit lentement Micah, crois-moi. Je l'ai poursuivi pendant des kilomètres... Je l'ai vu s'engager sur la Cinquième, côté nord. J'ai filé le train à cette momie depuis la marche des zombies, à travers un dédale de rues, et je l'ai vu, de mes yeux vu, s'engouffrer dans le tunnel secret qui mène au musée. Quand j'ai émergé du labyrinthe et que je suis remonté jusqu'à l'exposition, j'ai trouvé ces deux gamines recroquevillées là, terrifiées.

Il se tut pendant quelques instants.

— Harley, c'était lui, forcément. On n'a pas retrouvé d'autre momie dans le musée.

Harley le dévisagea, clignant des paupières.

— Oui, désolé, ajouta Craig, l'air ennuyé et las. Ce musée est plein de momies. Je veux dire, de momies vivantes. De gens qui se travestissent en momies. Cet endroit est ultra-sécurisé, avec des gardes et des policiers partout, mais...

— Tu es complètement à côté de la plaque !

Craig tiqua et se hâta de s'excuser.

— Écoute, je suis navré, mais...

— Il y a tellement de salles et de passages secrets ici... Je t'affirme que ce n'est pas la momie que j'ai vue à la marche des zombies.

— Pourquoi ? Qu'est-ce qui te fait dire ça ?

Elle n'aurait su l'expliquer Certes, la momie, dans sa fuite, s'était débarrassée d'une partie de ses bandelettes et Arlo, lui aussi, avait visiblement tenté de dérouler les bandes de lin dans lesquelles il était entortillé, mais c'était autre chose qui la tracassait.

Il y avait quelque chose... de différent.

— Donc, selon vous, mademoiselle Frasier, la police est incompétente ? lança sèchement McGrady.

Rydell haussa les épaules en manière d'excuse.

— Non, inspecteur, ce n'est pas ça. Je ne reproche rien à la police. J'ai collaboré avec nombre de policiers, dont certains ici présents, et j'ai toujours trouvé qu'ils faisaient de l'excellent travail. Contrairement à vous. Vous êtes inutilement hargneux et agressif.

— Harley, lança calmement Micah.

— Il n'est pas seulement paternaliste et impoli, il risque d'entraver une enquête !

— Oui, mais pour l'instant…

— C'est nous qui avons la main dans cette enquête, rappela Craig.

— Il faut qu'on fouille de nouveau ce musée de fond en comble, déclara Micah d'une voix retentissante.

— Cette conversation remontera à la hiérarchie, vociféra McGrady, les dents serrées.

— Ça, c'est sûr, promit Micah.

— Rydell, tu es témoin ? tonna McGrady.

— Oui, oui, absolument.

Furieux, McGrady tourna les talons et s'éloigna au pas de charge, l'air de se diriger vers la sortie.

— Désolée, murmura Harley.

— Non, tu avais raison, lui assura Micah. Il faut que quelqu'un me procure un plan détaillé de ce musée. On va tout passer au crible : les bureaux, les salles de préparation, les salles d'exposition… les sous-sols. La journée va être longue, les amis. On désossera ce musée s'il le faut, mais on ne partira pas tant qu'il n'aura pas été exploré jusque dans ses moindres recoins !

Un homme en combinaison blanche de scène de crime s'approcha de Micah et de Craig ; ils parlèrent pendant quelques minutes, puis un groupe d'autres techniciens également en combinaison blanche les rejoignit, chacun venant prendre ses instructions. Tout le monde se dispersa ensuite dans différentes directions.

— Micah ? appela Harley. Est-ce que je peux aller au laboratoire du musée ? Je voudrais vraiment jeter un coup d'œil là-bas. Je t'assure, je suis incapable d'expliquer pourquoi, mais j'ai la conviction que la momie qui a tenté de m'agresser au défilé de zombies n'était pas la même que celle d'Arlo, sur ces photos. Peut-être que je trouverai un indice dans le labo ?

— Je peux l'accompagner, suggéra Kieran.

— D'accord. Je vais prévenir les techniciens de scène de

crime. Moi, je descends. C'est Arlo qui nous a fait découvrir tous ces tunnels et toutes ces issues au deuxième sous-sol.

Il avait parlé sans quitter Harley des yeux. Elle se demanda s'il la croyait ; il avait pris sa défense devant McGrady, qui était de plus en plus odieux, mais...

Bon sang, combien de momies pouvaient encore courir dans les couloirs ?

Des momies qui n'en étaient pas, bien sûr.

Micah se détourna et échangea de nouveau quelques mots avec les techniciens. Elle remarqua que Rydell n'avait pas emboîté le pas à son équipier ; il attendait de pouvoir s'entretenir avec Craig et Micah.

— Allons-y, dit une femme en combinaison blanche en venant chercher Harley et Kieran. On va fouiller les bureaux. Suivez-nous.

Tandis qu'ils quittaient l'espace d'exposition et empruntaient un couloir réservé aux employés, Harley vit que Gordon Vincent, le directeur du musée, était engagé dans une vive discussion avec les techniciens. Son regard croisant le sien, il s'interrompit et pointa un doigt accusateur sur elle, les traits crispés par l'irritation.

— Cette exposition est en train de se transformer en vrai fiasco ! s'exclama-t-il.

Harley le dévisagea, interdite.

— Monsieur Vincent, je suis désolée que vous ayez cette impression. Je ne crois pas que l'exposition puisse être blâmée pour le tort que lui font les agissements de cette personne. Les objets qui ont été découverts sont splendides, monsieur, et les forces de l'ordre vont tirer tout ça au clair.

Kieran fit un pas en avant, tendant la main à Vincent.

— Bonjour, monsieur. Enchantée. Nous n'avons pas été présentés. Je m'appelle Kieran Finnegan, je suis psychologue chez Fuller et Mira, un cabinet de psychiatres qui collabore régulièrement avec la police. D'après mon expérience professionnelle, je crois pouvoir vous dire que, si triste qu'il soit, cet enchaînement d'horribles incidents n'aura pas d'impact négatif sur le musée. Au contraire, il engendrera un afflux de touristes et de nouveaux abonnés. Les gens raffolent des momies... et des mystères. Toute cette affaire a suscité un énorme intérêt de la part des médias. C'est sans doute difficile pour le moment, mais, au bout du compte, vous vous apercevrez que le musée ne souffrira pas de ce retentissement médiatique. Non seulement cela, mais il connaîtra, j'en suis persuadée, une hausse significative de sa fréquentation, même si cela en dit long, malheureusement, sur la nature humaine.

Vincent contempla Kieran, décontenancé.

— Puissiez-vous voir juste. En attendant, nous avons dû fermer pour la journée. Merci de dire aux décideurs du FBI et de la police de New York de me faire savoir si je peux ou non rouvrir mon musée demain, au moins pour les collections permanentes !

Sur quoi, il s'éloigna à grandes enjambées.

Harley regarda Kieran et se mit à rire.

— Eh bien ! Je ne suis pas sûre d'avoir moi-même tout saisi.

— Mais ma tirade a eu son petit effet. C'est ce qui compte. Il t'a laissée tranquille.

— Tu as été efficace, c'est certain.

— Et, toi, tu peux l'être davantage encore. Tu en sais tant sur toute cette affaire. Il faut vraiment que tu réfléchisses aux gens qui gravitent autour de cette exposition, au comportement qu'ils ont eu. Tu connais tous les protagonistes, Harley, tu es la mieux placée.

— Eh bien... Je pense que nous pouvons écarter Joe Rosello. Je suis pratiquement certaine que c'était lui qui était visé aujourd'hui. Mais il s'est trouvé que j'étais là, moi aussi. Qui sait ce qui était réellement prévu, étant donné que...

— Harley, coupa Kieran. Es-tu absolument sûre qu'Arlo Hampton n'était pas la momie du défilé de zombies ?

— Oui. Je te dis que ce n'était pas la même ! D'ailleurs, souviens-toi de ce qu'a dit Vivian Richter... Cette momie qu'elle a vue entrer dans son bureau et qui l'a apparemment déguisée en momie elle aussi, avec du lin empoisonné.

— Je sais, mais...

— C'est important, l'interrompit Harley. Vivian était dans son bureau. Une momie entre et, tout à coup, c'est elle qui est transformée en momie. N'est-il pas possible que la même chose se soit produite aujourd'hui ?

— Si, reconnut Kieran, les sourcils froncés. Mais on a cherché partout... et on n'a pas découvert de stock de nicotine.

Elles étaient arrivées au labo. Elles pénétrèrent dans le sas, où elles revêtirent les blouses, les charlottes et les chaussons jetables.

— Vous devez enfiler cette panoplie chaque fois que vous entrez dans le laboratoire ? grommela Kieran.

— C'est indispensable, répondit Harley en riant. C'est pour éviter qu'une bactérie qui se trouverait sur ces antiquités ensevelies depuis des siècles ne puisse se propager. Et c'est également une mesure de protection pour ces objets extrêmement anciens.

— OK, OK, admit Kieran à contrecœur.

— Ce que je veux, c'est jeter un coup d'œil au bureau d'Arlo. C'est le petit, là-bas, dans le coin, tu vois ?

Kieran hocha la tête et la suivit à l'intérieur du laboratoire.

— Ce qui me tracasse, c'est l'absence de mobile évident, déclara Kieran. Il devrait nous sauter aux yeux. Tous ces gens sont des passionnés. Ils ne jurent que par leur travail. En général, les gens font passer leur conjoint et leurs enfants en premier. L'instinct protecteur vis-à-vis d'un enfant est extrêmement puissant, sauf chez les personnes mentalement déficientes. Mais, dans les domaines d'expertise qui sont les nôtres, psychiatrie et criminologie, on rencontre des individus qui sont plus dévoués à leur profession qu'à leur entourage familial.

— Oui. Et nous pensons que quelqu'un jalousait terriblement Henry, raison pour laquelle il a été tué. Maintenant, il semblerait que quelqu'un veuille éliminer Vivian et Arlo, qui sont également des membres respectés de la communauté des égyptologues. Mais...

— Mais quoi ?

— Je sais que je me répète, mais je n'arrive décidément pas à croire qu'Arlo et la momie du défilé soient une seule et même personne. De plus, c'est Arlo lui-même qui nous a fait faire, à Micah et à moi, le tour du musée l'autre jour.

Elle marqua une pause, songeuse.

— À ton avis, est-ce qu'il pourrait y avoir un tout autre mobile ? Quelque chose qui nous a jusqu'à présent échappé ?

— Évidemment. C'est toujours possible.

— L'amour, la haine, la cupidité, la jalousie... *et* la vengeance, murmura Harley.

— Ah, la vengeance. De qui ? Et pourquoi ?

Harley ne répondit pas. Elle s'avançait vers le petit bureau en aluminium, tout au fond du labo. Le choix du mobilier en métal n'était pas innocent : il permettait la stérilisation constante des surfaces. Le plateau du bureau était juste assez grand pour recevoir tout ce dont un scientifique avait besoin, à savoir un bloc-notes, des stylos, une tablette, un ordinateur.

Elle ouvrit le premier tiroir, qui contenait un stock de lingettes nettoyantes.

Dans le deuxième, elle trouva une pile de bloc-notes neufs, des crayons et des stylos.

Elle fronça les sourcils. Elle aurait dû découvrir un ordinateur quelque part. Une tablette. Voire un dictaphone.

Mais il n'y avait rien de tout ça.

En ouvrant le troisième et dernier tiroir, elle vit un boîtier noir, tout au fond. Un petit téléphone à clapet, presque archaïque.

Elle s'en empara et l'examina soigneusement. Il ressemblait aux appareils à carte qu'on pouvait acquérir n'importe où. Elle testa les touches l'une après l'autre, rien n'indiquait le nom de son propriétaire. Elle consulta les contacts.

Son propre numéro y figurait, ainsi que ceux des autres membres de l'expédition.

— Kieran, dit-elle lentement.

— Tu as trouvé quelque chose ?

— J'en ai bien l'impression. Il se pourrait que je vienne de découvrir le moyen de joindre Yolanda, la déléguée du Conseil Suprême des Antiquités qui demeure introuvable depuis la soirée de l'inauguration. Et peut-être, dans la foulée, la traductrice qui s'est évaporée dans la nature, Satima Mahmoud.

— En 1524, New York a été baptisée Nouvelle-Angoulême par l'explorateur italien Giovanni da Verrazzano, déclara Micah à Craig tandis qu'ils s'enfonçaient dans les profondeurs du musée. La première exploration menée par les Hollandais remonte à 1609. En 1664, des frégates anglaises accostèrent et exigèrent la reddition de la ville. Peter Stuyvesant envoya des hommes de loi pour régler la capitulation entre les Hollandais et les Anglais. En fait, à bien y réfléchir, au fil des années, la plupart des puissances européennes en sont venues à se dresser les unes contre les autres. Quoi qu'il en soit, c'est en 1665 que la ville est passée sous influence anglaise et qu'elle est devenue New York.

— Euh... C'est captivant, mais qu'est-ce qui me vaut ce cours sur l'histoire de la ville de New York alors que nous sommes à la recherche de momies... ce qui, entre nous soit dit, remonte à beaucoup plus longtemps que la naissance de cette ville ? demanda Craig.

— Exact. Mais ce que je veux dire, c'est que, bien que New York paraisse être une ville jeune en comparaison de certaines cités d'Europe et d'autres continents, sa création ne date pas d'hier. Tout a commencé dans le cœur historique — Wall Street, Broad Street, etc. —, mais il y a belle lurette que le métro dessert ce secteur. Nous avons sous nos pieds une vraie jungle de tunnels et de voies de métro aujourd'hui abandonnées.

— OK. Et donc ?... Je veux dire, j'adore ma ville, mais ce que tu me racontes là prouve simplement que tu as été historien avant d'être agent spécial du FBI.

— En fait, je suis juste en train de me plaindre. Ce que nous faisons là, c'est un peu comme chercher une aiguille dans une botte de foin, déclara Micah en soupirant.

Il s'adossa à un mur pour reprendre son souffle et… manqua tomber à la renverse.

— Hé, attention !

Craig le rattrapa par le bras, juste à temps pour l'empêcher de plonger à travers une portion de mur qui s'était écroulée.

Déséquilibré par le poids de Micah, il trébucha à son tour et il s'en fallut de peu qu'ils ne basculent ensemble dans les vestiges d'un ancien tunnel de métro.

Les affiches encore placardées sur les murs étaient superbes, bien que fanées par les ans et écornées. Elles annonçaient des spectacles qui s'étaient tenus à Broadway dans les années 1930. Ils virent aussi un escalier de fer forgé splendidement ouvragé qui ne menait plus nulle part.

— Là ! dit Micah en désignant quelque chose de radicalement moderne qui contrastait avec l'aspect désuet de l'ensemble.

Dans un coin où le plâtre s'était effrité sous l'effet du temps s'empilait une grosse quantité de pots d'insecticide.

Il y en avait au moins cinquante.

Le poison destiné à tuer… Dieu seul sait combien de personnes.

— Il doit bien y avoir quelque chose, quelque part, déclara Harley, tendue. Forcément.

Elle était assise à une table d'angle, au Finnegan's, avec Micah, Craig et Kieran. Les équipes de scène de crime avaient investi l'ancienne station de métro désaffectée et étudiaient à la loupe tout ce qui pouvait constituer un indice — à commencer par les pots d'insecticide —, en usant de toutes les techniques à leur disposition pour découvrir qui s'en était servi. Ou, à tout le moins, où et quand ils avaient été achetés.

Micah et Craig avaient tenté de joindre Yolanda et Satima par téléphone, mais n'avaient obtenu aucune réponse. Egan avait confié à une équipe technique le soin de travailler sur les téléphones eux-mêmes afin d'essayer de localiser les appareils des deux femmes.

Mais, pour l'instant, ils ne disposaient d'aucun élément nouveau. Il fallait attendre.

Et on était toujours dimanche. Malgré l'heure tardive, leur petit groupe avait eu droit à un régime de faveur et avait pu savourer le traditionnel rôti du dimanche.

— Voyons, reprit Harley. On sait que Yolanda Akeem se trouvait à New York. Elle était au musée quand Vivian a été attaquée. Et elle a disparu après avoir été brièvement interrogée.

— On la voit sur les vidéos de surveillance, rappela Micah.

— On a un vrai problème, ajouta Craig. Et tout le monde est concerné : le musée, le Conseil Suprême des Antiquités égyptien, notre gouvernement et le gouvernement égyptien. Ils ont laissé échapper la vérité.

— Un meurtre, c'est toujours mauvais pour l'image de marque, murmura Micah à Harley.

— Des objets issus des fouilles ont-ils été volés ? demanda Kieran.

— Non, pas que je sache, répondit Harley. Mais quel est le mobile, derrière tout ça ? La jalousie, comme on l'a déjà évoqué ? la quête de gloire ? Je ne peux m'empêcher de penser que c'est un peu trop évident. Et puis ceux qui auraient pu être jaloux de Henry étaient Arlo et Vivian — et c'est à eux deux qu'on s'en est pris.

— Et tu ne crois pas que c'était moi la troisième cible ? Plutôt que toi ? demanda Joe Rosello.

Harley leva les yeux et sourit. Joe et Kevin venaient d'arriver ensemble, débarrassés de leur maquillage et de leurs loques de zombies, propres comme des sous neufs.

Micah et Craig s'étaient levés. Kevin alla chercher deux chaises et s'éloigna vers la cuisine en disant à Joe qu'il allait demander deux assiettes supplémentaires.

— Vous avez raison, vous deviez être visé, déclara posément

Micah. Forcément. Le coupable ne pouvait pas deviner que Harley serait là. Elle-même ne le savait pas avant que Kieran ne lui parle de cette manifestation.

— Mais... nous ne devrions plus rien avoir à craindre désormais puisqu'il paraît que c'était Arlo le coupable et qu'il est à l'hôpital, dans un état critique ?

— C'est vrai qu'il est hospitalisé et que son état est préoccupant. Beaucoup pensent que c'était lui, la momie et qu'il a tenté de tuer Vivian. Après tout, elle a elle-même déclaré avoir vu une momie s'approcher d'elle.

— La momie du défilé aurait-elle eu le temps d'atteindre le musée et d'agresser quelqu'un d'autre pour le transformer en une nouvelle momie ? questionna Kieran.

— Tu disais ne pas l'avoir lâchée d'une semelle jusqu'au musée, ajouta Harley en jetant un regard interrogateur à Micah.

— C'est exact, mais je pense qu'elle en aurait eu le temps. J'ai suivi la momie, oui, mais j'étais à une certaine distance quand je l'ai vue disparaître dans l'un des souterrains du musée. Ensuite, j'ai quelque peu erré dans ce dédale de tunnels. Il va falloir qu'ils murent tout ça parce que, sinon, un gamin un peu trop curieux finira par s'y perdre, un de ces jours.

— Je vais prendre un congé, annonça Joe. Je m'en irai dès demain matin ; je reviendrai quand tout sera terminé. J'en ai parlé au musée qui m'emploie et ils ont compris.

— C'est peut-être ce qu'il y a de mieux à faire, répliqua Micah.

Joe leva les yeux vers le ciel et poussa un long soupir de soulagement.

— Merci, mon Dieu ! Je craignais que vous ne m'ordonniez de ne pas quitter la ville.

— Il nous faudra vos coordonnées. Mais vous avez eu des milliers d'yeux braqués sur vous pendant la majeure partie de la journée. Il serait vraiment difficile de vous soupçonner.

— Dieu merci, grommela de nouveau Joe.

Kevin Finnegan revint s'asseoir parmi eux et la conversation se poursuivit, oscillant entre la marche des zombies et la situation, au musée.

Soudain, tous prirent conscience qu'il était très tard.

— Je vais rentrer, annonça Joe en se levant. Je compte m'en aller tôt demain matin. Prenez tous soin de vous.

— Il faut que nous sachions où vous serez et comment vous joindre, rappela Craig.

— Bien sûr. À condition que cela reste entre nous, d'accord ?

Tous hochèrent solennellement la tête et donnèrent leur parole.

— Si j'ai bien compris, tu raccompagnes Harley ? s'enquit Craig à l'adresse de Micah.

Kieran coula une œillade en direction de Harley — qui détourna les yeux.

Comptait-il la reconduire ? se demanda-t-elle. Elle s'était jetée à sa tête, la veille ; peut-être avait-il changé d'avis après cette très longue journée...

— Bien sûr. Je veillerai à ce qu'elle rentre sans encombre, répondit Micah en réussissant à ne rien laisser transparaître.

Comment faisait-il ? Elle-même s'étonna de ne pas rougir. Elle se contenta d'adresser un petit sourire à Kieran qui suivait l'échange, amusée, intriguée et, du moins Harley l'espérait-elle, heureuse que Micah et elle semblent si bien s'entendre.

Il y aurait eu tant de choses à dire, tant d'hypothèses à échafauder pendant le trajet jusque chez elle, mais ils n'échangèrent pas un mot. À la minute où ils arrivèrent chez elle et refermèrent la porte de l'appartement, ils tombèrent dans les bras l'un de l'autre. Vivement, Micah se débarrassa de son Glock ; Harley quitta sa veste et tendit une main vers sa chemise tout en commençant à se déshabiller de l'autre.

Sans attendre qu'elle ait fini de déboutonner son chemisier, Micah l'aida à le faire passer par-dessus sa tête tandis qu'elle-même débouclait la ceinture de son pantalon. Leurs lèvres avides se joignant en un baiser brûlant entrecoupé de petits rires, ils achevèrent de se dévêtir mutuellement, avec des gestes maladroits tant leur hâte était grande de se retrouver enfin nus, peau contre peau.

Les vêtements tombèrent les uns après les autres sur le sol, autour d'eux.

Espérant qu'il n'y avait personne dans la rue pour la voir, Harley passa en courant devant les fenêtres pour monter à l'étage, Micah sur ses talons.

Au pied de l'escalier, il l'attrapa et la souleva dans ses bras.

— Non ! Tu ne pourras pas... La cage d'escalier...

Mais il ne l'écouta pas et la porta jusqu'à la chambre, se contorsionnant pour ne pas qu'elle se cogne contre le mur.

Il la déposa sur le lit et se laissa tomber à côté d'elle. Un peu essoufflé, il se redressa sur un coude.

Harley le repoussa en arrière.

Se penchant au-dessus de lui, elle couvrit son corps nu d'une pluie de baisers et de caresses avant que ses lèvres ne finissent par s'arrêter sur le bas de son corps, lui tirant un grognement de plaisir.

Il l'attira à lui, roula avec elle sur le matelas, la taquinant et l'embrassant partout jusqu'à ce qu'elle crie de plaisir à son tour. Ils s'embrassèrent en riant entre les draps emmêlés, puis ils se soudèrent l'un à l'autre et les rires se turent. Ils étaient trop impatients, trop haletants, trop avides...

C'était nouveau. Tellement nouveau. Il y avait si longtemps qu'elle n'avait pas eu de liaison. C'était merveilleux parce que...

Bref, c'était merveilleux tout court.

Curieusement, elle avait l'absolue certitude que ce serait toujours aussi bon avec lui. Tout, entre cet homme et elle, semblait... aller de soi. Ils étaient sur la même longueur d'onde — en parfaite osmose. Qu'ils rient, qu'ils plaisantent ou qu'ils chahutent, tout, entre eux, prenait une dimension érotique. Dans ses bras, elle n'avait qu'une envie : tout oublier et rester à jamais lovée contre lui — à ceci près qu'on ne pouvait pas faire abstraction de tout et que le monde, bien sûr, se chargeait de se rappeler à votre bon souvenir.

Et c'était là le plus merveilleux...

Elle pouvait être avec lui — comme s'il était son oasis — et continuer à parler du désert brûlant qui les entourait. Elle pouvait avoir l'esprit embrumé par le désir, le corps tendu par l'excitation sans cesser de discuter avec lui. Ils pouvaient partager des confidences, échanger leurs avis en toute liberté, en toute confiance — sans jamais craindre la trahison.

Elle était... Oui, elle était peut-être bien en train de tomber amoureuse.

— Elle sait quelque chose, disait Micah. J'en suis sûr.

— Elle ? Qui ça, elle ? Vivian, Belinda, Yolanda ou Satima ? rétorqua Harley en se calant sur un coude.

— Satima. Je pense que Yolanda veut juste rester en dehors de tout ça pour éviter que l'affaire ne rejaillisse sur le Conseil Suprême des Antiquités. Elle déteste que quelque chose vienne entacher sa réputation. Egan s'efforce d'utiliser la voie diplomatique pour l'amener à prendre contact avec nous. Pour autant que nous sachions, elle est toujours aux États-Unis. Peut-être qu'elle ne pourra rien nous apprendre, mais j'aimerais tout de même lui parler en personne.

— McGrady l'a peut-être dégoûtée à jamais des forces de l'ordre américaines, précisa Harley.

— Ce qui est dommage, c'est qu'il aurait pu être un bon policier. On ne devient pas enquêteur comme ça, déclara Micah en claquant des doigts. Il faut avoir gravi les échelons ou avoir des relations haut placées. McGrady n'est pas patient.

— Et pas habile dans ses relations avec les gens, renchérit Harley.

Micah haussa les épaules.

— Quoi qu'il en soit, je veux aussi parler à cette Satima. Au moins avons-nous un numéro de téléphone, ce qui n'était pas le cas avant... et c'est grâce à toi, qui as su où aller... fouiller. Passe-moi le terme... Jeu de mots involontaire !

— Les techniciens de scène de crime auraient trouvé ce

téléphone. Je ne sais pas pourquoi Arlo le gardait au fond de ce tiroir, ni d'ailleurs à quoi il lui servait.

— C'est un appareil à carte, utilisable n'importe où dans le monde. Peut-être était-ce là la raison, suggéra Micah.

Il soupira et la serra plus étroitement contre lui.

— C'est plus fort que moi. J'ai l'impression d'être confronté à un puzzle géant auquel il manque une pièce... Une seule, mais qui nous empêche de voir l'image dans son intégralité. Si seulement on l'avait...

— On l'aura, affirma Harley avec assurance. Craig et toi, le FBI, la police de New York... Vous la trouverez. C'est un peu comme...

Son expression se fit lointaine comme si elle était perdue dans ses pensées.

— Comme ? la pressa Micah.

— Eh bien, tu sais, mon rôle principal, dans cette expédition, était de trouver des indices susceptibles d'expliquer le mystère qui entoure la mort d'Amenmose. Il a été tué. Ensuite, un proche s'est chargé de l'enterrer rapidement. Les suspects sont légion, évidemment. Il représentait une menace pour Aÿ, qui était le régent de Toutankhamon et qui est lui-même devenu à son tour pharaon. Il y avait aussi la sœur et le beau-frère de Toutankhamon... Ils le méprisaient. Mais rien de ce que j'ai pu glaner, que ce soit dans les écrits antiques ou dans la documentation que j'ai consultée, n'est venu étayer la thèse que ce sont eux qui l'ont tué. Il avait une famille, de nombreux serviteurs, donc j'imagine que la liste des suspects est sans fin. Ça me donne la même impression que ce que tu viens de décrire. Des suspects en nombre, mais impossible de mettre le doigt sur un motif valable. Ou de déterminer précisément où se trouvaient tous ces suspects au moment crucial.

— Procédons par élimination, déclara Micah. Joe Rosello. Dans son cas, c'est limpide. Les gens l'ont vu toute la journée.

— Vivian Richter. Elle est sortie de l'hôpital en toute fin de matinée.

— J'aimerais tout de même m'assurer qu'elle était chez elle le reste de la journée.

— Mais...

— Quelque chose pourrait lui être revenu en mémoire, insista Micah.

— C'est insensé. Tout le monde, toi y compris, semble de l'avis que c'est Arlo le coupable. Et qu'il s'est empoisonné en voulant empoisonner les autres.

— Hé, attends un peu... Je garde l'esprit ouvert ! Tu dis que la momie qui t'a touchée au défilé était quelqu'un d'autre. Je te crois.

— Nous ne savons pas où était Jensen Morrow aujourd'hui. Ni Belinda.

— Pas plus que Vivian ou Ned Richter, pour le moment. Ni Roger Eastman. Mais on le saura bientôt.

— Ah bon ?

Il lui sourit.

— Bien sûr. Craig et moi ne sommes que deux rouages d'une énorme machine, une machine qui ne s'arrête jamais. En tout cas, je suis d'accord avec toi. Quelque chose ne cadre pas. Ce que je veux en priorité, c'est m'entretenir avec Satima Mahmoud. Puis avec Ned et Vivian Richter. Ensuite...

— La question centrale est celle du mobile, assena Harley avec conviction.

— Du mobile, oui.

La conversation s'interrompit là. Il la prit dans ses bras.

Et elle oublia tout — les momies, les meurtres, les suspects — pour ne plus se concentrer que sur lui et s'abandonner à l'étreinte de ses bras puissants.

8

Ce fut la sonnerie de son téléphone, quelque part dans l'appartement, qui éveilla Micah.

Il se souvint que ses vêtements étaient en bas.

Il sauta du lit et dévala la cage d'escalier en colimaçon, jetant au passage un coup d'œil par les grandes baies vitrées qui ouvraient sur le ciel encore sombre, la ville et Grace Church.

En traversant rapidement la pièce, il songea qu'il leur faudrait investir dans des rideaux — des rideaux épais, occultants. Bien sûr, c'était peut-être un peu présomptueux étant donné qu'il n'était pas ici chez lui, mais...

Le téléphone ! Il plongea vers sa veste, négligemment jetée sur une chaise, saisit l'appareil et décrocha à la huitième sonnerie.

— Fox.

— Fox ! tonna la voix de Richard Egan. Yolanda Akeem est ici, dans nos bureaux. Elle doit reprendre l'avion pour l'Égypte tout à l'heure, en fin de matinée. Elle est avec un ami à moi, du département d'État. Je vous suggère d'arriver immédiatement. Je préviens Craig Frasier dans la foulée.

— Oui, monsieur !

Micah coupa la communication. Il ramassa vivement le reste de ses vêtements et fonça à l'étage.

Harley commençait tout juste à se lever, l'air ensommeillé.

— Que se passe-t-il ? demanda-t-elle avec inquiétude en le voyant surgir en haut de l'escalier. Il n'est même pas 6 heures.

— Il faut que j'y aille. Tout de suite. Yolanda est dans les bureaux du FBI. Elle repart pour l'Égypte dans quelques heures.

— Bien sûr, vas-y !

Il fit un passage éclair sous la douche, mais elle se garda bien de l'y rejoindre ; tous deux savaient pourquoi ç'aurait été une très mauvaise idée.

Quelques instants plus tard, habillé de pied en cap, il se dirigeait vers l'escalier. Enroulée dans une robe de chambre, Harley l'accompagna en bas.

— J'aurais dû programmer la cafetière hier soir en arrivant, murmura-t-elle en lui ouvrant la porte d'entrée.

Il marqua une pause sur le seuil pour déposer un rapide baiser sur ses lèvres.

— On avait autre chose en tête que le café, je crois. Personnellement, je serais tout prêt à refaire l'impasse sur le café quand tu voudras. Tu ne travailles pas aujourd'hui, n'est-ce pas ?

— Non, je n'ai rien chez Fillmore, répondit-elle. Je pense que je vais rester ici et lire un peu.

— OK, bonne idée. Je t'appelle, promit-il.

Et il s'en alla. Le bureau n'était pas loin et, en arrivant, il sauta à bas de la voiture et confia à un jeune agent le soin de la garer. Il s'était passé moins de trente minutes depuis l'appel d'Egan, mais il ne put s'empêcher de craindre qu'elle ait déjà quitté les lieux.

Elle repartait dans son pays ; c'était sa chance !

À son grand soulagement, elle était là. Il apprit par la réceptionniste qu'Egan était avec elle dans la salle de conférences. Il pressa le pas pour rattraper Craig, arrivé quelques secondes avant lui.

— Tu crois qu'elle a quelque chose ? demanda Craig.

— Je n'en sais rien, mais croisons les doigts pour qu'elle soit en mesure de nous apprendre quelque chose d'utile.

— Étant donné qu'on patauge dans le noir… au sens littéral, dans les souterrains du musée… ce ne serait pas du luxe.

— Messieurs, Mlle Yolanda Akeem et M. Tom Duffy, du

département d'État, dit Egan. Les agents spéciaux Craig Frasier et Micah Fox.

Tout le monde prit place autour de la table.

— Merci d'être venue, déclara Micah à Yolanda. Nous avons conscience que vous n'étiez pas tenue de nous parler et nous vous sommes reconnaissants de votre coopération.

Yolanda Akeem était une femme séduisante, approchant probablement de la cinquantaine. Elle avait les cheveux et la peau sombres, gages d'une ascendance aux origines multiples. Elle se tenait droite, dans une attitude très digne — royale, presque.

Elle hocha la tête.

— Je vous aurais parlé plus tôt si j'avais pensé avoir quelque chose d'intéressant à dire, déclara-t-elle.

Elle plissa le nez.

— J'ai parlé à ce butor de policier, après l'attaque dont a été victime Vivian Richter. Il voulait savoir si je croyais que les momies pouvaient revenir à la vie… si je pensais que les malédictions existaient ! Eh bien, oui, elles existent, indubitablement… C'est une vraie malédiction que d'avoir affaire à des idiots de son espèce !

— Nous n'étions pas encore chargés de cette investigation à ce moment-là, mademoiselle Akeem, précisa Egan.

— Oui, je sais. Et j'ai déjà eu affaire à l'agent spécial Fox, l'an dernier, quand nous étions encore sous le choc, après la perte d'un ami très cher.

Yolanda Akeem regarda Micah et sourit d'un air peiné.

— Un moment si triste. C'était un tel chaos. Une période terrible.

— Terrible, en effet, acquiesça Micah.

Yolanda agita une main en l'air.

— Tout le monde courait, pliait bagage, affolé… et le cadavre de Henry qui n'était même pas encore refroidi. Et puis cette insurrection, bien sûr ! Des jeunes se plaignant de ne pas avoir suffisamment de privilèges… Une montagne qui a accouché d'une souris. Mais... la sécurité d'abord, comme toujours. Oui, le monde est impitoyable et rempli de menaces bien réelles. Mais dans ce cas-là...

— Oui ?

— Mon ami, l'agent spécial Fox, pense que quelque chose ne cadre pas dans toute cette histoire, déclara Craig. Pour être tout à fait franc, nous nous demandons si nous nous intéressons aux bons suspects.

Yolanda Akeem hésita.

— Je voudrais pouvoir vous répondre « Non, vous vous trompez ». Mais, voyez-vous, tout ça me laisse une impression désagréable, à moi aussi. L'expédition se déroulait à la perfection, du moins était-ce ce que je croyais. Henry était venu travailler tant de fois dans mon pays... Nous l'aimions beaucoup. Et ses étudiants... Ils étaient charmants. Quant aux employés d'Alchemy, je les ai entendus se disputer parfois à propos d'argent... Du montant des dépenses, des économies à réaliser, ce genre de choses. C'était assez drôle parce que M. Richter était le directeur de la société alors que sa femme... C'est une vraie scientifique, avec un côté rêveur. L'argent n'a aucune signification à ses yeux.

Elle sourit.

— Henry ne s'en mêlait pas. Arlo Hampton essayait de rappeler à tout le monde que c'était lui, le principal égyptologue d'Alchemy. Mais, à part ces quelques petites chicaneries, tout se déroulait bien. Et puis... Henry est mort.

— Vous étiez au campement ce soir-là ?

— Oui. Belinda devait accompagner Harley et Jensen en ville, mais elle est fiancée, vous savez... Et elle est restée pour pouvoir parler par Skype avec son fiancé. Elle utilisait mon ordinateur. J'étais en train de traiter de la paperasse ; elle était avec moi.

Micah échangea un coup d'œil avec Craig. Apparemment, ils pouvaient rayer Belinda de leur liste, s'agissant de la mort de Henry.

— Mais vous avez vu Henry.

— Oui. Juste quelques minutes, en début de soirée. J'ai aussi croisé notre jeune interprète, Satima Mahmoud, avec M. Rosello.

Micah hocha la tête.

Joe était d'ores et déjà éliminé par sa participation à la marche. Pour laquelle il portait d'ailleurs une tenue de zombie, pas de momie.

Il fit mentalement la grimace. Il n'arrivait pas à croire qu'il pouvait tenir pareil raisonnement !

Yolanda fronça soudain les sourcils.

— Peut-être qu'il y avait des problèmes dans l'air. J'ai entendu Satima se disputer avec Joe. Ce n'était pas habituel. Mais, ce soir-là, Satima était fatiguée. Elle voulait rentrer chez elle. Joe, lui, insistait, répétant qu'il voulait terminer le travail. Elle rétorquait que le travail serait toujours là le lendemain matin, qu'elle avait une famille à retrouver. Bref… L'atmosphère était tendue. Les Richter se querellaient, eux aussi. Henry, lui, était occupé à examiner les trésors qu'ils venaient d'exhumer. Arlo aspirait à… être mis davantage dans la lumière et je pense qu'il voyait Henry comme le moyen d'y parvenir, mais l'expédition touchait au but et il savait bien que leur collaboration allait prendre fin, à un moment donné. Cela le rendait ombrageux, irascible… Ce soir-là, je n'avais plus envie de les voir, les uns et les autres. Satima avait été… presque méchante avec moi. Si ça n'avait tenu qu'à moi, je l'aurais renvoyée sur-le-champ. Je parle plusieurs langues. Mon père était égyptien, mais ma mère est mi-française, mi-mexicaine. J'aurais été parfaitement capable de remplir ses fonctions. J'ai d'ailleurs regretté ce soir-là de ne pas m'en être chargée.

Elle les regarda tous à la ronde et poussa un long soupir.

— S'agissant de Vivian Richter… J'avoue que je ne l'aimais pas particulièrement, mais je suis vraiment désolée qu'on s'en soit pris à elle. Je le suis également pour Arlo. Après la mort de Henry, il a enfin obtenu ce qu'il voulait d'Alchemy… Mais je ne crois pas que ce soit quelqu'un de mauvais. Est-ce que c'est réellement lui qui est derrière tout ça ? Pour quelle raison ? La notoriété ? la gloire ? Il paraît qu'il a peu de chances de s'en sortir… Qu'on ne l'a pas découvert aussi rapidement que Vivian.

— Nous ne savons pas s'il est coupable ou victime, déclara Egan.

Yolanda secoua la tête.

— Je suis désolée. Je ne sais rien de plus. N'hésitez pas à m'appeler si vous avez d'autres questions. Je rentre au Caire, mais vous pourrez me joindre… Si je peux encore vous être utile.

Tout le monde se leva et se salua, puis le représentant du département d'État et la déléguée du Conseil Suprême des Antiquités prirent congé. Egan, Craig et Micah se regardèrent.

— C'est la première fois que j'entends parler de toutes ces frictions, déclara Micah. Même quand j'étais au Caire, personne n'y a fait allusion. Évidemment, c'était la pagaille à ce moment-là.

— Cela expliquerait pourquoi Ned Richter n'est pas resté en permanence au chevet de sa femme, pendant son hospitalisation. S'ils avaient un différend, je veux dire.

— Et peut-être n'était-il pas non plus avec elle hier, renchérit Egan. Vous allez vérifier ça. Par ailleurs, on continue de rechercher cette Satima Mahmoud. J'espère que nos hommes la trouveront. Ils s'efforcent d'entretenir de bonnes relations avec la police, ici comme à l'étranger.

— Et Arlo Hampton ? demanda Micah. A-t-on des nouvelles ?

— Il est toujours en vie. Inconscient. Son état est stable. Mais les médecins ne sont pas en mesure de déterminer s'il gardera des séquelles neurologiques… s'il survit, bien sûr.

— Ce qui veut dire qu'il pourrait rester un légume à vie, dit Craig.

— Il peut aussi se rétablir. Ils l'ont placé sous coma artificiel. Quand ils l'en sortiront, on en saura peut-être un peu plus. Quoi qu'il en soit, il est vivant, mais il n'est pas près de reprendre le travail, conclut Egan.

— Espérons qu'il s'en tire, dit calmement Micah.

— Je pense qu'on devrait peut-être avoir une petite conversation avec Ned Richter et Joe Rosello, déclara Craig.

— On a la preuve que Rosello est innocent, rappela Egan.

— Oui, assena Micah. Mais il semblerait que notre jolie petite interprète ne le soit pas, elle.

— Vous croyez vraiment que cette jeune Égyptienne, qui n'est même pas aux États-Unis, est mêlée à tout ça ? demanda Egan, sceptique.

— Oui. Mais je ne sais pas encore de quelle façon. On ne la retrouve pas. J'espère que ça ne veut pas dire qu'elle est morte.

— Joe ne jouait pas les momies hier, cela, nous le savons. Mais je suis d'accord avec Micah, intervint Craig. Ce sera sûrement très instructif de découvrir ce qu'il y avait entre lui et Satima Mahmoud.

— Je suis navrée. Tu as l'air complètement déprimé, dit Harley à Jensen.

Il l'avait appelée tôt, vers 8 heures. Bien sûr, à cette heure-là, New York bruissait déjà d'activité, mais, n'ayant rien de prévu, Harley avait pensé pouvoir faire la grasse matinée.

Et jouir du simple fait qu'elle reposait entre les draps qui avaient abrité leurs ébats passionnés, des draps qui portaient encore l'odeur de Micah.

Mais elle était heureuse d'avoir des nouvelles de Jensen ; il essayait de maintenir le cap, malgré tout.

— Eh bien, évidemment que je suis déprimé, répondit Jensen. Il y a de quoi, non ? La police est partout. Je suis seul pour tout faire. Vivian a survécu, mais Arlo est très mal en point. Cela dit, si c'est lui qui a tué Henry et qui a essayé d'assassiner Vivian, il mérite bien son sort.

— Je ne crois pas que ce soit lui, Jensen. En tout cas, il n'a commis aucun crime hier. J'ai vu la momie dans la rue… enfin, j'ai vu *une* momie… et…

Elle s'interrompit brusquement. Elle savait, maintenant, ce qui lui avait paru différent entre la momie du défilé et les photos d'Arlo Hampton habillé en momie, gisant, inanimé, sur le sol du musée.

Elle n'était pas sûre qu'il soit très avisé de communiquer cette information à quelqu'un d'autre que Micah, Craig ou la police.

Jensen ne parut pas remarquer qu'elle avait subitement cessé de parler.

— Je suis au travail, poursuivit-il. Ned Richter doit venir et — tu ne vas pas le croire — Vivian aussi. Tu imagines ? Alors qu'elle vient à peine de quitter l'hôpital ! C'est peut-être une vraie garce, mais elle a du cran, je lui reconnais cette qualité. Son amour pour l'égyptologie doit lui donner des ailes ! Arlo ne sera pas là, évidemment. C'est bien vide sans lui. Aucun de nos amis n'est ici. Belinda et Roger sont occupés par leur travail. J'ai parlé à Joe, mais il quittait la ville ce matin. Il a peur. Il pense que la momie, à la marche des zombies, voulait s'en prendre à lui. C'est peut-être vrai. Qui sait ? Mais si cette momie était bien Arlo, nous n'avons plus à nous en faire... Non ?

Seulement voilà, pensa Harley. La momie qui s'était glissée parmi les zombies n'était *pas* Arlo. Arlo était grand. *Elle* ne l'était pas.

— Jensen, je ne pense pas qu'Arlo ait fait quoi que ce soit.

— Quelle criminologue tu fais ! Tout le monde est gentil, à tes yeux, grommela Jensen.

Après une courte pause, il demanda, sans préambule :

— Alors, est-ce que tu viens me tenir compagnie et m'aider à repousser les momies ?

— C'est-à-dire... j'avais l'intention de voir l'amie de Craig.

— L'adorable Kieran. Alors, à vous deux, vous allez sonder nos esprits et tenter de découvrir lequel d'entre nous est un psychopathe ? Celui qui a fait ça est forcément cinglé. J'imagine d'ici sa ligne de défense au tribunal... « C'est cette bactérie qui m'a rendu fou... Je n'étais pas responsable de mes actes ! »

Harley ne put s'empêcher de sourire.

— C'est le rôle des avocats de la défense. Mais oui... Une bactérie peut causer ce genre de trouble mental.

— Est-ce que je dois quitter la ville, moi aussi ? s'enquit Jensen d'un ton sérieux. Bon sang, j'adore cet endroit. Cette ville, ce musée… L'expédition aussi, j'ai adoré en être… Jusqu'à ce que Henry meure. Je ne peux pas laisser tomber, Harley. Après tout le travail qu'on a accompli… C'était trop important pour Henry. Et ça l'est aussi pour les générations futures.

— Tu as raison, acquiesça Harley. Et puis la police…

— La police… Des idiots, tous autant qu'ils sont ! Oups, désolé. Les fédéraux sont peut-être au-dessus du lot.

— Les tueurs commettent toujours des erreurs…et finissent par se faire coincer, déclara Harley sans relever son allusion.

— Pas toujours.

— Mais cette fois, ce sera le cas, tu verras.

— On est loin d'en être là. Tout de même, Harley, quelle ironie que cette exposition… Quand je pense que tout a commencé par un meurtre. Celui d'Amenmose, je veux dire. Peut-être que tu pourrais découvrir qui l'a tué. C'était l'un de tes principaux objectifs, pendant l'expédition, n'est-ce pas ?

— Oui. Je reste extrêmement intriguée par le fait qu'il ait été tué et qu'on lui ait tout de même érigé un tombeau lui permettant d'accéder à la vie dans l'au-delà.

— Absolument. Viens donc me rejoindre ! J'irai te chercher à l'entrée. Tu seras en sécurité. Le musée grouille de flics. Je te fournirai tous les éléments dont tu as besoin pour poursuivre tes recherches. Ça me plairait beaucoup d'être ton apprenti ! déclara Jensen.

— D'accord, je viens, concéda Harley. Je t'enverrai un texto quand je serai à l'entrée.

Elle coupa la communication et jeta un coup d'œil autour d'elle, laissant courir sa main sur les draps. Finie, sa rêverie éveillée !

Elle passa rapidement sous la douche et sortit, pressée de sauter dans le métro et d'arriver au musée.

Malgré elle, elle se surprit à scruter la foule autour d'elle.

C'était encore l'heure de pointe matinale. Partout, les gens se hâtaient de rejoindre, qui leur lieu de travail, qui leur école.

Elle s'avisa tout à coup que, d'instinct, elle cherchait une momie, ce qui était ridicule.

On était lundi, les gens se rendaient au travail. Il était bien improbable de voir une momie émerger au milieu de cette foule pressée. Mais c'était New York. Une momie aurait pu déambuler dans la rue et ne provoquer qu'un haussement d'épaules blasé de la part des gens qui la croisaient.

Heureusement, aucune momie n'apparut et elle fut bien forcée de s'avouer qu'elle était soulagée.

En approchant du musée, elle envoya comme convenu un texto à Jensen. Il lui répondit qu'il l'attendrait à l'entrée.

Jensen et un officier de la police de New York se tenaient effectivement à la porte à son arrivée. Jensen expliqua de qui il s'agissait et Harley montra sa pièce d'identité au policier.

Elle entra.

C'était étrange de traverser le hall d'accueil avec Jensen alors que tout semblait tellement vide autour d'eux. Il lui apprit qu'il y avait au moins une dizaine de policiers dans le bâtiment ainsi que des agents du FBI qui, selon lui, devaient s'ennuyer à mourir, mais avaient été affectés à la surveillance des lieux. Jensen se lança ensuite sur son sujet favori, le musée, dont il lui parla avec beaucoup d'enthousiasme. Elle savait déjà qu'il était dédié aux civilisations anciennes, de la Mésopotamie en passant par Rome et la Grèce, jusqu'à l'Égypte ancienne et autres civilisations de l'Antiquité. Il expliqua qu'il le voyait comme un hommage à l'humanité créant la civilisation ; il y avait même une nouvelle partie passionnante retraçant le développement de l'homme depuis les hominidés et les grands singes.

— Quand tout cela sera terminé... quand les choses seront revenues à la normale, il faudra absolument que tu prennes le temps de venir passer une journée ici, pour voir l'ensemble des expositions. C'est un musée phénoménal. Et je suis vraiment heureux d'y travailler, à ceci près que, maintenant, le reste des scientifiques, les curateurs, les historiens — jusqu'aux employés du café et de la boutique de souvenirs — nous détestent cordialement !

— Ça, ça m'étonnerait.

— Non, c'est la pure vérité, je t'assure.

— Quand tout sera rentré dans l'ordre, leur hostilité ne sera plus qu'un souvenir. Je parie que cette histoire de fous va faire grimper en flèche la popularité du musée. Il est entouré d'une vraie aura de mystère maintenant.

— Espérons-le. On y va ? Dans l'une des salles de préparation, il y a des documents sur lesquels Henry travaillait. Et un certain nombre de momies… encore dans leurs cercueils pour la plupart, exception faite de notre « momie hurlante ». Ah, et ensuite, je devrai te laisser ; j'ai une réunion avec le directeur du musée dans quelques minutes.

— Ah ! Gordon Vincent, murmura Harley.

Jensen hocha la tête et lui lança un bref coup d'œil.

— Oui. Ils ne savent pas si Arlo va s'en sortir ou non, mais, s'il survit, apparemment, il sera arrêté.

— Ce n'est pas lui, répéta Harley.

— Mais…

— Je te dis que ce n'est pas lui ! C'était une victime, comme Vivian.

— Il n'y a que toi pour en être persuadée, non ? En tout cas, pour être tout à fait honnête, je préférerais que ce ne soit pas le cas. Je crois que je vais être promu directeur curateur de l'exposition Amenmose.

— Oh ! bravo, murmura Harley. Félicitations. Je comprends ton point de vue… Mais je ne saisis pas bien. Arlo n'était-il pas employé par Alchemy ?

— Si, mais on lui a proposé ce poste, ici, répondit Jensen.

Ils passèrent devant le temple et les expositions qui étaient normalement ouvertes au public, puis, arrivant dans la partie réservée au personnel du musée, ils entrèrent dans l'une des salles blanches jouxtant le laboratoire d'Arlo.

— Il y a surtout des objets ici, déclara Jensen. Mais les notes de Henry se trouvent là-bas, sur ce bureau. Personne ne décrypte aussi bien que toi son écriture en pattes de mouche. Peut-être que tu trouveras quelque chose ? Je te rejoindrai sitôt que ma réunion sera terminée et on ira déjeuner. Pas au musée, malheureusement, étant donné que tout est fermé aujourd'hui. Mais on dénichera bien un endroit sympathique, dans le secteur.

— Pourquoi pas la sandwicherie qui est sur la Sixième ? suggéra Harley. C'est à cinq minutes d'ici.

Il leva le pouce en manière d'acquiescement et s'éloigna. La porte se referma derrière lui avec un petit cliquètement.

Dans cette salle, le port d'une tenue de protection n'était pas nécessaire, mais sa température était régulée. On devait tenir pour acquis que tous ceux qui y entraient montreraient le plus grand respect vis-à-vis des anciens sarcophages, des momies et autres objets découverts dans le tombeau.

L'espace d'un moment, elle se borna à regarder autour d'elle.

Beaucoup de choses étaient encore stockées sur des palettes. Il y avait tant d'objets... En revanche, certaines sépultures — de splendides sarcophages magnifiquement peints — avaient été déballées. Elles avaient bien résisté aux outrages du temps car elles étaient faites de bois dur et de métaux précieux.

Le long d'un mur, des rayonnages étaient chargés de nombreux vases canopes, d'autres, de bijoux. Sur l'un d'eux, s'alignaient des douzaines de statuettes mortuaires. Dans un coin de la pièce étaient soigneusement rangés des roues de chariot, le corps d'un chariot et un ensemble de harnais.

Sur une étagère à part reposaient plusieurs chats momifiés.

Une autre encore était consacrée aux armes, certaines d'entre elles sommaires, ayant appartenu à de simples soldats, d'autres, ornées d'or et de pierres précieuses. Elle y nota pêle-mêle la présence de masses, de boucliers, de dagues, d'épées, de couteaux...

L'ensemble était d'une valeur inestimable.

Mais, pour autant qu'elle sache, rien n'avait jamais disparu du musée.

Le mobile du meurtre n'était pas le vol. Mais quel pouvait-il bien être ?...

Elle secoua la tête. C'était un vrai puzzle, ainsi que l'avait souligné Micah — un puzzle auquel il manquait une pièce maîtresse. Mais, s'ils réussissaient à réunir toutes les pièces et à les assembler, un tableau se dessinerait.

Un tableau du passé ? Peut-être. Quel rapport pourrait-il avoir avec le présent ? Sans doute aucun. Mais, là encore, il suffisait parfois de porter son attention sur un autre puzzle pour résoudre celui qui nous résistait.

Harley examina les différents artefacts stockés dans la salle. Ils seraient prochainement catalogués avant de rejoindre les autres trésors exposés dans le musée. Puis elle se dirigea vers le petit bureau et la chaise métalliques bon marché que Jensen lui avait indiqués. Sur la chaise s'empilaient des boîtes d'archives contenant les observations et les enregistrements de Henry. Cela allait de ses calculs concernant l'emplacement du tombeau à ses réactions, le jour où ils l'avaient découvert. Et, connaissant Henry, il devait aussi s'y trouver des articles, des études et tout ce qu'il avait pu dénicher ou recevoir qui venait compléter son propre travail.

Harley débarrassa la chaise, s'assit et se mit à lire.

Le personnel du musée avait dû au moins parcourir ces notes.

Mais peut-être n'avaient-ils pas tout lu avec attention ? Ils ne connaissaient pas Henry comme *elle* l'avait connu.

Et ils n'étaient pas aussi déterminés à démasquer un tueur.

Ned et Vivian Richter étaient propriétaires d'une maison particulière — un manoir victorien à Brooklyn, dans le secteur de Williamsburg, non loin du Pratt Institute.

Craig siffla entre ses dents.

— Sacrément luxueux, murmura-t-il en appuyant sur la sonnette.

— C'est classe, admit Micah. À l'époque où j'ai fréquenté ce coin, quand nous faisions équipe, ce secteur était en cours de réhabilitation. Il y avait encore du trafic de drogue, de la criminalité, et les belles propriétés telles que celles-ci servaient le plus souvent de locaux associatifs ou étaient divisées en dizaines de logements grands comme des dés à coudre.

— Il a pris beaucoup de valeur aujourd'hui. Cet endroit a dû coûter les yeux de la tête. Mais, compte tenu du poste qu'occupe Richter chez Alchemy, j'imagine qu'il a les moyens.

— Sans doute.

Craig sonna de nouveau.

— Tu paries que c'est une domestique qui va ouvrir ? murmura Micah.

— Je me garderais bien de parier contre toi ! répliqua Craig.

— Il n'y a pas de mal à être riche. D'ailleurs, j'ai bien envie d'essayer un de ces jours, rétorqua Micah en riant.

Il ne s'était pas trompé. Ce fut une jolie jeune femme qui vint leur répondre, vêtue d'un uniforme de soubrette qui n'aurait pas déparé un film des années 1950.

— Puis-je vous aider, messieurs ? demanda-t-elle avec un fort accent à consonance slave.

Ils lui montrèrent leurs plaques.

— Nous venons voir M. et Mme Richter, annonça Micah.

La jeune femme pinça les lèvres.

— Monsieur, vous savez sûrement que Mme Richter vient juste de sortir de l'hôpital.

— Oui, nous sommes au courant. Nous n'en aurons pas pour longtemps, lui assura Craig.

Elle les conduisit jusqu'à un salon qui ressemblait à un magasin de meubles. Micah se demanda si quelqu'un avait déjà mis les pieds dans cette pièce.

Mais ils n'eurent pas le temps de s'interroger car Vivian Richter fit son entrée quelques instants plus tard.

— Messieurs. Que puis-je pour vous ? Je m'apprête à partir pour le musée. Avec tout ce qui s'est passé... Bref, je ne peux m'empêcher de craindre que quelqu'un ne chercher à saboter l'exposition. Je ne cesse de vérifier nos documents, nos notes... et, bien entendu, nos objets. Je dis « nos », mais ils ne sont pas à nous, bien évidemment. Tout ce que nous avons mis au jour sera retourné à l'Égypte. Nous ne nous comportons plus comme des voleurs de trésors aujourd'hui, Dieu merci ! Mais il fut un temps où... Savez-vous que, sous l'ère victorienne, les momies étaient découvertes en si grand nombre qu'on s'en servait souvent pour allumer le feu ? C'est à peine croyable, n'est-ce pas ?

— Je crois avoir déjà entendu ça quelque part, dit Micah.

— Donc... Que puis-je pour vous ? Voulez-vous m'accompagner au musée ?

— En fait, nous aimerions savoir où vous vous trouviez hier, après votre sortie de l'hôpital, et si vous étiez en compagnie de votre mari. Nous aimerions lui parler également.

— Ned est déjà au musée. Mais, pour répondre à votre question, il est resté avec moi toute la journée. C'est un mari très dévoué.

— Quand est-il parti ? demanda Micah. Je veux dire, ce matin ?

— Il y a un petit moment, je pense, répliqua Vivian.

— Vous *pensez* ? Vous ne l'avez pas vu ? interrogea Craig.

— J'ai passé la journée d'hier et la matinée à me reposer. Je sais quand mon mari n'est pas loin de moi. Je sens sa présence. Êtes-vous mariés, l'un et l'autre ? Non ? Voyez-vous, après des années de mariage, on n'a pas besoin de *voir*, messieurs. On *sent*. Vous êtes encore jeunes, tous les deux ; attendez d'avoir été marié pendant des années. Vous comprendrez ce que je veux dire.

Vivian Richter était vêtue d'un tailleur-pantalon à la fois seyant et classique ; hormis son extrême minceur et ses joues un peu congestionnées, elle paraissait en bonne condition physique.

— Qu'essayez-vous de savoir, exactement ? reprit-elle. Je suis une victime. Et vous ne pouvez pas soupçonner Ned ! Toute l'expédition reposait sur ses épaules. Jamais il n'aurait fait quoi que ce soit qui puisse lui nuire.

— Toutes nos excuses, mais nous sommes tenus d'interroger tout le monde compte tenu des circonstances, répondit Micah.

— Nous faisons simplement notre travail, ajouta Craig d'un air contrit.

— Oh ! mais bien entendu ! déclara Vivian. Agent Fox, il paraît que vous m'avez sauvé la vie. Et vous, agent Frasier, je sais que vous travaillez dur sur cette affaire. Je vous suis très reconnaissante à tous les deux, même si, compte tenu de ce qui m'est récemment arrivé, je n'ai guère eu l'occasion de remercier les forces de l'ordre.

— Madame Richter, je n'ai fait qu'appeler le 911. N'importe qui aurait pu s'en charger comme moi, expliqua Micah. Mais nous sommes très contents de voir que vous vous portez bien.

— Oui ! Et j'en remercie le ciel. Les secouristes, le personnel de l'hôpital... Tout le monde a été merveilleux... J'ai eu beaucoup de chance. On m'a expliqué que j'avais été empoisonnée avec de l'insecticide, mais, apparemment, d'après les médecins, il y a une recrudescence de ce genre d'intoxication en raison des cigarettes électroniques. Ils m'ont administré du charbon actif, placée sous perfusion et sous monitoring pour écarter le risque de convulsions. J'ai eu beaucoup, beaucoup de chance. Il paraît que la situation est plus délicate pour Arlo. Mais j'ai aussi entendu dire que la police le soupçonnait d'avoir été la « momie » qui m'a attaquée... dans l'intention de me tuer ! conclut-elle dans un murmure. Arlo et moi... Nous avons fait du bon travail ensemble. Je me demande s'il s'inquiétait parce que je suis la femme de Ned. Peut-être craignait-il que cela ne me place en meilleure position pour une promotion au sein d'Alchemy ? Certaines personnes semblent aussi d'avis que Henry a été tué... Je n'ai jamais su quoi en penser. Nous avons dû quitter le camp dans une telle précipitation ! Nous étions en danger de mort !

— Bien sûr, acquiesça Micah d'un ton lénifiant. Donc, vous dites que nous trouverons Ned au musée.

— Oui. Il doit être en train de travailler.

— Mais il ne vous l'a pas clairement annoncé. Et vous ne l'avez pas exactement vu.

— Non mais...

— Oui, vous avez *senti* sa présence. À quand remonte la dernière fois que vous l'avez *vu* ?

— Je... Euh, la journée d'hier est un peu floue dans mon esprit. Nous avons quitté l'hôpital et puis...

— Il est venu vous chercher ?

— Je vous l'ai dit ! C'est un mari très dévoué, assena Vivian. Oui, il est venu me chercher. Messieurs, je vais me voir dans l'obligation d'appeler vos supérieurs si vous insinuez encore une fois qu'il n'est pas l'homme merveilleux que je vous décris.

— Vous n'avez pas répondu à notre question, madame, insista Craig.

— D'accord ! Je ne sais pas à quelle heure il est parti ce matin, mais il se rendait au musée. Et il savait bien sûr que...

Elle s'interrompit brutalement.

— Oui ?

— Je savais qu'il allait au musée et il savait que je devais l'y rejoindre plus tard. Avec tous ces bouleversements, il faut que je m'assure que notre exposition n'a pas souffert... surtout après ce qui est arrivé à Arlo !

— Nous sommes en voiture, déclara Craig. Pour plus de sûreté, nous allons vous y déposer nous-mêmes, madame Richter. Mais je ne peux que vous recommander d'aller voir un des policiers en faction là-bas à votre arrivée. Je pense qu'il serait sage que vous soyez sous protection.

— Je vais les appeler, proposa Micah.

— Ne prenez pas cette peine, répondit Vivian. Tout ira

bien. J'ai été suffisamment échaudée. Je saurai me tenir sur mes gardes désormais.

— Je vais tout de même leur téléphoner, répéta fermement Micah.

— Merci, dit Vivian en souriant. C'est très aimable à vous de vous inquiéter de ma sécurité. Si vous voulez bien m'attendre un instant ?... Je vais me préparer ; j'en ai pour une minute.

Elle quitta la pièce.

— Tu peux l'emmener ? lança Micah.

— Tu ne viens pas ? Tu veux parler à la domestique, c'est ça ?

— Oui.

— Tu penses que c'est une clandestine ?

— Oui. Dans l'immédiat, je vais appeler Egan et lui demander de prendre contact avec le responsable de la sécurité du musée. Il faut qu'ils gardent un œil sur Vivian... et aussi sur Ned Richter. Ensuite, j'interrogerai la domestique pour savoir quand elle a vu Ned Richter pour la dernière fois.

— OK. Je l'emmène, déclara Craig.

Il hésita.

— Je ne vois pas Richter dans le rôle du tueur. Il est très concerné par Alchemy, mais ce n'est pas un égyptologue fanatique.

— Mais peut-être que, dans ce cas, le mobile n'est pas la jalousie.

— Alors, ce serait quoi ? murmura Craig.

Vivian choisit ce moment pour reparaître, un sac volumineux accroché à l'épaule. Poliment, Craig l'en délesta et ils sortirent tous deux de la maison.

Micah, qui leur avait emboîté le pas, lui ouvrit cérémonieusement la portière côté passager. Elle le regarda, surprise.

— Je peux m'asseoir à l'arrière.

— Non, c'est mon collègue qui va vous emmener. J'ai à faire avant d'aller au musée, expliqua-t-il vaguement. N'oubliez pas, madame Richter... je vais demander qu'un vigile veille sur vous. Mais prenez garde et ouvrez l'œil.

Comme il s'apprêtait à claquer la portière, elle l'arrêta.

— Agent Fox, vous avez tort de soupçonner mon mari. Je vous répète que c'est quelqu'un de foncièrement bon. Il est très apprécié de tous. Jamais il ne m'aurait fait de mal.

— Ne vous éloignez pas du policier qui sera chargé de votre protection, madame Richter, dit Micah en fermant la portière.

Lorsque la berline noire du FBI eut tourné le coin de la rue, il pivota sur lui-même et revint lentement vers la porte d'entrée.

La domestique avait peur, il en était certain. Elle était probablement en situation illégale, ainsi que Craig et lui l'avaient deviné.

Elle allait sûrement tenter de l'éviter. Mais il n'était pas inquiet. Qu'elle le veuille ou non, elle allait l'écouter, sous la menace s'il le fallait.

Il n'aimait pas recourir à ce genre de méthode, surtout à l'encontre d'une jeune femme qui travaillait dur dans l'espoir d'obtenir ses papiers.

Mais il fallait qu'il découvre la vérité s'il voulait éviter qu'il n'y ait d'autres morts.

Tandis qu'il attendait sur le perron, il s'avisa qu'il avait peur pour une personne en particulier.

Harley. Elle avait fait partie de cette expédition, elle n'avait pas hésité à crier haut et fort ses soupçons. Elle se mêlait de tout. Ce ne devait pas être du goût du tueur.

Oui. Harley Frasier pouvait fort bien être la prochaine victime d'une momie.

Une momie bien vivante et armée d'un poison mortel.

9

Harley avait perdu toute notion du temps.

Dès l'adolescence, période où elle avait vu Craig entrer au FBI, elle avait su qu'elle voulait résoudre des affaires criminelles. Mais elle ne s'était jamais imaginée courant dans la rue, pistolet au poing, même si elle aurait volontiers aujourd'hui suivi des cours de tir. Non, ce qu'elle aimait, c'était l'investigation en elle-même. Elle aimait aussi le concept du profilage et était très heureuse d'être en aussi bons termes avec Kieran et, par son entremise, avec les Dr Fuller et Mira. Ils avaient aimablement accepté de lui consacrer du temps pour lui parler du profilage criminel. Et l'idée avait fait son chemin dans sa tête. Elle en était à envisager sérieusement de poursuivre ses études afin d'embrasser cette spécialité-là.

Si elle avait fait partie de cette expédition Amenmose, c'était à cause de sa fascination pour la recherche de mobiles, d'indices, de possibilités. L'aspect « puzzle » d'un crime.

Mais ce n'était pas l'élucidation du meurtre d'une momie de l'Égypte antique qui allait aider à résoudre l'affaire d'aujourd'hui.

Encore que… résoudre ce qui pouvait être considéré comme une affaire classée « de très longue date » constituait certainement un excellent exercice.

Cet après-midi, dans cette salle de préparation, cernée par les momies, les divers objets exhumés du tombeau et les notes de Henry, elle avait toutes les raisons d'être plus fascinée que jamais par ce crime antique, commis des milliers d'années plus tôt, parce que, si la temporalité était différente, les humains n'en restaient pas moins des humains.

Toutankhamon lui était familier, mais, en lisant divers documents, elle apprit certaines choses le concernant. Elle lut aussi des notes sur Aÿ et trouva de nombreuses références à Amenmose. Il connaissait les étoiles ; il pouvait se diriger en les observant. Il connaissait les cieux et la terre.

Et il connaissait Rê et le déshonneur que le père de Toutankhamon avait infligé aux anciennes divinités.

Elle parcourut également les notes et les traductions de Henry et d'autres érudits portant sur Toutankhamon et Akhenaton. La découverte du tombeau de Toutankhamon par Howard Carter en 1922 avait ouvert des pistes d'investigation sur la vie de leurs contemporains, conduit à des années de recherches et d'interrogations. Certaines spéculations s'étaient révélées justes ; Akhenaton avait voulu créer une société monothéiste, avec pour seul dieu Rê, le dieu du soleil. À l'accession au trône de Toutankhamon, les efforts de son père en ce sens avaient été anéantis. Le règne de son père avait disparu de tous les écrits et le successeur de Toutankhamon, Horemhep, était allé jusqu'à supprimer son nom de la liste des rois et à y inclure son règne à la place. Sa momie avait également disparu.

Parmi les papiers de Henry, Harley trouva un document de recherche daté de 2010 dont il était coauteur. Il s'agissait de la découverte, dans une cache de momies royales, d'une momie dont les tests ADN avaient prouvé qu'il s'agissait d'Akhenaton.

Mais, sous Toutankhamon, beaucoup de gens devaient avoir continué à adhérer aux croyances de son père. Qui sait si certains d'entre eux n'étaient pas allés jusqu'à tuer Amenmose, qui se montrait tellement disposé à aider Toutankhamon et Aÿ à oblitérer son père ? Mais rien n'était sûr. La majorité des experts avaient conclu qu'Aÿ était le commanditaire du meurtre.

Puis Harley tomba sur la traduction d'une lettre mentionnant une femme nommée Skrit ; en poursuivant ses recherches, elle découvrit qu'elle avait été la femme d'Amenmose.

Harley se leva et se déplaça d'un sarcophage à l'autre pendant un moment. L'une des momies ici présentes était-elle Skrit ?

Elle ne trouva aucune indication allant dans ce sens. Se pouvait-il que ce soit elle, sa femme aimante et bien-aimée, qui ait planifié l'enterrement dans le plus grand secret ? Afin qu'Amenmose, bien qu'ayant été tué, bénéficie de funérailles dignes d'un personnage de son rang ? Tous les rites funéraires avaient été respectés.

Frustrée, Harley se rassit. Elle se remit au travail, se plongeant de nouveau dans les documents que Henry avait laissés, mais recherchant également en ligne tout ce que les érudits, à travers les âges, avaient pu écrire sur le sujet.

Elle cessa de s'intéresser à Amenmose pour se concentrer sur Skrit.

Et ce qu'elle découvrit la captiva.

Micah frappa une nouvelle fois.

Il était planté devant la porte depuis près de cinq minutes et la domestique n'avait toujours pas répondu.

Mais elle était là, derrière la porte, il le savait.

— Je veux seulement vous poser quelques questions, dit-il en haussant la voix. Si vous refusez de m'aider, ma foi... Je peux appeler les services de l'immigration. Ils seront ici dans quelques minutes. Je peux aussi avertir le département de la Sécurité intérieure.

Au bout de quelques secondes, la porte s'ouvrit lentement. La jolie domestique le regarda, les yeux rouges, remplis de larmes qu'elle s'efforçait de contenir.

Micah éprouva aussitôt des remords.

— Je suis désolé, lui dit-il doucement. Je ne vous veux aucun mal. J'ai simplement quelques questions à vous poser. Et il faut que vous me répondiez sincèrement.

Elle hocha la tête, jeta un coup d'œil anxieux à la rue, puis l'attira vivement à l'intérieur.

— Je m'appelle Valeria. Valeria Andreev. Je ne veux pas être expulsée. S'il vous plaît… Je veux obtenir mes papiers. M. Richter m'a dit qu'il m'aiderait. Il me paie bien. Il est gentil.

— Je ne veux pas non plus que vous soyez expulsée. Vous souhaitez manifestement vous intégrer. Et vous parlez bien anglais.

— Je veux devenir américaine.

— Nous pouvons peut-être vous y aider. Mais il faut que vous aussi, vous m'apportiez votre concours.

Elle inclina la tête en signe d'acquiescement.

— M. Richter est-il allé chercher Mme Richter à l'hôpital hier ?

— Oui.

— Quelle heure était-il ?

— Près de midi.

— D'accord, merci. Et ensuite ?

— Ensuite, M. Richter m'a demandé du jus de fruits et quelque chose à manger. Il a dit que sa femme allait dormir et ne voulait pas être dérangée.

— Et ?

— Je n'ai pas vu Madame avant ce matin.

— OK. Et M. Richter ? Est-il resté auprès d'elle, pour s'assurer qu'elle allait bien, qu'elle n'avait besoin de rien ?

Valeria parut prise au dépourvu. Elle ne voulait pas dire la vérité.

— Je l'ai vu… Je l'ai vu la ramener à la maison.

— Et l'a-t-il accompagnée jusqu'à sa chambre ?

— Oui.

— Mais il n'est pas resté, ensuite ?

Valeria se mordit la lèvre et secoua la tête à contrecœur.

— Je ne crois pas. Je crois… qu'ils se sont disputés. Je pense qu'elle était en colère contre lui. Il y a eu des éclats de voix, puis plus rien. J'ai cru…

— Oui ?

— J'ai cru entendre une porte claquer.

— Et avez-vous vu M. Richter partir ce matin ?

Valeria secoua la tête.

— Non... Je... je l'ai vu hier. Pas aujourd'hui. Mais ça ne veut rien dire. Je ne reste pas assise, à surveiller la porte, vous savez. Je ne suis pas une... Comment dites-vous ? Une concierge ?

Micah sourit.

— Non, bien sûr que non, je ne pense pas une seconde que vous soyez une concierge. Donc, en résumé, ce que vous savez, c'est qu'il y a eu une dispute entre M. et Mme Richter. Qu'ils sont rentrés de l'hôpital hier, vers midi. Vous les avez vus tous les deux se rendre dans la chambre de Mme Richter. Vous n'avez pas revu M. Richter depuis et vous avez vu Mme Richter pour la première fois aujourd'hui, quand vous êtes allée la prévenir que mon collègue et moi désirions lui parler. C'est bien ça ?

Valeria hocha la tête, les yeux écarquillés.

Micah lui tendit une de ses cartes.

— Tenez. Si jamais vous rencontrez des difficultés, appelez-moi.

Les yeux de la jeune femme s'illuminèrent et elle serra la carte contre sa poitrine.

Micah s'en alla. Avisant un taxi en maraude, il le héla, sauta à l'intérieur et sortit son téléphone.

Ils approchaient du pont lorsque Craig décrocha.

— La domestique n'avait pas vu les Richter depuis hier midi.

— Intéressant, dit Craig. Parce que Ned Richter n'est pas au musée. J'ai parlé à l'officier responsable de la sécurité. Personne ne l'a vu depuis hier, aux alentours de midi. C'est-à-dire à peu près à l'heure où Arlo Hampton a été retrouvé.

Harley sauta sur ses pieds, résolue à trouver Jensen. Elle était presque sûre d'avoir élucidé le mystère entourant la mort d'Amenmose. En ajoutant aux faits connus des informations provenant de sources qui l'étaient moins, elle en était venue à élaborer sa théorie.

Restait à savoir s'il était possible de prouver ce qu'elle pensait être la vérité.

Pas facile.

Parce que, bien entendu, si le meurtrier était Aÿ ou tout autre dignitaire, il n'avait pas perpétré lui-même son forfait. Il avait eu recours à un de ses laquais.

Mais Harley était convaincue du bien-fondé de sa théorie. Tout cadrait à la perfection.

Amenmose avait été tué parce que, contrairement à ce que tout le monde avait cru, il avait secrètement été un adepte du père de Toutankhamon. Aÿ avait dû savoir qu'Amenmose exerçait une grande influence sur l'enfant-roi. Amenmose avait été un habile politicien. Il avait feint d'écouter religieusement Aÿ ; il s'était proclamé un homme du futur, et non du passé. Mais, en son for intérieur, il était resté persuadé qu'Akhenaton était dans le vrai. Ses proches avaient été dans la confidence, mais d'autres pouvaient aussi avoir nourri des soupçons. En conséquence, tout son entourage — les membres de sa famille, ses amis, ses serviteurs — s'était trouvé en grand danger.

Elle quitta la salle et jeta un rapide coup d'œil dans le couloir. Personne en vue. Pas un policier, pas un employé, pas âme qui vive.

— Jensen ? appela-t-elle.

Sa voix résonna dans le couloir désert.

— Jensen, bon sang, où es-tu ? se demanda-t-elle à voix haute.

Elle longea le hall, passant devant le labo. Personne ici non plus. Évidemment, c'était Arlo qui, habituellement, travaillait ici. Mais Arlo...

Comment allait-il ? Elle espéra qu'il s'accrochait toujours à la vie, même si son empoisonnement avait été plus grave que celui de Vivian.

— Jensen !

Dépassant le laboratoire, elle se dirigea vers le bureau de son ami et frappa à la porte. Là non plus, pas de réponse. Elle posa la main sur la poignée, qui tourna sans résistance, mais Jensen n'était pas à l'intérieur. Sa réunion devait pourtant être terminée désormais.

— Va au diable ! grommela-t-elle. Tu me fais venir ici... et tu disparais !

Tirant la porte derrière elle, Harley essaya les bureaux de Vivian Richter, de Ned Richter, d'Arlo — et même celui du directeur du musée, Gordon Vincent. Personne, nulle part.

Comme elle se tenait là, hésitante, un atroce miaulement lui déchira les tympans.

Celui-là même qu'elle avait entendu alors qu'elle regardait un chat momifié.

Rien de mystérieux à cela, se dit-elle. Il devait y avoir un chat dans le musée. Elle avait d'ailleurs eu l'intention d'interroger quelqu'un à ce propos. Probablement un chat de gouttière qu'un employé du musée n'avait pas eu le cœur de remettre à la rue. Il devait le nourrir et le cacher quelque part.

Pauvre bête. Elle méritait mieux que de passer sa vie à hanter les couloirs du musée !

Elle retourna dans le couloir et tendit l'oreille.

Le miaulement retentit de nouveau. Le son perçant semblait sortir des murs — ou du sol.

L'un des anciens tunnels ? Peut-être même une section des voies de métro désaffectées ?

Harley se souvint du jour où Micah et elle avaient visité les sous-sols, guidés par Arlo, et elle se hâta de rejoindre l'escalier qui conduisait en bas.

Il faisait sombre, évidemment.

Mais elle avait sa lampe de poche, bien sûr.

Elle l'alluma et descendit prudemment les marches, jusqu'au sous-sol d'abord, où se trouvaient toutes les salles de stockage, puis plus bas.

Jusqu'au niveau des tunnels.

Jusqu'au néant et à l'obscurité impénétrable qui ne menait nulle part.

Ce fut à cet instant qu'elle l'entendit de nouveau. Ce n'était pas un cri sauvage, cette fois ; plutôt un miaulement pathétique.

Elle n'avait pas encore vu l'animal, mais elle éprouvait de la compassion pour cette pauvre bête qui était manifestement terrifiée. Elle ne devait pas savoir où elle était ni comment sortir de cet entrelacs de boyaux obscurs.

Peut-être pouvait-elle envisager de prendre un chat ? Ce serait une compagnie agréable.

Elle se demanda si Micah aimait les chats.

Puis, aussitôt après, elle s'interrogea sur la pertinence de cette question.

Certes, elle le désirait ; certes, elle était déjà à moitié éprise de lui. Mais elle s'était dit que ce serait *temporaire*, qu'elle n'attendait rien. Il vivait et travaillait à Washington. Il allait repartir. Et il n'avait à aucun moment suggéré qu'elle l'accompagne.

Et pourtant, l'idée qu'il puisse la quitter lui était intolérable. C'était autour de Henry qu'ils s'étaient rencontrés et avaient uni leurs forces. Ils s'entendaient extrêmement bien, mais ils étaient tous deux déterminés et têtus et elle n'avait nullement l'intention de laisser sa carrière de côté.

Tout avait commencé quelques jours plus tôt, seulement, entre eux, et, déjà, elle n'imaginait plus vivre sans lui. Comment était-ce possible ?

Elle poussa un petit cri lorsque le chat miaula de nouveau. Le son semblait très proche maintenant.

— Chaton, chaton, où es-tu ? appela-t-elle.

Un miaulement plus déchirant encore lui vrilla les tympans.

— Où es-tu ? Allez, le chat, montre-toi. Je vais t'aider...

Parvenant à un angle, elle tourna le coin, rasant le mur, et faillit basculer sur le côté dans une niche creusée dans la paroi. Elle se rattrapa comme elle put et se rendit compte qu'elle était agrippée à une ancienne porte de service située dans le renfoncement. Elle poussa le battant entrouvert qui pivota en grinçant sur ses gonds rouillés.

Elle entendit le chat miauler de nouveau. Le son était fort, tout proche cette fois.

— Ah, tu es là, murmura-t-elle. Allez, petit chat, sors de ta cachette. Je vais t'emmener et te donner à manger.

Et si Micah était allergique aux chats ? Elle n'avait jamais évoqué le sujet des animaux de compagnie.

D'ailleurs, elle ne lui avait posé aucune question. Elle s'était juste laissé happer par un tourbillon de désir et de passion.

Elle promena le rayon de sa lampe autour d'elle, cherchant le chat.

— Hé, je vais te trouver, tu sais, dit Harley à voix haute.

Puis, soudain, elle se figea sur place comme le pinceau de lumière tombait sur l'animal.

Et sur... autre chose.

— Venez au bureau. Sanford Wiley, notre homme du Caire, sera prêt pour une conférence vidéo dans une vingtaine de minutes, annonça Richard Egan à Micah. Il a des informations à nous communiquer.

— Sur Satima Mahmoud ?

— J'imagine, répliqua Egan.

C'était Craig qui était au volant. C'était un excellent conducteur et, en tant que New-Yorkais de souche, il avait le don de circuler comme personne dans les ruelles de la ville.

Les informations que détenait Wiley étaient importantes, Micah en avait le pressentiment.

Il appela Harley, impatient de lui parler, d'entendre le son de sa voix.

Elle ne répondit pas.

Craig coula un regard dans sa direction.

— Elle n'a pas dit qu'elle comptait sortir, murmura Micah.

— Je ne pense pas qu'il y ait de raison de t'inquiéter. Laisse-lui un message. Si elle est dans le métro, elle ne le recevra pas tout de suite.

— Je parie qu'elle est au musée. Jensen, cet ami à elle... J'ai l'impression qu'il ne cesse de l'encourager à y aller. Ça ne me dit rien qui vaille... Je ne sais pas trop pourquoi.

— Vivian Richter y est aussi. Elle semble s'être bien remise de son agression, c'est déjà une bonne chose. Elle a l'air de croire que c'est Arlo qui l'a attaquée et a tué Henry Tomlinson.

— Oui, eh bien, pas moi, et toi non plus, j'en suis sûr. Et Harley est persuadée que ce n'est pas lui, je le sais. Craig, ce que j'ai dit à propos de ta cousine est la pure vérité ; elle a suivi plus de cours que nous deux réunis... et dans divers domaines. Des cours magistraux, certes ; elle n'a pas une grande expérience du terrain. Mais elle est intelligente et a l'esprit aiguisé comme une lame de rasoir. Si elle affirme que quelque chose cloche, c'est que quelque chose cloche.

— Je vais appeler Kieran. Elle va la chercher. Ça te va ?

— Merci. Dis-lui que nous la retrouverons aussitôt que cette vidéo conférence sera terminée, répondit Micah, reconnaissant. Mais... elle est au travail, non ?

— Elle pourra s'arranger. Il suffira qu'elle explique aux bons docteurs qu'il s'agit d'une enquête en cours pour qu'ils la libèrent aussitôt... s'ils ne se joignent pas à elle ! assura Craig.

Il composa par commande vocale le numéro de Kieran, qui répondit dès la première sonnerie.

— Y a-t-il du nouveau ? demanda-t-elle.

— Pas pour l'instant. Mais nous ne savons pas où est Harley. Est-ce que...

— Moi, je sais, coupa Kieran. Elle est au musée. Je l'ai eue brièvement au téléphone tandis qu'elle se rendait là-bas. Jensen lui a demandé de venir. Ils sont amis, tu sais, et je crois qu'il se sent un peu dépassé par les événements.

— Mouais... Dépassé, marmonna Micah dans sa barbe.

Tout haut, il s'enquit d'un ton pressant :

— Kieran, est-ce que tu peux y aller ? J'essaie de la joindre, mais elle ne répond pas.

— J'y vais tout de suite, promit Kieran. Ne t'en fais pas. Sitôt que je l'aurai trouvée, nous t'appellerons.

Kieran raccrocha. Craig regarda Micah.

— Tu te sens plus tranquille ?

— Je voudrais bien.

— Tu n'aimes pas Jensen.

Micah secoua la tête, confirmant implicitement les paroles de Craig.

— Seulement, il était avec Harley quand Henry a été tué, donc...

— Mmm.

Craig garda le silence pendant quelques instants et Micah devina ce qu'il était en train de se dire.

— Il se pourrait que deux personnes aient été de mèche, déclara calmement Micah. Le tout est de savoir lesquelles. Qu'en penses-tu ? Ned Richter ? Tu crois que Richter aurait pu s'en prendre à sa propre femme ?

— Ils ont l'air de se disputer beaucoup, admit Craig. Yolanda les a vus se quereller. La domestique aussi, hier...

— Oui, mais... De là à envelopper quelqu'un de bandes de lin gorgées de nicotine ?

— Elle a été secourue très rapidement et elle a survécu, déclara Craig.

Ils arrivèrent au bureau. Quittant la voiture, ils se hâtèrent de franchir la sécurité au rez-de-chaussée et montèrent jusqu'à l'étage du bureau d'Egan.

Egan était déjà en communication avec Le Caire.

Sur l'écran vidéo, ils voyaient en gros plan la mine sombre de Sanford Wiley.

— Vous l'avez trouvée ? Avez-vous retrouvé Satima Mahmoud ?

— Oui, on l'a retrouvée, répondit Wiley. Elle est morte.

Micah, encore debout, se laissa tomber sur une chaise.

— Morte ? Mais... pas enveloppée de bandelettes comme une momie ?

— Comme une momie ? Non. Plusieurs de ses amis sont en garde à vue. Elle a probablement été tuée par un membre de son groupe d'activistes, encore que nous ne sachions pas exactement ce qu'ils revendiquaient, ou par un ennemi de ce groupe. Voilà ce qu'on a pu apprendre jusque-là. Apparemment, il n'y a jamais eu de véritable insurrection, cette fameuse nuit où Henry Tomlinson est mort. C'est ce que l'un des suspects a avoué à la police égyptienne. Un jeune à peine sorti de l'adolescence et qui n'avait pas envie de passer le restant de ses jours en prison. Il a expliqué qu'ils avaient été contactés par Satima Mahmoud. Elle avait de l'argent, beaucoup d'argent, et elle a proposé de les payer pour qu'ils provoquent une fausse insurrection. Voilà pourquoi cela paraissait si peu crédible. Personne ne voulait réellement prendre les armes... encore moins se faire attraper, conclut Wiley.

— Donc, on avait vu juste, dit Micah. Ce n'était qu'une diversion pour empêcher la police ou d'autres autorités de découvrir la vérité concernant la mort de Henry Tomlinson.

— Oui, c'est aussi ce que nous pensons ici, répondit Sanford Wiley. Satima Mahmoud a été tuée d'une balle dans le dos, soit par un groupe politique antagoniste, soit, comme je le disais, par un membre de son propre groupe. Ce soulèvement truqué a entraîné de nombreuses arrestations. Quelqu'un a peut-être voulu se venger.

— J'ai tout de même du mal à saisir, déclara Craig. La découverte du tombeau d'Amenmose représentait une vraie fortune, certainement bien plus que ce que leur a donné Satima.

— Oui, il contenait quantité d'objets très précieux. Et, oui, peut-être les convoitaient-ils pour leur valeur monétaire afin de les convertir en espèces sonnantes et trébuchantes pour soutenir leur cause, quelle qu'elle soit. Ce qu'il y a, c'est qu'il n'est pas aisé d'écouler des antiquités sur le marché noir de nos jours. Et si vous vous faites prendre... Vous êtes en très, très mauvaise posture. L'argent, le bon vieil argent liquide, est préférable à un objet, même extrêmement précieux. Et du bon vieil argent liquide, quelqu'un en a versé à Satima... une forte somme. Pour l'instant, je n'en sais pas plus. Si nous trouvons autre chose...

Micah et Craig remercièrent Wiley et Egan mit fin à la communication vidéo.

— Quelqu'un ayant accès à une très grande quantité d'argent

liquide ? dit Egan d'un air pensif. Le cas n'évoque pas d'emblée nos amis étudiants.

— Il y a Richter, rappela Craig. Ou… un étudiant dont la famille serait très fortunée. C'est comme ça que certains peuvent se permettre d'étudier indéfiniment.

— Morrow, Jensen Morrow. Son père est l'inventeur de je ne sais quel produit nettoyant. Il a de l'argent, déclara Micah.

Mais il était non moins vrai que le manoir des Richter valait des millions.

— Cela étant, pour être tout à fait juste, cela pourrait effectivement être Richter. Il a l'argent. Il est *censé* s'être trouvé avec sa femme, il y a un an en Égypte, quand le drame s'est produit. On sait maintenant que le couple se dispute fréquemment, bien que Vivian Richter clame à qui veut l'entendre que son mari est l'être le plus attentionné et le plus prévenant qui soit.

— Oui, ajouta Craig. On en a eu confirmation par la domestique.

— La domestique ? demanda Egan.

Craig agita la main d'un geste évasif.

— Nous serons peut-être amenés à épauler cette femme, monsieur, quand cette affaire sera terminée. Elle a aidé Micah alors que cela présentait un risque pour elle, compte tenu de sa situation…

— Allez chercher Vivian Richter, déclara Egan. Je pense qu'il est temps que nous ayons une petite conversation ici, au bureau.

— C'est parti, lança Micah.

Quelques instants plus tard, ils remontaient dans leur voiture et prenaient la direction du musée. Micah essaya de nouveau de joindre Harley.

— Toujours pas de réponse, grommela-t-il, soucieux.

— On va la retrouver, promit Craig avec chaleur. N'oublie pas que c'est aussi ma cousine.

Craig Frasier regardait droit devant lui, la mâchoire serrée, l'air résolu.

Micah s'en félicita. Cela signifiait qu'il n'était pas seul. Oui, à eux deux, ils allaient retrouver Harley. Et il y avait intérêt à ce qu'ils la retrouvent rapidement — et qu'elle aille bien.

C'était grotesque, c'était terrible… Une scène digne d'un film d'horreur réalisé par un maître du genre.

Harley avait enfin localisé le chat, oui, mais…

Il était assis sur la tête d'un homme.

Un cadavre. Celui de Ned Richter.

Elle demeura un moment immobile, pétrifiée, incapable d'émettre un son.

Et heureusement, songea-t-elle, le cœur battant. La dernière chose à faire était de crier.

Les relents nauséabonds qui lui parvenaient semblaient indiquer que l'homme était mort depuis au moins vingt-quatre heures.

Il n'avait pas été enveloppé de lin et n'était pas mort d'empoisonnement.

Ned avait été poignardé en plein cœur à l'aide d'une dague égyptienne. Son corps gisait contre un mur ; il avait dû mourir ici, présuma-t-elle, au vu de la mare de sang qui l'entourait. Un sang qui avait eu le temps de coaguler.

La mort remontait à la veille. Approximativement à l'heure où Arlo s'était écroulé, victime des bandelettes.

Si c'était Arlo qui avait fait ça… Non, ça n'avait aucun sens ! Pourquoi aurait-il poignardé Ned avec une ancienne dague égyptienne avant de se déguiser en momie ?

Et qui diable avait bien pu être l'inconnu, moins grand qu'Arlo, qui l'avait approchée à la marche des zombies ?

— Harley ? Harley, où es-tu ?

Jensen ?

Harley réfléchit à toute vitesse, le cœur battant.

Bien sûr, Jensen était trop grand pour être la momie de Times Square. Mais… n'était-il pas possible qu'il fasse équipe avec quelqu'un ? N'était-il pas envisageable qu'il l'ait accompagnée, ce soir-là, dans le désert, dans l'unique but d'écarter tout soupçon de sa personne ? Il était matériellement impossible qu'il ait tué Henry Tomlinson. Mais s'il était complice du coupable ?

Elle s'obligea à garder le silence.

Malheureusement, le chat, apparemment dépité de constater qu'aucun aide ne semblait venir de Harley, choisit cet instant pour pousser un de ses miaulements à vous arracher le cœur.

— Hé ! Minou ? Je suis là ! Chaton, chaton ! cria Jensen.

Elle l'entendit ajouter à voix basse :

— Qui peut bien avoir amené un chat ici ?

Il venait dans sa direction.

Il n'avait pas l'air d'être un tueur.

Pour couronner le tout, le téléphone de Harley se mit à sonner.

Il était réglé sur vibreur, mais même la vibration lui paraissait résonner terriblement fort dans le silence de ces souterrains.

Elle vit que c'était Micah, et qu'il avait tenté plusieurs fois de la joindre. Les appels n'étaient pas passés. Mais, tout à coup, comme un fait exprès, ils arrivaient maintenant en cascade !

Le téléphone à l'oreille, elle se fit toute petite et se plaqua contre le mur.

— Micah, souffla-t-elle.

Il parlait en même temps qu'elle. Il n'allait pas l'entendre ni se rendre compte qu'elle était en situation périlleuse.

— Harley ? Tu es au musée, n'est-ce pas ? Kieran est en train de t'y rejoindre. Pars. Pars avec elle. Wiley, l'agent du Caire, nous a dit qu'ils ont retrouvé le corps de Satima Mahmoud. Elle a été tuée par un groupe politique rival ou par ses propres amis, ils ne savent pas encore. Mais ce qui est important, c'est qu'il n'y a jamais eu d'insurgés menaçant de s'en prendre à vous. C'était un leurre ! Une mise en scène montée de toutes pièces pour détourner l'attention du meurtre de Henry. Le tueur est sans doute Ned Richter ou Jensen Morrow, débita rapidement Micah. Il faut que tu t'en ailles. Immédiatement.

— Ce n'est pas Ned Richter, chuchota-t-elle d'une voix sourde.

— Quoi ? Ce n'est pas Richter ? Comment le sais-tu ?

— J'ai son cadavre devant moi. Il a été poignardé.

— Bon sang ! Où es-tu ?

— En bas... Près de l'ancienne station de métro.

— On arrive, Harley. Ne reste pas là.

— Oui, mais...

— Fiche le camp de là ! Tout de suite ! C'est peut-être Jensen. Va-t'en, Harley !

— Je ne peux pas, murmura-t-elle. Jensen est ici. Il arrive...

10

Il y avait un nombre incalculable de couloirs et de tunnels, d'entrées et de sorties.

Harley l'avait appris de la bouche même d'Arlo. Il fallait qu'elle réfléchisse — et vite ! Qu'elle se souvienne de ce qu'il leur avait dit. Il fallait...

Trouver une issue.

Le chaton gémissait toujours. Il avait sauté de son perchoir, sur le corps de Ned Richter, et s'approchait enfin de Harley. Il se frotta contre ses chevilles.

Elle se pencha et le prit dans ses bras.

La pauvre bête était couverte de sang... Comme elle, désormais.

Le sang de Ned Richter. Ned, qui était innocent — et qui avait été tué, lui aussi. À croire qu'ils étaient tous victimes de la malédiction du pharaon.

— Hé, ho ! minou, minou ! Où es-tu ? appela Jensen. Harley ? Bonté divine, où es-tu ? Pourquoi la police n'a-t-elle pas encore condamné tous ces fichus tunnels ? grommela-t-il pour lui-même. Harley ! lança-t-il de nouveau, plus fort. Hé, il y a quelqu'un ?

Il approchait.

Une arme. Il lui fallait une arme !

Son regard tomba sur la dague qui était toujours plantée dans la poitrine du mort.

Elle reposa délicatement le chat et s'avança sans bruit

vers Ned. Les mains tremblantes, elle essaya d'extirper la lame de sa poitrine.

Rien. Elle ne bougeait pas ! Comme si le corps de Richter — sa chair, son sang, ses os — refusait de restituer l'arme qui avait causé sa perte.

Elle se retint de justesse de jurer tout haut.

Micah et Craig étaient en route. Ils seraient bientôt là. Et Kieran devait se trouver quelque part en haut, dans le musée qui grouillait de policiers. Elle n'allait pas attendre éternellement. Voyant que Harley demeurait introuvable, elle allait sûrement leur demander de passer tout le bâtiment au peigne fin. De fouiller les sous-sols...

— Harley ?

Nom d'un chien. Jensen ne devait plus être qu'à une vingtaine de mètres.

— Jensen Morrow ! Arrêtez-vous ! tonna une voix masculine.

Harley la reconnut instantanément. McGrady. L'inspecteur McGrady. Il avait suivi Jensen jusqu'ici. Elle ne l'avait pas vu. N'avait même pas su qu'il était là.

Harley éteignit sa lampe.

L'obscurité l'engloutit, à ceci près que...

Maintenant, elle pouvait voir où se trouvait Jensen, qui avait lui aussi une lampe de poche.

— McGrady ? Qu'est-ce qui vous prend ? J'essaie de retrouver Harley. Aidez-moi. Harley ! Où es-tu ? Bon sang, mais... Qu'est-ce que c'est que cette odeur bizarre ? Le chat a dû faire ses besoins quelque part...

Il parlait des besoins naturels du chat ! Il ne savait pas que ce que son odorat avait perçu était l'odeur de la mort. Si ç'avait été lui qui...

— Morrow ! Arrêtez-vous ou je tire, salaud d'assassin ! rugit McGrady.

— Quoi ? rétorqua Jensen, manifestement abasourdi. Mais... Je *suis* arrêté ! Je ne bouge pas.

Harley redressa les épaules dans le noir et libéra lentement l'air qu'elle avait gardé emprisonné dans ses poumons. McGrady était là. C'était un flic. Il était armé.

Mais Jensen n'était de toute évidence pas coupable. Il était juste en train de la chercher... Et de chercher le chat qui miaulait misérablement. Elle en était absolument convaincue désormais.

Elle retint son souffle pendant quelques instants, ne sachant si elle devait se manifester et prévenir Jensen et le policier de sa présence ou rester tapie dans l'ombre.

Elle avait résolu le mystère de la mort d'Amenmose cet après-midi. C'était son épouse, Skrit, qui l'avait fait tuer. Mais elle ne le haïssait pas — enfin, peut-être que si, au fond, mais cette énigme-là perdurerait pour l'éternité. En tout cas, elle n'avait pas souhaité le voir privé d'une vie dans l'au-delà. Elle avait fait en sorte qu'il meure afin de se protéger et de protéger ses enfants du pouvoir grandissant d'Aÿ. Contrairement à son mari, elle ne représentait aucun danger aux yeux de ce dernier. Elle ne mettait pas sa position en péril.

Et maintenant...

— Harley ! appela Jensen, d'une voix où perçait une pointe de désespoir.

Elle s'avança vers le couloir obscur, s'apprêtant à lui répondre.

Mais, juste au même moment, elle vit une forme sombre se détacher de l'ombre et foncer droit sur Jensen.

— Jensen ! Attention ! hurla-t-elle.

Elle l'avait mis en garde juste à temps. Il fit volte-face, évitant de peu le coup que tentait de lui porter Vivian Richter, armée d'un pic incrusté de pierres précieuses. Mais elle revint rapidement à la charge et réussit à le frapper à la tête avec l'extrémité de son arme.

Jensen s'écroula et, dans sa chute, sa lampe s'éteignit.

— Qu'est-ce qui se passe ? gronda McGrady. Madame Richter, vous allez bien ? Vous allez bien ?

Quelque chose fendit l'air avec un sifflement dans le tunnel — visant McGrady. Harley s'écria :

— McGrady ! Baissez-vous !

Elle ne voyait plus rien.

La lumière de la lampe torche de Jensen s'était éteinte et, maintenant, celle de McGrady aussi.

Harley et Vivian Richter se retrouvèrent soudainement toutes deux englouties dans le noir absolu.

Craig et Micah entrèrent en trombe dans le musée au moment où Kieran exhortait un policier à l'escorter jusque dans les sous-sols, précisant qu'il avait tout intérêt à obtempérer s'il tenait à son emploi.

Le policier, désemparé, répondit qu'un officier était déjà descendu.

— L'inspecteur McGrady a suivi Jensen Morrow, déclara-t-il. Il a dit qu'aucun de ces scientifiques n'avait de raison de se rendre là-bas.

Micah ne perdit pas de temps à parlementer. Il s'élança vers l'escalier qui s'enfonçait dans les tréfonds du bâtiment cependant que Craig s'avançait vivement pour expliquer au policier qu'ils étaient du FBI et que Kieran venait avec lui.

Micah dévala les marches qu'Arlo lui avait récemment fait emprunter en se tenant aux murs, n'osant pas utiliser sa lampe torche.

Lorsqu'il fut tout en bas, il s'immobilisa avant de se mettre à avancer lentement, à tâtons.

Puis il sentit l'odeur de la mort.

Ned Richter, se rappela-t-il. Harley lui avait dit que le corps de Ned Richter était là.

Avait-il été tué par Jensen Morrow ?

— Au secours ! Oh ! mon Dieu... Au secours, à l'aide !

L'appel semblait provenir du fond du long couloir qui, de mémoire, s'ouvrait devant lui. Il lui sembla qu'il venait de la portion de métro abandonnée où ils avaient trouvé le stock d'insecticide.

C'était la voix de Vivian Richter.

— J'arrive ! lança-t-il. Est-ce que ça va ? Vous allez bien ?

— Non... Il va me tuer ! Agent Fox ? C'est Jensen ! Il va me tuer. Lui et Arlo... Ils ont tué Henry. Ce sont eux qui m'ont empoisonnée. Jensen s'est retourné contre Arlo pour qu'on pense qu'Arlo avait agi seul... Oh ! mon Dieu ! Il a tué mon mari. Jensen a tué Ned, mon pauvre Ned !

— Où êtes-vous ?

Il avançait avec précaution, ne voulant pas indiquer sa position. Mais comme il posait la question, son pied heurta quelque chose.

Il s'accroupit en silence, dans le noir, le cœur battant la chamade. Un corps.

Harley ?

Non. Ce n'était pas Harley. C'était un homme.

Richter ? Jensen Morrow ?

Ce ne pouvait pas être Richter. Le corps était chaud.

Et... Il respirait.

— C'était donc ça, cria-t-il d'une voix retentissante tout en posant deux doigts sur le cou de Jensen. Jensen et Arlo ?

Son pouls était faible, mais régulier. Il aurait néanmoins besoin d'être pris en charge rapidement.

— Vivian, où êtes-vous ? Et où est Jensen ? Heureusement qu'Arlo s'est pris à son propre jeu et que son plan machiavélique s'est retourné contre lui. Dieu merci, vous êtes bien vivante. Dites-moi où vous êtes... Que je puisse venir vous aider.

Ils jouaient tous deux le même jeu, feignant de croire au discours de l'autre.

Où diable était Harley ? Était-elle retenue prisonnière quelque part ? Étendue, inerte, sur le sol, se vidant de son sang ?

Il entendit un hurlement de rage.

Subitement, la lumière inonda le sous-sol obscur.

Et il vit Vivian émerger d'un vieux tunnel de métro, une lanterne à la main, une dague dans l'autre.

Elle venait droit vers lui.

À la dernière seconde, il bondit sur le côté pour qu'elle s'écrase contre le mur.

Mais elle réussit à parer le choc.

Un autre cri de fureur résonna alors dans le sous-sol délabré, où régnaient en maîtres l'obscurité et la mort.

C'était Harley ! Brandissant à bout de bras un vieux pavé descellé, elle se rua sur Vivian avant que celle-ci n'ait pu atteindre Micah et, emportée par son élan, la renversa brutalement.

La lanterne de Vivian roula sur le sol, illuminant les murs de flashs d'ombre et de lumière.

En un éclair, Micah fut sur elle. Un genou au sol, il bloqua son bras, l'emprisonnant dans un étau de fer.

Vivian poussa un cri de douleur et lâcha la dague sous la pression douloureuse des doigts enserrant son bras. D'un coup de pied, il éloigna l'arme.

Des pas précipités retentirent dans le tunnel. Craig apparut, suivi de Kieran.

Micah s'écarta de Vivian et aida Harley à se relever. Tendrement, il l'enlaça. Il aurait voulu la garder ainsi, blottie contre lui, dans l'étrange pénombre de ce souterrain jusqu'à la fin des temps. La préserver à jamais des horreurs de ce monde.

Mais, bien sûr, il ne le pouvait pas.

Le temps était précieux.

— Il nous faut une ambulance pour Jensen, lança-t-il. Et...

— McGrady aussi est blessé, coupa Harley. Je ne sais pas s'il est gravement touché. Il est là quelque part...

— Par ici ! Je suis là !

Ils virent une silhouette chancelante s'avancer vers eux. Au même instant, le tunnel sombre fut tout à coup inondé d'une lumière crue. Une escouade de policiers, tous équipés de puissantes lampes, apparut.

— C'était elle ! dit McGrady en secouant la tête, l'air sonné. Elle s'est empoisonnée pour détourner les soupçons. Elle a tué Henry et elle a tué son mari...

Craig, entre-temps, avait relevé Vivian Richter et lui passait les menottes. Se débattant comme un beau diable, elle cracha, folle de rage :

— Je n'aurais pas dû avoir à tuer ce salaud ! Vous ne comprenez donc pas ? C'est ce serpent d'Arlo Hampton qui aurait dû tuer Ned. Je m'étais occupée de Henry Tomlinson, Arlo était censé se charger de Ned. Mais il a osé me dire qu'il ne pouvait pas ! Mal lui en a pris. Je leur ai réglé leur compte, à tous les deux.

— Qui aurait pu imaginer ça, lâcha McGrady.

Micah regarda Harley et ses yeux s'assombrirent d'anxiété.

— Tu es couverte de sang ! murmura-t-il.

— Ce n'est pas le mien, précisa-t-elle.

— Dieu soit loué.

Micah tourna la tête vers McGrady.

— Il est plus que temps d'en finir, vous ne croyez pas ? McGrady, allez-y, à vous l'honneur. Emmenez Mme Richter. Nous allons attendre ici l'arrivée du médecin légiste et des techniciens du labo, dit Micah.

Harley hocha la tête et sourit.

— Et une ambulance pour Jensen, ajouta-t-elle.

Micah lui pressa l'épaule.

— Vous devriez l'accompagner à l'hôpital, Kieran et toi, tu ne crois pas ? suggéra Micah.

— Oui... Oui.

Ils se regardèrent pendant un long moment.

Puis Harley se détourna et se pencha vers Jensen. Les secours arrivèrent, suivis du médecin légiste et de la police scientifique.

Les tunnels et l'ancienne station de métro étaient toujours brillamment illuminés, mais la nuit était tombée depuis longtemps lorsque le corps de Ned Richter fut emmené à la morgue.

Micah et Craig restèrent dans le tunnel jusqu'à ce que tout soit terminé. De longues heures passées à attendre, à se poser des questions, à essayer de comprendre.

Pendant ce temps, Vivian avait été interrogée au poste de police et avait tout avoué en dépit des conseils de son avocat.

— Toute cette histoire ressemble à un scénario hitchcockien, dit Micah à Craig. Un scénario particulièrement tordu. *L'Inconnu du Nord-Express*, à ceci près qu'ils n'étaient pas des étrangers l'un pour l'autre. Vivian Richter travaillait avec Arlo Hampton. Arlo briguait le poste de Henry à la tête de l'expédition. Et Vivian voulait se débarrasser de Henry. Le plan semblait simple en apparence. Elle tuerait Henry et lui tuerait Ned. Elle a payé Satima Mahmoud pour que ses amis opposés au régime simulent une fausse insurrection afin d'éviter qu'on ne se penche d'un peu trop près sur la mort de Henry. Mais Arlo n'a pas respecté sa part du contrat. Et Vivian a eu peur que Joe Rosello ne découvre le pot aux roses concernant Satima Mahmoud. Elle a donc décidé de le tuer, d'où sa présence à la parade de zombies. C'est comme ça que Harley a su que ce n'était pas la même momie... Vivian est loin d'être aussi grande qu'Arlo. Et elle était tellement furieuse qu'il n'ait pas respecté sa part de marché qu'elle a perdu son sang-froid. En apercevant Harley, j'imagine qu'elle a vu là l'occasion de se débarrasser également d'elle.

— Elle nous a bien eus, avec son joli conte de fées du mari aimant et dévoué, maugréa Craig.

— Dans son esprit, son mari ne lui avait jamais accordé la considération qu'elle méritait. Elle était aigrie. Elle a dit qu'il ne cessait de répéter que c'était grâce à lui qu'elle avait obtenu ce poste... Je pense qu'elle en est venue à lui vouer une haine cordiale au fil des années. Si Arlo avait joué son rôle comme prévu, il aurait été promu à un poste de direction et elle aurait été le numéro deux. Mais Arlo l'a lâchée. Il fallait donc qu'elle l'empoisonne. Sinon, qu'aurait-il fait ? Il l'aurait dénoncée.

— S'il s'en sort, il sera arrêté et inculpé de complicité de meurtre... même s'il a renoncé à tuer Ned.

— Oui, mais je suis content que Jensen Morrow et les autres étudiants soient innocentés. Ce sont les amis de Harley, donc je me réjouis pour elle.

— Oui, moi aussi. À ce propos, je remonte un moment... Je vais essayer d'avoir des nouvelles de Jensen, répondit Craig.

Micah hocha la tête, espérant que le jeune homme n'était pas sérieusement blessé.

Craig le rassura lorsqu'il redescendit un peu plus tard. Jensen souffrait d'un traumatisme crânien, heureusement sans gravité. Ils allaient le garder en observation pendant quelques jours, mais tout irait bien pour lui, avaient assuré les médecins.

Enfin, aux premières lueurs de l'aube, tout fut terminé dans les tunnels.

Craig et lui quittèrent le musée et remontèrent dans leur voiture, harassés.

Craig ne lui demanda pas où il voulait aller. Il le déposa d'autorité devant chez Harley.

— J'aurais dû l'appeler, dit Micah.

— Elle t'attend, répondit Craig, très sûr de lui.

Et il ne s'était pas trompé.

Le vigile de nuit lui fit signe de passer.

Il ne sut jamais comment Harley avait deviné le moment précis où il atteindrait sa porte, mais le battant s'ouvrit tout grand à l'instant où il arrivait et elle se jeta dans ses bras.

Il l'enlaça et la tint serrée contre lui. Elle était passée par la salle de bains ; sa peau était douce et fraîche, ses cheveux sentaient divinement bon. Il l'embrassa longuement, avec tendresse, puis s'écarta d'elle.

— Après ce séjour prolongé dans ces tunnels..., murmura-t-il avec un frisson.

Il n'ajouta pas qu'il avait l'impression que l'odeur de la mort et la moisissure des millénaires lui collaient à la peau.

Il n'en eut pas besoin.

Elle l'entraîna à l'étage, jusqu'à la chambre où il déposa son arme et son holster sur la table avant de se dévêtir rapidement avec son aide. Une minute plus tard, elle entrait avec lui dans la cabine de douche sans prendre la peine de retirer la fine nuisette soyeuse qu'elle portait.

Le contact de l'eau chaude sur sa peau lui fit un bien fou. C'était sensuel, érotique et, en même temps, réconfortant.

Il n'aurait su dire avec certitude à quel moment ils sortirent de la douche, ni quand elle ôta la nuisette de soie détrempée. Il se rappela seulement qu'ils étaient encore humides lorsqu'ils se laissèrent tomber sur le lit. La pièce était plongée dans la pénombre, le ciel de la ville était baigné d'une lumière spectaculaire et une seule chose comptait désormais : qu'ils soient ensemble, l'un contre l'autre.

Ils se dispensèrent moult caresses et baisers, s'enivrant mutuellement de leur parfum.

Ils firent l'amour passionnément.

Puis ils recommencèrent, plus tendrement cette fois.

Avant de sombrer dans un lourd sommeil, blottis l'un contre l'autre, pendant des heures et des heures.

Lorsqu'ils s'éveillèrent, ils firent l'amour une nouvelle fois, pour faire bonne mesure.

Beaucoup, beaucoup plus tard, alors que la journée s'était presque écoulée, Micah alla se poster devant les grandes baies vitrées et se perdit pendant un moment dans la contemplation de Grace Church.

— C'est là que nous nous marierons, déclara-t-il sans préambule.

Aussitôt après, il se souvint qu'ils ne se connaissaient que depuis moins d'une semaine.

— Un jour, ajouta-t-il de peur de l'effrayer. Quand l'envie nous en prendra.

— Quelle demande en mariage, répliqua-t-elle d'un ton léger. C'est d'un romantisme !...

Mais elle sourit.

— Oui, ça me plairait. Ça me plairait beaucoup.

Elle n'avait pas fini sa phrase qu'un miaulement se fit entendre. Il la regarda, surpris.

— Oh ! murmura-t-elle. Je n'ai pas eu le temps de t'expliquer...

Elle sortit en courant de la pièce et revint avec une petite boule de poils dans les bras.

— Euh... Nous avons un chaton. J'espère que ce n'est pas un problème pour toi ?

Il se mit à rire.

— Non, mais d'où...

— Je l'ai découvert dans le tunnel, coupa-t-elle. Près... du corps de Ned. Je crois qu'il m'a aidée à le trouver. Vraiment. Je... je ne pouvais pas le laisser à la rue.

— Mais où était-il ? Je ne l'ai pas vu.

— Je pense qu'il s'est caché quand tout le monde a débarqué.

— Et ensuite ?

— Il m'a suivie quand je suis remontée au rez-de-chaussée. L'un des policiers l'a gardé pendant que j'accompagnais Jensen à l'hôpital. Il a eu de la chance que je l'entende miauler... Je me disais que Veinard serait un nom tout trouvé pour lui.

— Va pour Veinard, dit-il en attirant de nouveau Harley — et la boule de poils — dans ses bras.

Veinard.

Oui. Indiscutablement.

Épilogue

Deux semaines plus tard
Au Finnegan's, à Broadway

— Dire que j'étais moi-même présent, et que je ne comprends toujours pas ! s'exclama Jensen en secouant la tête. OK, reprenons du début. Vivian Richter et Arlo Hampton avaient passé une sorte de pacte diabolique. Elle devait tuer Henry et lui, Ned. Et personne ne pourrait les soupçonner parce que ça n'aurait eu aucun sens. Ils n'étaient pas coupables du même crime. Mais ils savaient tous deux que Micah n'avait pas renoncé et qu'il devait venir à l'inauguration de l'exposition. Donc, elle s'est délibérément empoisonnée pour passer aux yeux de tous pour une victime ? C'est bien ça ?

— À peu près, oui, répondit Harley.

Elle venait juste de finir d'aider Jensen, au musée. Arlo et Vivian n'étant plus là, il avait accumulé du retard et croulait sous la charge de travail. Elle avait également achevé la rédaction du récit du meurtre d'Amenmose. Celle-ci figurerait dans l'exposition qui lui était consacrée. Le reste de son travail avait consisté à établir le parallèle entre l'histoire d'Amenmose et l'invraisemblable imbroglio que la découverte de son tombeau avait provoqué dans ce monde-ci.

Pour Henry.

Arlo était toujours à l'hôpital. Il avait repris connaissance, mais le poison avait endommagé une partie de son cerveau.

Il ne savait pas qu'il était coupable de complicité de meurtre. Il ne savait même plus qui il était, ni ce qu'il avait fait.

L'avocat de Vivian s'échinait à conseiller le silence à sa cliente. Mais les nerfs de Vivian, apparemment, avaient lâché car elle ne cessait de se répandre en déclarations fracassantes à la presse. Elle entendait plaider coupable et expliquer qu'elle avait été horriblement abusée par son mari, qui l'avait forcée à mentir. Elle persistait aussi à affirmer que Henry Tomlinson s'était donné la mort et qu'elle avait été victime de sexisme de la part de ces deux hommes.

— C'est complètement fou, non ? déclara Jensen en regardant Harley. Et tu sais ce qui l'est plus encore ? Ce monstre a tué Henry et son mari, elle a essayé de nous tuer, toi, moi et ce flic... Et pourtant, je continue à adorer mon travail au musée.

— C'est un excellent musée. Aimer y travailler est une sorte d'hommage que tu rends à Henry.

— Mmm. Et ce flic... Comment s'appelle-t-il, déjà ? Il s'était montré vraiment imbuvable mais... tu sais, il est venu me présenter ses excuses.

— McGrady, indiqua Harley. Oui. À moi aussi. Et il m'a remerciée de lui avoir sauvé la vie. Il m'a assuré qu'il entendait corriger son comportement, et que c'était grâce à moi ! Comme quoi, il ne faut jamais désespérer du genre humain...

Harley s'interrompit en voyant Micah et Craig entrer dans le pub. Elle leur fit signe de la main.

— Je ne vois toujours pas pourquoi tu dois partir pour Washington, reprit Jensen.

Harley lui décocha un large sourire.

— Parce que je suis amoureuse.

— Oui... Oui. Bon, d'accord, je reconnais que c'est un type bien. Et je suis heureux pour vous deux.

— C'est drôle. Il dit la même chose de toi... Que tu es un type bien. Et qu'il est heureux que nous soyons amis.

Ils se turent comme Micah approchait. Il la salua d'un baiser, puis il serra la main de Jensen.

Craig arriva ensuite à la table, puis ce fut au tour de Kieran. Kevin, puis le frère cadet de Kieran, Danny, et son frère aîné, Declan, les rejoignirent bientôt. Tout le monde porta un toast à Micah et Harley ; leur petite soirée familiale était une sorte de dîner d'adieu.

Ils reviendraient peut-être à New York — Micah pouvait toujours demander par la suite une mutation. Mais Harley entendait entrer à l'école du FBI afin d'intégrer à terme une équipe de profilage.

Washington était donc pour l'heure le meilleur choix pour eux deux. Harley conserverait l'appartement de son oncle car ils avaient l'intention de revenir régulièrement en visite à New York.

Tout le monde parlait en même temps ; tout le monde profitait de ces instants de convivialité entre amis et proches.

Le petit groupe s'agrandit un moment plus tard avec l'arrivée de Joe, Roger et Belinda. Une Belinda radieuse car son fiancé était enfin rentré du Moyen-Orient et que leur mariage approchait à grands pas.

— Y aura-t-il un thème égyptien ? demanda Joe à Belinda en souriant.

— Non !

— Et pour vous non plus ? s'enquit Jensen, s'adressant à Harley et Micah.

— Non ! La cérémonie aura lieu à Grace Church et vous êtes tous invités. Nous vous tiendrons au courant le moment venu.

— Vous êtes sûrs ? Pas de zombies, pas de momies, pas la moindre référence aux mythologies anciennes ? insista malicieusement Joe.

— Non ! répliquèrent avec feu Harley et Micah.

La soirée se poursuivit pendant encore un certain temps, puis vint le moment de se séparer. Ils se serrèrent mutuellement dans les bras, s'embrassèrent, promettant de rester en contact.

Le plus difficile pour Harley fut de dire au revoir à Kieran et à Craig, mais ils ne seraient pas très loin et ils continueraient à se voir de temps en temps.

— Je sais que vous n'avez pas encore arrêté de date pour votre mariage, mais avez-vous une vague idée de quand il devrait se tenir ?

— Pas encore. Nous ne sommes sûrs que d'une chose pour l'instant, c'est le lieu. Et vous deux ?

Kieran se mit à rire.

— Rien n'est encore décidé pour nous non plus. Mais, ce qui est certain, c'est qu'il y aura bien un mariage. Et une réception, bien sûr !

Micah saisit la main de Harley.

— Nous avons brûlé les étapes, mais, maintenant que cette affaire est enfin élucidée, nous allons pouvoir rattraper le temps perdu... Nous avons encore beaucoup de choses à découvrir l'un de l'autre. Et puis, ma demande en mariage laissait à désirer, paraît-il ! Alors, je vais y travailler. Je vous ferai savoir où j'en suis. Peut-être que nous partirons en lune de miel avant le mariage ? Je voudrais prouver à Harley que nous avons un riche passé, en Virginie aussi. Il n'est peut-être pas très ancien, mais il est intéressant. J'ai un ami qui travaille sur un champ de fouilles à Jamestown. On pourrait lui rendre visite pendant quelque temps. Et en profiter pour prendre notre temps, mieux nous connaître...

Ils prirent congé et rentrèrent pour passer leur dernière nuit dans le beau loft dont ils avaient toujours la jouissance.

— Oui, il faut qu'on apprenne à mieux se connaître, dit Micah.

Harley se pencha pour lui murmurer quelque chose à l'oreille.

Il sourit.

— Oh ! absolument ! Cela aussi.

La lune brillait à la fenêtre.

Ils gravirent rapidement l'escalier de fer forgé.

Cette soirée était tout à la fois la fin de quelque chose et le début d'autre chose.

Une aventure. Une nouvelle, une exaltante aventure.

Qui commençait à cette minute, par cette belle nuit, faite pour aimer et être aimé.

LENA DIAZ

Piège dans les Appalaches

Traduction française de
ISABEL ROVAREY

BLACK ROSE

HARLEQUIN

Titre original :
STRANDED WITH THE DETECTIVE

Ce roman a déjà été publié en 2018.

1

Embusquée au coin de la grande tente qui faisait office d'écurie, Piper tendit le cou et risqua un coup d'œil, les doigts refermés autour du manche de son canif. Devant elle, sur la gauche, deux autres énormes tentes marabouts dissimulaient partiellement le champ à l'herbe grillée par l'hiver qui avait été transformé en parking pour la foire. Et, bien entendu, la camionnette à laquelle était attelée la remorque à chevaux qu'elle voulait surveiller était garée dans la partie du parking qui se trouvait hors de son champ de vision. Palmer était-il encore en train d'essayer de comprendre ce qu'elle avait fait à son véhicule ? Ou avait-il identifié la panne sitôt qu'il avait regardé sous le capot ? Peut-être aurait-elle dû retourner voir si sa manœuvre de diversion avait fonctionné ?

Non. Trop risqué. S'il la repérait, cela ferait tout capoter. Mieux valait poursuivre son plan, attendre une minute pour être sûre qu'il ne reviendrait pas tout de suite. Alors, elle pourrait rentrer dans l'écurie et récupérer son bien.

Il n'y avait pratiquement personne aux abords de l'écurie, à l'exception de quelques badauds passant commande devant les stands de nourriture. La plupart des gens se trouvaient à une centaine de mètres de là, sur les gradins érigés pour l'événement qui se déroulait pendant toute la semaine près de la petite ville de Destiny, dans le Tennessee.

Sa population entière aurait tenu dans le Rolex Stadium du Kentucky Horse Park, chez elle, à Lexington. Nichée au pied des

Smoky Mountains, Destiny se situait en plein cœur de Blount County, sa position centrale en faisant sans doute l'endroit idéal pour la tenue d'une foire devant attirer des visiteurs venant des quatre coins du comté.

Des rugissements de moteur, au loin, annoncèrent le début du derby de démolition, attraction principale de la foire. Le public devait être frigorifié sur les gradins, à regarder des imbéciles lancer leurs véhicules les uns contre les autres sur une piste de terre. Des autos tamponneuses pour adultes, en quelque sorte. Pas exactement le genre de spectacle dont Piper était friande — a fortiori à une heure aussi matinale et par une température de cinq degrés !

Il y eut un grand fracas métallique, immédiatement suivi d'acclamations de la foule. Elle secoua la tête, déconcertée. Rentrant le menton dans le col de sa veste à capuche, elle regarda deux couples s'avancer vers un stand de nourriture. L'un d'eux poussait une poussette rose recouverte de plusieurs couches de couvertures. Un homme seul était à la traîne, quelques mètres derrière ; il faisait de toute évidence partie du groupe mais, à en juger par son expression, aurait nettement préféré se trouver ailleurs.

Piper compatit. Elle aussi se serait bien passée d'être ici.

Un peu plus d'un mètre quatre-vingts, des cheveux noir de jais qui lui rappelaient la crinière d'un de ses chevaux bais... Dommage qu'il les porte tellement court, même si cela lui allait bien. La coupe mettait en valeur les angulosités de son visage, sa mâchoire carrée.

Il portait une parka chaude qui, si épaisse soit-elle, ne dissimulait rien de sa carrure ni des cuisses musclées qui tendaient le jean délavé. Il avait l'air solide, en bonne condition physique — le genre d'homme qui aurait facilement pu maîtriser le plus têtu des étalons. Pourtant, elle nota la douceur qui se dégageait de son sourire lorsqu'il rattrapa les autres et se pencha au-dessus de la poussette — une douceur qui ne pouvait qu'être synonyme de grand cœur. Piper n'imaginait pas cet homme actionnant un fouet pour forcer un cheval récalcitrant à se plier à sa volonté.

Elle secoua la tête, consternée par l'inanité de ses pensées. Avec ses allures de beau brun ténébreux, il avait certes un charme fou mais de là à deviner son tempérament d'après son apparence... ! C'était aussi idiot que de jauger un pur-sang sans l'avoir préalablement mis à l'épreuve dans un manège. Une perte de temps. Et puis, d'ailleurs, pourquoi avait-elle fixé son attention sur ce type alors qu'elle aurait déjà dû se trouver dans la tente ?

La réponse lui fit l'effet d'une droite à l'estomac.

C'était cette parka qu'il portait... et le fait que ses deux amis mâles et l'une des femmes — la blonde, celle qui avait la poussette — étaient vêtus de façon étrangement similaire.

Exactement similaire.

Les poils se dressèrent sur ses avant-bras. Tous quatre dégageaient une aura... d'assurance et d'autorité, de force contenue, prête à entrer en action à la moindre provocation. Derrière les sourires et les rires, il y avait dans leur posture une certaine réserve, comme s'ils étaient hyper vigilants et qu'ils gardaient l'œil ouvert... pour le cas où un problème surviendrait.

Comme des policiers.

Cela expliquerait les vestes identiques. Elle aurait parié l'arriéré d'emprunt hypothécaire sur son ranch que ces parkas étaient réversibles et que, si on les avait retournées, on aurait pu lire, en lettres capitales blanches, Destiny Police Department.

Ses doigts se resserrèrent autour du manche.

Il n'y a rien à voir par ici. Allez-vous-en. Allez regarder ce stupide spectacle de collisions de voitures.

Le couple à la poussette s'arrêta devant un stand de barbe à papa à une dizaine de mètres d'elle. L'autre couple paraissait moins enamouré. Elle s'avisa tout à coup que, leurs vêtements trahissant leur appartenance à la police, ils n'étaient peut-être que des collègues. Mais le solitaire du groupe — l'homme aux cheveux noirs qu'elle avait admiré un moment plus tôt — se tenait toujours un peu à l'écart des autres, les bras croisés.

En dépit de la fraîcheur de l'air, une goutte de sueur roula entre ses seins. Pourquoi lui avait-elle trouvé l'air tellement bienveillant quelques minutes plus tôt ? Maintenant, son expression concentrée, tendue tandis qu'il examinait les alentours lui paraissait dangereuse, menaçante presque — l'expression d'un fauve cherchant sa proie.

Soudain, sa tête se tourna dans sa direction. Elle recula vivement la tête.

Quelle idiote ! Mais quelle idiote ! Elle n'aurait jamais dû rester là aussi longtemps. Bon sang, ce n'était plus comme lorsqu'elle avait dix-sept ans et qu'elle avait un faible pour le quarterback du lycée. Sept ans s'étaient écoulés depuis lors, une éternité. Et elle avait d'autres chats à fouetter — comme sauvegarder son gagne-pain, et celui de tous ceux qui travaillaient pour elle. Elle ne pouvait pas les laisser tomber. L'avait-il vue ? Avait-elle l'air coupable ? Les policiers avaient un sixième sens pour flairer la culpabilité, non ?

Elle tendit l'oreille, écoutant, le cœur battant, le son de son pas résonnant sur le sol... venant vers la tente.

Calme-toi. Personne ne sait ce que tu t'apprêtes à faire. Le flic-apollon pas plus que quiconque.

Un hennissement s'éleva à l'intérieur de la tente. Piper retint son souffle. Elle aurait reconnu ce hennissement entre mille. Des larmes lui montèrent aux yeux. Elle prit une grande inspiration, puis une deuxième. Elle n'entendait plus les pas. Peut-être ne l'avait-il pas vue, finalement ? Si elle voulait mener son plan à bien, c'était maintenant ou jamais.

Le hennissement se fit entendre de nouveau.

Elle ouvrit le canif et se glissa à l'intérieur de la tente.

Colby avançait derrière le chef du groupe d'intervention, son collègue détective Dillon Gray, et la femme de Dillon qui poussait leur petite fille de six mois dans sa poussette. Les deux autres détectives, également membres de leur unité d'intervention, Blake et Donna, avaient pressé le pas pour garder des places au derby. Mais Colby n'avait aucune envie de se dépêcher. Il laissa donc l'espace s'agrandir entre lui et les Gray. Être la troisième roue du carrosse, ou plus exactement en l'occurrence la cinquième, ne figurait pas en tête de liste de ses distractions préférées pour un samedi.

Non, son plan A, ç'avait été de s'installer confortablement dans son canapé pour visionner une rediffusion du dernier Super Bowl. Mais ses amis, persuadés qu'il broyait du noir à cause de sa récente rupture sentimentale, l'avaient forcé à abandonner ses projets. Il avait donc enclenché le plan B, lequel consistait à s'éclipser discrètement sitôt qu'il le pourrait pour rentrer chez lui. Malheureusement, au vu des coups d'œil que Dillon ne cessait de lui lancer par-dessus son épaule, son succès semblait bien compromis.

Au temps pour son week-end de détente.

Ses amis étaient animés des meilleures intentions, ce qui était bien la seule raison pour laquelle il avait cédé devant leur insistance, mais leurs inquiétudes n'avaient pas lieu d'être. Colby et son ex s'étaient séparés en bons termes, convenant tous deux qu'ils étaient plus faits pour être amis que pour être amants. Aucun d'eux ne souffrait de leur séparation et elle sortait déjà avec quelqu'un d'autre. Quant à lui, ce n'était pas parce qu'il n'avait pas entamé une nouvelle relation qu'il n'était pas parfaitement satisfait de son sort. Seulement la femme de Dillon, Ashley, était persuadée qu'il ne pouvait *pas* être heureux seul. Et son mari, à genoux devant son épouse, mordu au point que c'en était ridicule, usait honteusement de sa position de chef de groupe pour obliger Colby à souscrire aux désirs d'Ashley.

À en juger par les regards emplis de compassion que Blake lui avait adressés ce matin, Colby était certain qu'il n'était pas ravi d'être ici, lui non plus. Mais Blake était nouveau dans l'équipe et il avait du mal à s'adapter — ce n'était pas lui qui allait faire des vagues. Leur petite équipe était donc venue à la foire et se rendrait au barbecue qu'organisait Max, un autre membre de leur groupe, qu'ils le veuillent ou non. Ainsi l'avait décrété Dillon.

Colby roula les épaules, remerciant le ciel que sa veste de police soit aussi chaude. Une odeur de pop-corn porté par le vent frais lui parvint. Peut-être pourrait-il aller en acheter un paquet tout à l'heure, qu'il grignoterait en regardant le match ? Si jamais il parvenait *enfin* à rentrer chez lui !

Ralentissant encore l'allure, il lorgna avec envie du côté de son nouveau 4x4 Chevrolet bleu foncé garé dans le champ qui servait de parking pour la semaine de festivités. Mais, lorsque son regard se reporta sur ses amis, il vit qu'ils s'étaient arrêtés pour l'attendre. L'air sévère, Dillon le dévisageait, la main droite sur la hanche, à peu près à l'endroit où se trouvait son holster. Colby leva les yeux au ciel devant la vaine menace mais avança à contrecœur.

Comme une nouvelle rafale de vent balayait le champ de foire, un bruit parvint à ses oreilles. Un son qui ne cadrait pas avec le brouhaha de la foule au loin ou l'activité des vendeurs se hâtant de préparer des stocks de nourriture en prévision de l'afflux de clientèle qui se produirait à la fin du derby.

Il s'arrêta et se retourna. Qu'avait-il entendu ? Un raclement de pieds ? Des voix assourdies ? Un différend entre deux personnes ? Quelque chose, en tout cas, le mit en alerte. Il sentit les poils se dresser sur ses avant-bras en même temps que la nuque se mettait à le picoter, et ce n'était pas le froid qui en était la cause. Cela venait-il de cette énorme tente qui se dressait à une quinzaine de mètres de lui ?

Il avait remarqué la présence d'une personne de ce côté-là un moment plus tôt, les traits dissimulés sous la capuche de sa veste, mais elle avait reculé derrière la tente au moment où il tournait la tête. Il avait failli s'approcher pour voir si l'individu ne mijotait pas quelque chose de louche, mais Ashley l'avait distrait en lui posant une question.

Sans doute s'agissait-il d'un cavalier ou d'un soigneur... Après le derby, une fois l'entracte terminé, devait se dérouler une parade de chevaux. Des prix et des récompenses seraient décernés dans différentes catégories. Il y aurait ensuite une course hippique, raison principale pour laquelle Dillon avait voulu venir. Les chevaux, c'était sa vie en dehors de son métier de policier.

Colby avait grandi à Destiny, comme Dillon. Et, étant donné qu'une famille sur deux à la campagne possédait des chevaux dans la région et que celle de Colby ne faisait pas exception à la règle, il connaissait bien ces animaux. Mais ce n'était pas son passe-temps favori et il préférait regarder un bon match, les pieds posés sur la table basse, une bière à la main.

Bon sang, il aurait tellement voulu être chez lui en cet instant !

N'entendant plus rien, il se détournait pour rejoindre Dillon lorsqu'un cri perçant retentit.

Colby fit volte-face. Cela venait de la tente où il avait aperçu la silhouette encapuchonnée. Il tira son arme de son holster et s'élança.

2

Colby s'arrêta juste sur le seuil de la tente écurie, le bras le long du corps, pistolet pointé vers le bas. Il y avait deux rangées de box en bois qui abritaient une vingtaine de chevaux. Leurs têtes gracieuses dépassaient des portes, bougeant d'un côté et de l'autre ; certains des animaux s'ébrouaient ou frappaient le sol de leurs sabots, manifestement en proie à une vive agitation. Des rangées d'ampoules courant sur la longueur du plafond éclairaient chacune des allées. Il s'avança prudemment, aux aguets, les muscles tendus, prêts à entrer en action.

Un gémissement lui parvint depuis l'allée de gauche.

— Oh ! ce n'est pas vrai, siffla une voix coléreuse. Mais quelle petite nature !

Il aperçut deux personnes à travers les lattes de bois de l'avant-dernier box. L'une d'elles petite, vêtue de la veste bleu foncé qu'il avait aperçue un moment plus tôt, l'autre, beaucoup plus grande et corpulente, les épaules larges, habillée de noir, une casquette verte vissée sur le crâne.

Colby s'avança sans bruit dans l'allée. Il avait presque atteint le box lorsque le plus grand des deux individus poussa un cri. Une lame scintilla sous la lumière.

Colby bondit et s'encadra dans l'ouverture du box, le pistolet pointé en avant.

— Police, on ne bouge plus ! proféra-t-il, visant le plus grand des deux individus.

L'agresseur se retourna et lâcha immédiatement son arme, qui tomba dans la paille.

— Ce n'est pas ce que vous croyez, inspect... Aïe !

L'homme s'écroula, tordu de douleur, les deux mains refermées sur son entrejambe. Le plus petit des deux, celui qui portait la capuche, venait de lui assener un bon coup de pied.

Colby grimaça et rangea son pistolet dans son étui. Il entra dans le box juste au moment où l'homme à la capuche se laissait tomber par terre et bloquait d'un genou son adversaire, le poing levé.

Colby l'attrapa par le col et le remit sans ménagement sur ses pieds avant qu'il ne frappe l'homme à terre.

— J'ai dit « Police, on ne bouge plus », c'est pourtant clair, non ? intima-t-il en secouant l'homme par le col.

La capuche glissa, révélant une longue crinière châtain cuivré, scintillante. Ah, songea Colby. Rectification : « en secouant *la femme* par le col ». Sous l'arc parfait des sourcils, deux yeux verts le contemplèrent, étincelants de colère.

Colby marqua un temps d'hésitation. Même avec les traits crispés par la fureur, c'était l'une des plus belles femmes qu'il ait jamais vues. De longs cils frangeaient des yeux de chat qui surmontaient des pommettes que bien des mannequins lui auraient enviées. Un semis de taches de rousseur ornait ses joues bronzées. Et des lèvres roses, pleines lui donnaient un air incroyablement sexy — voluptueux. La bouche de Colby s'assécha.

— Lâchez-moi, protesta-t-elle en se tortillant pour se libérer.

— Empêchez-la de m'agresser, haleta l'homme au sol, se tenant toujours l'entrejambe.

Colby s'éclaircit la gorge, lâcha la femme et s'écarta d'elle pour regarder l'homme qui gisait à ses pieds sur un tas de foin. Le couteau était à côté de lui. De la pointe de sa chaussure, Colby l'envoya glisser jusqu'à l'angle du box.

— Je suis l'officier Colby Vale. J'ai entendu quelqu'un crier, commença-t-il, le regard allant de l'homme à la femme.

— Ce n'était sûrement pas moi, se récria sèchement celle-ci.

L'homme, au sol, toussa et intervint d'une voix plaintive :

— Elle avait un couteau !

— C'est vous qui en aviez un quand je suis arrivé, nota Colby.

— Je venais juste de le lui enlever !

Elle leva les yeux au ciel.

— Vous avez eu de la chance d'y arriver. Et je ne vous ai pas agressé avec ce couteau. Je m'en servais juste pour couper les liens avec lesquels vous aviez attaché Gladiator. C'est à peine s'il pouvait respirer.

— C'était pour son bien, argua l'homme. Il n'arrêtait pas de se cogner contre les murs du box. Je l'ai attaché pour qu'il ne se blesse pas.

— Attendez un peu, intervint Colby. Gladiator est un cheval, je présume ? Lequel ?

L'homme et la femme pointèrent tous deux le dernier box, au fond de l'allée.

Colby se retourna et demeura un instant bouche bée en voyant l'étalon qu'on lui désignait. Avec sa robe uniformément noire, sa très longue crinière luisante ondulant autour de son garrot et le long panache de sa queue qui balayait presque le sol, l'animal était splendide. On aurait dit un croisement entre un cheval de trait et un pur-sang.

— De quelle race est-il ? demanda-t-il.

— C'est un frison, répondit la femme d'une voix teintée de fierté. Il est magnifique, n'est-ce pas ?

— Superbe.

Colby regarda l'homme toujours couché à ses pieds.

— Pouvez-vous vous lever ?

L'homme grommela et se remit péniblement sur ses pieds en se tenant aux planches de la porte.

— Comment vous appelez-vous ? s'enquit Colby.

— Todd Palmer, répondit-il d'un ton maussade. Je veux que vous l'arrêtiez.

— Comme je l'ai dit, c'est vous qui teniez le couteau à mon arrivée, rappela Colby.

Palmer ouvrit la bouche pour parler mais Colby éleva une main.

— Attendez.

Il se tourna vers la femme.

— Comment vous appelez-vous ?

Elle pinça les lèvres comme si elle hésitait à répondre. Mais elle finit par déclarer à regret :

— Piper.

Un rayon de soleil illumina l'allée comme on écartait la porte de toile de la tente. Blake et Dillon apparurent. Colby leur fit signe.

— Tout va bien, leur dit-il. La situation est sous contrôle.

Il jeta un coup d'œil à Piper qui, par son attitude, lui rappelait un blaireau enragé prêt à attaquer. Cette fois, il n'essaya même pas de dissimuler son sourire.

— Plus ou moins.

Elle plissa dangereusement les yeux.

Aïe, songea Colby. Il se hâta de cligner de l'œil.

Les yeux verts s'agrandirent un instant avant de se rétrécir de nouveau. Elle croisa les bras sur sa poitrine ronde.

Dillon s'éclaircit la gorge, regardant Colby avec curiosité, avant de ramasser le couteau sur le sol.

— Quelqu'un est-il blessé ? On a entendu crier.

Il regarda Piper.

— Vous allez bien, madame ?

Elle laissa échapper un ricanement.

Dillon arqua les sourcils.

— Quelqu'un pourrait-il m'expliquer… ?

— Ce n'est pas *elle* qui a crié, c'est lui, dit Colby en indiquant Palmer.

Comme un seul homme, Dillon et Blake se tournèrent vers l'intéressé. Il mesurait un bon mètre quatre-vingt-huit et était taillé comme un bûcheron. Son adversaire ne dépassait pas le mètre soixante et semblait si légère qu'une simple bourrasque aurait pu la renverser.

— D'a... ccord, dit lentement Dillon, son regard allant une nouvelle fois de l'homme à la femme comme s'il essayait de comprendre comment une femme aussi menue avait pu terroriser ce géant.

C'était bien ce que se demandait également Colby.

Blake toussota derrière sa main, s'efforçant manifestement de dissimuler son amusement.

— Bon, reprenons, déclara Colby en reculant tandis que Dillon empochait le couteau. Nous sommes policiers, membres du groupe d'intervention de la police de Destiny.

— Et voilà. Je *déteste* avoir toujours raison, marmonna la femme dans sa barbe.

Se demandant ce que cela voulait dire, Colby indiqua ses collègues de la main.

— Voici Dillon Gray, chef du groupe d'intervention et enquêteur en chef et le détective Blake Sullivan. Dillon, Blake, monsieur ici présent dit s'appeler Todd Palmer. Je n'ai pas encore vérifié son identité.

— Je vais m'en charger, proposa Blake en tendant la main. Monsieur, si vous voulez bien me donner votre permis de conduire ? Je vais procéder à une petite vérification juste histoire de m'assurer que nous sommes tous bons amis.

Sous le sourire et les paroles désarmantes, il y avait dans l'intonation de sa voix une arête d'acier indiquant clairement qu'il ne souffrirait pas la contradiction. Palmer lui tendit son permis. Blake l'empocha en inclinant brièvement la tête.

— Je ne suis pas un criminel, se plaignit Palmer.

— Tant mieux, répondit Blake d'un ton enjoué. Ça me facilitera la tâche. Madame ? Votre pièce d'identité ?

Elle poussa un soupir impatienté mais s'exécuta, tirant son permis de conduire de la poche de son jean.

Colby lut le nom comme elle tendait la carte à Blake.

— Piper Caraway. M. Palmer et vous êtes du Kentucky ?

— Je ne sais pas d'où il est, répondit Piper en jetant un regard noir à Palmer. Moi, je suis de Lexington, enfin, juste à côté, de Meadow County. Écoutez, il m'a volé mon cheval et je suis venue le récupérer. Si quelqu'un doit être arrêté ici, c'est lui.

Palmer bomba le torse comme pour se montrer plus imposant encore. Mais son effort fut réduit à néant par la touffe de foin qui était restée accrochée sur le côté de sa tête — laquelle devait s'assortir, à en juger par l'odeur qui se dégageait de lui, d'une légère quantité de fumier de cheval. Colby plissa le nez et recula d'un pas. Dillon fut moins subtil. Il agita la main devant son nez et considéra Palmer d'un air dégoûté.

— Celui qui s'appelle Gladiator ? s'enquit Colby.

— Parfaitement. J'ai mis des semaines à retrouver sa trace.

— Je ne lui ai *pas* volé son cheval, objecta Palmer en faisant mine de plonger la main dans sa poche.

Instantanément, deux pistolets furent pointés sur lui.

Les yeux de Palmer s'écarquillèrent et des gouttes de sueur perlèrent sur son front.

— Hé ! Je voulais juste vous montrer l'acte de vente.

— Ne bougez pas, ordonna Dillon en rengainant son arme et en le soumettant à une rapide fouille par palpation tandis que Colby le maintenait en joue.

— C'est bon, il n'est pas armé, annonça Dillon.

Il tira une liasse de papiers de la poche intérieure de Palmer.

— Est-ce cela que vous vouliez nous montrer ?

— Oui. C'est l'acte de vente de mon employeur, Wayne Wilkerson. Il est propriétaire de la ferme qui jouxte le ranch Caraway et il m'a confié l'acte de vente pour m'occuper de Gladiator à sa place. Et elle, vous ne la fouillez pas ?

— Colby s'en chargera, proféra Dillon en se penchant sur les papiers.

— Pendant que vous y êtes, reprit Palmer d'un ton mauvais, vous pouvez l'inculper aussi de vandalisme. L'alarme de ma camionnette s'est déclenchée et je l'ai retrouvée avec le capot ouvert. Comme je ne voyais pas de dégâts apparents, j'ai essayé de la mettre en marche pour voir si tout allait bien, mais elle n'a pas démarré. Il m'a fallu une demi-heure pour découvrir qu'on avait placé un joint en caoutchouc sur une borne de la batterie pour empêcher le courant de passer. Pas besoin d'être surdoué pour savoir qui a fait ça !

— Heureusement pour vous, sinon, vous auriez été d'emblée disqualifié, répliqua du tac au tac Piper.

Colby dissimula un sourire en frottant le bas de son visage assombri par une barbe d'un jour.

Le visage de Palmer s'empourpra et il avança d'un pas, l'air menaçant.

Avec audace, la femme en fit autant.

Colby jura et, l'attrapant par le bras, l'obligea à reculer tandis que Dillon s'interposait entre eux.

— Calmez-vous si vous ne voulez pas que je vous passe les menottes, ordonna-t-il, s'adressant à Palmer. On devrait pouvoir régler cette histoire rapidement.

Palmer fusilla Piper du regard, toute peur apparemment oubliée désormais. Mais il se tint tranquille.

Arquant un sourcil, Dillon jeta un regard appuyé à Colby pour lui rappeler ce qu'il avait à faire.

Sentant son visage s'échauffer à l'idée que cette femme le troublait au point qu'il en oubliait de faire son travail, il déclara d'un ton guindé :

— Madame, je dois m'assurer que vous ne portez pas d'arme.

— Je n'en ai pas, déclara-t-elle en relevant le menton.

Mais elle se laissa fouiller sans opposer de résistance.

Tout, dans son attitude et son expression, donnait à penser que c'était elle la partie lésée, songea Colby, se sentant affreusement coupable de la soumettre à cette fouille. Si Palmer — ou son supposé employeur, Wilkerson — avait volé son cheval, c'était *elle* la victime. Il se hâta d'en finir et recula d'un pas.

— Ces papiers ont l'air en règle, commenta Dillon. Ils ont été notariés et ressemblent en tout point aux actes de vente que j'ai chez moi. À première vue, Wilkerson semble être le propriétaire de l'étalon et avoir effectivement mandaté Palmer pour agir en son nom.

— Étant donné que je ne vendrais jamais, *pour rien au monde*, Gladiator, j'affirme que ces documents sont des faux, lança Piper en sortant un téléphone portable de sa veste. Je n'ai peut-être pas son pedigree sur moi mais je peux prouver qu'il m'a toujours appartenu.

Elle déverrouilla le téléphone, fit glisser son doigt sur l'écran puis présenta l'appareil à Colby et Dillon et fit défiler une impressionnante collection de photos d'un jeune poulain se transformant au fil des images en cheval adulte. L'étalon qui se trouvait présentement dans le box voisin.

— Ces photos démontrent que vous avez eu cet animal en votre possession, souligna Colby. Mais elles ne prouvent pas que vous ne l'avez pas vendu.

Il prit les papiers des mains de Dillon et les parcourut.

— Il a été vendu il y a quatre semaines ?

— Impossible, réfuta-t-elle avec force. J'étais en déplacement hors de l'État quand Palmer s'est présenté chez moi. Il a mystifié mon directeur de ranch en lui faisant croire que j'avais autorisé la vente et qu'il emmenait mon cheval à la requête de M. Wilkerson. Le vieux Wilkerson n'élève même plus de chevaux, donc c'était forcément un mensonge ! Mais, comme M. Wilkerson était absent et que Billy ne pouvait pas me joindre à ce moment-là, il s'est cru dans l'obligation de laisser Palmer emmener Gladiator. Quand j'ai découvert ce qui s'était passé, j'ai porté plainte mais la police n'a pas réussi à entrer en contact avec M. Wilkerson. Ils m'ont dit qu'ils ne pouvaient rien faire tant que la situation n'aurait pas été clarifiée avec lui. J'ai donc décidé de retrouver mon cheval par moi-même. Et maintenant que c'est fait, je ne repartirai pas sans lui.

— Billy ? s'enquit Colby pour être sûr d'avoir bien compris.

— Billy Abbott, mon directeur de ranch.

— Où cette vente est-elle censée avoir eu lieu ? demanda-t-il encore en rendant les documents à Dillon.

— À mon ranch, répondit Piper.

— C'est un ranch équestre ou bovin ?

— Équestre. Je dirige un centre de reproduction.

— Des pur-sang ? Des chevaux de course ?

— Certains, oui. Mais j'élève aussi des races plus rares, ou inhabituelles, aux États-Unis parmi lesquelles des chevaux de trait. C'est ce qui me permet de vivre et de faire fonctionner l'exploitation au quotidien en attendant de produire le prochain vainqueur du derby du Kentucky. Mais ça, c'est un peu comme gagner au loto. Le dernier champion du derby que notre ranch a produit remonte à l'époque où mon père était aux commandes, quand je n'étais qu'un bébé.

Elle fronça les sourcils.

— Mais, quoi qu'il en soit, je ne vois pas le rapport.

— Je voulais juste me représenter la situation dans son ensemble. Vous avez parlé de ce Wilkerson comme si vous le connaissiez... C'est un ami à vous ?

— Non, pas un ami. C'est mon voisin. Nous nous saluons de la main quand nous nous voyons, ça ne va pas plus loin.

— Mais il demeure introuvable. Il a disparu ?

— Si, par « disparu » vous entendez « enlevé », non. C'est bien le seul point sur lequel Palmer ne mente pas !

Palmer lui jeta un regard torve et croisa les bras.

L'ignorant, elle poursuivit :

— Je suis allée voir l'employé de l'entreprise qui entretient sa pelouse et s'occupe de sa propriété en son absence. Il m'a dit qu'il était en vacances et ne serait pas de retour avant quelques semaines. Ils n'avaient ni numéro de téléphone ni adresse où le joindre. D'après la police, Wilkerson a donné signe de vie une ou deux fois, donc ils ne sont pas inquiets. Mais c'était *avant* le vol de Gladiator, ce qui explique que je n'ai toujours pas pu m'entretenir avec lui.

Elle agita une main en direction de Palmer.

— Je n'ai jamais vu ce type de ma vie et, comme par hasard, il débarque chez moi quand ni Wilkerson ni moi ne sommes là, brandit ses prétendus documents de vente et s'en va avec mon cheval ! Si ça, ça n'est pas suspect, je me demande ce qui l'est. Gladiator est une bête magnifique. Il a dû le voir un jour et décider de faire main basse dessus en se servant de M. Wilkerson comme d'un paravent. Je parie qu'il ne l'a même jamais rencontré.

— M. Wilkerson, mon *employeur*, a payé ce cheval. Ce n'est pas parce que vous êtes revenue sur votre décision que je dois vous rendre l'animal que vous avez vendu.

La porte de toile se souleva de nouveau, livrant passage à Blake.

— Désolé de vous interrompre. Merci, monsieur Palmer, mademoiselle Caraway, dit-il en leur rendant leurs papiers, souriant. Tout est en règle.

Il regarda ses collègues.

— Les gens commencent à se rassembler devant la tente pour préparer les chevaux pour la parade, annonça-t-il. Je peux les retenir encore un moment mais ils ne vont pas tarder à s'impatienter.

— Merci, Blake, répondit Dillon avec un bref signe de tête.

Celui-ci ressortit et Dillon se dirigea vers le box voisin.

— Combien Wilkerson est-il censé avoir acheté ce cheval ?

Lorsqu'il se trouva devant la porte et vit pour la première fois entièrement le cheval en question, il émit un sifflement admiratif.

— Belle bête, en effet. C'est un frison, n'est-ce pas ?

— Oui, répondirent à l'unisson Palmer et Piper.

— Il est plus massif et plus grand que tous ceux que j'ai pu voir.

Après avoir décoché à Palmer un regard aussi dissuasif que menaçant, Piper répondit, seule cette fois :

— C'est ce qui le rend si singulier. La plupart des frisons mesurent entre cent cinquante et cent soixante centimètres au garrot. Gladiator, lui, atteint cent soixante-douze centimètres et il a la stature d'un clydesdale.

— Splendide, commenta Dillon avec, dans la voix, un

léger accent de nostalgie, comme s'il aurait bien aimé être le propriétaire de l'étalon.

— C'est un spécimen parfait, renchérit-elle. C'est ce qui fait de lui un reproducteur très recherché, raison pour laquelle je n'aurais *jamais* donné mon accord pour le vendre. Son prix de saillie couvre à lui seul une bonne partie des dépenses du ranch.

La fierté qui s'entendait dans sa voix et la joie qui animait son visage quand elle parlait de son cheval convainquirent Colby que les choses n'étaient pas ce qu'elles semblaient être malgré les documents produits. La vraie question était : qui, de Palmer ou de Wilkerson, était le coupable ? Mais peut-être les deux étaient-ils de mèche ?

— Vous n'avez pas répondu à la question de Dillon, monsieur Palmer. Combien votre employeur est-il censé avoir versé pour l'achat de Gladiator ?

— Trente mille dollars.

Colby le contempla, interdit.

Piper poussa un nouveau ricanement méprisant.

— Ce n'est même pas la moitié de sa valeur ! Et il est facile de vérifier que le montant n'a pas été crédité sur mon compte en banque. Je n'ai pas touché un centime. Rien que cela suffit à prouver qu'il ment.

Palmer haussa les épaules.

— Ça, je n'en sais rien, c'est entre vous et M. Wilkerson. Peut-être qu'il y a eu un problème de virement. Moi, tout ce que je sais, c'est qu'il m'a dit que tout était réglé et qu'il m'a donné les documents que *vous* avez signés.

— Je n'ai rien signé du tout, riposta-t-elle avec véhémence.

Ses doigts se replièrent comme si elle avait envie de l'étrangler.

— Vous êtes un voleur de chevaux, un point c'est tout ! Vous mériteriez qu'on vous exécute d'une balle dans la tête.

— Je crois que vous voulez dire « qu'on vous pende », rectifia posément Colby. Je suis à peu près certain que c'était le châtiment qu'on réservait aux voleurs de chevaux dans le temps.

Elle parut soupeser sa monstrueuse suggestion puis hocha la tête d'un air pénétré.

— Ça me va aussi. Si Destiny ne dispose pas déjà d'une potence, je me ferai un plaisir de les aider à l'édifier. Je me porterai même volontaire pour actionner la guillotine !

Colby sourit largement, puis reprit son sérieux lorsqu'il vit Dillon qui l'observait, les sourcils froncés.

— Monsieur Palmer, reprit-il. Supposons un instant qu'il y ait effectivement eu un problème à la banque et que celui-ci soit en passe d'être réglé. Trente mille dollars, c'est une grosse somme. J'ai du mal à comprendre pourquoi Wilkerson a décidé d'envoyer un cheval d'un tel prix, nouvellement acquis qui plus est, dans une foire. Pourquoi a-t-il agi ainsi ?

Palmer détourna les yeux.

— Il veut attirer l'attention de la communauté hippique pour faire grimper le tarif de saillie. Il m'a demandé de montrer le cheval dans différents événements équestres pendant quelques mois.

— Lexington est à plus de trois heures d'ici. Pourquoi aller aussi loin ? Même si tout Blount County vient faire un tour à cette foire, ce n'est malgré tout qu'un événement local, qui attire tout au plus quelques milliers de visiteurs, dont la plupart ne sont pas des professionnels. Beaucoup de gens, ici, ont des chevaux pour le plaisir mais je doute que quiconque soit susceptible d'être intéressé par un cheval rare et cher comme Gladiator. Alors pourquoi amener un frison d'exception à Destiny ?

— Bonne question, souligna Piper avant que Palmer n'ait eu le temps de répondre. Gladiator est trop grand et trop lourd pour gagner une course. Mais il est suffisamment beau pour se voir primer dans n'importe quel concours. À combien se montent ce genre de récompenses ? Quatre cents ? Cinq cents dollars ? Imaginons que Palmer fasse tout le circuit du Tennessee pendant que son patron est absent… Pas bête. Il empoche des milliers de dollars sans que son employeur n'en sache rien ! À supposer que Wilkerson *soit* son employeur. Ça m'a l'air plutôt lucratif, comme arnaque !

Palmer arrêta sur elle un regard bouillonnant de haine. Disparu, l'homme tremblant de peur devant un canif. Tout cela n'avait-il été qu'une mise en scène ? Peut-être avait-il entendu qu'il y avait quelqu'un à l'extérieur de la tente et avait-il joué la comédie dans l'espoir que la personne témoignerait en sa faveur ? Que serait-il arrivé si Colby n'était pas intervenu ? Une chose était certaine. Elle avait gobé son numéro et ne semblait pas du tout le considérer comme une menace en dépit de sa taille. Mais des types comme lui, Colby en avait connu un certain nombre. Et il soupçonnait Palmer d'être un ennemi extrêmement dangereux.

— Je n'ai enfreint aucune loi, se défendit Palmer d'une voix basse, menaçante. Je fais ce que mon patron m'a demandé — faire connaître son étalon, susciter l'intérêt.

— C'est complètement ridicule. Vous mentez, proféra Piper avec un geste dédaigneux de la main, comme si Palmer était une mouche qui bourdonnait autour de sa tête.

Colby jeta un coup d'œil à Dillon. Un pli barrait son front, indiquant qu'il était aussi soucieux que lui. Il inclina imperceptiblement la tête et écarta les jambes, tel un boxeur se préparant à l'affrontement sur le ring.

Piper agita de nouveau les mains, sans se rendre compte que la tension avait monté d'un cran dans la tente.

— Ce fumier ne partira pas avec mon cheval. Pas question. Maintenant, messieurs, si vous voulez bien m'excuser... Il faut que je ramène Gladiator à la maison.

En temps normal, jamais Colby n'aurait permis qu'un suspect — ou un témoin — lui fausse compagnie de la sorte. Mais il était si soulagé de la voir s'éloigner du danger qu'il recula d'un pas, laissant Dillon s'occuper de calmer Palmer. Décidé cependant à l'empêcher de partir, il lui emboîta vivement le pas et se planta devant le box voisin, lui en barrant l'accès.

Elle fronça les sourcils.

— Voulez-vous bien vous écarter de mon chemin ? demanda-t-elle en levant ses yeux verts vers lui, grimaçant un sourire crispé. *S'il vous plaît ?*

— Dillon ? dit-il sans bouger d'un pouce. Est-ce que tu aurais de la place pour un hôte de plus, le temps qu'on règle cette affaire ? Ça va peut-être prendre quelques jours, d'autant plus que c'est le week-end et qu'aucun juge ne souffrira d'être dérangé pendant sa sacro-sainte partie de pêche hebdomadaire. Je me suis laissé dire que la perche noire mordait bien en ce moment.

— Comment ça, quelques jours ? se récria Piper, outrée. Hors de question. Je refuse d'aller chez quelqu'un que je ne connais pas, policier ou pas ! J'ai à faire et je dois ramener Gladiator au ranch. Tout de suite.

— On va se débrouiller, répondit posément Dillon sans quitter Palmer des yeux.

— Je viens de vous dire que c'était non, reprit Piper, agacée.

Mais elle n'était plus aussi sûre d'elle et avait perdu de sa superbe. Son regard allait de Dillon à Palmer comme si elle venait juste de se rendre compte que la situation s'était tendue.

— Il ne parle pas de *vous*, coupa Colby. Il parle de Gladiator.

3

— Quoi ? s'exclama Piper en regardant Colby avec de grands yeux, ses taches de rousseur contrastant soudain sur son visage devenu blême. Qu'est-ce que vous dites ?

— Dillon possède un ranch qu'il a transformé en refuge pour chevaux, Harmony's Haven. Il peut héberger Gladiator le temps que le litige soit réglé.

Du coin de l'œil, il vit que Dillon parlait à voix basse à Palmer, s'efforçant manifestement de le calmer. Celui-ci finit par hocher la tête et Dillon sortit son téléphone de sa poche. Colby l'entendit demander à Griffin, le responsable du refuge, de regrouper certains de leurs chevaux les plus petits à deux par stalle afin de réunir deux box pour en obtenir un de taille à accueillir un cheval de trait.

Palmer fit un pas en avant.

— Hé, attendez un peu, commença-t-il.

Dillon rejeta le pan de sa veste en arrière, découvrant le holster, sur lequel il posa la main.

Palmer plissa les yeux devant la menace muette mais recula, levant les mains devant lui.

— Je voulais juste vous rappeler que je vous ai fourni les documents prouvant que mon employeur a acheté ce cheval. Et que le directeur du ranch Caraway m'a remis l'animal. Nous sommes liés par contrat. Donc, je ne vois pas pourquoi vous emmèneriez ce cheval.

Piper se pencha sur le côté pour regarder Palmer, derrière Colby.

— Il n'est pas à vous. Vous avez trompé Billy ! C'est le dernier cheval que je vendrais, même dans une période difficile.

— Et c'est le cas, actuellement ? s'enquit Colby en étudiant sa réaction.

Une légère rougeur envahit ses joues.

— Nous avons eu... quelques problèmes ces derniers temps. Rien d'insurmontable. Mais ils ont compliqué les choses. C'est pourquoi j'étais en déplacement quand Gladiator a été *volé*. Je vendais quelques chevaux dans une vente aux enchères près de Murfreesboro afin de réunir les fonds qui devaient nous permettre de traverser cette mauvaise passe. Malheureusement, les enchères battaient leur plein quand Billy m'a appelée et je n'ai pas entendu la sonnerie du téléphone. Quand j'ai écouté le message qu'il m'avait laissé, Gladiator était déjà loin. Mais tout ceci ne fait qu'apporter de l'eau à mon moulin. Si j'avais eu l'intention de m'en séparer parce que j'avais besoin de liquidités, je l'aurais emmené à cette vente. Ou je l'aurais conduit dans le nord de l'État où les frisons sont très demandés et où j'aurais pu en tirer un très bon prix.

— Tout ça ne prouve rien, insista Palmer. Vous n'aviez pas besoin de l'emmener tout simplement parce que vous l'aviez *déjà* vendu à Wilkerson.

Piper parut sur le point d'exploser. Mais, comme elle ouvrait la bouche, Colby l'arrêta de la main.

— De toute évidence, ce litige ne se réglera pas par une discussion. Donc, je suggère que vous vous calmiez tous les deux et que vous vous présentiez au poste de police lundi. Nous soumettrons votre affaire au juge et...

Piper secoua la tête.

— Vous commettez une grave erreur.

— Je suis désolé que vous le preniez comme ça. Mais je vous assure que Gladiator sera bien traité dans sa pension provisoire, chez Dillon. Ne vous faites pas de souci.

Elle tourna la tête vers la stalle où se trouvait le cheval, les yeux subitement un peu trop brillants. Puis elle regarda Dillon.

— C'est vous le chef, n'est-ce pas ? Vous êtes d'accord ?

Il sourit tristement.

— Je suis vraiment navré, mademoiselle Caraway. Je vois bien que vous aimez les chevaux et que vous répugnez à partir sans votre étalon. Si nous pouvions régler ce différend tout de suite, je n'hésiterais pas à déranger un juge pendant le week-end. Mais les tribunaux sont fermés. Nous n'avons aucun moyen de vérifier les titres de propriété et de prononcer une décision. Il va vous falloir patienter jusqu'à lundi.

Colby se décala sur le côté, libérant le passage.

— Vous pouvez lui dire au revoir, si vous voulez.

Elle pressa les lèvres si fort qu'elles ne formèrent plus qu'un trait dur.

— Je le ferai au refuge de votre ami. J'insiste pour emmener *moi-même* Gladiator dans *ma* remorque. Les endroits qui ne lui sont pas familiers le rendent nerveux.

Elle montra de la main les lanières de cuir tranchées qui gisaient sur le sol.

— C'est pour ça que Palmer l'a attaché. Gladiator devait être terrifié et très agité.

Colby attendit qu'elle porte de nouveau son regard sur lui.

— Si j'ouvre la marche pour aller jusque chez Dillon avec ma camionnette, puis-je vous faire confiance et être certain que vous me suivrez sans tenter de vous enfuir ?

— Qu'est-ce que vous croyez ? Que je vais essayer de vous semer, en tractant un van contenant un animal de près d'une tonne ?

Elle désigna du menton l'arrière de la tente.

— Mon véhicule est là-bas. C'est un Ford F-350 bleu avec une remorque personnalisée. Elle porte l'inscription Caraway Ranch sur les côtés.

— D'accord. Dillon, dis à Griffin que ce n'est pas la peine

d'envoyer une remorque pour le transport. On le retrouvera aux écuries.

Dillon inclina la tête, sortit son téléphone et se mit à pianoter sur son clavier.

— Attendez un peu, intervint Palmer. C'est dans *ma* remorque qu'il devrait être transporté. Je peux le déposer au refuge.

— Inutile, répondit Colby. Tout est prévu, mais merci de votre généreuse proposition.

Palmer serra les poings. Dillon rangea son téléphone et en fit autant. Le message était clair. Son adversaire pinça les lèvres, visiblement furibond, mais il rouvrit les doigts.

— Je vous attends dehors, déclara Piper. Je vais charger Gladiator pendant que vous en finissez avec *lui*.

Elle agita la main en direction de Palmer comme s'il s'agissait d'un tas de crottin de cheval à nettoyer sur le sol d'une stalle puis elle se détourna.

Colby se mit de nouveau en travers de son chemin.

— Attendez.

Elle leva vers lui un regard interrogateur.

Il tendit la main, paume ouverte.

— Les clés.

— Ce n'est pas nécessaire. Je ne vais pas m'en aller sans mon cheval, vous savez.

— Ça, je n'en doute pas. Je veux vos clés pour m'assurer que vous ne partez pas *avec* votre cheval et *sans* moi.

Elle marmonna une bordée de jurons dans sa barbe tandis qu'elle fourrageait dans la poche de son pantalon. Son langage fleuri aurait eu de quoi faire rougir un charretier. Finalement, elle posa les clés dans sa main.

— Voilà. Vous êtes content ?

— Littéralement extatique. Merci.

Elle pivota avec humeur sur elle-même et disparut par l'arrière de la tente.

Piper étant hors de danger, et ses clés à l'abri dans sa poche, Colby pouvait maintenant aider Dillon, toujours aux prises avec

Palmer. Ce type était dangereux, il en avait la conviction. Pas question de partir en laissant son chef et ami sans assistance. D'un geste, il invita Palmer à le rejoindre. Celui-ci s'exécuta, Dillon sur ses talons.

— Sortons, suggéra Colby. Le détective Sullivan doit commencer à avoir du mal à contenir les gens qui attendent pour entrer.

Palmer lui emboîta le pas sans résistance. Soit il s'était calmé, soit il jouait la comédie. N'ayant aucune confiance en lui, Colby n'en demeura pas moins sur ses gardes. L'homme était plus grand et plus fort que lui, mais Colby était à peu près sûr qu'il aurait pu lui donner du fil à retordre, voire l'emporter au corps-à-corps, s'ils en étaient venus aux mains. Cependant, trois autres policiers étant à proximité, puisque Donna avait désormais rejoint Blake et Dillon, le message devait être suffisamment dissuasif pour qu'il ne tente rien.

Pendant que Dillon et Colby étaient dans la tente, Blake et Donna avaient retourné leurs vestes, lesquelles portaient maintenant en grosses capitales l'inscription DESTINY POLICE DEPARTMENT dans le dos.

Palmer répondit à quelques questions supplémentaires pendant que Colby notait les réponses sur son smartphone. Lorsque Palmer s'éloigna en direction du parking, Colby secoua la tête.

— J'espère vraiment que Mlle Caraway pourra prouver qu'elle est bien la propriétaire de Gladiator. Je meurs d'envie d'arrêter ce type. Il est trop mielleux pour être honnête.

— D'accord avec toi. Il dégage des ondes qui ne me plaisent pas, à moi non plus. D'ailleurs, il a accepté un peu trop facilement de repartir sans le cheval, tu ne trouves pas ? À sa place, je n'aurais pas laissé un étalon payé trente mille dollars par mon patron entre les mains d'un inconnu sans exiger, à tout le moins, de l'accompagner et de voir l'endroit où il allait être hébergé.

Colby regarda Palmer quitter sa place de stationnement dans sa grosse camionnette noire à laquelle était attelée une massive remorque de la même couleur, toutes deux dépourvues d'inscriptions.

— Comme l'a fait Piper, souligna Colby.

— Exactement.

— Si tant est que le cheval soit bien à *elle*, intervint Blake. Vous croyez qu'il va se présenter au poste lundi ?

— Il y a peu de chances, fit Dillon en souriant. Ce qui nous fournira une bonne raison de le rechercher et de le coffrer.

— Je ne comprends rien à cette histoire, reprit Blake. La vérification des antécédents de Mlle Caraway n'a rien donné mais celle de Palmer non plus. Idem pour Wilkerson. Le shérif de Meadow County, O'Leary, m'a dit qu'il connaissait personnellement Wilkerson. D'après lui, c'est un vieux grincheux qui a passé sa vie à tromper sa femme avant de se découvrir subitement une conscience lorsqu'on a diagnostiqué à celle-ci un cancer. Il s'est mis à s'occuper beaucoup d'elle à partir de ce moment-là mais elle n'a pas pu être sauvée. Depuis sa mort, il vit retranché du monde et s'est retiré des affaires. Il se rend rarement en ville. Bref, d'après O'Leary, l'idée que Wilkerson ait acheté un cheval — un frison, qui plus est — n'a aucun sens. Il élevait des pur-sang.

— Et pour ce qui est de Palmer ? O'Leary le connaît-il ? s'enquit Colby.

— Pas personnellement, Palmer vivant dans un autre comté, de l'autre côté de Lexington. Donc, O'Leary a appelé le shérif de la juridiction concernée et lui a demandé de procéder à quelques recherches. Palmer a une propriété de douze hectares et possède son propre élevage de chevaux. Mais c'est de la petite bière en comparaison du ranch de Mlle Caraway, qui s'étend sur plus de huit cents hectares et qui compte une vingtaine d'employés.

Colby secoua la tête.

— Je suis d'accord avec O'Leary, nota-t-il. Il y a peu de chances que Wilkerson soit impliqué dans cette histoire. Palmer a dû décider de s'approprier Gladiator, faire des recherches et découvrir que Wilkerson était le voisin de Piper. Il aura usurpé son nom pour établir une fausse facture — après s'être assuré que Mlle Caraway était absente. Ce qui signifie qu'il a dû la surveiller en amont pour pouvoir échafauder son plan. Ce que je ne comprends pas, c'est pourquoi il irait présenter un cheval volé dans des foires de comté... Le risque de se faire prendre est grand au regard de l'argent qu'il y a à tirer de ce genre de manifestation. Ça ne cadre pas.

— Non, dit Blake en secouant la tête. J'ai demandé aux gars de creuser un peu, au bureau, histoire que nous ayons un tableau un peu plus complet de la situation d'ici à lundi.

Dillon jeta un coup d'œil par-dessus son épaule à sa femme qui se tenait à une vingtaine de mètres de là avec Donna et le bébé. En modèle de patience, Ashley lui retourna un sourire affectueux. La vie de policier, elle connaissait et elle avait l'habitude que son mari soit fréquemment enlevé à sa famille pour des raisons professionnelles, y compris le week-end, pendant son temps libre.

Être détective à plein temps et responsable d'un groupe d'intervention à temps partiel — c'est-à-dire à tout moment, si le besoin s'en faisait sentir — équivalait en pratique à être d'astreinte vingt-quatre heures sur vingt-quatre, sept jours sur sept, d'autant qu'ils composaient la seule unité d'intervention de Blount County et même au-delà, les équipes de certains comtés environnants ne bénéficiant pas de la formation approfondie et des sessions d'entraînement régulières qu'imposait Dillon.

— Je ne sais pas pour vous deux, déclara Dillon. Mais je n'ai plus très envie de rester à la foire. Et puis le vent est plus froid que je ne l'aurais cru... Je ne voudrais pas que ma fille attrape une nouvelle otite.

Sa femme devait être du même avis car elle avait ajouté une épaisse couverture à celles qui recouvraient déjà leur progéniture, dans la poussette.

Blake se redressa, comme si on venait soudain d'ôter un poids de ses épaules, ce qui conforta Colby dans l'idée qu'il s'était plié à cette sortie par devoir plus que par plaisir.

— Si vous voulez partir, pas de problème ! s'empressa-t-il de répondre. Je vais appeler Max et lui dire qu'il peut mettre les pommes de terre à cuire sur son barbecue géant.

Dillon plissa les yeux et considéra songeusement Blake, comme s'il s'avisait tout à coup que celui-ci n'était pas spécialement ravi d'être là où il l'était. Blake venait probablement de perdre quelques points dans l'estime de son chef, songea Colby, amusé. Et, à en juger par la façon dont les épaules de son collègue s'affaissaient de nouveau, nul doute que lui-même venait de comprendre sa maladresse.

Pas facile, d'être le nouveau.

Se détournant de Blake, Dillon reporta son attention sur Colby.

— Je vais appeler le poste et voir s'ils peuvent envoyer quelqu'un pour escorter Mlle Caraway et Gladiator jusqu'à la maison, prendre sa déposition et rédiger le rapport.

Mais Colby secoua la tête.

— Non, inutile de mobiliser le maigre personnel de garde le week-end alors que je suis là. Je suis d'astreinte, de toute façon. Allez-y. Je m'en occupe.

Une ride creusa le front de Dillon.

— OK, mais oublie le rapport. Tu le rédigeras lundi. Ça te permettra de nous rejoindre chez Max une fois que Gladiator sera arrivé à bon port.

— Ne t'inquiète pas, j'ai dit que je m'en occupais. Allez-y, vous tous. Je vous retrouve plus tard.

— Chez Max ? insista Dillon.

— Ça dépendra du temps que je resterai à la ferme.

Et de l'éventualité qu'il trouve un autre match intéressant à regarder.

Dillon parut sur le point de répliquer mais Ashley vint se poster à son côté.

— On a déjà insisté pour que Colby nous accompagne à la foire alors qu'il n'en avait pas envie. Ne le force pas à aller chez Max. Peut-être qu'il ne se sent pas encore prêt pour une nouvelle relation.

Colby se retint de lever les yeux au ciel de peur de la froisser. Il adorait Ashley mais elle passait trop de temps à s'occuper de sa vie sentimentale — ou plutôt de l'absence de celle-ci. Elle devait pourtant savoir que son ex sortait déjà avec quelqu'un d'autre. Mais peut-être était-ce justement là la raison de son inquiétude ? Elle craignait peut-être que la nouvelle ne l'ait bouleversé. Il soupira intérieurement. Décidément, ce n'était pas plus son jour que celui de Blake !

— Tu es sûr que ça ira ? reprit Dillon.

Cette fois, Colby ne cacha pas son agacement.

— Tu n'es pas le seul à avoir grandi au milieu des chevaux. Mon père en élevait dans son ranch et il nous demandait toujours de lui prêter main-forte — un peu trop à mon goût ! Je ne suis peut-être pas aussi expert que toi mais je peux charger un cheval dans un van et l'en faire sortir. Alors, maintenant, trêve d'arguments et emmène ce joli bébé au chaud avant que son nez ne soit bleu de froid !

Dillon s'approcha et se pencha vers lui, baissant le ton.

— Je ne parlais pas du cheval. Je faisais référence à Mlle Caraway et à l'évidente attirance que tu éprouves pour elle.

Colby se raidit.

— C'est un témoin et une suspecte potentielle. Je devrais pouvoir résister à son *chant de sirène* et faire mon travail correctement. *Monsieur.*

Dillon tiqua.

— OK. Je préférais m'en assurer. Tu t'es laissé déconcentrer une fois ou deux, sous la tente. Et ça peut être dangereux quand on est en service, tu le sais comme moi.

Piqué au vif par le commentaire de Dillon, Colby lui adressa un bref signe de tête tout en reconnaissant, à part soi, que son chef avait raison. Il y avait chez Piper quelque chose d'intrigant qui l'avait, à une ou deux reprises, désarçonné. C'était inhabituel — au point qu'il ne se rappelait même pas la dernière fois qu'une telle chose s'était produite ! Et cela avait été assez flagrant pour que Dillon s'en aperçoive, ce qui le contrariait davantage encore que la réprimande en elle-même.

Dillon recula.

— Merci de t'occuper de ça. J'irai voir le cheval en rentrant ce soir. À lundi.

Colby s'obligea à adresser un sourire à Ashley tandis que le petit groupe se dirigeait vers le 4x4 de Dillon. Avec tout le matériel de puériculture qu'il devait désormais transporter, Dillon avait troqué sa fringante petite jeep rouge contre un gros utilitaire sport. Tout rouge qu'il soit lui aussi, il n'était pas loin de ressembler à un minivan. Colby frissonna à cette pensée et ne conçut pas le moindre regret à l'idée de rentrer seul chez lui. Dans son pick-up.

Il n'était pas près d'échanger sa vie de célibataire contre une poussette ni de dire adieu à son précieux pick-up tout terrain si haut sur pattes qu'il était doté de marchepieds latéraux. Pourtant, il devait reconnaître que la vie maritale semblait convenir à ses amis. Trois de ses collègues du groupe d'intervention — Dillon, Chris et Max — avaient été piqués par la flèche de Cupidon et ils semblaient plus heureux qu'ils ne l'avaient jamais été. Dieu merci, les autres membres de l'équipe — Donna, Blake et Randy, qui n'était pas à Destiny aujourd'hui — tenaient aussi jalousement que lui à leur statut de célibataire. Et c'était tant mieux car, de son point de vue, les grands sentiments au travail, ce n'était tolérable qu'à petite, toute petite dose.

— Excusez-moi ! lança une voix dans son dos.

Colby tourna la tête et dut faire un bond de côté pour éviter le museau d'un cheval. Une jument gris pommelé et sa cavalière passèrent près de lui, se dirigeant du côté des gradins où s'était tenu le derby. Il y avait de plus en plus de monde dans ce secteur-ci de la foire, et les files d'attente s'allongeaient devant les stands de nourriture, les spectateurs se pressant pour acheter toutes sortes de confiseries grasses et sucrées en attendant le concours et la course qui suivrait. Les chevaux, menés par leurs propriétaires ou leurs soigneurs, étaient en train de sortir de la tente dans une bousculade chaotique.

Lorsqu'il lui parut enfin possible d'approcher de la tente sans se faire piétiner pour retrouver Piper et Gladiator, Colby s'avança. Un grand hongre bai avec des balzanes et une longue liste d'un blanc éblouissant sur la tête émergea au trot de la tente, le forçant de nouveau à s'écarter de son chemin. Son cavalier courait à côté de lui, rênes à la main. Il esquissa un geste d'excuse auquel Colby répondit d'un signe.

Au son d'un lourd sabot accélérant l'allure, il fit volte-face, s'attendant à voir un autre cheval foncer sur lui. Mais le trot ne venait pas de cette direction.

Il semblait provenir du parking.

Il se retourna juste à temps pour voir un énorme cheval noir se faufiler entre les rangées de voitures, sa petite cavalière accrochée à la crinière, et filer au galop en direction des arbres.

C'était Piper ! Chevauchant Gladiator. À cru, sans selle ni bride pour le guider.

Colby jura et regarda autour de lui. Les balzanes blanches du cheval bai attirèrent son attention. Le hongre était déjà à une cinquantaine de mètres de lui. Il piqua un sprint pour le rattraper et s'empara des rênes.

— Police ! C'est une urgence. Il faut que j'emprunte votre cheval.

Il glissa le pied dans l'étrier et se hissa rapidement en selle tandis que le cavalier, interdit, bredouillait de surprise.

— Ya ! cria-t-il, lançant le cheval au grand galop d'une brève pression des cuisses.

4

Piper dut ralentir l'allure de Gladiator et le faire passer au pas allongé pour pouvoir sans risque se frayer un chemin dans la forêt. Si beaucoup d'arbres avaient perdu leur feuillage pendant l'hiver, ce n'était pas le cas des conifères et il y avait suffisamment de taillis à feuillage persistant pour rendre le sous-bois dense et difficilement pénétrable. Les bras épineux des branches basses griffaient le museau de son cheval et s'accrochaient dans sa crinière et sa queue. Piper avait pris soin de rentrer sa longue chevelure sous le col de sa veste mais le balancement constant de son corps ne cessait de faire remonter les mèches sur ses épaules.

Elle en repoussa une de la main puis assura sa prise sur la crinière de Gladiator. Si son plan n'avait pas lamentablement échoué, il aurait été bien à l'abri, dans sa remorque à l'heure actuelle. Quand elle avait pénétré dans la tente écurie, avant l'heure d'ouverture de la foire, ce matin, elle avait découvert non sans émoi son cheval attaché aux planches de son box. Elle avait dû se retenir pour ne pas entrer et le libérer sur-le-champ. Ne disposant que de la description de son directeur de ranch, elle devait d'abord savoir lequel des hommes qui s'affairaient dans la tente était Palmer. Lorsqu'elle l'avait vu entrer dans la stalle de Gladiator, il lui avait fallu faire appel à tout son sang-froid pour ne pas se précipiter aussitôt dans le box. Mais sa corpulence et sa taille posaient problème — elle s'était dit qu'il lui fallait un plan. C'est alors que l'idée de « neutraliser » son véhicule pour le faire sortir de la tente lui était venue. Mais d'abord, il avait fallu découvrir quelle camionnette lui appartenait.

Tous les propriétaires de chevaux devaient s'enregistrer et indiquer la marque, le modèle et le numéro d'immatriculation de leur remorque. Il lui avait suffi de traîner du côté du bureau d'accueil et de jeter un coup d'œil à la liste des noms pour obtenir les informations qu'elle cherchait. S'il avait verrouillé sa camionnette, elle aurait probablement crevé ses pneus. Elle n'avait pas pour habitude de dégrader les biens d'autrui, mais c'était un cas de force majeure. Heureusement, le véhicule était resté ouvert et elle n'avait donc eu qu'à prélever un joint en caoutchouc dans la trousse à outils et à le placer sur un connecteur de la batterie. Mais elle s'était un peu trop attardée à admirer ce flic aux allures d'Apollon, et Palmer l'avait surprise avant qu'elle n'ait eu le temps de s'enfuir avec Gladiator.

Il s'était mis à pousser des cris d'orfraie quand elle avait orienté le couteau dans sa direction. Mais sans doute s'était-il agi d'une ruse destinée à l'endormir parce que, l'instant suivant, il lui tordait le bras et s'emparait de l'arme.

Elle fronça les sourcils. D'un seul coup, il n'avait plus été la même personne. Elle avait senti sourdre, sous la façade, une cruauté qui lui avait donné la chair de poule. Elle était incapable de discerner le vrai du faux dans son discours mais ce qui était sûr, c'était qu'elle n'avait pas confiance en ce type et ne voulait plus avoir à l'affronter — jamais.

Quoi qu'il en soit, pour l'heure, il ne lui restait plus qu'à s'enfoncer le plus profondément possible dans la forêt en attendant que les choses se tassent et qu'ils interrompent les recherches du côté de la foire. Ensuite, elle trouverait bien quelqu'un pour venir la chercher avec une remorque quelque part, de l'autre côté de ces collines. Elle chargerait alors Gladiator dans le van et disparaîtrait avant que les flics — et Palmer ! — n'aient compris ce qui leur arrivait.

Et après ?

Elle pourrait ramener Gladiator à Lexington et traîner

Palmer et Wilkerson devant les tribunaux. Ce serait plus facile de prouver que le frison lui appartenait là-bas, où elle serait entourée de gens qui la connaissaient et qui connaissaient l'animal. Mais elle s'était soustraite à la police de Destiny qui lui avait ordonné d'attendre une décision de justice. Quels ennuis encourait-elle pour avoir contrevenu à cette injonction ? Voler son propre cheval ne pouvait tout de même pas être considéré comme un crime ?

Agrippant fermement sa crinière noire, elle se servit de la pression de ses cuisses pour lui faire contourner une souche d'arbre pourrie. Il dévia de sa route en renâclant, agité.

— Chut, doucement, mon grand. On va se sortir de là. Ne t'inquiète pas.

Ils traversèrent un chemin puis elle le fit s'arrêter devant une dépression de terrain, le temps qu'elle décide par où passer pour rejoindre l'épais sous-bois, de l'autre côté. Cela fait, elle lui fit longer le chemin sur quelques dizaines de mètres puis porta son poids sur l'avant pour lui faciliter le saut.

Un déclic résonna derrière elle.

— Sautez et j'abats ce cheval, proféra une voix masculine.

Elle regarda par-dessus son épaule. De l'autre côté du chemin, à la lisière de la forêt, se tenait le détective Colby Vale, montant un beau hongre bai.

Mais ce ne fut pas le cheval qui capta son attention, ni même son cavalier.

Non, c'était le pistolet qu'il braquait sur sa monture.

— Vous ne tireriez pas sur un cheval, protesta-t-elle. Ce serait cruel. Odieux.

Il haussa les épaules.

— Peut-être que je suis cruel et odieux. Vous êtes prête à courir le risque ?

Elle réfléchit à tout ce qu'il avait fait depuis qu'elle l'avait rencontré. Il s'était montré poli, même lorsqu'*elle* ne l'était pas, gentil et surtout juste. Non... Il bluffait. Forcément. Il n'était pas homme à tuer de sang-froid un animal innocent.

Elle resserra son emprise sur la crinière, se tourna vers le fossé, prête à lancer Gladiator en avant.

— C'est un bel animal, souligna Colby d'un ton appuyé. Vous êtes sûre que vous êtes prête à le sacrifier ?

Elle hésita. Il ne serait pas capable d'appuyer sur la détente... Elle avait vu l'admiration dans son regard quand il avait posé les yeux sur Gladiator. Et puis, s'il avait réussi à lui filer le train sur ce hongre sans même qu'elle l'entende approcher, c'était qu'il connaissait bien les chevaux. Qu'il savait les mener en veillant à ce qu'ils restent tranquilles. Quelqu'un qui connaissait à ce point les chevaux ne pourrait jamais accomplir l'acte monstrueux dont il la menaçait.

Mais Palmer aussi était familier des chevaux. Et pourtant, il n'aurait pas hésité une seconde à abattre un cheval, Piper en était sûre.

Ses épaules s'affaissèrent.

— OK. Vous avez gagné.

Avec un profond soupir, elle pressa le genou contre le flanc de Gladiator pour lui faire faire demi-tour.

Colby passa la jambe par-dessus la selle et sauta à terre.

— Amenez-le jusqu'à moi. Lentement.

Elle appuya des deux jambes sur les flancs de Gladiator qui, obéissant, s'avança.

— C'est vraiment mon cheval, vous savez. Je ne vous ai pas menti. Toute cette histoire... C'est un énorme malentendu.

— Ce sera au juge de tirer tout ça au clair. Vous n'auriez pas dû prendre la fuite. Vous ne faites qu'empirer les choses.

— Et vous, vous n'auriez pas dû... Attention !

L'homme que Piper venait de voir jaillir des buissons abattit la crosse de son pistolet sur la tête de Colby au moment où celui-ci se retournait. Il s'effondra sans bruit sur le sol, tel un ballon subitement dégonflé.

D'une vive pression des genoux, Piper lança Gladiator au galop. Trop tard... Des mains l'attrapèrent, l'arrachant à sa monture. Gladiator s'éloigna en trottant le long du chemin, sans cavalier, tandis que Piper se démenait et donnait des coups de pied, suspendue au-dessus du sol.

— Lâchez-moi ! hurla-t-elle, s'efforçant de regarder par-dessus son épaule pour voir qui la retenait prisonnière.

Elle retint son souffle lorsqu'elle aperçut le visage de Palmer. La cruauté qu'elle n'avait fait que pressentir était maintenant clairement affichée sur son faciès déformé par un mauvais sourire.

— Vous voulez que je vous lâche ? Pas de problème.

Il ouvrit les mains.

Elle tomba comme une pierre sur le sol, le poids de sa chute portant sur sa hanche droite. Les mains écorchées par les graviers, elle roula sur le côté, le souffle coupé par la douleur qui lui vrillait le dos. La paume de ses mains la brûlait comme si elles étaient en feu.

Palmer s'accroupit au-dessus d'elle.

— Vous connaissez le proverbe, proféra-t-il d'une voix moqueuse. « Méfiez-vous de vos désirs ; ils pourraient se réaliser. »

Puis, sans autre forme de procès, il lui écrasa son poing sur la mâchoire.

Tout le maxillaire lui faisait mal. Ses mains l'élançaient. Elle avait l'impression qu'une décharge électrique fusait dans sa hanche au moindre mouvement. Mais ses maux n'étaient rien en comparaison de ce qui était arrivé à Colby.

Il n'avait toujours pas repris connaissance après que l'un des acolytes de Palmer l'avait frappé à la tête. Son pouls lui semblait battre beaucoup trop vite et sa respiration paraissait trop superficielle.

Elle posa doucement sa tête sur ses genoux, le dos calé contre le métal froid de la paroi de la camionnette semblable en tout point à ces petits camions que des milliers de gens louaient pour un déménagement. À ceci près qu'au lieu de contenir une table, des chaises et des cartons remplis de livres et bibelots, elle contenait... Colby et elle. Et qu'elle était présentement garée en plein milieu des bois.

Palmer se tenait de l'autre côté de la clairière, près du pick-up et de la remorque de Piper. Après les avoir capturés, Colby et elle, il avait dû demander à l'un de ses sbires de les voler sur le champ de foire. À quoi bon ? se demanda-t-elle. Pourquoi voler un véhicule alors qu'il disposait déjà du sien ?

Quoi qu'il en soit, son F-350 était bel et bien là et Gladiator et le cheval bai étaient en train d'être chargés à bord de la remorque.

Palmer était accompagné de trois hommes, dont un qu'elle n'avait pas encore vu. C'était le conducteur du camion dans lequel ils se trouvaient. Un autre était assis sur le siège conducteur de son Ford F-350. Quant au troisième, il était debout, à quatre mètres de la porte, ouverte, du petit camion. Les bras croisés, il la contemplait. C'était celui qui avait frappé Colby et l'avait jeté à l'arrière du véhicule comme s'il s'agissait d'un vulgaire sac-poubelle.

Piper fit la grimace en se remémorant cette vision. La tête de Colby présentait maintenant deux énormes bosses de la taille d'un œuf. Et une entaille sur le côté de son cuir chevelu continuait à saigner en dépit de la pression qu'elle s'efforçait d'exercer.

Essayant de ne pas le montrer, Piper regarda autour d'elle. Ils avaient roulé pendant au moins une heure mais il était impossible de savoir combien de temps exactement sans téléphone ni montre. On les leur avait enlevés.

Les branches des pins couvertes d'aiguilles retenant la majeure partie de la lumière du jour, elle aurait été bien en peine de déterminer où se trouvaient l'est et l'ouest. Donc, même si Colby se réveillait et qu'ils imaginaient un moyen de s'échapper, où iraient-ils ? Une erreur à la croisée de chemins, et ils s'enfonceraient plus avant encore dans la forêt pour finir complètement perdus. Et, à cette époque de l'année, ils mourraient probablement de froid.

Colby grogna et ses jambes s'agitèrent. Il avait toujours les yeux fermés. Était-il en train de reprendre conscience ? Il souffrait, manifestement, à en juger par son visage qui ne cessait de se contracter douloureusement.

L'homme qui les surveillait se dirigea vers Palmer. Piper eut le pressentiment que ce n'était pas bon signe.

Colby grogna de nouveau.

— Chut, chut, souffla-t-elle. Ça va aller.

Elle n'en croyait pas un mot, bien sûr, mais elle lui caressa la joue pour l'apaiser comme elle l'aurait fait avec Gladiator. Il se calma, tournant la tête pour mieux lui présenter son visage. Elle ne put s'empêcher de sourire. Qui aurait cru qu'un homme adulte pouvait être réconforté de la même façon qu'un cheval ? Quelque chose lui souffla que Colby n'aurait pas goûté la comparaison.

— Il est réveillé ?

Elle releva brusquement la tête, son sourire mourant sur ses lèvres. Palmer se tenait juste devant l'ouverture du camion. Instinctivement, elle referma ses bras autour de l'homme blessé.

— Non. Il s'agite à cause de la douleur, je pense. Il a besoin d'un médecin. Les blessures à la tête peuvent être dangereuses. Il faut que vous...

— Pas de médecin. Pas d'hôpital. Et maintenant, approchez, que je n'aie pas besoin de crier.

Répugnant à laisser Colby, elle hésita.

— Tout de suite si vous tenez à votre nouvel ami, assena Palmer en portant la main au holster fixé à sa ceinture.

À contrecœur, elle souleva doucement la tête de Colby de ses genoux et se dégagea, reposant sa tête avec précaution sur le plancher métallique du camion.

Il grimaça et elle murmura une excuse puis se redressa et s'avança vers l'ouverture. Les mains, la hanche, les épaules... Elle avait mal partout. Mais elle s'efforça de ne pas y penser et se concentra sur l'homme qui déployait sa haute stature devant elle, la hauteur du plancher de la camionnette mettant ses yeux approximativement à hauteur des siens.

Compte tenu de la violence dont il avait déjà fait preuve, le provoquer n'était sûrement pas la bonne tactique si elle voulait rester en vie.

— A-t-il dit quelque chose ? s'enquit-il.

— Non. Il est toujours inconscient.

— Vous en êtes bien sûre ? Mon garde m'a dit qu'il l'avait entendu parler.

Elle jeta un regard irrité à l'homme qui se tenait quelques mètres en retrait.

— Le détective Vale a *grogné*. Je n'appelle pas ça « dire quelque chose ».

Palmer s'esclaffa.

— Oh oh. On a du répondant, je vois, hein ? Comme votre cheval.

Elle jeta un coup d'œil à la gracieuse encolure de Gladiator et serra les poings.

— Pourquoi mon cheval est-il si important pour Wilkerson et vous ? Il aurait pu acheter un autre frison. Pourquoi voler le mien ?

Il secoua la tête comme s'il la prenait pour une folle.

— Vous n'avez toujours pas compris ? Vous êtes vraiment bornée.

Sans prévenir, il lui saisit la mâchoire. Ses doigts s'enfoncèrent dans sa chair contusionnée, lui faisant monter les larmes aux yeux. Elle projeta les mains en avant, doigts dépliés, pour le griffer et lui faire lâcher prise. Ce qu'il fit. Mais il lui attrapa alors les poignets et la secoua si violemment que son cœur se mit à cogner à l'unisson de tous les endroits de son corps qui l'élançaient douloureusement.

Cette fois, malgré elle, les larmes jaillirent et roulèrent sur ses joues, rougies par l'humiliation.

Il la toisa de son regard noir de jais puis un sourire cruel tordit ses lèvres. D'un seul coup, il la repoussa brutalement, l'envoyant rouler sur le plancher de la camionnette.

Son épaule droite heurta durement un angle métallique. Une douleur intense, immédiate se propagea dans ses terminaisons nerveuses, brûlante comme une coulée de lave. Le goût métallique du sang emplit sa bouche comme elle se mordait la lèvre pour ne pas crier.

Elle aurait même voulu se redresser en position assise par défi mais la douleur l'en empêcha. Si elle bougeait, si elle ouvrait ne serait-ce qu'un tant soit peu la bouche, seul un gémissement de douleur en sortirait.

Le rire diabolique de Palmer se répercuta contre les parois de la camionnette tandis qu'il levait le bras pour rabattre la porte.

— Caraway ?

Elle cligna des paupières, s'efforçant de rassembler ses idées et de se concentrer malgré la douleur. Si elle l'avait pu, elle aurait rampé jusqu'à Colby pour le protéger de son corps. Mais c'était au-delà de ses forces pour l'instant. Elle ne pouvait pas bouger le bras.

Elle vit le sourire s'effacer du visage de Palmer, remplacé par une expression si haineuse qu'elle se recroquevilla instinctivement tout au fond du camion.

— Petite fille riche et gâtée... avec vos airs supérieurs... Je parie que vous ne savez même pas qui je suis, mm ?

Il avait craché ces mots avec tant de rage qu'il postillonna. Ses phalanges blanchissaient tant ses mains étaient crispées sur la base du volet roulant.

Petite fille riche ? Et gâtée ? Mais de quoi parlait-il ? Elle n'avait jamais été riche de toute sa vie. Sa propriété était grevée de lourdes hypothèques parce que son père avait usé et abusé des crédits, souscrivant un emprunt sur la valeur nette du ranch chaque fois qu'il avait besoin d'un apport d'argent. Elle essayait de se montrer plus rigoureuse que lui dans sa gestion du ranch mais le redressement des comptes s'effectuait lentement et, à certains moments, elle arrivait tout juste à maintenir l'entreprise à flot.

Une autre chose qu'il avait dite, malgré l'appréhension que l'homme lui inspirait, piquait sa curiosité. Il avait demandé si elle savait qui il était. Le connaissait-elle ? Non, elle ne l'avait jamais vu auparavant, elle en était certaine. Rien, chez lui, ne lui était familier. Ni la voix, ni le physique — ni même les yeux sans âme. Alors, quoi ? Se trompait-il de personne ? La prenait-il pour quelqu'un dont il voulait se venger ?

Il la fusilla du regard, ses yeux malveillants remplis de tant de promesses terrifiantes qu'elle aurait préféré mourir ici et maintenant plutôt que d'endurer les tortures qu'il avait en tête.

— Pauvre petite Piper Ann, reprit-il d'un ton empreint d'une fausse commisération. Vous ne voyez toujours pas, hein ? Écoutez-moi bien, petite fifille à son papa. Ça n'a *aucun* rapport avec le cheval. *Ça n'a jamais eu aucun rapport avec lui.*

Et le volet se referma dans un claquement sec, la laissant seule dans le noir avec Colby.

5

Le corps entier de Colby n'était plus que douleur. Ses membres, ses articulations… Mais c'était la tête, surtout, qui lui faisait mal, comme si on lui frappait le crâne avec un marteau. De l'intérieur.

La nausée lui noua l'estomac. Où était-il ? Que se passait-il ? Il se revit assis sur un cheval bai criant un ordre à quelqu'un… Piper ? Oui, la femme avec les magnifiques yeux verts et la bouche à la moue adorablement boudeuse. C'était son nom. Piper. Piper Caraway. Il lui avait commandé… quoi ? Elle était sur un étalon noir. Ah oui, c'était cela. Elle avait volé le frison qui était ou n'était pas à elle. Il lui avait enjoint de revenir vers lui. Et ensuite, plus rien.

Ses paupières étaient lourdes, les yeux le piquaient. Il lui fallut faire preuve de beaucoup de volonté pour les soulever. Il battit des paupières, eut un sursaut d'appréhension en découvrant… une totale obscurité. Il ne voyait rien. Était-il aveugle ?

— Chut, ne vous agitez pas.

Il se figea en entendant le son de sa voix au-dessus de lui. La voix de Piper. Si tout son corps était en contact avec une surface froide, anguleuse et inconfortable, sa tête reposait sur des genoux doux et tièdes. Il essaya de lever la tête mais y renonça en sentant la pulsation s'accentuer dans son crâne.

— Doucement, murmura-t-elle, ses doigts glissant sur ses cheveux.

D'une main aussi légère qu'une plume, elle tapota sa tête puis laissa courir ses doigts le long de sa joue tout en chuchotant « Tout va bien », « Tranquille, mon grand, tranquille ».

Tranquille ? Mon grand ?

— Vous savez que je ne suis pas un cheval, n'est-ce pas ?

Sa main s'immobilisa sur sa joue.

— Vous êtes réveillé ?

Il cligna de nouveau des paupières. Rien à faire. C'était toujours le noir complet.

— Je crois. Où sommes-nous ? Je n'y vois rien. Pourquoi ai-je la tête sur vos genoux ? Et pourquoi… me cajolez-vous comme si j'étais l'un de vos animaux ?

Un rire étranglé retentit au-dessus de lui et sa main l'abandonna.

— Désolée. Je croyais que vous étiez encore inconscient. J'essayais juste de vous… apaiser. Et, ne vous en faites pas, si vous n'y voyez rien, c'est parce qu'il fait sombre ici.

Cette dernière information délogea la panique grandissante qui avait commencé à l'assaillir à l'idée qu'il soit devenu aveugle. Mais la perte de la chaleur de ses mains lui fit pousser un nouveau grognement de déconvenue. Ce n'était pas si mal d'être cajolé, finalement. Il leva la tête, serrant les dents pour supporter la douleur qui lui traversait tout le corps.

— Tranqu… Je veux dire : attention, soyez prudent.

Doucement mais avec fermeté, ses mains l'aidèrent à s'asseoir.

— Ne bougez pas trop. Je pense que vous avez peut-être une commotion cérébrale.

Ce n'était pas « peut-être », songea Colby, sentant le monde se mettre à tourner autour de lui alors même qu'il était plongé dans le noir. Quoi qu'il leur soit arrivé, ce n'était rien de bon, assurément. Il fallait qu'il sache ce qui s'était passé, et qu'il recouvre au plus vite ses esprits pour la protéger.

Il posa ses mains de part et d'autre de son corps pour ne pas basculer. Le sol était dur et froid, strié de rainures métalliques. Il nota alors le ronflement assourdi d'un moteur. Tout semblait vibrer autour d'eux.

— Nous sommes dans un camion ?

— Un petit camion, type camion de déménagement de location. On est assis près de la cabine. La fermeture arrière est un volet roulant et il est verrouillé. Croyez-moi sur parole, je l'ai testé.

— Qui...

— Palmer, aidé de trois comparses. Il a un holster de ceinture. J'ai vu que les autres avaient des fusils mais au moins un d'entre eux a aussi un pistolet puisque c'est de sa crosse dont il s'est servi pour vous assommer. C'est lui qui vous a jeté dans le camion. Palmer et lui sont dans la cabine. Les deux autres conduisent mon Ford. Ils ont mis Gladiator et le cheval que vous avez volé dans la remorque.

— Je ne l'ai pas volé. Je l'ai *emprunté*.

— Ah... Alors, je suis sûre que son propriétaire s'en trouve rassuré, d'autant qu'il ne sait pas où est son cheval en ce moment ni s'il va bien.

Un soupçon de culpabilité assaillit Colby. Mais il ne pouvait rien changer à cet état de fait pour l'instant.

— Vous avez raison. Mais ce... scénario n'est pas exactement ce que j'avais prévu. Avez-vous la moindre idée de la raison pour laquelle ils ont utilisé votre van à chevaux plutôt que le sien ? Ou de l'endroit où ils nous emmènent ?

— Je pense que le sien devait être volé. Pour le reste, certaines choses qu'il a dites m'inclinent à croire qu'il a une dent contre moi. Il m'a traitée de « petite fille riche et gâtée », ce que je ne suis pas, je peux vous le garantir ! Le ranch s'est transmis de génération en génération mais nous n'avons jamais roulé sur l'or. Il a toujours fallu lutter et travailler dur pour le conserver... Aujourd'hui plus que jamais.

— Donc, il vous aurait prise pour quelqu'un d'autre ?

— Je ne crois pas. C'est ce que j'ai d'abord pensé, mais ensuite... Il m'a appelée « fifille à son papa » et « Piper Ann », termes affectueux qu'employait mon père pour s'adresser à moi. Comment pouvait-il être au courant ?

Écouter et se concentrer sur ce qu'elle disait accentuait la sensation de nausée. Mais il fallait qu'il émerge de son état comateux, qu'il comprenne ce qui se passait et qu'il élabore un plan avant que leurs ravisseurs ne s'arrêtent.

Le camion rebondit durement sur une ornière et Colby entendit Piper retenir son souffle comme si elle avait mal.

— Ça va ? Vous êtes blessée ?

Elle émit un petit rire étranglé.

— J'ai mal à l'épaule mais ce n'est pas ça. Voilà des heures que nous sommes secoués sur cette route cahoteuse et, si le camion ne s'arrête pas bientôt, ma vessie va exploser.

Il sourit dans l'obscurité. Sa propre situation n'était pas plus brillante. Avec précaution, il roula les épaules, essayant d'assouplir ses muscles raidis. Maintenant qu'il était assis, le martèlement, dans sa tête, s'était un peu apaisé pour se muer en pulsation sourde. Il porta une main au côté gauche de sa tête, celui qui l'élançait le plus. Mais à peine eut-il posé les doigts sur la bosse qu'un éclair de douleur se propagea dans sa nuque et son dos. Il se crispa et, aussitôt, deux mains chaudes se pressèrent sur son torse, tâtonnèrent pour trouver ses mains et les ramenèrent vers le bas.

— Ne touchez pas la plaie. Vous avez été frappé violemment... J'ai eu toutes les peines du monde à stopper le saignement.

Elle marqua une pause avant de demander :

— Ça ne s'est pas remis à saigner, n'est-ce pas ?

Ses mains remontèrent le long de ses bras comme si elle cherchait à localiser sa tête, mais, cette fois, il les captura dans les siennes. La chaleur et la douceur de leur contact allumaient en lui un incendie, transformant le sang qui coulait dans ses veines en lave brûlante, ravivant une cacophonie de douleur, comme si tout son corps s'éveillait, devenait hypersensible. Lui avait-elle été indifférente auparavant ? Si tel avait été le cas, ça ne l'était plus. Il avait une conscience exacerbée du moindre de ses gestes, du plaisir mêlé de douleur que lui procuraient ses mains douces glissant sur sa peau.

Piper Caraway était une femme très dangereuse.

— Colby ? Ça va ?

Non. Il poussa un soupir frémissant.

— Ça... va. Apparemment, ma tête ne saigne plus.

Lui semblait-il. Mais, au point où il en était, ce n'était pas son souci principal. Il voulait juste que sa respiration revienne à la normale avant qu'elle ne se rende compte de l'effet qu'elle avait sur lui. En temps normal, il se maîtrisait mieux. Ce devait la commotion. Des pensées folles lui traversaient l'esprit. Des pensées absolument inappropriées compte tenu de la situation.

— Ah. Bon. Tant mieux.

Elle dégagea ses mains.

Il dut se faire violence pour ne pas les emprisonner de nouveau entre les siennes.

— Vous n'avez pas réellement répondu à ma question, déclara-t-il, cherchant désespérément à reprendre pied. Est-ce que vous allez bien ? Palmer et ses hommes vous ont-ils... agressée ?

Comme elle ne répondait pas, il se pencha jusqu'à sentir l'exquise chaleur qui irradiait de sa peau.

— Piper ? Ça va ?

Il avait dû la tirer de ses pensées car elle sursauta.

— Euh. J'ai un peu froid mais, sinon, oui, ça va.

Elle s'était exprimée avec légèreté — d'un ton amusé, presque. Il se demanda pourquoi. Mais il avait retenu qu'elle avait froid, et il ne voulait pas qu'elle ait froid. Donc, même si le fait de la toucher avec l'esprit en proie à une telle confusion était un peu comme approcher une allumette d'un baril de poudre, il l'attira contre lui. Mais quand sa main entra en contact avec sa taille *nue*, il s'immobilisa, la bouche subitement sèche.

— Piper ? proféra-t-il d'une voix rauque. Vous êtes... *nue* ?

Cette fois, elle rit. D'un rire joyeux, si sincère et si inattendu qu'il ne put s'empêcher de sourire. Tout, chez cette femme, le surprenait. Peut-être était-ce là le problème, d'ailleurs. Rien ni personne ne le surprenait plus jamais. Le fait qu'elle y parvienne le déstabilisait.

— Non, répondit-elle lorsqu'elle cessa de rire. Mais j'ai dû sacrifier mon T-shirt pour la bonne cause.

— La bonne cause ? s'enquit-il, portant de nouveau une main précautionneuse à son cuir chevelu. Vous voulez dire... Moi ? Vous vous êtes servi de votre T-shirt pour stopper l'hémorragie ?

— Aussi bizarre que cela puisse paraître, figurez-vous qu'ils n'ont pas mis de kit de premiers secours à l'arrière de ce camion ! Il n'y avait rien, strictement rien. Donc, je me suis d'abord servie de mes mains, mais cela ne suffisait pas. Alors, c'est mon T-shirt qui a pris le relais.

— Vous auriez pu vous servir du *mien*.

— Pour que vous soyez blessé *et* frigorifié ? Je ne suis pas égoïste à ce point.

Derrière la désinvolture de sa riposte, il décela quelque chose d'autre — une blessure cachée.

— Où est votre veste ? Vous en aviez une, autant que je me souvienne.

— Apparemment, j'ai cloué le bec à Palmer une fois de trop. Il s'était arrêté pour venir jeter un coup d'œil à l'arrière et j'en ai profité pour le traiter de tous les noms d'oiseau. Alors, par mesure de rétorsion, il m'a pris ma veste pour me laisser grelottante de froid, en soutien-gorge et en jean.

Instantanément, Colby ôta sa veste et essaya de la poser sur ses épaules.

Mais elle se rebiffa.

— Qu'est-ce que vous faites ?

— Vous avez sacrifié votre T-shirt pour moi. Je peux bien vous donner ma veste. J'ai une chemise chaude en flanelle. Ça ira.

— Mais vous êtes blessé. Pas question.

Il y eut une modification subtile du bruit du moteur. Les freins couinèrent. Le camion ralentit. Colby prit appui contre la paroi du camion comme le véhicule s'arrêtait.

Tous deux gardèrent le silence. Des voix leur parvinrent depuis la cabine. La porte du conducteur s'ouvrit, puis celle du passager. Il y eut un bruit de pas sur un tapis de feuilles sèches, venant dans leur direction.

— On va avoir de la compagnie, souffla Colby en essayant de lui passer sa veste autour des épaules. C'est comme vous voulez : vous pouvez affronter Palmer *avec* ou *sans* ma veste. À vous de voir.

Elle attrapa le vêtement et il entendit le bruissement du tissu imperméable tandis qu'elle l'enfilait.

D'un geste, il vérifia ce dont il se doutait déjà : il n'avait plus ni holster ni téléphone.

Juste avant que la porte ne se relève, il glissa la main dans sa botte droite et sentit le manche froid de son couteau de chasse, toujours niché dans la doublure. OK. Il n'était donc pas totalement sans défense.

Mais brandir un couteau en pleine fusillade n'était pas exactement le meilleur des plans. C'était au mieux le dernier recours d'un homme aux abois. Ce qu'il n'était pas. Pas encore. Avant toute chose — avant d'abattre ses cartes, il lui fallait évaluer leur situation.

Il retira vivement sa main de sa chaussure comme la porte s'ouvrait.

Colby se plaça devant Piper mais, à la façon dont il l'entendit retenir son souffle, il devina qu'elle s'était déportée sur le côté et voyait la même chose que lui : trois fusils braqués droit sur eux.

Palmer se tenait au milieu, les visant de son pistolet — celui-là même que Piper avait dit avoir vu à sa ceinture. Les trois autres avaient l'air d'avoir envie d'appuyer sur la détente. Ils n'attendaient que le signal de leur chef.

— Que voulez-vous ? demanda Colby, de sa voix de policier la plus sévère.

Palmer leur fit signe de la main.

— Ce que je veux, c'est que vous descendiez du camion.

6

Colby se tint à côté de Piper puisqu'elle refusait de le laisser se placer devant elle. Persuadée qu'il avait besoin de son soutien pour ne pas tomber, elle avait enroulé un bras autour de sa taille et coincé l'épaule sous son aisselle.

À en juger par les sourires railleurs des hommes de Palmer, eux aussi le pensaient au bord de l'évanouissement. Très bien. Si tout le monde croyait qu'il avait déjà un pied dans la tombe, il allait faire tout ce qui était en son pouvoir pour conforter cette impression. Être sous-estimé par l'ennemi, tout spécialement lorsqu'il était armé et *vous*, pas, était un avantage. Et lui et cette femme courageuse qui était à son côté avaient bien besoin d'un coup de pouce !

Il chancela délibérément. Piper lui jeta un coup d'œil anxieux et resserra son bras autour de sa taille. Il lui adressa un bref sourire, essayant de lui faire comprendre qu'il en rajoutait. Mais il ne sut si elle avait ou non saisi le message.

Les soubresauts du camion sur la route lui avaient donné la nausée mais maintenant qu'il était sur la terre ferme, il se sentait mieux et avait l'esprit plus clair. L'adrénaline se propageait dans son corps, gommant la faiblesse et la douleur. Il ne lui restait plus maintenant qu'à désarmer quatre individus en faisant en sorte que ni Piper ni lui ne soient blessés.

Pas de problème.

Il faillit rire tant la situation était absurde et désespérée

— ce qui devait être la preuve que son cerveau contusionné ne raisonnait pas aussi rationnellement qu'il l'avait cru.

Palmer dit quelque chose à l'oreille de l'homme qui se trouvait à sa droite, un jeune type sec comme un coucou qui avait le crâne rasé — ou avait eu la malchance d'hériter d'une calvitie congénitale. Pour un observateur à l'œil peu exercé, il aurait pu paraître presque inoffensif. Mais Colby avait des années de métier. Et Crâne d'œuf était typiquement le genre de malfrat dont il se méfiait le plus. Trop calme, trop immobile. Et puis, il y avait ces larmes, tatouées sur ses deux joues, qui racontaient une histoire effrayante : elles étaient le signe qu'il avait tué, au moins à deux reprises. Il n'aurait probablement pas hésité à descendre un flic ou une femme.

Crâne d'œuf hocha la tête en réponse à ce que Palmer lui avait dit. Abaissant son fusil, il se dirigea vers le pick-up qui tractait la remorque et était garé juste devant le camion. Bien que Colby ne puisse pas voir la cabine du véhicule de là où il se trouvait, le son distinct d'une portière qu'on ouvrait et qu'on claquait l'informa que l'homme était monté dans le véhicule. Restait à savoir pourquoi.

À côté de lui, il sentait Piper tendue, se posant probablement les mêmes questions et s'inquiétant pour son cheval.

Comme en réponse à ces interrogations, Palmer approcha des deux autres hommes, qui avaient l'air à peine moins menaçants que le premier. L'un d'eux était tatoué, l'autre, non. Tous deux se tenaient prêts, l'arme au poing, mais ni l'un ni l'autre n'affichaient le même détachement, ne dégageaient la même étrange impassibilité que leur comparse. Cela étant, Colby ne doutait pas qu'ils auraient dégainé sans état d'âme si leur chef leur avait commandé de le faire.

Après avoir donné ses ordres à mi-voix, Palmer se redressa et regarda Piper, puis Colby.

— Ôtez vos chaussures. Tous les deux.

— Venez par ici, dit Piper à Colby. Il y a une souche d'arbre où vous pourrez vous asseoir. Je vais vous aider.

Colby resserra son bras autour des épaules de Piper.

— Pourquoi voulez-vous que nous enlevions nos chaussures ?

Le fusil qui était braqué sur Piper se déplaça jusqu'à lui.

— Vous m'avez mal compris. Il ne s'agit pas d'une négociation.

Piper lui jeta un regard suppliant.

— Allez, faites ce qu'il vous dit. Inutile de discuter.

Il voyait les choses différemment, probablement à cause de ce couteau qui était caché dans sa botte. Les chances étaient peut-être minces de réussir, mais il ne s'en présenterait peut-être pas d'autre...

Ne voyant pas ce qu'il pouvait faire d'autre, il boitilla jusqu'à la souche d'arbre et s'y assit. Piper s'accroupit devant lui, le dos à leurs ravisseurs, tandis qu'elle retirait sa botte gauche. Il fit semblant de se pencher pour l'aider à la lui enlever pour ne pas alerter les tireurs lorsqu'il ferait de même avec la chaussure droite.

Lorsqu'elle glissa ses doigts à l'intérieur de la tige de la botte droite, il fit en sorte de les pousser jusqu'au manche du couteau. Sans bouger la tête, elle leva les yeux vers lui et, l'air de rien, elle sortit le couteau et profita de ce qu'il avait le buste incliné vers elle pour le glisser dans la poche avant de la veste qu'elle portait. Il ne put s'empêcher d'être impressionné par la discrétion avec laquelle elle avait mené la manœuvre.

— Dépêchez-vous, lança Palmer dans son dos.

Elle ôta la deuxième botte de Colby, lui jeta un long regard, puis se retourna et la posa à côté de l'autre. Quelques minutes plus tard, tous deux se retrouvaient debout, en chaussettes. Mais des chaussettes, fussent-elles épaisses et en laine, ne pouvaient pas protéger leurs pieds du froid.

Palmer prit leurs chaussures et les posa par terre à côté de lui tandis que ses hommes les visaient toujours de leurs fusils.

— C'est là que nous allons nous dire au revoir, annonça-t-il, l'air presque nostalgique.

Colby jeta un coup d'œil à Piper, puis passa la main gauche sur son avant-bras comme s'il voulait la réchauffer. De nouveau, son intuition le surprit. Elle se déplaça subtilement de façon qu'il puisse plonger la main dans la poche où elle avait caché le couteau.

— Que voulez-vous dire ? s'enquit Colby, essayant de gagner du temps. Vous n'allez pas nous laisser ici ? On va mourir de froid.

— Vous n'aurez pas le temps d'avoir froid. Et essayer de vous enfuir ne vous mènera pas bien loin, ajouta Palmer en ramassant une chaussure et en la balançant à bout de bras, souriant de son ingéniosité.

Deux de ses comparses sourirent, eux aussi. Ils étaient armés de Mossberg Patriot, le genre d'arme idéale pour chasser le cerf. Mais c'était un autre gibier qu'ils chassaient aujourd'hui.

Palmer arrêta son regard sur Piper et son sourire s'effaça.

— Votre mère était gentille, elle, contrairement aux autres. Elle m'a même donné des biscuits au chocolat faits maison une fois. Je ne l'ai jamais oublié. C'est plus que mes propres parents ont jamais fait pour moi.

Elle fronça les sourcils.

— Qui êtes-vous ? Comment se fait-il que vous connaissiez ma mère ? Et mon père ? Vous savez qu'il m'appelait Piper Ann… Comment est-ce possible ?

Il secoua la tête.

— Peu importe. Je ne les ai vus que quelques fois. Mais ils étaient gentils, surtout votre mère. Je me suis dit que, par respect pour elle, ce serait plus correct de dire quelques mots.

Là-dessus, il fit le tour du pick-up, jeta les chaussures dans la benne puis sauta sur le siège passager.

À côté de lui, Colby sentit Piper se crisper tandis qu'elle regardait la remorque disparaître au loin. Elle devait avoir le cœur brisé de voir son cheval bien-aimé s'en aller. Mais ce n'était pas le moment de songer à cela. L'important, pour l'heure, c'était de la garder en vie.

Les hommes de Palmer aussi regardaient l'attelage s'éloigner.

C'était maintenant ou jamais.

Plongeant la main dans la poche de sa veste, Colby attrapa

le manche de son couteau. D'un geste vif, il l'en sortit et le lança contre sa cible. Piper étouffa un cri. La lame s'enfonça jusqu'à la garde dans le cou d'un des malfrats. L'homme émit un gargouillement avant de s'effondrer sur le sol. Son comparse se tourna vers eux, le visage déformé par la surprise, puis la haine.

Colby bondit sur Piper, la faisant basculer avec lui derrière la souche d'arbre. Une déflagration retentit dans la clairière. Un éclat de bois sauta dans un nuage de sciure, qui retomba en pluie sur eux.

Boum ! Un deuxième coup de feu arracha un autre morceau de bois qui vola au-dessus de leurs têtes. Piper cria d'effroi, le corps tremblant au-dessous de Colby. Il attrapa une pierre, qu'il lança vers la droite. Épiant la réaction du tireur par un trou dans la souche, il profita de ce que celui-ci se tournait vivement vers l'endroit d'où venait le bruit pour saisir Piper par la taille et l'entraîner à sa suite dans les bois. Du coin de l'œil, il vit le canon du fusil revenir sur eux. Il poussa Piper derrière un arbre et l'y rejoignit. La balle ricocha sur un autre arbre, à quelques mètres d'eux.

— Encore deux, chuchota Colby.

— Deux quoi ? souffla Piper.

— Deux balles dans le chargeur.

Il regarda autour de lui et repéra une grosse branche épaisse à quelques mètres. Parviendrait-il à l'atteindre ?

— Comment le savez-vous ?

— Sa carabine. C'est un modèle standard équipé d'un chargeur à cinq coups. À moins d'être un parfait idiot, il doit avoir d'autres munitions mais, si je réussis à lui tomber dessus pendant qu'il recharge son arme et qu'il n'est pas très rapide...

Elle lui agrippa le bras.

— Ça fait trop de « si ». Il me paraît bien assez rapide, à moi. Je ne vais pas vous laisser risquer votre vie à cause de moi. Je n'aurais jamais dû m'enfuir avec mon cheval. J'aurais dû vous écouter. Nous ne serions pas dans...

Il lui plaqua la main sur la bouche.

Un craquement venait de retentir derrière eux.

Les yeux verts de Piper s'écarquillèrent.

Très lentement, il retira sa main et lui fit signe de se taire.

Elle hocha la tête en silence.

Il y eut un nouveau craquement puis un bruissement de feuilles. Le tireur était tout proche maintenant. Colby jeta un coup d'œil à la ronde, évaluant les possibilités qui s'offraient à eux. Ils n'avaient pas eu le temps de s'enfoncer profondément dans les bois. Ils étaient cachés derrière le seul arbre au tronc suffisamment gros pour les dissimuler. Il ne faudrait pas longtemps à leur poursuivant pour deviner où ils se trouvaient. Que faire ?

Il indiqua la gauche du menton, les pas semblant provenir de leur droite, un peu en arrière. Puis il éleva trois doigts. Lentement, il en replia un.

Elle secoua vivement la tête. Mais il fronça les sourcils et insista. Le regard planté dans le sien, il replia le deuxième doigt tout en ramassant une poignée de terre à ses pieds, le troisième doigt toujours dressé.

Il y eut un nouveau *crac* puis un bruit de feuilles.

Il regarda Piper et lança la poignée de terre sur sa droite tandis que son index s'abaissait. Un coup de fusil éclata, visant l'endroit où avait atterri la poignée de terre, tandis que, poussée par Colby, Piper s'élançait vers la gauche en direction d'un bosquet d'arbres. Colby, lui, se rua vers la droite et atteignit le tireur juste au moment où il orientait son arme vers Piper.

Surpris de voir Colby si proche, il tenta de retourner la carabine vers lui. Trop tard. Colby se jeta sur lui. L'arme tomba sur le sol et Colby lança son poing en direction de la mâchoire de son adversaire. Mais ce dernier esquiva le coup et le poing de Colby l'atteignit à l'épaule. Déstabilisé, l'homme perdit l'équilibre mais Colby, emporté par son élan, chuta également. Il vit l'homme s'écarter à toute vitesse de lui à quatre pattes. Le fusil ! Poussant un juron, Colby se remit debout en un éclair et bondit en avant, atteignant l'homme juste au moment où il empoignait la carabine.

Boum !

Le cinquième coup alla se perdre vers la cime des arbres.

L'homme jura et se servit de l'arme pour repousser Colby, qui bascula en arrière. Son dos heurta le sol. Il cligna des yeux, sonné. La tête l'élançait de plus belle et la nausée le reprenait. La perte de sang et les chocs à la tête l'avaient affaibli, ralentissant ses réflexes. À moins que ce ne soit le froid et l'immobilité prolongée dans le camion.

Quoi qu'il en soit, il était en mauvaise posture.

Il secoua la tête, s'efforçant désespérément de recouvrer ses esprits. Sa vision se clarifia enfin. Sa proie s'emparait d'une carabine. Pas celle dont le chargeur était vide. Celle du comparse que Colby avait tué.

Tant bien que mal, il se releva et força ses jambes à avancer aussi vite qu'elles le pouvaient pour se mettre à couvert. Tout tournait autour de lui mais il réussit quand même à atteindre les arbres. Il continua à avancer. Un bruit de branche cassée derrière lui. Son adversaire le poursuivait et il n'était pas loin. Colby zigzagua d'un arbre à l'autre tandis que les coups pleuvaient à droite et à gauche. Il n'avait qu'une idée en tête : entraîner l'homme dans la forêt, le plus loin possible de Piper.

Trouvant refuge derrière un tronc juste assez large pour le dissimuler, il vit le tireur stopper à une quinzaine de mètres et tendre l'oreille pour le localiser. Dans le clair-obscur des bois, il n'avait pas dû repérer Colby. Une chance ! La lumière du soleil peinait à pénétrer le dense enchevêtrement des branches, au-dessus de sa tête, et la pénombre l'avait servi.

Deux minutes s'écoulèrent, interminables, puis le tireur jura et rebroussa chemin en direction de la clairière.

— Où va-t-il ?

Colby se retourna en sursaut. Piper était cachée derrière un arbre, à trois mètres de lui. Il fut pris d'une sueur froide à l'idée qu'il avait sans le savoir guidé le tireur *vers* Piper au lieu de l'attirer dans la direction opposée.

Le bruit d'un moteur leur parvint depuis la clairière.

— Le camion, dirent-ils à l'unisson.

Les jambes flageolantes, Colby essaya de se mettre à courir. Il ne pouvait pas laisser l'homme s'en aller avec le camion. C'était leur seule chance de pouvoir s'enfuir. Mais il atteignit la clairière juste au moment où les feux arrière du véhicule disparaissaient au détour du sentier. Le bruit du moteur reflua peu à peu au loin.

Démoralisé, il se laissa tomber sur la grosse souche d'arbre, celle-là même qui leur avait servi d'abri, et tapa du plat de la main sur le bois.

Certes, le tireur ne les avait pas abattus. Mais les abandonner ici, en pleine forêt, revenait au même.

— Colby ?

Il ferma les yeux, respirant profondément jusqu'à ce qu'il se soit ressaisi. Lorsqu'il se sentit redevenu maître de lui-même et de ses émotions, il leva la tête. Elle se tenait à l'orée de la clairière, contre un arbre. La peur qu'il lut dans ses yeux lui fit aussitôt refermer les poings de rage. Il aurait voulu étrangler Palmer et ses sbires de ses mains pour le mal qu'ils lui faisaient.

Elle accourut et s'agenouilla devant lui.

— Ça va ? Il ne vous a pas touché, au moins ?

Il secoua la tête, incapable de parler. Encore une fois, cette femme l'étonnait. Il l'avait crue terrifiée d'avoir été abandonnée dans les bois, mais non. C'était pour *lui* qu'elle se faisait du souci. Lui, un policier qu'elle n'avait rencontré que quelques heures plus tôt. Un policier qui, de surcroît, lui avait enlevé ce qu'elle avait manifestement de plus cher au monde — son cheval. Jamais il ne s'était senti aussi honteux qu'en cet instant.

Se forçant à produire un sourire qu'il espérait rassurant, il secoua la tête.

— Non, ça va. Au moins, maintenant, les méchants sont partis.

Elle sourit, l'air déraisonnablement soulagé.

— C'est tant mieux, non ? Il ne nous reste plus qu'à suivre la piste…

Le vaillant sourire qu'elle affichait se fit hésitant.

— Enfin, le chemin. Il doit bien rejoindre une route quelque part, pas loin d'ici, n'est-ce pas ? Ils n'auraient pas pu parcourir beaucoup de kilomètres dans ces collines s'il n'y avait pas eu une route. On n'aura qu'à suivre leurs traces. Allez, Colby, debout. Mettons-nous en route, sinon nous allons mourir de froid. Dépêchons-nous tant que nous avons une demi-journée de lumière du jour devant nous.

Il se demanda si elle croyait ce qu'elle disait ou si elle était dans le déni mais il n'eut pas le cœur de la détromper. Mieux valait la laisser penser le plus longtemps possible qu'ils allaient sortir d'ici vivants. Après tout, peut-être qu'elle avait raison et qu'ils n'étaient pas aussi loin de la civilisation qu'il le soupçonnait ? Peut-être qu'ils allaient réellement s'en sortir ? Mais il n'y croyait guère.

L'homme de main de Palmer n'aurait jamais pris le risque de les planter là s'il avait pensé qu'ils avaient une chance de survivre. Il aurait eu trop peur d'affronter Palmer s'ils avaient refait surface un peu plus tard, bien vivants. Mais il ne voulait pas être l'oiseau de mauvais augure qui doucherait ses espoirs. Alors, peut-être pouvait-il prendre exemple sur elle et se raccrocher à un lambeau d'espérance, lui aussi ? Le dicton ne disait-il pas que tant qu'il y avait de la vie, il y avait de l'espoir ?

— Une demi-journée de lumière, dites-vous ? Ça nous laissera peut-être le temps de sortir de ces bois. Selon vous, combien de temps avons-nous passé dans ce camion ?

Il saisit les mains qu'elle lui tendait pour l'aider à se relever. Après la blessure à la tête et le combat avec leur poursuivant, la course à travers bois l'avait fatigué. Elle passa le bras droit autour de sa taille pour le soutenir.

— Environ deux heures. Ils ne roulaient pas très vite, sans doute pour ne pas attirer l'attention. Et puis ils se sont arrêtés plusieurs fois. Et je parie qu'ils n'ont dû emprunter que des routes secondaires pour éviter la police. On est peut-être encore dans Blount County. Avant le coucher du soleil, on sera sortis d'ici, j'en suis sûre.

Il feignit de sourire et montra les arbres du menton.

— Maintenant que Palmer et ses sbires ne sont plus là, il me revient en tête une situation urgente dont nous souffrions tous les deux... En ce qui me concerne, j'en souffre toujours, donc j'imagine que ce doit être pareil pour vous.

Ses joues rosirent.

— Oui, en effet... Il vaudrait mieux que nous nous accordions quelques minutes, le temps de nous soulager, avant de nous mettre en route. On se retrouve ici.

— OK. Ici, dans cinq minutes.

Elle hocha la tête et s'éloigna en courant vers les arbres. Sitôt qu'elle eut disparu, il partit dans l'autre direction pour satisfaire ses besoins naturels. Puis il retourna auprès du cadavre à l'autre extrémité de la clairière et, d'un coup sec, il récupéra son couteau, qu'il nettoya rapidement sur le jean. Il se releva, coinça le couteau sous sa ceinture, puis considéra pensivement la forme inerte avant de s'accroupir de nouveau. Sa veste et ses chaussures étaient beaucoup trop petites pour lui mais...

— Non ! N'y pensez même pas !

Il se retourna, s'interrompant dans sa besogne, et vit Piper qui, le visage blême, évitait de regarder l'homme qui gisait par terre.

— Je ne porterai pas les vêtements et les chaussures d'un mort. Ils sont couverts de sang, murmura-t-elle.

— Mais il fait froid, argua-t-il. Et vos pieds...

— Tant pis, coupa-t-elle. Je préfère avoir froid qu'endosser une veste ruisselante de sang. S'il vous plaît... N'insistez pas. Je ne peux *vraiment* pas.

Il faillit insister quand même mais il ne put résister à la supplique de son regard. Il s'éloigna du corps.

— Prête ?

Elle hocha la tête et ils se mirent en route.

7

Piper avançait, les yeux rivés au sol, cherchant les traces des pneus du camion. Mais il fallait se rendre à l'évidence : ils les avaient perdues depuis belle lurette. Les marques de pneus ne s'étaient pas imprimées sur la terre dure, gelée.

Elle se frictionna les bras et risqua un coup d'œil du côté de Colby. Comme s'il avait senti son regard sur lui, il s'arrêta.

— Qu'est-ce qui ne va pas ? questionna-t-il, la détaillant des pieds à la tête. Vous vous êtes fait mal ? Vous vous êtes coupée sur une branche d'arbre ?

Il posa les mains sur ses épaules, ses doigts glissant précautionneusement le long des manches de la veste à la recherche d'une déchirure. Si elle avait eu la larme facile, elle se serait liquéfiée depuis bien longtemps. Ne trouvant pas le moindre accroc dans le tissu, il releva les yeux.

— Qu'y a-t-il, Piper ?

— Il n'y a plus la moindre empreinte de pneu à suivre. On est complètement perdus. Je suis tellement désolée, Colby. On va mourir là, et ce sera entièrement ma faute.

Un sanglot étouffé la secoua et elle se couvrit le visage de ses mains. Au temps pour sa théorie sur les pleurs, songea Colby.

Il la prit dans ses bras et posa la joue sur le sommet de sa tête.

— Allons, allons, murmura-t-il. Rien de tout ceci n'est votre faute. Ça va aller.

Piper se laissa sans vergogne réconforter dans ses bras pendant encore une longue minute, savourant le contact de ses bras puissants refermés autour d'elle. Si seulement ils s'étaient rencontrés dans d'autres circonstances ! Il se serait sans doute passé quelque chose entre eux — quelque chose d'important, peut-être.

Mais non, c'était se bercer d'illusions. Elle avait son ranch, des gens qui dépendaient d'elle. Et lui avait son travail, ses amis, ses racines ici, dans le Tennessee, à des heures de chez elle. Ça n'aurait jamais marché. Mais c'était une rêverie agréable à laquelle s'abandonner l'espace d'un moment. Totalement irréaliste mais agréable.

Le moment prit fin beaucoup trop tôt à son goût mais au moins emporterait-elle dans la tombe le souvenir de ces bras vigoureux qui l'enlaçaient. Elle recula d'un pas comme ils desserraient leur étreinte.

— Non, ça ne va pas. C'est par ma faute que vous vous retrouvez ici. Sans veste ! Ça aussi, c'est ma faute. J'aurais dû vous laisser prendre celle de ce type. J'ai été stupide de refuser. Et c'est vous qui payez le prix de mes erreurs. Je n'ai pas chaud *avec* votre veste, alors, vous, vous devez être complètement gelé sans manteau.

Elle porta la main à la fermeture Éclair. Mais les doigts de Colby l'arrêtèrent, se refermant sur les siens.

— Pas question que vous l'enleviez, assena-t-il. Le spectacle serait sûrement très plaisant, mais vous courriez droit à l'hypothermie si vous vous promeniez dans ces bois en soutien-gorge.

Il ponctua sa phrase d'un sourire et d'un clin d'œil exagéré comme il l'avait fait sous la tente, à la foire.

Elle ne put s'empêcher de rire avant de reprendre son sérieux.

— Je ne plaisante pas, Colby.

— Parce que vous croyez que je plaisante, moi ?

Il se rapprocha d'elle jusqu'à ce que le bout de ses orteils touche les siens. Il les remua et lui adressa un nouveau clin d'œil.

Il était si près d'elle que son torse frôlait ses seins. Même sous la veste, elle sentit sa délicieuse pression. Son pouls s'accéléra, sa respiration se fit plus courte. Il dut s'en rendre compte car son expression espiègle s'altéra. Son regard s'abaissa jusqu'à ses lèvres. Ses narines se dilatèrent comme celles d'un étalon puis, soudain, sa bouche s'empara de la sienne.

Ses lèvres parurent d'abord à Piper terriblement froides, mais son souffle était chaud — incroyablement, délicieusement chaud. Elle moula sa bouche contre la sienne et lui retourna son baiser.

Un grognement étouffé monta dans la gorge de Colby ; son bras passa sous ses fesses et il la souleva. Instinctivement, elle enroula ses jambes autour de sa taille et il se tourna pour qu'elle puisse s'adosser contre un arbre pendant que sa bouche continuait à dévorer voluptueusement la sienne.

Lorsque sa langue s'insinua entre ses lèvres, elle comprit : elle était morte et se trouvait au paradis. Elle n'avait jamais rien connu de meilleur. Ni d'aussi ardent. C'était comme si elle avait trouvé un brasero rien que pour elle au fin fond de ces montagnes glacées. Il allumait en elle une flamme qui l'embrasait tout entière.

Le baiser se poursuivit encore et encore jusqu'à ce qu'elle gémisse contre sa bouche, submergée par une telle passion qu'elle n'avait plus qu'une idée en tête : ôter ces vêtements qui les empêchaient d'être peau contre peau. Elle glissa ses doigts le long de sa joue sans rompre le baiser. Puis elle tira sur la fermeture Éclair, pressée de retirer sa veste.

— Non.

Un seul mot, prononcé d'une voix rauque, contrainte et elle sentit ses mains puissantes l'attraper par la taille, la reposer par terre.

Son corps était toujours contre le sien et c'était une bonne chose, songea-t-elle, parce qu'elle se serait affaissée sur le sol froid à la seconde où ses pieds avaient touché terre s'il ne l'avait maintenue. Un million de petites aiguilles lui picotaient le bout des pieds. Elle remua les orteils.

— Aïe, aïe, aïe, gémit-elle, dansant d'un pied sur l'autre. Les pieds me brûlent.

Il rit et recula d'un pas.

— Les miens aussi. Je crois que nous avons trouvé un moyen de faire circuler le sang dans nos membres frigorifiés. Qu'en dites-vous ? Un baiser toutes les dix minutes ? Ça devrait nous tenir en vie pendant un bon moment.

Il l'attrapa par la main et l'entraîna à sa suite dans les bois.

Elle dut presser le pas pour le rattraper et lui jeta un regard incrédule.

— Vous plaisantez ? Vous faites tout pour... pour me mettre dans tous mes états juste pour... me réchauffer ?

Il lui retourna un large sourire.

— Je ne dirais pas exactement cela. J'ai voulu vous empêcher d'ôter cette parka et c'est la première chose qui me soit venue à l'esprit. Si vous la retiriez maintenant, tout le bénéfice serait perdu. Vous seriez gelée au bout de quelques minutes.

Toute la culpabilité qui l'avait submergée plus tôt revint en bloc. *Lui* n'avait pas de veste. Il devait être complètement frigorifié quand elle ne l'était *qu'à demi*. Elle porta la main à la glissière de nouveau.

— Ah non, la mit-il en garde. Ne faites pas ça. Si vous l'enlevez, je recommence à vous embrasser.

Elle se mit à rire.

— Ce n'est pas une menace franchement dissuasive.

Le coin de la bouche de Colby se releva un tant soit peu mais il continua à scruter le terrain, les guidant parmi les obstacles qui se trouvaient sur leur chemin.

— Ce que je veux dire, c'est que je le ferais pour détourner votre attention, ce qui présenterait l'avantage non négligeable de nous réchauffer tous les deux. Mais le problème, c'est qu'on n'a toujours pas de quoi se protéger de ce froid. Si on se retrouve coincés ici une fois le soleil couché, on n'aura pas une chance. Donc, il faut qu'on se dépêche d'avancer.

— Mais...

— Il n'y a pas de mais. Ouvrez l'œil et regardez bien si vous ne voyez pas une grotte, un cabanon ou un abri quelconque.

Il y a des tas de structures abandonnées, vestiges du siècle dernier, dans les Smokies. Même la hutte la plus sommaire pourrait nous sauver la vie.

Environ une heure plus tard, les doigts de Colby lâchèrent les siens et il s'adossa lourdement à un arbre, les yeux fermés.

— Colby ! s'écria-t-elle en tendant la main vers lui.

Il la repoussa.

— Ça va, dit-il, secouant la tête comme pour s'éclaircir les idées. J'ai juste eu un étourdissement. Ça va aller.

Il se remit en route mais d'un pas moins assuré qu'avant.

Elle lui prit la main et la frotta entre les siennes. N'était-il pas plus pâle ? Un claquement se fit entendre. Elle l'examina avec anxiété. Il claquait des dents ! Et la température qui baissait rapidement... Si elle ne faisait pas quelque chose au plus vite, il allait succomber à l'hypothermie.

Éperdue, elle regarda autour d'elle, cherchant désespérément un refuge. Colby tituba. Elle passa un bras autour de sa taille et comprit à son absence de réaction qu'il était vraiment mal en point. Il ne protesta pas, ne déclara pas qu'il pouvait marcher tout seul.

— Dommage que vous ne soyez pas fumeur, le taquina-t-elle pour le tenir éveillé. Un briquet nous aurait été bien utile pour faire un feu. À moins que vous n'ayez été boy-scout et que vous sachiez en allumer un sans briquet ni allumettes ?

Mais il se borna à continuer à mettre un pied devant l'autre sans répondre. Ses yeux devenaient vitreux. Même ses lèvres étaient livides. Seigneur, que faire ? Cet homme allait mourir à cause de son stupide entêtement à ne pas vouloir porter le vêtement d'un mort ! Il fallait qu'elle trouve le moyen de le réchauffer, il le fallait absolument. Au désespoir, elle réfléchit pendant quelques instants. Oui... Ça pouvait peut-être marcher. De toute façon, elle n'avait pas d'autre idée. Elle allait adopter une technique similaire à la sienne...

Droit devant eux, un bosquet de chênes serrés les uns contre les autres se dressait, formant un demi-cercle. C'était un abri bien précaire, mais qui couperait un peu l'air froid. Elle l'entraîna dans cette direction puis elle tira résolument sur la fermeture de la veste. Elle la retira avant qu'il n'ait compris ce qu'elle faisait et n'ait eu le temps de protester.

Mais il ne protesta pas.

Il se contenta de la regarder, chancelant comme s'il était ivre, tandis qu'elle dégrafait son soutien-gorge.

Si elle avait été complexée par son corps, elle serait morte d'humiliation sur-le-champ. Car Colby continua simplement à osciller dans le vent, les yeux dans le vague. Mais au moins étaient-ils ouverts. Et focalisés là où elle le souhaitait.

À l'instant où elle avait retiré le soutien-gorge, elle avait senti les pointes de ses seins se contracter. Pas étonnant : il ne devait pas faire plus de quatre ou cinq degrés, peut-être moins. Sa peau se couvrit de chair de poule et elle songea qu'elle aussi allait mourir de froid si elle ne renfilait pas la veste. Mais non. Il fallait d'abord qu'elle s'arrange pour réchauffer Colby jusqu'à ce qu'il ait suffisamment repris ses esprits pour lui ordonner de se rhabiller.

Calé contre un arbre, il ne faisait toujours pas un mouvement, ne disait rien.

Elle s'approcha, priant le ciel qu'il ne soit pas trop tard, que sa stratégie fonctionne. Elle se plaça entre ses jambes, le ventre pressé contre la partie la plus intime de son anatomie, sous le jean. Puis elle saisit ses mains. Elles étaient glacées. Prenant une grande inspiration, elle les guida jusqu'à ses seins.

Tous deux furent secoués d'un frisson, lui probablement parce qu'il venait de se rendre compte qu'il touchait sa poitrine nue et elle, parce que c'était comme s'immerger dans une eau gelée.

Elle couvrit ses mains des siennes et se souda à lui.

— P… Piper, murmura-t-il enfin entre deux claquements de dents. Que… Que f… faites-vous ?

— Contentez-vous de me toucher, murmura-t-elle en retour en s'arquant contre lui. Je veux que vous me caressiez, Colby.

Et elle roula voluptueusement des hanches.

Les yeux de Colby s'écarquillèrent. Le bout de sa langue pointa pour venir humecter ses lèvres gercées et desséchées par le froid. Puis — enfin ! — elle sentit ses doigts se mettre à bouger. Elle ferma les yeux et se pressa de plus belle contre lui, remuant le bassin, se frottant contre lui comme une chatte. Les doigts de Colby se refermèrent sur ses mamelons érigés, pétrirent les globes clairs de ses seins. Ses pouces se mirent à aller et venir, en taquinant les pointes, et elle dut retenir un gémissement de plaisir.

Il y avait quelque chose chez cet homme... Quelque chose de spécial qui lui mettait les sens en ébullition. Elle avait voulu le réchauffer. Mais il s'était à peine écoulé quelques minutes et voilà que c'était *elle* qui se retrouvait presque en sueur. Il sentait bon, elle aimait le contact de son corps mince et dur. Surtout... là. Elle imprima une langoureuse rotation à ses hanches. Il retint son souffle et le bas de son corps, toujours enfermé dans le jean, se mit à buter rythmiquement contre le sien.

Elle glissa les mains sous la flanelle de la chemise et promena ses doigts sur la toison sombre de son torse.

— Embrassez-moi, implora-t-elle. Embrassez-moi, Colby.

Sa tête s'abaissa vers elle mais ses mouvements étaient encore ralentis, son visage trop pâle. Il ne prenait pas l'initiative comme il l'aurait fait quelques heures plus tôt. Décidée à le tirer de son apathie, elle se dressa sur la pointe des pieds et effleura ses lèvres de sa bouche une fois, deux fois, avant que celles-ci, enfin, ne s'entrouvrent pour lui livrer passage. Sans attendre, elle plongea la langue, explorant la douce cavité de sa bouche, mordillant sa lèvre inférieure, faisant de son mieux pour attiser la passion, allumer le feu qu'il avait déjà déclenché en elle.

Mais ce baiser-là ne ressemblait pas à celui qu'ils avaient précédemment échangé. Il était lent, tendre, si doux qu'elle se sentit fondre intérieurement. Colby, enfin, répondait à ses sollicitations ! C'était lui qui menait la danse désormais, lui qui donnait le tempo. Et, au lieu de céder à la fièvre et à l'urgence de la passion, il donnait plus qu'il ne prenait. Avec une infinie tendresse. Avec vénération. Finalement, il s'écarta d'elle et ses yeux se plantèrent dans les siens, clairs cette fois.

— Qu'êtes-vous en train de faire, Piper Caraway ?

— Je vous sauve la vie, Colby Vale. Et je n'ai pas encore terminé.

Son sourire, ce fantastique sourire en coin, était de retour. Colby était de retour ! Pour un peu, elle en aurait pleuré de joie lorsqu'elle sentit sa main glisser le long de son dos jusqu'à son postérieur.

La soulevant de nouveau contre un arbre, il inclina la tête et happa la pointe d'un sein entre ses lèvres. Elle cambra les reins pour mieux s'offrir à lui, agrippée à ses épaules, le souffle de plus en plus court. Puis il plia les jambes, l'entraînant avec lui vers le sol où elle se retrouva allongée sur la veste tout à coup étalée par terre, le dos isolé du froid, Colby, au-dessus d'elle, se chargeant de transformer le reste de son corps en *brasier.*

Sa bouche était partout — courant sur son ventre, ses seins, glissant le long de son cou, la faisant s'arquer de plaisir contre lui. Puis elle remonta jusqu'à ses lèvres pour leur dispenser ses attentions. Bon sang, cet homme savait embrasser comme personne ! Elle aurait pu l'embrasser sans plus jamais s'arrêter, s'enfoncer dans le sol de cette forêt et mourir heureuse. Mais elle voulait davantage...

Passant la main entre leurs deux corps enfiévrés, elle s'apprêta à faire sauter le bouton de son jean lorsqu'une poigne ferme encercla son poignet.

— Non, souffla-t-il d'une voix étranglée. Arrêtez. Piper... *Arrête.*

Elle ouvrit grand les yeux et le contempla. Elle lisait la ferveur de son désir dans son regard embrumé, dans ses traits tendus.

— Pourquoi ? J'en ai envie... Et toi aussi, argua-t-elle, la gorge serrée, en portant la main à son jean et en frôlant l'arête dure qui tendait l'étoffe. Et je ne vois pas de meilleur moyen de nous tenir chaud.

Il frissonna et secoua la tête.

— Si j'ai jamais la chance de me retrouver dans un lit avec

toi, avec une boîte de préservatifs à disposition, je te promets de t'y garder pendant une semaine entière.

Quelques secondes s'écoulèrent, puis elle sourit.

— D'accord. Je te prends au mot.

Il partit d'un petit rire.

— Piper, si nous faisons l'amour, tu sais ce qui nous guette ? L'hypothermie. On s'endormira dans les bras l'un de l'autre... et on ne se réveillera pas.

Elle le contempla, toute humeur badine disparue. La chaleur qu'ils avaient générée, déjà, s'attiédissait. Et les joues de Colby n'avaient pas retrouvé leurs couleurs. Il avait raison. Leur jugement — *son* jugement — était sérieusement altéré. Cela avait pu lui sembler une bonne idée, mais ce n'était pas la solution. Ils étaient tous deux à demi-nus maintenant et ils se refroidissaient déjà.

— Alors, qu'est-ce qu'on fait ? demanda-t-elle. Je ne peux pas porter cette veste en permanence et te regarder grelotter. Je ne veux pas être Rose qui regarde Jack mourir.

Il fronça les sourcils, perplexe.

— Rose ? Jack ?

Elle le dévisagea, l'air horrifié.

— Mais enfin ? *Titanic*, ça te dit quelque chose ? Leonardo DiCaprio et Kate Winslet ?

La bouche de Colby s'incurva en un sourire railleur et il cligna de l'œil.

Elle lui donna un coup de coude dans les côtes.

— Tu m'as fait peur pendant une seconde. Je ne crois pas que je pourrais continuer à crapahuter dans ces bois avec un homme qui n'aurait jamais vu ce film.

— Tu es plutôt *Star Wars* ou *Star Trek* ?

Elle leva les yeux au ciel.

— À question stupide, réponse stupide.

— J'en étais sûr, dit-il avec un large sourire avant de l'embrasser, puis de repousser ses cheveux en arrière. Quasiment parfaite, tu es, Yoda, tu sais.

Elle fit la moue.

— Tu ne gagneras rien à me traiter de gnome vert et poilu.

Il rit et l'aida à se relever, puis attrapa la veste.

— Attends, dit-elle, élevant les deux mains devant elle. Je parlais sérieusement, à propos de la veste. On va la porter chacun à notre tour.

Il secoua la tête tout en lui tendant son soutien-gorge.

— Hors de question. Je ne te laisserai pas déambuler dans ces montagnes avec pour tout vêtement un soutien-gorge.

— OK. Très bien. Quand tu porteras la parka, tu me prêteras ta chemise.

Il fronça les sourcils, voyant bien qu'il n'aurait pas gain de cause cette fois, et elle en profita pour enfoncer le clou :

— Et chaque fois qu'on troquera la veste contre la chemise, on se réchauffera en s'embrassant… s'il faut en passer par là pour t'arracher un « oui ».

Elle cligna de l'œil, ce qui le fit rire, mais elle dut le rappeler à l'ordre l'instant suivant comme il tentait malgré tout de lui couvrir les épaules de la veste :

— Écoute, Colby. Voyons les choses comme ça : si tu meurs, tu me laisses seule au milieu de ces bois. Et quelles que soient tes connaissances en matière de survie en forêt, crois-moi, elles valent mieux que les miennes. Gérer un ranch, ça, ça me connaît. Mais lâche-moi en pleine nature et je ne suis plus bonne à rien. Donc, si tu meurs, je meurs. C'est ce que tu veux ? Qui plus est, à deux, on peut se réchauffer, ce que nous ne pourrons faire ni l'un ni l'autre si l'un de nous se retrouve seul.

Elle vit qu'il lui en coûtait terriblement d'accepter de la priver de la veste mais il ne trouva aucun argument pour contrer son imparable logique. Soit ils s'en sortaient tous les deux, soit aucun d'eux ne survivrait. Ils devaient faire équipe pour se tirer de ce pétrin.

Une vingtaine de minutes plus tard, elle tremblait tant dans la chemise en flanelle qu'elle se demanda quelle mouche l'avait piquée d'insister à ce point pour la porter. Colby n'eut pas besoin de se montrer très persuasif pour procéder au premier échange. Ils se remirent à marcher, mais elle le surveilla étroitement, cette fois, et essaya de compter mentalement les minutes afin d'assurer une répartition équitable du temps de port de parka.

La pente était moins raide, s'avisa-t-elle soudain. Il lui fallut quelques minutes pour comprendre ce que cette information impliquait. Elle attrapa le bras de Colby.

— Tu as remarqué que le terrain s'aplanissait ? Peut-être qu'on va sortir des montagnes et enfin trouver une route ?

Il imprima une pression à sa main mais ne parut pas aussi enthousiaste qu'elle.

— C'est moins pentu, c'est vrai, mais ça ne signifie pas que nous soyons sur le point de quitter la montagne. On est peut-être sur un plateau.

Il tourna sur lui-même, scrutant les arbres. Puis il indiqua un point, au loin, de l'autre côté d'une petite clairière :

— Regarde. Tu vois cette butte où les arbres semblent se raréfier et où le sous-bois disparaît ? Allons-y. On aura sûrement une vue plus dégagée de là-bas. Avec un peu de chance, on pourra peut-être repérer des habitations sur d'autres flancs de montagne et essayer d'appeler à l'aide.

Il lâcha sa main et s'avança résolument à travers la clairière en direction de la brèche dans les arbres.

La pensée qu'ils allaient peut-être enfin voir des maisons et être vus donna des ailes à Piper. Joignant brièvement les mains, elle récita une courte prière et lui emboîta le pas.

Dix mètres devant elle, Colby s'arrêta au sommet du promontoire, au milieu de la trouée dans les arbres. Il se raidit.

— Piper ? Combien de temps disais-tu que nous avions roulé dans ce camion ?

Elle écarta une branche de son chemin et enjamba avec précaution une souche d'arbre.

— Au total, peut-être trois heures ? Et voilà deux ou trois heures que nous sommes dans ces bois. Il doit être environ 3 heures de l'après-midi. Pourquoi ?

Il la regarda approcher, la mine grave, ce qui inquiéta Piper. Lorsqu'elle l'eut rejoint, il tendit le bras vers la gauche.

Devant eux, dans un spectaculaire dégradé de rouge, d'or et d'orangé, l'énorme disque du soleil couchant s'apprêtait à disparaître derrière l'horizon. Le *coucher de soleil* ! La nuit n'allait pas tarder à tomber. La pénombre qu'elle avait attribuée à la densité de la forêt était en réalité due au déclin de la lumière naturelle. Ce qui signifiait qu'ils n'avaient pas passé seulement deux ou trois heures dans le camion, mais qu'ils avaient roulé presque toute la journée.

Elle avait dû s'assoupir sans s'en rendre compte.

Et le plus ennuyeux n'était pas tant l'heure que les collines moutonnantes qui s'étendaient devant eux. Sans la moindre trace de vie alentour. Pas une maison, pas une cabane ni même un simple abri forestier en vue. Puis elle s'avisa que le paysage alentour n'était pas familier. Palmer n'avait pas dû les lâcher quelque part dans les Smoky Mountains mais au fin fond des Appalaches. À des lieues de la civilisation. Ils pouvaient être n'importe où — au Tennessee, en Caroline du Nord, en Caroline du Sud, voire en Virginie. Ils n'avaient aucun moyen de le savoir.

Et la seule arme dont ils disposaient était un couteau. Ils n'avaient pas de chaussures. Colby était blessé à la tête. La température baissait et ils avaient, à eux deux, une chemise et une parka.

— OK, marmonna-t-elle. Voyons le bon côté des choses.

Il coula un regard mi-intrigué mi-désabusé dans sa direction.

— Et quel est-il, si ce n'est pas trop te demander ?

— Les choses ne peuvent pas être pires.

Au même moment, un grondement résonna au-dessus de leurs têtes.

Ils levèrent les yeux vers le ciel et les premières gouttes de pluie glacée vinrent s'écraser sur leurs visages.

8

— Je me demande si tu n'aurais pas mieux fait de te taire, proféra Colby en reculant contre le pin voisin de celui auquel était adossée Piper.

La canopée les protégeait du plus gros de la pluie. Mais ils étaient déjà mouillés, sans aucun espoir de pouvoir se mettre au sec où que ce soit.

— Quoi ? Tu ne peux tout de même pas me rendre responsable de l'orage ! s'exclama-t-elle d'un ton tellement outragé qu'il dut se retenir de rire.

Elle le dévisagea, les yeux plissés.

Il secoua la tête.

— Je te taquine.

Elle poussa un profond soupir.

— Jamais on ne sortira d'ici. Je propose qu'on suive mon plan initial. Faire l'amour. Mourir heureux. Qu'en dis-tu ? Partant pour imiter la gent lapine ?

Cette fois, il éclata de rire.

— Mais où étais-tu pendant toutes ces années ?

— Je t'attendais, pardi.

Ils sourirent tous les deux.

— OK, convint-il. Si jamais nous en sommes réduits à cette extrémité, nous appliquerons ton plan. Nous ferons l'amour et mourrons heureux. Très, très heureux.

Il ponctua sa déclaration d'une mimique libidineuse.

Elle éclata de rire.

— Il n’y a que vous, détective Vale, pour parvenir à faire rire une femme qui meurt de soif, de faim, qui est frigorifiée et perdue dans la forêt sans espoir d’être secourue.

— En général, je fais rire les femmes *sans* ces paramètres mais, étant donné que tu n’as pas eu la chance de voir le Colby d’avant l’épisode « perdu dans la forêt », je prends ça pour un compliment.

— Mais je t’en prie. C’en était un.

Un sifflement caractéristique se fit entendre dans les frondaisons, au-dessus de leurs têtes. Colby regarda en l’air, plissant les yeux contre la pluie.

— Si j’avais mon pistolet, je tirerais bien cet écureuil. Au moins nous aurions quelque chose à manger.

Elle grimaça de dégoût.

— Manger cru une espèce de rat avec une queue touffue n’est pas exactement l’idée que je me fais d’un repas. Mais ne perds pas ton couteau. Il nous a sauvé la vie dans cette clairière. Au fait, qui t’a appris à lancer le couteau comme ça ? s’enquit-elle, toujours calée contre l’arbre, frictionnant les manches de la veste pour lutter contre le froid.

Pour essayer de lui changer les idées, il répondit :

— Difficile à dire. Mon père nous a enseigné — à mon frère, ma sœur et moi — le maniement des armes à feu. Pour les couteaux, c’est peut-être lui aussi. Mais ce pourrait tout aussi bien avoir été mon grand-père — ou ma mère. J’ai grandi avec un couteau dans la poche. Je ne me rappelle même pas la première fois que j’en ai lancé un.

— Moi, je me souviens de la mienne, dit-elle. J’avais dix ans. Ma mère avait enfin renoncé à essayer de me faire pratiquer les activités extrascolaires classiquement proposées aux filles, comme petit rat en tutu ou pom-pom girl. Mon père m’a emmenée dans un champ avec quelques couteaux. Il avait fixé des cibles sur des bottes de foin. J’ai touché le cœur de la cible dès le premier lancer. Il a dit que j’avais ça dans le sang.

— C’est vrai ?

— Oui.

— Waouh, dit-il en se frottant le menton. Peut-être que je te laisserai lancer le couteau la prochaine fois que l'occasion se présentera.

— Non, merci. Je ne crois pas que j'arriverais à le lancer contre un humain.

— Mais si c'était la seule façon de sauver la vie de quelqu'un ?

— Je ne sais pas, répondit-elle, hésitante. Espérons que le cas ne se présentera pas.

Elle regarda les pieds de Colby.

— Tu as dit que tu avais toujours eu un couteau sur toi. C'est pour ça que tu en avais un dans ta botte ? Par habitude ? Ou est-ce l'équipement standard de toute personne se rendant à une foire dans le Tennessee ?

— J'espère bien que non, vu les quantités de bières qui sont ingurgitées dans ce genre de manifestation ! En ce qui me concerne, franchement, c'était par inadvertance. Quand mes amis sont venus me chercher pour aller à la foire, j'ai chaussé mes rangers de travail parce qu'ils étaient près de la porte et je me suis en route. Avoir un couteau sur soi est souvent utile dans mon travail, donc il est toujours rangé dans la doublure.

— Utile à quoi ? Tu t'en sers à la place d'une matraque pour régler les rixes de bar ?

— Ça pourrait être amusant. Il faudra que j'essaie.

La pluie avait presque cessé maintenant. Il vit qu'elle frissonnait. Il avait froid, lui aussi. D'un signe de tête, il l'invita à se remettre en marche.

— Tu as dit que tu avais une sœur et un frère ? reprit-elle en commençant à claquer des dents.

Il l'étudia avec inquiétude, puis prit sa main dans la sienne, l'obligeant à accélérer l'allure pour qu'ils puissent se réchauffer.

— J'ai une sœur aînée et un frère cadet. Et tant de cousins que j'en ai perdu le compte. Mon frère Scott a une ferme non loin de mon terrain, juste à côté de chez mes parents. Quant à Lisa, elle était à la tête d'une société de vente aux enchères florissante qu'elle avait créée juste après avoir terminé le lycée, aussi incroyable que cela puisse paraître. Elle avait vraiment l'esprit entrepreneurial.

— Avait ?

— Oh ! non, non ! Elle est bien en vie. Mais quand elle a rencontré Joey, tout a changé. Elle a vendu son entreprise, sa maison, la plupart de ses biens et a déménagé à Nashville voilà quelques mois, pour soutenir son mari dont le rêve est de faire carrière dans la chanson. Maintenant, elle passe ses journées à demander : « Et avec ça ? Vous prendrez des frites ? » Et ses soirées à répéter : « Bienvenue à Walmart ».

— Quelle épouse merveilleusement dévouée.

— Ça, pour être dévouée, elle l'est.

— Tu n'as pas l'air d'approuver.

— Eh bien, étonnamment, je ne désapprouve pas. Ils sont heureux, c'est ce qui compte. J'aimerais juste qu'elle vive moins loin et n'ait pas eu à renoncer à son rêve pour permettre à son mari de vivre le sien. Mais je respecte son choix. Et, comme je l'ai dit, elle est heureuse, alors…

— Qui sait, il va peut-être rencontrer le succès et faire un tube qui leur permettra d'avoir une maison ici et une autre à Nashville ?

Il lui jeta un regard en biais, lourd de signification.

— À moins de viser un public de sourds, je ne vois pas comment Joey pourrait décrocher un contrat avec une maison de disques.

— Aïe. C'est si mauvais que ça ?

— Crois-moi sur parole. Dans le cas de ma sœur, l'amour est aveugle *et* dur d'oreille.

Elle secoua la tête en souriant.

— En tout cas, ça m'a l'air d'être quelqu'un que j'aurais plaisir à rencontrer. J'ai toujours rêvé d'avoir une sœur. Un frère me tentait moins. Mais je n'ai eu ni l'un ni l'autre. Non que j'aie quelque raison de me plaindre… J'avais des parents merveilleux.

Et, à leur mort, tante Helen a été comme une deuxième mère pour moi. Donc, j'ai été doublement gâtée dans un sens.

Il serra sa main.

— On dirait que nous avons eu de la chance tous les deux.

Le bonheur qui faisait briller les yeux verts se dissipa, supplanté par cette expression vide qu'il lui avait vue trop souvent aujourd'hui. Il s'arrêta et se planta en face d'elle. Elle leva des yeux interrogateurs et il ne résista pas à l'envie de repousser doucement de son visage ses cheveux affreusement emmêlés. Un frisson la parcourut, qui aurait pu être dû au froid, mais il ne put s'empêcher d'espérer que c'était le contact de sa main qui l'avait provoqué.

— Je sais que la situation n'est pas très brillante pour nous en ce moment, déclara-t-il. Et que tu te dis que toutes ces bonnes choses sont derrière nous. Mais, quoi qu'il arrive, je veux que tu saches que je m'estime vraiment très chanceux aujourd'hui.

Elle écarquilla les yeux.

— Ce doit être un accès de fièvre, rétorqua-t-elle. Tu délires.

— Non, je suis sérieux, assura-t-il. C'est le pire jour qu'il m'ait été donné de passer de ma vie et pourtant, tu as réussi à me faire sourire — et même rire. Je ne vois pas qui d'autre aurait réussi ce prodige.

Il prit son visage entre ses mains.

— Merci, Piper Caraway. Te rencontrer a été un vrai cadeau du ciel.

Et il déposa un doux baiser sur ses lèvres.

Une larme solitaire scintilla sous le clair de lune et roula le long de la joue de Piper tandis qu'elle le contemplait.

Il la chassa du pouce.

— Allez, il faut qu'on continue à avancer.

D'un pas lourd, ils poursuivirent leur progression sur le sol boueux, le bras de Colby passé autour des épaules de Piper, le sien enroulé autour de sa taille, tous deux s'aidant de l'autre pour avancer.

Il ne pleuvait plus mais le mal était fait. Tous deux étaient trempés et gelés jusqu'aux os.

Combien d'heures restait-il avant que l'aube ne se lève ? Que la menace constante de mourir de froid s'éloigne un tant soit peu ? Combien d'heures avant qu'ils puissent se réchauffer un peu aux rayons du soleil ? Il avait perdu toute notion du temps. Il lui semblait qu'il s'était écoulé une éternité depuis qu'ils avaient commencé à descendre le long de ce versant de montagne.

Entendant Piper claquer des dents, il regarda, frustré, autour de lui.

— Il doit bien y avoir une grotte quelque part. Les Smoky Moutains en sont truffées du côté de Gatlinburg. Ce doit être pareil dans cette partie des Appalaches. C'est notre priorité maintenant. Trouver une grotte.

— Il y a des ours dans les grottes, non ?

— L'hiver, les ours hibernent, je te signale.

Les joues de Piper, déjà rougies par le froid, se colorèrent un peu plus.

— Oui, bon... Tu m'excuseras, mais mon cerveau ne tourne pas exactement sur tous ses pistons.

Il maudit une fois de plus Palmer et ses complices.

— Changement de tactique. Au lieu de scruter les rochers pour y déceler une ouverture, on va tendre l'oreille et chercher une cascade.

Elle fronça les sourcils.

— Une cascade ? Pourquoi ? Pour nous rafraîchir un peu ?

— Parce que l'eau creuse la roche et que, là où il y a des cascades, il y a en général des grottes.

9

La stratégie de Colby pour maintenir le moral de Piper commençait à s'essouffler. Il lui avait parlé de son travail en tant que membre du groupe d'intervention, lui avait relaté toutes les anecdotes amusantes de son enfance qui lui venaient à l'esprit. Il commençait à manquer de matériau et elle, de son côté, posait de moins en moins de questions. Il était temps de renverser la situation, de l'amener, elle, à parler.

— Bizarre, tout de même, qu'il t'ait traitée de petite fille riche et gâtée, observa-t-il tout en grimpant sur un rocher pour aller voir si l'anfractuosité qu'il avait aperçue était assez profonde pour leur servir d'abri.

Piper le suivit des yeux tandis qu'il redescendait, une infime lueur de curiosité brillant au fond de son regard vert. Juste assez pour l'empêcher de retomber dans cette espèce de dangereuse léthargie où elle s'était retranchée au fur et à mesure qu'ils poursuivaient leur quête éperdue de grottes et de cascades, tels des illuminés courant après des licornes et de la poussière d'étoile.

Il empoigna résolument sa main et se remit à marcher.

— C'est bien ce que t'a dit Palmer, n'est-ce pas ? Qu'est-ce qui a bien pu lui mettre cette idée en tête ? Tu es sûre que tu n'as pas une grosse somme d'argent qui sommeille sur un compte, quelque part ?

Pour toute réponse, elle fit entendre un ricanement sarcastique rien moins que féminin.

Jamais son n'avait paru plus merveilleux aux oreilles de Colby. C'était le signe que la femme de caractère qu'il avait rencontrée voilà... Combien ? Quinze, peut-être vingt heures ? — était toujours bien là, tapie sous la surface.

— Peux-tu préciser ta pensée ? Est-ce que ça veut dire « Oui, je suis riche comme Crésus » ou « Non, je suis pauvre comme Job » ?

Elle lui jeta un regard irrité, ses dents s'entrechoquant toujours.

— T... Tu es s... sourd ? J... je t'ai d... déjà répondu. Gâtée, p... peut-être un peu, quand mes parents étaient en vie. Mais riche ? Jamais. P... papa investissait tout dans le ranch. Il disait qu'il devait bien ça à ses employés.

— C'était un homme bien, apparemment.

— Oh oui. Très. Ils l'étaient tous les deux.

— Quoi ? Ta mère aussi était un homme bien ? souligna-t-il, l'air faussement scandalisé.

Il éleva aussitôt après les mains devant lui.

— C'était juste une question... Je ne juge pas !

Elle leva les yeux au ciel.

— Si tu veux jouer les humoristes, il y a encore du travail.

Il baissa la tête, l'air offensé, une main sur le cœur.

— Ce que tu dis là me blesse profondément.

Elle se mit à rire, d'un vrai rire cette fois. Et ses dents claquaient un peu moins qu'auparavant. Il souleva une branche pour lui permettre de passer.

— Quel âge avais-tu quand tes parents sont morts et que tu es allée vivre chez ta tante Helen ?

Son regard se perdit dans le lointain.

— Quatorze ans. Ils ont péri dans un accident de voiture. En même temps que je les perdais, eux, j'ai perdu mon cadre de vie. Tante Helen ne vivait pas à Lexington et ne voulait pas venir habiter au ranch. Elle a donc engagé un jeune homme tout juste sorti du lycée, Billy Abbott, pour s'occuper du ranch. Dieu merci, il a fait du bon travail et ne m'en a pas voulu quand j'ai repris les rênes de l'exploitation, une fois adulte. Je l'ai réengagé plus tard quand je me suis aperçue que j'avais besoin d'aide pour toute la partie gestion.

Elle agita la main comme pour chasser de vieux souvenirs.

— Bref, j'ai dû partir vivre à Paducah avec ma tante, à plusieurs heures du seul endroit que je connaissais. Je lui en ai voulu, au début, bien sûr, et je le lui ai fait chèrement payer... Pauvre tante Helen ! J'étais odieuse, en pleine rébellion. Je lui en ai fait voir de toutes les couleurs !

Un sourire incurva ses lèvres.

— Mais elle m'a choyée comme si j'étais sa propre fille. Quoi que je fasse, elle a toujours été là pour moi. Avec le recul, je me dis que j'ai effectivement été gâtée.

Sa bouche se pinça en une ligne dure.

— Sur ce point, Palmer n'a pas entièrement tort.

Colby enjamba un rocher qui leur barrait la route et l'aida à le franchir. Elle le remercia d'un sourire tandis qu'ils reprenaient leur progression sur le tapis de feuilles et d'aiguilles de pin détrempées.

— Piper... Que t'a dit *exactement* Palmer ? Je me souviens qu'il a parlé de ta mère, qu'il a dit qu'elle était gentille...

— Qu'elle lui avait même fait des biscuits au chocolat.

— Mais, toi, tu n'as aucun souvenir de lui ?

— Non.

— À quand remonte la mort de tes parents ?

— Un peu plus de dix ans. Pourquoi ? répondit-elle en accélérant le pas.

— OK, ce qui veut dire que j'avais environ seize ans, calcula-t-il. Palmer doit avoir quatre à cinq ans de plus que moi. Donc, il devait avoir une vingtaine d'années à l'époque. Est-ce qu'il a dit qu'il te connaissait ? Que vous vous étiez parlé ?

Elle secoua la tête, les sourcils froncés.

— Il a seulement évoqué ma mère. Les seuls endroits où j'aurais pu le croiser, c'était à l'école ou s'il travaillait au ranch. Comme il est plus âgé que moi, ça ne peut pas être à l'école. Mais il n'y avait aucun Todd Palmer au ranch.

— Ce n'est peut-être pas son vrai nom. Ta mère travaillait-elle ? Je veux dire, à l'extérieur du ranch ?

— Non. Elle sortait rarement. Papa se rendait en ville régulièrement pour acheter du matériel. Quant à ma mère, elle était bien occupée, entre les repas, l'entretien de la maison et moi qui faisais bêtise sur bêtise...

— Donc, c'est chez vous qu'elle a dû le connaître. Réfléchis bien. Un grand type avec des cheveux foncés. Peut-être qu'il était maigre à l'époque ? Qu'il avait les cheveux longs ? Ça ne t'évoque rien ?

— Non, vraiment pas.

Marchant toujours d'un bon pas, elle plissa le front tout à coup et attrapa sa main.

— Attends. Il a dit que toute cette histoire n'avait aucun rapport avec le cheval. Mais s'il ne s'agit pas de Gladiator, de quoi s'agit-il, alors ? Et puis il y a cette histoire de surnom qui m'intrigue vraiment. Comment a-t-il pu savoir, pour Piper Ann ? Mon deuxième prénom n'est pas Ann, mais Leigh. La seule personne à m'avoir jamais appelée ainsi, c'est mon père. C'était une plaisanterie entre lui et ma mère parce qu'ils s'étaient disputés, à la maternité, à propos de mon deuxième prénom. Elle trouvait Ann trop commun et avait choisi Leigh, orthographié L-e-i-g-h et non L-e-e pour rendre ce prénom unique. Bref, l'important, c'est que personne d'autre que mon père ne m'a jamais appelée Piper Ann.

— Donc, il l'a entendu de la bouche de ton père.

— Exactement. Il a dû les rencontrer tous les deux. Peut-être qu'il m'a vue de loin et que mon père a parlé de moi en m'appelant Piper Ann ? Je ne vois pas d'autre explication.

— Tu connaissais tous les employés du ranch ?

— Absolument. Maman faisait des gâteaux pour tous les gens qui travaillaient pour nous et c'était moi qui les leur apportais dans les dépendances ou les écuries.

— OK. Par conséquent, si Palmer y avait travaillé, tu l'aurais su. Il connaissait donc le ranch et tes parents suffisamment bien pour y être allé probablement plus d'une fois mais sans y avoir travaillé, résuma Colby. Merci, Piper. Ces informations nous aideront.

— Je ne vois pas en quoi.

— Elles serviront de base à notre enquête. Elles indiquent qu'il faudra nous concentrer sur ta mère, nous donnent une idée de l'époque à laquelle Palmer a dû fréquenter le ranch… Il faudra que tu essaies de te rappeler les habitudes de tes parents, les circonstances dans lesquelles ils ont pu faire sa connaissance, ce qui nous aidera à déterminer les motivations de Palmer, à comprendre pourquoi cela n'a rien à voir avec Gladiator.

Elle secoua la tête.

— Le pauvre… C'est à peine si j'ai pensé à lui ces dernières heures, nota-t-elle tristement en secouant la tête.

— C'est normal. Tu as eu d'autres chats à fouetter. Je ne pense pas que Gladiator t'en voudrait.

Elle laissa échapper un petit rire amer.

— C'est vrai. On a eu autre chose à faire, tous les deux. Mais j'espère que lui et ce cheval que tu as pris vont bien.

Colby fronça les sourcils.

— Tout de même, cela pose question. Si le cheval n'a rien à voir avec ça, je me demande bien pourquoi il a pris la peine de voler ce frison.

Elle haussa les épaules.

— Pour que je le suive ? Il n'a pris aucune précaution pour dissimuler le fait qu'il faisait la tournée des foires, a enregistré mon cheval sous son vrai nom… Il se doutait bien que je finirais par le retrouver. Peut-être que son intention était de m'éloigner du ranch afin de pouvoir m'enlever ?

Colby secoua la tête, l'air dubitatif.

— Un moyen détourné pour que tu te retrouves seule ? Pourquoi se compliquer autant la vie ? Est-ce que tu as un système de sécurité tel, au ranch, qu'il soit impossible de t'approcher et de te kidnapper chez toi ?

— Pas vraiment, non. Il y a une clôture, mais elle sert plus à empêcher les chevaux de s'échapper qu'à interdire l'accès du ranch. La maison est fermée à clé, bien sûr, mais il n'y a pas d'alarme. Il y a juste un de mes employés, Ken Taylor, qui s'occupe plus particulièrement de la surveillance des écuries. Je l'ai engagé il y a quelques mois, quand des incidents sont survenus.

Le fait qu'elle se soit souciée des chevaux avant de songer à sa propre sécurité en disait long. Il respectait l'amour qu'elle portait aux animaux. Mais elle aurait dû commencer par assurer sa sécurité personnelle. Cependant, se retenant de lui faire la leçon, ce qui n'aurait en rien amélioré leur situation présente, il demanda :

— Des incidents ? Quel genre d'incidents ?

— Oh ! du matériel abîmé, cassé plus souvent qu'à l'accoutumée. Ce n'est peut-être qu'une affaire de coïncidences... C'est ce que pense le shérif O'Leary. Il est venu une demi-douzaine de fois en réponse à mes appels et c'est lui qui m'a conseillé d'engager Ken Taylor pour me tranquilliser. Mais il n'a trouvé aucune trace probante d'acte de malveillance, acheva-t-elle en haussant les épaules. Jusqu'à cette histoire, avec Gladiator, je me disais que nous traversions peut-être une période de malchance, qui pesait lourdement sur nos activités et sur nos finances. Ce qui est fou, c'est que c'est survenu juste au moment où je prévoyais d'entreprendre d'importants travaux. J'envisageais l'ajout d'une aile aux écuries. Les plans étaient prêts, le projet de construction, achevé. Maintenant, je peux en faire mon deuil... À moins que je réussisse à renverser la vapeur.

— Dis-moi, tous ces ennuis, au ranch, ont commencé voilà quelques mois ? Avant cela, pas de problème particulier ?

Elle le contempla avec de grands yeux.

— Je n'y avais pas prêté attention, mais... Oui, effectivement. Maintenant que tu le dis... Ça a commencé il y a environ deux mois.

— As-tu embauché un nouvel employé à ce moment-là ? Quelqu'un qui, peut-être, pourrait avoir une dent contre toi ?

Elle haussa les épaules.

— Je ne vois pas qui pourrait m'en vouloir ni pourquoi. Quant aux nouveaux employés, il y en a toujours : environ la moitié de la main d'œuvre est fluctuante, saisonnière. L'autre moitié est embauchée à plein temps.

— Combien de personnes travaillent au ranch ?

— Une vingtaine.

Il siffla entre ses dents.

— C'est beaucoup. Tu dois avoir un très grand ranch.

— Assez, oui. Mais la marge bénéficiaire est assez réduite, donc l'exploitation n'est pas très rentable. Honnêtement, je vendrais volontiers une partie des terres pour diminuer la taille de l'entreprise s'il n'y avait les employés. Ils ont besoin de ce travail. Ils ont des familles à nourrir. Même ceux qui travaillent à temps partiel car cet emploi saisonnier leur permet de joindre les deux bouts. Ce sont d'ailleurs souvent les mêmes qui reviennent d'une année sur l'autre, aux mêmes périodes.

Il sourit, songeant à la leçon qu'aurait value à Piper un tel discours si son père l'avait entendu. « Les affaires, ce sont les affaires », l'aurait-il sermonnée. « Il faut parfois savoir prendre des décisions difficiles lorsqu'il y va du bien de l'entreprise. » Il aurait sans hésiter réduit la voilure et licencié s'il fallait en passer par là pour assainir les finances de l'exploitation. Oh ! ce n'était pas que son père soit insensible ou ingrat… Il aurait versé à chaque malheureux employé remercié une généreuse indemnité le mettant à l'abri des ennuis pécuniaires le temps qu'il retrouve un emploi. Mais son raisonnement de base, c'était qu'en préservant la rentabilité de l'entreprise il sauvait des emplois. Piper, elle, préférait éviter d'en arriver à cette solution drastique, ce qui n'était pas une mauvaise chose, de l'avis de Colby. C'était révélateur de l'humanité qui était la sienne, d'un esprit avant tout bienveillant, altruiste, qualités qui semblaient faire cruellement défaut aujourd'hui.

— Pourquoi souris-tu ? questionna-t-elle, de nouveau secouée par un frisson de froid.

— Sans raison particulière, répondit-il, pressé de reprendre le fil de la conversation de peur qu'elle ne retombe dans l'état pré-hypothermique qui avait été le sien un moment plus tôt.

L'échange régulier de la veste contre la chemise de flanelle et leur marche rapide à travers bois l'avaient aidé à lutter contre le froid. Mais Piper était beaucoup plus menue que lui et elle commençait à s'affaiblir.

— Revenons à Palmer, enchaîna-t-il avec détermination, la main posée sur le creux de ses reins tandis qu'ils contournaient un bosquet de pins.

— Si son objectif premier avait été de te kidnapper, il aurait pu le faire n'importe quand, quand tu étais dans les champs ou même lors d'un déplacement en ville, à Lexington. Mais peut-être que cela aurait trop attiré l'attention. Tandis qu'en t'incitant à le pourchasser de ton propre chef pour récupérer Gladiator, il pouvait parvenir à ses fins beaucoup plus discrètement.

Elle hocha lentement la tête, songeuse.

— Peut-être. Si j'avais simplement disparu, Billy aurait appelé la police. Alors qu'il me croit toujours en train de m'efforcer de récupérer mon cheval.

— Qu'arriverait-il si tu perdais ton étalon ?

Elle poussa un long soupir.

— C'est simple, je pourrais tout perdre. Il assure une grande partie de mes revenus réguliers. D'autant que j'ai des échéances en retard à la banque.

— Alors, il cherche peut-être à faire couler ton exploitation ? Mais si tu ne le connais pas, il doit y avoir une autre personne qui tire les ficelles. Ce Wilkerson, peut-être ? Qui aurait à y gagner si tu perdais ton ranch ?

— Personne. Quant à Wilkerson, même si nous ne sommes pas proches, je ne l'imagine pas derrière cette histoire. J'élève des chevaux, des chevaux qui ont fait gagner beaucoup d'argent à leurs propriétaires dans des concours ou des courses. Pourquoi quelqu'un m'en voudrait-il ? Ça n'a pas de sens.

— Il ne t'est jamais arrivé d'élever des chevaux qui ne se soient pas révélés à la hauteur des résultats escomptés ?

— Bien sûr que si. L'élevage des chevaux est à la fois un art et une science mais il y a toujours une part d'impondérable. On ne peut jamais tabler sur le fait qu'un étalon deviendra un grand champion, on ne peut que l'espérer et travailler en ce sens. Mais, comme je te l'ai dit, dans le milieu du cheval, tout le monde sait cela.

— Et si Palmer n'appartenait pas au monde du cheval ? Si lui, ou celui qui se cache derrière lui, avait acheté un de tes chevaux en espérant résoudre des ennuis financiers mais que l'animal sur lequel il avait tout misé s'était avéré n'être qu'un piètre canasson ?

Elle se raidit.

— Mes chevaux ne sont pas tous des champions, mais aucun d'eux n'est un piètre canasson, riposta-t-elle sèchement.

— Toutes mes excuses, déclara-t-il en réprimant l'envie de rire tant son expression offusquée était comique.

Elle n'aurait pas été plus indignée si l'on avait insulté son premier enfant.

— Ce que je voulais dire, c'est qu'une personne moins au fait que toi des aspects aléatoires de l'élevage équin et des résultats potentiels à en attendre pourrait avoir perdu beaucoup d'argent en investissant de façon inconsidérée sur un cheval qui n'a jamais rien gagné ? Et donc en concevoir un sérieux grief ? Ça pourrait expliquer que Palmer ait dit que ça n'avait rien à voir avec le cheval. Il s'agit peut-être de quelque chose de plus gros, d'une vengeance de la part de quelqu'un qui aurait, par exemple, perdu son ranch ?

— Si tel est le cas, faire payer à d'autres les conséquences d'un mauvais investissement est complètement idiot.

Il la pressa contre lui.

— C'est parce que tu n'es pas comme Palmer. Tu ne blâmerais jamais quelqu'un pour une chose dont il n'est pas responsable.

Piper s'arrêta net et, la main levée, lui intima le silence.

— Tu entends ?

Il pencha la tête sur le côté, tendant l'oreille. Puis il le perçut. Un bruit d'eau qui cascadait.

— Une chute d'eau !

Il l'attrapa par la main.

— Mademoiselle Caraway, vous venez peut-être de nous sauver la vie.

Elle sourit largement.

— Et vous m'êtes donc redevable, détective Vale. Je suis impatiente de trouver le moyen de vous faire vous acquitter de votre dette.

— Je ne crois pas que le *détective* aura cette chance, tonna une voix menaçante.

Colby poussa Piper derrière lui et sortit son couteau.

Une demi-douzaine de lampes de poche s'allumèrent en demi-cercle autour d'eux. Colby plissa les paupières, portant une main en visière au-dessus de ses yeux. Comme s'ils avaient répondu à un signal, les rayons lumineux s'abaissèrent vers le sol.

Comparés aux expressions hostiles des quatre hommes et des deux femmes qui les contemplaient, les faciès rébarbatifs de Palmer et ses hommes auraient presque paru amicaux.

Ils étaient tous vêtus d'un assortiment disparate de chapeaux, pantalons et vestes de camouflage, comme ceux des surplus de l'armée et avaient tous aux pieds de gros rangers à semelles de caoutchouc les isolant du froid et de le l'humidité. Mais ce n'était pas un groupe de sauveteurs à la recherche de randonneurs égarés. Tous étaient armés de carabines et chacune d'entre elles était pointée sur Colby.

— Lâchez ce couteau, *poulet*.

C'était la même voix qui s'était adressée à eux un instant plus tôt et elle avait littéralement craché le mot *poulet* comme s'il s'agissait d'une obscénité. Le propriétaire de la voix masculine se détacha du groupe, sortant des buissons.

Un peu plus d'un mètre quatre-vingts, approximativement de la même taille que Colby.

— Je suis le détective Vale de la police de Destiny, annonça-t-il de son intonation la plus autoritaire.

L'homme qui avait parlé, probablement le chef de la bande, avança de quelques pas.

— Destiny ? On dirait le nom d'un de ces stupides parcs à thème avec une mascotte souris.

Une salve de ricanements appuyés retentit derrière lui. Les mains de Piper agrippèrent l'étoffe de la chemise de Colby.

— Destiny est une petite ville de Blount County, à mi-chemin entre Knoxville et Maryville. Quelle est la ville la plus proche d'ici ?

L'homme fronça les sourcils.

— Vous ne savez pas où vous êtes ?

Colby secoua la tête.

— Non. On a été enlevés et abandonnés ici. Ce serait aimable à vous de nous aider à retrouver notre chemin et à quitter ces montagnes. Ou de nous prêter un téléphone pour que je puisse appeler mes hommes et qu'on vienne nous chercher.

Un concert de grognements s'éleva derrière le chef.

— On ne veut pas de flics par ici, résuma celui-ci. Dites à votre partenaire de cesser de se cacher, sinon on fait d'une pierre deux coups et on vous abat tous les deux.

Piper se déporta sur le côté et avança, la main tendue.

L'homme l'ignora.

— Je suis Piper Caraway.

— Vous m'avez l'air bien petite pour une flic.

— Ma taille ne m'a jamais empêchée de faire ce que j'avais à faire, répliqua-t-elle en laissant retomber sa main. Et je ne suis *pas* flic. Je suis éleveuse de chevaux. Je possède un ranch à côté de Lexington. On m'a volé un étalon frison et le détective Vale m'aidait à le retrouver. C'est quelqu'un de bien. Il ne mérite certainement pas de se faire braquer à la carabine par une bande de cul-terreux.

Colby grinça des dents intérieurement. Croyant sa dernière heure arriver, il s'apprêtait à repousser Piper derrière lui dans l'espoir que son corps lui offrirait une certaine protection lorsqu'une chose inattendue se produisit. Le chef se mit à rire.

Oh ! certes, ce n'était pas un rire très communicatif mais au moins personne ne tira.

Il frotta son menton mal rasé et secoua la tête.

— Vous avez du cran, Piper, et de l'esprit, je dois vous reconnaître ça. Appelez-moi Jedidiah. Et ces *culs-terreux*, derrière moi, figurez-vous que c'est ma famille. On n'aime pas beaucoup voir des intrus par ici. Et on n'aime pas non plus les flics et ceux qui s'acoquinent avec. Ça donne une mauvaise image.

Il sourit, puis leva une main en l'air et tourna sur lui-même.

Dans un bruissement de feuilles, une demi-douzaine d'autres hommes et femmes en tenue de camouflage sortirent du couvert des arbres de part et d'autre de Colby et Piper, pointant différents types d'armes à feu sur eux.

L'amusement du chef avait été de courte durée. Son expression, désormais, était menaçante. Il tira un pistolet de sa poche et le pointa droit sur la tête de Piper tout en continuant à dévisager Colby, les yeux plissés.

— Lâchez ce couteau, ordonna-t-il.

Colby s'exécuta.

10

Colby posa les avant-bras sur ses genoux relevés, surveillant la porte de leur geôle — un abri exigu, plein de courants d'air, au sol de terre battue. Au moins leur avait-on donné quelques biscuits salés et un peu d'eau la veille. Et, avant de les enfermer, on les avait autorisés à utiliser ce qui tenait lieu de toilettes à l'extérieur. Il n'y avait bien sûr pas de chauffage dans leur cahute, simplement deux oreillers hors d'âge et deux couvertures rêches.

Piper s'était aussitôt roulée en boule avec l'un des oreillers et sa couverture, soupirant d'aise comme si elle était dans un hôtel cinq étoiles. Deux minutes plus tard, elle dormait du sommeil du juste et ne s'était toujours pas réveillée. Colby se pencha pour la regarder. Ses lèvres dessinaient un infime sourire. Il espéra que ce ne serait pas son dernier.

Il s'était autorisé à dormir quelques heures, histoire de reprendre un peu de forces. Mais, après s'être réveillé en sursaut juste avant l'aube, il était resté aux aguets. Sur le qui-vive. Espérant qu'il allait trouver le moyen de les tirer des griffes de ce chef de gang des montagnes autoproclamé, Jedidiah.

Entendant un bruit de pas à l'extérieur de l'abri, il secoua doucement Piper par l'épaule.

Elle cligna des paupières et le regarda.

— Quoi ?

— Lève-toi. Les voilà.

Elle ouvrit grand les yeux et ils se mirent debout tous les deux.

Piper se tint fermement à côté de Colby en dépit des efforts de ce dernier pour la pousser derrière lui. Quoi qu'il puisse arriver, elle voulait affronter la situation, pas se cacher comme une lâche.

La serrure cliqueta et la porte s'ouvrit. Mais au lieu de Jedidiah, ils virent s'encadrer dans l'ouverture une femme. Ou plutôt une jeune fille. Mais, en dépit de ses quinze ou seize ans, elle n'avait rien d'une adolescente inoffensive. Elle les tenait en joue avec un pistolet.

— Sortez.

Elle leur fit signe du canon de son arme et recula.

Colby l'aurait volontiers neutralisée s'il n'avait vu quatre gardes armés qui les attendaient à l'extérieur.

— Je m'appelle Mindy, annonça la jeune fille. Papa dit que vous empestez, et pas seulement parce que vous sentez le poulet à des kilomètres.

Elle leva les yeux au ciel et prit un air blasé comme si elle trouvait que son père exagérait.

— Suivez-moi jusqu'à la maison. Vous allez vous doucher et mettre des vêtements propres. Ensuite, on vous donnera quelque chose à manger.

Sans attendre leur réponse, elle rangea son pistolet dans sa poche et se détourna.

Colby posa une main dans le dos de Piper et ils se mirent en route. Les gardes, moins cordiaux que Mindy, surveillèrent leur progression, l'arme au poing mais heureusement pointée vers le sol.

Ils longèrent un sentier visiblement fréquemment utilisé à travers bois, sous les rayons du soleil qui perçaient difficilement les épaisses frondaisons, au-dessus de leurs têtes. Le simple fait de se dire qu'ils avaient survécu à cette nuit mettait du baume au cœur de Piper.

Puis elle vit ladite *maison*. Elle marqua un temps d'arrêt.

De nouveau, Colby d'une main pressée contre son dos l'incita à avancer en direction de Mindy qui les attendait sur le pas de la porte. Laquelle était faite de barreaux verticaux. Quant à la *maison* en elle-même, elle était à peine plus grande que le réduit dans lequel ils avaient passé la nuit.

— C'est rudimentaire, mais dis-toi que tu vas pouvoir te laver, murmura-t-il. Regarde cette cuve... On dirait une sorte de chauffe-eau. Une douche chaude, c'est tentant, non ?

Piper prit une inspiration et franchit la porte surmontée de la pancarte qui proclamait en lettres grossièrement tracées :

BAINS PUBLICS.

Le visage de Piper était plus brûlant que le chauffe-eau de fortune quand Colby et elle émergèrent, lavés, séchés et vêtus des habits que Mindy leur avait fournis. Non que Colby ne se soit pas comporté en gentleman. Comme il n'y avait ni paroi ni séparation d'aucune sorte entre leurs deux douches, il avait scrupuleusement veillé à lui tourner le dos.

Non... C'était *elle* qui s'était mal comportée.

À plusieurs reprises, elle avait laissé son regard s'égarer du côté de la douche voisine et s'attarder beaucoup trop longtemps sur les angles et les arêtes de son corps musclé, imaginant ses doigts se promenant sur sa peau sans défaut, explorant les ondulations nettes de ses abdominaux. Et de ses biceps. Seigneur, elle adorait les biceps bien dessinés. Et ceux de Colby étaient tout simplement parfaits — ni trop petits ni trop volumineux, exactement tels qu'ils devaient être pour pouvoir enlacer une femme ou soutenir son corps tandis qu'ils...

— Piper ? dit Colby en passant une main devant ses yeux. Ici la Terre, vous me recevez ?

Son visage s'échauffa encore un peu plus comme elle s'avisait qu'il l'avait surprise en train de l'observer. Évidemment, il était maintenant habillé d'un jean et d'une chemise en denim qui semblaient avoir été taillés sur mesure pour lui. Donc, il ne pouvait pas savoir qu'elle s'était laissée aller à rêvasser de son corps, nu.

Ses sourcils se froncèrent et il posa le dos de sa main sur son front.

— Ça va ? Tu as l'air fiévreuse.

Elle s'écarta et jeta sa serviette humide sur le tas de linge où Mindy leur avait dit de poser leurs affaires, une fois leur douche terminée.

— Ça va. Je me sens mieux maintenant que j'ai pu me laver à l'eau brûlante et mettre des vêtements chauds.

Elle passa la main sur le gros pull-over blanc qu'on lui avait donné avec le T-shirt à manches longues qu'elle avait enfilé au-dessous.

— Franchement, hormis le fait que nous sommes prisonniers, je n'ai pas à me plaindre. Et tous ces vêtements sont à ma taille, déclara-t-elle en baissant les yeux.

Elle remua les orteils dans ses chaussettes épaisses à l'intérieur des grosses chaussures de marche imperméables.

— Même les chaussures me vont. Elles sont juste un peu trop grandes, mais mieux vaut ça que l'inverse.

— J'imagine qu'ils doivent stocker un peu de tout pour ne pas avoir à rejoindre la civilisation trop souvent, répondit Colby. Le fait qu'ils nous aient donné des vêtements de rechange est bon signe. Mais on va devoir ouvrir l'œil. Il faut qu'on connaisse tout de l'agencement de leur campement, savoir où chaque chose se trouve, voir s'ils ont des véhicules dans l'un desquels on pourrait s'enfuir, le cas échéant. Manifestement, ils ne portent pas la police dans leur cœur. Et tu es coupable de complicité.

— Tu crois qu'ils pourraient nous tuer ?

— Bien sûr que non. Mais il se peut qu'ils veuillent nous garder un certain temps pour s'assurer que nous ne constituons pas une menace.

Il ouvrit le bras.

— Selon toute probabilité, ils ont établi leur domaine sur des terres qui appartiennent au gouvernement, des terres protégées par le système des parcs nationaux, vraisemblablement. Donc, ils doivent craindre qu'on ne dévoile l'endroit où ils sont installés. Il faut qu'on trouve le moyen de gagner leur confiance. Ensuite, ils nous laisseront partir.

— Juste comme ça ? Tu crois ?

Il acquiesça d'un bref hochement de tête, mais sans la regarder. Il mentait pour qu'elle ne s'inquiète pas, elle en était à peu près sûre. Mais c'était gentil de sa part. Elle lui en sut gré.

Des coups retentissants frappés sur le mur leur indiquèrent qu'ils devaient se dépêcher. Ils sortirent et Mindy leur fit signe de les suivre à travers bois de nouveau. Il n'y avait aucun garde en vue cette fois mais Piper supposa qu'ils devaient être tout près, à portée de voix. Peut-être les soumettait-on à une sorte de test ?

Ils avaient dû parcourir une cinquantaine de mètres quand le chemin déboucha sur une autre cabane. Celle-ci, nettement plus grande que les autres, devait mesurer environ quatre fois la taille de la salle de bains commune. Là aussi, il y avait des barreaux à la porte et aux fenêtres.

— C'est à cause des ratons laveurs, expliqua Mindy en désignant les fenêtres. Et des opossums. Si on ne protège pas toutes les issues, ces sales bêtes se faufilent partout. On avait placé du grillage au début. Seulement, il y a aussi les ours… Alors, on a posé des barreaux.

Piper émit un petit rire nerveux et regarda autour d'elle.

— Vous en avez eu récemment ? Des ours, je veux dire ?

Mindy la toisa d'un air moqueur.

— En hiver ? Vous êtes sérieuse ?

Colby pouffa de rire, puis se mit à tousser pour masquer sa réaction.

Piper lui jeta un regard noir avant de suivre Mindy dans la cabane.

Une odeur de bacon lui donna l'eau à la bouche sitôt qu'elle eut mis le pied à l'intérieur. Toutes les angoisses que lui causaient les ours et ces hommes des bois armés jusqu'aux dents fondirent lorsqu'elle vit la grande cuisine ouverte d'un côté de la pièce et les tables et les bancs qui occupaient l'autre partie. Et, plus important encore, la nourriture qui était présentée en buffet sur l'une des tables.

— Allez-y, dit Mindy. Nous, on a déjà mangé.

Elle marqua une pause.

— Vous n'êtes pas de ces gens qui ne jurent que par les légumes, j'espère ?

— Des végétariens ? souligna Piper en arquant un sourcil interrogateur à l'adresse de Colby.

— Tu plaisantes ? lui répondit-il.

Comme Mindy les contemplait, perplexe, Piper précisa :

— Non, on mange de tout. Je suis sûre que ce que vous avez ici est très bon. On n'a rien avalé au cours de ces dernières vingt-quatre heures, alors on aurait mauvaise grâce à faire les difficiles. Merci de votre aide...

Elle agita les mains, montrant ses habits.

— Des vêtements propres, un toit, de la nourriture, une douche chaude... Sincèrement, on n'aurait pas pu trouver meilleurs sauveteurs.

Mindy battit des cils, puis éclata de rire.

— OK. Si vous le dites...

Elle montra la cuisine, séparée du reste de la salle à manger par un bar.

— Ne perdez pas votre temps à chercher des armes. Tout est fermé à clé. Et, si vous ne voulez pas mourir de faim, je vous conseille de bien utiliser le temps que je vous laisse. Je reviens vous chercher dans vingt minutes.

Sur ce, elle tourna les talons et quitta la cabane.

— Quelle délicieuse enfant, grommela Piper.

Colby haussa les sourcils.

— Les meilleurs sauveteurs du monde, mm ?

Elle lui jeta un bref regard.

— Guerre psychologique. J'essaie d'implanter dans son esprit l'idée que nous sommes amis.

— Eh bien, bonne chance. En attendant, elle sera là dans vingt minutes et il faut qu'on soit prêts dans dix.

Vivement, il attrapa deux assiettes au bout de la table, en tendit une à Piper et entreprit de remplir la sienne d'œufs brouillés, de pommes de terre et de bacon grillé.

Piper en fit autant puis s'assit en plaçant devant chacun d'eux une bouteille d'eau.

— Prêts à quoi ? Fouiller la cuisine ?

Il marqua une pause, sa fourchette en plastique suspendue à mi-course entre l'assiette et sa bouche.

— Je n'ai pas vu d'autre cabane près de celle-ci, ce qui veut dire que les couteaux de cuisine doivent être dans l'un de ces tiroirs. Je vais les trouver. Et, ensuite, nous réserverons une petite surprise à Mindy.

Piper le regarda, les sourcils froncés, en piquant un morceau de bacon.

— Une surprise ? C'est-à-dire ? demanda-t-elle avant d'engloutir sa bouchée.

Quelle merveille ! songea-t-elle, les papilles en extase. Elle n'avait jamais rien mangé d'aussi bon. Mais peut-être était-ce parce qu'elle était littéralement affamée...

— C'est notre seule chance de nous évader d'ici, expliqua Colby à voix basse. Je vais lui prendre son arme et la forcer à nous conduire à l'un des véhicules.

Elle avala sa bouchée mais le bacon semblait avoir un peu perdu de sa saveur.

— Comment comptes-tu procéder pour la désarmer ?

— Je ne vais pas lui demander poliment de me la donner. Je ferai ce qu'il faut.

Elle cligna des paupières.

— Mais c'est une gamine.

— Une gamine qui se promène avec un Sig Sauer 9 millimètres chargé. Autre chose ?

— Je ne veux pas qu'elle soit blessée. Ce n'est pas sa faute si elle est née dans cette famille de cinglés.

Il abaissa sa fourchette.

— Tu as vu comme elle riait quand tu les as traités de sauveteurs ? Pourquoi penses-tu qu'elle ait trouvé ça si drôle ?

Piper chercha ses mots mais il enchaîna :

— Parce qu'elle sait que nous sommes leurs prisonniers, pas leurs invités, pardi. Crois-moi, ils ne lui auraient pas confié la mission de nous surveiller s'ils n'avaient pas été sûrs à cent pour cent qu'elle se servirait de son arme au cas où nous essaierions de nous évader. Ne te laisse pas amadouer par son âge. Elle a cette culture enracinée en elle comme les autres. Le flic est l'ennemi. La seule raison pour laquelle ils ne m'ont pas tué, et toi avec, c'est qu'ils se demandent si quelqu'un ne va pas remonter jusqu'à eux à cause de nous. Quand ils en auront le cœur net, ils risquent de nous traiter avec moins d'égards.

Elle avait essayé de manger pendant qu'il parlait mais ses propos lui avaient coupé l'appétit.

— Tu crois vraiment que cette fille nous tirerait dessus ?

— Sans hésitation.

— Donc, si tu essaies de la désarmer et qu'elle se débat, que se passera-t-il ?

— Je suis policier. Ces gens sont des hors-la-loi. Je ferai ce qu'il convient de faire pour nous sortir de là en vie.

Si Colby avait encore nourri l'espoir, si ténu soit-il, qu'une relation puisse se développer entre Piper et lui s'ils survivaient à cette épreuve, il se volatilisa à la minute où il prononça cette phrase, qui laissait entendre à demi-mot qu'il serait prêt à tuer n'importe lequel des membres de ce groupe si c'était nécessaire.

Rien qu'à la façon dont Piper le foudroyait du regard depuis l'autre bout de la pièce, il était clair qu'il ne figurait plus en tête de la liste de ses personnes favorites en cet instant, voire qu'il en avait été carrément éliminé.

Il n'avait évidemment aucune envie de tuer Mindy. En fait, il était même bien décidé à tout faire pour ne pas en arriver à cette extrémité. Piper avait raison. Mindy était trop jeune pour être tenue pour responsable des choix de ses parents. Mais elle était assez grande pour savoir que pointer le canon d'une arme sur quelqu'un et le retenir contre son gré était mal. Et s'il devait choisir entre cette fille ou Piper, il sauverait Piper.

Même si cela devait lui attirer ses foudres.

Cela étant, il devait reconnaître que Piper, si furieuse qu'elle soit contre lui, n'en avait pas moins accepté de suivre son plan. Elle était donc assise à la table de façon à attirer l'attention de Mindy quand celle-ci entrerait pendant que Colby, dos au mur, derrière la porte, se tiendrait prêt à lui arracher son arme.

Ce n'était pas le plus ingénieux des plans, mais il avait testé chacune des fenêtres, chacun des barreaux qui les obturaient, et la seule issue était la porte. Il n'y avait pas de plan B. Il n'allait tout de même pas attendre que cette gamine les conduise à Jedidiah et à sa bande de joyeux criminels pour laisser ceux-ci décider de leur sort !

La clé tourna dans la serrure. La porte s'ouvrit. Colby attendit, prêt à sauter sur Mindy, mais celle-ci n'entra pas.

— Où est le flic ? questionna-t-elle depuis l'embrasure de la porte.

Piper regarda autour d'elle comme si elle était surprise.

— Oh ! je crois qu'il est là-bas, dans la cuisine, répondit-elle en agitant le bras en direction du comptoir. On a un peu sali... Il donne un coup d'éponge.

— Sali ?

Piper rougit, sans doute parce qu'elle était tendue. Elle haussa les épaules et émit un petit rire nerveux.

— On a fait tomber des assiettes. Mieux vaut que vous nous attendiez dehors pour ne pas vous couper... Hein, Colby ?

Elle se retourna, faisant mine de regarder en direction de la cuisine comme si elle attendait sa réponse.

Mindy avança d'un pas hésitant dans la pièce, le pistolet braqué à bout de bras.

Colby saisit sa chance. Il plongea en avant et lui arracha l'arme des mains en la tirant à l'intérieur. Piper bondit et ferma le battant tandis qu'il plaquait une main sur la bouche de l'adolescente pour l'empêcher de crier. Mindy leva les deux pieds pour le déséquilibrer, mais il s'attendait à cette manœuvre. Il la tint simplement plus serrée contre lui et accompagna le mouvement en se laissant glisser au sol avec elle.

Il lui fallut quelques minutes pour maîtriser la jeune fille. Lorsqu'elle eut cessé de lutter, sa poitrine se soulevant tant elle respirait fort, le visage luisant de sueur, Colby leva les yeux vers Piper qui les regardait, le front plissé d'inquiétude. Mais ce n'était pas pour lui qu'elle se faisait du souci, c'était pour la petite criminelle qu'il maintenait fermement.

— Elle va bien, lâcha-t-il d'un ton mordant. Moi aussi. Merci de demander.

Piper leva les yeux au ciel.

— Qu'est-ce qu'on fait maintenant ?

— Prends son arme.

Non sans surprise, il la vit l'empoigner sans hésitation. Elle la tint canon dirigé vers le sol, se gardant de placer le doigt sur la détente.

— N'aie pas l'air si étonné. Je ne suis pas policière, mais je sais manier les armes à feu. Mon père m'a appris à tirer.

— Et je lui en suis très reconnaissant.

Une main toujours plaquée sur la bouche de l'adolescente pour qu'elle ne puisse pas crier ou le mordre, il sortit de sa poche le torchon de cuisine qu'il avait préparé, roulé en boule, et le lui fourra dans la bouche avant qu'elle n'ait eu le temps d'émettre un son.

Puis il la fit rouler sur le ventre, les mains ramenées en arrière, et s'assit sur elle pour la bloquer. Mais elle continua à se démener et à lui marteler le dos de coups de talon.

Là encore, Piper l'étonna : elle attrapa les jambes de la jeune fille et les immobilisa.

— Merci.

— Je t'aide à neutraliser une *gamine*. Je vais aller en enfer par ta faute. Alors, ne me remercie pas.

Il rit, puis acheva de fixer le bâillon de Mindy avec deux autres torchons qu'il noua solidement autour de sa tête. L'adolescente, toujours aussi combative, continuait à essayer de crier mais le bâillon ne laissait passer que des sons étouffés. La méthode de la boule de tissu dans la bouche était peut-être brutale, mais elle était efficace.

Il la fouilla sommairement mais ne trouva rien d'autre sur elle, ce qui l'étonna. Les jeunes de son âge se déplaçaient rarement sans leur téléphone portable. Il se pencha vers elle, veillant à garder ses distances pour prévenir tout coup de tête.

— Mindy, on ne te veut pas de mal. Si tu nous aides à partir d'ici, on te relâchera et tu seras libre.

Elle essaya de le frapper avec la tête, ainsi qu'il l'avait anticipé, mais elle ne réussit qu'à se cogner le menton contre le sol. Elle poussa un cri de douleur sous le bâillon.

— Qu'est-ce que tu lui as fait ? s'enquit Piper en se précipitant vers la jeune fille.

— Rien. Elle s'est fait mal toute seule.

Il leva les yeux au ciel comme elle s'agenouillait près du visage de l'adolescente et repoussait ses mèches emmêlées en demandant doucement :

— Ça va, Mindy ? Tu t'es mordu la langue ? Tu veux que je... ?

Mindy se contorsionna violemment et réussit à refermer ses doigts sur le poignet de Piper — celui qui tenait le pistolet.

Colby jura et attrapa l'avant-bras de Mindy. D'une pression ciblée sur son nerf radial, il lui fit lâcher prise. Un nouveau cri étouffé se perdit sous le bâillon.

Piper le fusilla du regard. Au lieu de le remercier, elle assena d'un ton accusateur :

— Tu as dit que tu ne lui ferais pas de mal.

— Oui, mais elle ne m'a pas laissé le choix. Je me demande si je ne ferais pas mieux de la tuer séance tenante et d'attendre qu'un autre membre du groupe vienne voir ce qui se passe ici, assena-t-il d'une voix menaçante.

Mindy se calma aussitôt.

Colby en profita pour vérifier le chargeur du pistolet, puis il le rangea dans la poche de sa veste et remit la jeune fille debout.

— Alors, ça y est ? Tu es prête à coopérer ?

Elle hocha la tête avec emphase.

— Pourquoi ?

Elle secoua la tête en le regardant et montra le bâillon.

Il sourit.

— C'est vrai. Tu ne peux pas répondre.

Il lança un coup d'œil à Piper par-dessus son épaule.

— Tu es prête ?

— Aussi prête qu'il est possible de l'être compte tenu des circonstances, grommela-t-elle. Je n'arrive pas à croire que nous fassions ça.

— Tu préfères attendre que Jedidiah revienne avec sa clique de détraqués pour se prononcer sur notre sort ?

— Dit comme ça…

Il lui tendit le pistolet. Elle le prit et le tint, canon pointé vers le bas.

— Il est chargé. Tu sais qu'il n'y a pas de cran de sécurité sur un Sig, n'est-ce pas ? Tu n'as qu'à viser et tirer.

Mindy essaya de se dégager.

— Tiens-toi tranquille, gronda-t-il. Du moment que tu coopères et que tes amis tiennent suffisamment à toi pour vouloir que tu restes en vie, personne ne risque rien.

Mindy le contempla, le visage chiffonné d'inquiétude.

Il soupira.

— Ah, c'est vrai… La crise d'adolescence. Mais je suis certain que ta famille veut te garder en vie même si tu es en pleine rébellion et totalement insupportable. On est d'accord ?

Le pli qui creusait le front de Mindy se dissipa. Elle hocha la tête.

Colby n'était pas dupe. Elle n'avait pas l'intention de coopérer. Mais il comptait sur le fait que l'un des dangereux illuminés qui les attendaient dehors était son père.

Il se pencha et sortit le couteau qu'il avait placé dans sa botte quelques instants avant l'arrivée de Mindy.

Elle écarquilla les yeux au-dessus du torchon en le voyant.

— Oui, j'ai peut-être forcé une ou deux serrures de tiroir de votre cuisine, admit-il.

Comme elle se remettait à gigoter, il l'attrapa par le bras et pressa la lame contre son cou. Sentant le métal froid contre sa peau, elle s'immobilisa, ne pouvant pas savoir qu'il l'avait tournée du côté non aiguisé.

— Je ne te veux pas de mal, Mindy, vraiment, je t'assure. Mais je peux t'embrocher avant que n'importe lequel de tes amis ait eu le temps de dire « ouf », précisa-t-il pour faire bonne mesure.

Elle cessa immédiatement de remuer, osant à peine respirer.

La culpabilité assaillit Colby mais il s'efforça de la refouler. Il lança un regard implorant à Piper.

L'expression de celle-ci s'adoucit. Elle inclina la tête, compréhensive.

— Je suis avec toi, Colby. Tu fais ce que tu dois faire. Tout ira bien.

Il lui jeta un regard empli de gratitude. Il s'en voulait d'agir comme il le faisait et elle le savait. Elle ne lui en voulait pas. Pour l'instant, cela lui suffisait.

Restait à espérer que la bande de Jedidiah ne se rendrait pas compte que la lame du couteau était tournée à l'envers. Mais, de toute façon, il se savait incapable d'appuyer le tranchant d'une lame contre la carotide d'une adolescente au risque de trébucher sur une pierre et de la tuer par inadvertance. C'était bien par là que son plan péchait... Mais tant pis. Advienne que pourrait, il ne pouvait pas faire autrement.

Comprenant son dilemme, Piper murmura :

— Je savais que tu étais un homme bien.

— Un imbécile, tu veux dire. Bon, tu es sûre que tu veux tenter le coup ?

— Je n'en étais pas sûre avant mais maintenant, si. Allons-y.

Et, passant devant, elle se dirigea vers la porte.

11

Que Dieu leur vienne en aide.

Ils se trouvaient maintenant tous trois, serrés les uns contre les autres, Piper braquant le pistolet droit devant elle et Colby tenant le couteau contre la gorge de Mindy.

En face d'eux, Colby dénombra vingt fusils pointés sur eux. Parvenu à ce nombre, il cessa de compter. Comme cela avait été le cas auparavant, Jedidiah avait laissé son pistolet dans son étui et il se tenait un peu en avant du groupe.

Sa pomme d'Adam monta et descendit à plusieurs reprises.

— Lâche ma fille, *poulet*.

— Bien sûr. Sitôt que vous aurez appelé mon groupe d'intervention à Destiny et que vous les aurez mis sur haut-parleur pour que je puisse leur parler.

— On n'a pas de téléphone ici. Pas d'électronique. Ce n'est pas dans notre mode de vie.

— Je ne vous crois pas.

— Vous avez vu des appareils électriques par ici ? On se sert de fourneaux à bois pour faire la cuisine. Et le chauffe-eau fonctionne avec du carburant qu'on troque quand on descend en ville. On n'a pas de téléphone.

Du coin de l'œil, Colby perçut un mouvement sur sa gauche.

— Piper, à 9 heures !

Elle pivota instantanément sur sa gauche, braquant le pistolet dans cette direction.

La personne qui avait tenté de les prendre à revers recula immédiatement.

— Je tire ?

— Seulement s'il s'avise de recommencer.

— OK. Vous savez quoi ? claironna-t-elle en considérant le groupe. Je vais commencer à dresser une liste.

Comme une pro, elle promena son arme sur le groupe.

— Alors ? Qui veut être le premier ?

Personne ne broncha. Elle secoua la tête, désappointée.

— Pas d'amateurs ? Bande de mauviettes, grommela-t-elle.

Colby toussa et se hâta de demander :

— À quelle distance sommes-nous de la ville ?

— Quelle ville ? rétorqua Jedidiah.

— Celle où vous vous procurez votre carburant.

— Oh ! assez loin. C'est pour ça qu'on n'y va pas souvent. À deux jours de marche.

— Vous n'allez pas me dire que vous marchez quatre jours aller et retour pour rapporter du combustible et de la nourriture. Vous avez des véhicules. Où sont-ils ?

— Non, pas de voiture. Je vous l'ai dit, pas d'électro…

— Stop, Jedidiah. Vous mentez. Avant de bâillonner votre fille, je l'ai interrogée, bluffa Colby.

Jedidiah blêmit. Colby se demanda si sa haine de la police tenait à son expérience personnelle passée. À en juger par l'effet que produisait le mot « interroger » sur lui, c'était probable.

— Elle m'a dit, pour les véhicules. Mais, pour le cas où elle aurait menti, je veux que vous nous y conduisiez. Vous passerez devant. Un faux pas, et je la tue. Dites à tout le monde de reculer. Si j'entends ne serait-ce qu'un craquement de brindille derrière nous, c'est votre fille qui en paiera le prix. Compris ? Que *personne* ne nous suive.

Le regard de Jedidiah se porta l'espace d'une demi-seconde vers la droite de Piper. Elle pivota instantanément.

Pan !

Un homme s'écroula, gémissant et se tenant le bras.

Piper jura.

— Pourquoi m'avez-vous forcée à faire ça ? Colby vous avait dit de ne pas bouger !

S'il l'avait pu, Colby l'aurait embrassée tant il était fier d'elle. Mais il veilla à conserver une expression impassible.

— Un homme à terre, commenta-t-il sans s'émouvoir. Qui sera le prochain, Jedidiah ? Mindy ?

Prenant un risque calculé, il retourna d'une pichenette le couteau dans sa main, portant le tranchant de la lame à un centimètre du cou de la jeune fille.

— Non, non ! s'écria Jedidiah en élevant les mains et en faisant signe à ses troupes. Reculez, tout le monde ! Latham, les clés du Charger. Les autres, retournez tous à la salle de réunion et attendez-moi. Personne ne nous suit, OK ? *Personne.*

Un murmure de protestations parcourut les hommes et les femmes rassemblés en demi-cercle.

— J'ai dit : à la salle de réunion. Tout le monde !

Les armes s'abaissèrent et le groupe commença à se disperser.

Un homme s'avança vers Jedidiah et lui lança un porte-clés.

Jedidiah le rangea dans sa poche et désigna le blessé.

— Transportez-le jusqu'à la salle de réunion. Que Vicky soigne sa blessure.

Colby regarda tout le monde s'éloigner, stupéfait que son coup de bluff ait fonctionné aussi bien… jusqu'ici. L'histoire des voitures était une pure invention. Peut-être aurait-il dû réellement interroger Mindy ? Il en aurait sans doute appris beaucoup.

— OK. Jedidiah. En route. Et, souvenez-vous, un geste et c'en est fait de votre fille.

Si la seule force de la haine avait pu tuer, Colby serait tombé raide mort sous le regard que Jedidiah lui lança.

Mais, sans un mot, il pivota sur ses talons et s'engagea dans un sentier que Colby n'avait même pas vu, dissimulé le long de la cabane-salle à manger.

Piper échangea un regard avec Colby. Il hocha la tête et elle emboîta le pas au chef, Mindy et Colby fermant la marche du petit groupe.

Sitôt qu'ils eurent atteint le couvert des arbres, Colby retourna la lame et se pencha pour murmurer à l'oreille de Mindy :

— N'aie pas peur, Mindy. Je te promets que je ne te ferai pas de mal, quoi que fasse ton père. C'est du bluff, tout ça. Quoi qu'il arrive, je n'ai pas l'intention de me servir de toi pour me venger, d'accord ?

Elle le contempla avec, au fond des yeux, un mélange de soulagement et de défiance. Il ne savait pas si elle le croyait mais les menaces qu'il avait formulées pour circonvenir son père devaient l'avoir terrifiée. Et il ne voulait *pas* terroriser cette gamine. Il voulait juste qu'elle leur permette de s'en aller.

Il jeta un coup d'œil derrière eux pour s'assurer qu'ils n'étaient pas suivis, puis pressa le pas pour rattraper les autres.

Le sentier déboucha sur une espèce d'aire de stationnement, à côté d'une rivière. Six voitures et deux camionnettes y étaient garées entre les arbres, dissimulées sous des filets de camouflage pour ne pas être vues d'avion.

— On est un peu parano, Jedidiah ? nota Colby, montrant les filets.

— Ce n'est pas de la paranoïa, poulet. La preuve, répliqua le chef en désignant sa fille.

— C'est votre faute. Si vous nous aviez laissés partir, je n'aurais pas eu à la prendre en otage.

Il indiqua du menton le seul Charger en vue.

— Mettez le moteur en route.

Les mâchoires contractées, Jedidiah obtempéra.

— Descendez.

Jedidiah sauta à bas du pick-up et recula.

C'était trop facile. Quelque chose n'allait pas. Colby se pencha à l'intérieur pour inspecter l'avant, puis l'arrière du véhicule. C'était un modèle récent, du genre qui ne nécessitait pas de clé dans le contact. Il suffisait d'appuyer sur un bouton pour le démarrer. Et la clé n'était nulle part en vue, ce qui signifiait qu'une fois qu'ils rouleraient un bip se mettrait à sonner. Et qu'il ne pourrait jamais redémarrer s'il coupait le moteur ou même simplement le mettait en mode stationnement.

— Bien tenté, Jedidiah. La clé ! dit-il en ouvrant la main.

Jedidiah montra sa fille.

— Libérez-la et je vous laisserai partir.

— Piper ?

Elle le regarda, arquant un sourcil interrogateur.

— Si Mindy essaie de s'échapper, tire.

Les yeux de Piper s'agrandirent un instant mais elle se reprit aussitôt. Elle acquiesça, impassible.

Elle garda le pistolet baissé mais se mit à surveiller Mindy d'un regard aussi acéré que celui d'un aigle guettant une souris.

— Si Jedidiah tente un coup tordu, tu le descends aussi.

— Évidemment, répliqua-t-elle comme si cela allait de soi.

Et elle n'aurait pas hésité à exécuter cet ordre-là, songea Colby. À voir la tête de Jedidiah, il était clair que lui aussi en était convaincu.

La clé vola dans les airs, tel un missile, mais Colby réussit à l'intercepter. Il aurait presque ri de cette ruse puérile s'il n'avait eu tellement à cœur de sortir Piper saine et sauve de ce mauvais pas. Car, après tout, il ne savait pas pendant combien de temps encore le reste du groupe allait obéir à Jedidiah.

Plongeant de nouveau la tête dans l'habitacle, il vit que le réservoir était plein. Il fit signe à Piper d'approcher. Deux secondes plus tard, elle ouvrait la portière passager et montait, le pistolet toujours pointé sur leur ravisseur.

Colby lâcha Mindy, qui courut vers son père. Il sauta sur le siège conducteur et démarra en trombe. Les pneus patinèrent sur les feuilles et le moteur puissant du véhicule les propulsa en avant sur la piste de terre truffée d'ornières comblées par des gravillons.

Piper se pencha vers lui, le bras tendu.

— La ceinture de sécurité, expliqua-t-elle laconiquement.

— Merci.

— Merci à *toi*, répondit-elle, la voix tremblante, en actionnant le chauffage avant de boucler sa propre ceinture. Je n'arrive pas à croire que ça ait marché...

Elle s'interrompit une seconde, submergée par l'émotion.

— D'abord, Palmer et ses tueurs... Ensuite, cette marche dans la montagne. Le froid... La pluie. Et puis... Et puis...

Elle se cacha le visage dans les mains, bouleversée.

Colby serra les dents et maudit intérieurement Palmer et Jedidiah. Sitôt que Piper serait en sécurité, il avait bien l'intention de mobiliser toutes les ressources de la police de Destiny pour que ces deux-là aillent croupir en prison pendant très, très longtemps.

— Ça va aller, s'efforça-t-il de la réconforter, regrettant de ne pouvoir s'arrêter pour la prendre dans ses bras de peur que Jedidiah et sa clique ne se soient lancés à leurs trousses. Tu vas pouvoir rentrer chez toi. Demain, à cette heure-ci, tu seras dans ton ranch, saine et sauve.

Elle laissa retomber ses mains sur ses genoux et lui jeta un regard accablé.

— Sans Gladiator. J'ai eu tellement peur pour toi et moi que je l'avais complètement oublié. Une fois de plus.

— C'est un cheval trop remarquable pour passer inaperçu. Si ça se trouve, mes collègues de Destiny l'ont déjà retrouvé.

Elle se frotta les yeux.

— Tu crois ?

— Mais oui, c'est fort possible. Tu vas voir, tout va s'arranger. Tu es sacrément forte, Piper Caraway. Personne d'autre n'aurait tenu tête à cette bande de cinglés comme tu l'as fait. Franchement, tu m'as impressionné.

Elle se redressa un tant soit peu sur son siège et lui décocha un bref sourire.

— Tu as été pas mal, toi aussi, Colby Vale. Si jamais je devais de nouveau péter les plombs un jour et en venir à agresser un homme que je ne connais même pas pour avoir chaud, je n'imagine pas meilleur partenaire que toi pour le faire !

Il éclata de rire.

— C'est bon à savoir.

Il braqua le volant pour contourner un arbre puis ralentit en prévision du virage qui se profilait devant eux.

— Quand tu auras récupéré Gladiator, tu pourras peut-être faire halte chez mon père en rentrant chez toi ? Il est à la retraite maintenant, mais il a encore une bonne douzaine de chevaux. Il adorerait le tien.

— Tu viendrais avec moi ?

— Bien entendu.

Tout le visage de Piper s'éclaira.

— Alors, c'est d'accord.

Il lui adressa un large sourire.

— Colby… Attention !

Il reporta son attention sur la piste… pour voir émerger des bois un énorme pick-up à châssis surélevé.

— Accroche-toi ! cria-t-il tout en enfonçant la pédale de frein.

Le Charger partit en glissade.

Piper poussa un cri.

Le côté conducteur alla taper contre les roues monstrueuses du pick-up.

Un nuage de poussière blanche envahit l'habitacle comme les airbags se déployaient. Colby et Piper se retrouvèrent plaqués contre le dossier de leurs sièges, hébétés. L'espace d'un moment, le silence se fit. Ni l'un ni l'autre ne bougeaient.

Le Charger avait calé, sans doute parce que Jedidiah se tenait à moins de dix mètres d'eux et qu'il actionnait un bouton sur un boîtier. À moins que ces modèles récents ne soient programmés pour couper le moteur en cas de choc. Colby ne connaissait pas grand-chose à ces nouveaux systèmes de démarrage. La seule chose dont il était sûr, c'était que Piper et lui se trouvaient dans un beau guêpier.

La tête l'élançait… Il jeta un coup d'œil du côté de Piper et, avec soulagement, constata qu'il n'y avait pas trace de sang sur elle. Dieu merci, elle était consciente et le contemplait — lui ou Jedidiah ? — le regard chargé d'appréhension.

— C'est moi que tu regardes… Ou eux ? demanda-t-il en agitant vaguement la main vers le pare-brise.

Au milieu de la route, se tenait au moins une douzaine des démons qui les avaient encerclés la veille. Et, de nouveau, ils les visaient tous de leurs armes à feu.

— Toi, répondit-elle, soucieuse. Ta tête a cogné contre la portière et s'est remise à saigner.

Elle se dégagea de sa ceinture et enjamba la console centrale, repoussant les airbags. Comme elle portait la main à sa blessure, il poussa un grognement.

— Oh ! ne sois pas si douillet, le tança-t-elle. Il faut que je stoppe le saignement.

Il laissa échapper un petit rire incrédule.

— Moi ? Douillet ?

— Tiens-toi tranquille, répliqua-t-elle sans s'émouvoir en comprimant la plaie.

La douleur se répercuta le long de ses terminaisons nerveuses. Il jura sous cape.

— Chut. Cesse de gémir, ajouta-t-elle.

Il sourit. Ce fut plus fort que lui. Cette femme était parfaite.

La portière passager s'ouvrit brusquement derrière elle et la tête de Jedidiah s'encadra dans l'ouverture.

— Sortez.

Rapide comme l'éclair, Piper dégaina le pistolet que Colby avait complètement oublié et le pointa sur le front de Jedidiah.

— Donnez-moi une seule bonne raison d'appuyer sur la détente, espèce de sale bon à rien hypocrite ! siffla-t-elle.

Jedidiah recula, les mains en l'air.

— Hé là, doucement ! OK, vous m'en voulez. Je ne l'ai peut-être pas volé, mais… hypocrite, je ne vois pas pourquoi ?

Elle agita l'arme pour embrasser l'ensemble de la voiture.

— Ah, vous ne voyez pas ? Pas de technologie… Pas

d'électronique ! Je suis sûre que, pour les téléphones aussi, vous avez menti !

Jedidiah croisa les bras.

— Vous avez douze fusils pointés sur vous. Et votre ami flic pisse le sang comme le cochon qu'il est. Je vous conseille de baisser votre arme.

— Pose-la, murmura Colby.

Elle serra les dents.

— Non. Je ne la poserai pas. C'est terminé, Colby. Je ne retournerai pas là-bas. Pas question.

Il porta une main à sa joue, la caressa.

— Chérie, souffla-t-il. Après tout ce que nous avons traversé, ça, ce n'est rien. Une peccadille. Tu peux le faire. Tu es forte. Pour l'instant, il faut que tu baisses ton arme.

Le pistolet se mit à trembler dans sa main et, cette fois, elle avait bel et bien le doigt sur la détente.

Jedidiah, qui s'en était rendu compte, pâlit.

Colby s'en voulut de ce qu'il allait faire. Mais il n'avait pas le choix. S'il la laissait faire usage de son arme, ils étaient morts. Douze carabines ouvriraient le feu. Leur seule chance, c'était de capituler. Pour le moment. Et si c'était au-dessus des forces de Piper pour l'instant, c'était à lui d'être fort pour deux. Avec un peu de chance, elle lui pardonnerait... Plus tard, lorsqu'ils seraient sortis d'affaire. Et sinon, tant pis. L'important, c'était de la garder *en vie*.

— Pardonne-moi, murmura-t-il en la désarmant.

Jedidiah lui prit le pistolet des mains et traîna Piper hors de la voiture.

— Non ! cria-t-elle en se débattant comme une lionne.

Colby fit la grimace en l'entendant pester et tempêter mais il ne pouvait plus la voir. On le tirait, lui aussi, sans ménagement hors de l'habitacle du Charger.

Deux hommes l'entraînèrent de l'autre côté de la piste, au bord du ravin. En bas, les eaux bouillonnantes des rapides de la rivière grondaient, explosant en gerbes blanches contre les parois rocheuses. Le vacarme était si assourdissant qu'il se demanda comment il avait pu ne pas l'entendre de l'intérieur de la voiture.

Mais peut-être était-ce le martèlement qui, de nouveau, lui emplissait la tête. Il se sentait vaseux. Des décharges électriques fusaient dans son dos au moindre mouvement. Il avait les mains engourdies. Tout ça n'était pas très bon signe.

Après l'avoir palpé pour s'assurer qu'il n'était pas armé, les hommes le firent asseoir par terre. Ils devaient être d'avis qu'il ne constituait plus une menace car ils rejoignirent les autres et leur chef.

Colby porta une main à sa tête, se disant qu'il devait stopper l'hémorragie s'il voulait porter secours à Piper. Mais où était-elle donc passée ?

Il regarda autour de lui, s'efforçant de localiser le petit elfe qui était en passe de devenir l'être le plus important à ses yeux — à égalité avec les membres de sa famille, chose qu'il n'aurait jusqu'alors jamais crue possible.

— Piper ? Piper ! Où es-tu ?

— Là. Je suis là.

Il se tourna vers la gauche et la vit approcher, maintenue par Mindy. Elle avait l'air hors d'elle. Tant mieux. La colère l'aiderait à tenir bon.

Elle se laissa tomber à côté de lui, ses yeux lançant des éclairs.

— Pourquoi as-tu fait ça ? Tu vas me le payer.

— Je sais.

Elle soupira et se blottit contre lui, la cuisse pressée contre la sienne, tandis qu'ils regardaient la bande en train de palabrer, de l'autre côté de la piste.

— Nous voilà réunis comme au bon vieux temps, gronda Piper en jetant un regard noir à Mindy avant de reporter son attention sur le groupe. Ils tirent à la courte paille pour déterminer qui aura l'honneur de nous tuer, c'est ça ?

Mindy haussa les épaules.

— Vous n'aviez qu'à pas bousiller la voiture favorite de Pat.

Piper la dévisagea, incrédule.

L'adolescente leva les yeux au ciel et tapa du bout de sa chaussure dans un caillou.

— Laisse-moi m'occuper de cette plaie, dit Piper en écartant la main de Colby. Bon… Ce n'est pas aussi méchant que je le craignais. Pas besoin de points de suture. C'est seulement que les blessures à la tête saignent beaucoup. Mais le sang ne coule presque plus maintenant.

— Merci.

Elle posa sa tête contre son épaule.

— On est dans le même bateau. Je ne peux pas me permettre de rester fâchée contre toi pour le moment.

— Sous-entendu : quand on sera sortis de là ?

— *Si* on sort de là.

— Quand.

— Tu auras intérêt à trouver une idée lumineuse pour te faire pardonner.

— Promis.

Elle lui décocha un sourire las.

— Je voudrais vraiment, avant ma mort, que quelqu'un m'explique pourquoi ce Todd Palmer s'en est pris à moi et m'a entraînée — et toi avec — dans cet imbroglio.

— Todd Palmer ? répéta Mindy.

Colby et Piper relevèrent la tête d'un coup.

— Tu le connais ? demanda Colby.

— Pas vraiment, éluda-t-elle en haussant les épaules, répugnant visiblement à en révéler davantage. Pourquoi ? Il vous a fait quelque chose ?

— Si voler mon cheval, rédiger un faux acte de vente, kidnapper Colby et moi, donner l'ordre à ses sbires de nous tuer puis nous abandonner ici dans la montagne sans vivres et sans chaussures ni vêtements s'appelle « faire quelque chose » alors, oui, il nous a fait quelque chose ! Et si jamais on arrive un jour à se dépêtrer de ta famille de psychopathes, on le retrouvera et on l'enverra moisir en prison — à moins que je n'aie imaginé un moyen de le faire disparaître dans un malencontreux accident auparavant !

Les yeux de Mindy s'arrondirent comme des soucoupes.

Colby toussota pour dissimuler son amusement devant ces menaces vides de sens. Maintenant qu'il la connaissait, il savait bien que Piper aurait été tout aussi incapable que lui de faire du mal à Palmer — sauf en situation de légitime défense.

Mindy le regarda.

— Quand elle s'énerve, elle s'énerve, constata-t-elle.

— Après tout ce qui nous est arrivé, c'est normal, non ?

L'adolescente haussa les épaules puis mit les mains en porte-voix devant sa bouche :

— Hé, 'pa ! cria-t-elle. Ils ont eu affaire à Palmer. Il leur a joué un sale tour.

Jedidiah se retourna et le groupe se tut tandis que tous les yeux se braquaient sur eux.

— Où est-il ? demanda Jedidiah.

Colby secoua la tête.

— Aucune idée. Sûrement dans une vente aux enchères quelque part, en train de vendre l'étalon frison qu'il a volé à Piper.

— C'est votre ennemi ?

— C'est un suspect. J'ai l'intention de l'arrêter et de lui faire payer tous ses crimes.

— J'espère que vous le descendrez, déclara Mindy.

Colby tourna la tête dans sa direction et se leva d'un coup.

— Mindy, écarte-toi du bord. Tu vas tomber. La roche n'est pas...

Avant qu'il n'ait achevé sa phrase, le sol commença à se dérober sous les pieds de l'adolescente. Elle poussa un cri, battit des bras, essayant désespérément de recouvrer l'équilibre.

Colby plongea en avant pour la rattraper mais ses doigts frôlèrent le bas de son jean et se refermèrent sur le vide. La jeune fille bascula vers les eaux tourbillonnantes de la rivière, en contrebas.

— Au secours ! hurla-t-elle. Je ne sais pas nager !

Son visage blême disparut sous les flots bouillonnants.

— Mindy ! rugit Jedidiah.

— Colby... Non ! implora Piper.

Mais celui-ci avait déjà sauté dans la rivière.

12

Piper tomba à genoux au bord de l'escarpement rocheux instable et sruta anxieusement les eaux agitées, cherchant désespérément Colby. Mais il ne reparaissait pas.

Jedidiah se pencha à côté d'elle.

— Où est-elle ? Où est...

Sa voix se brisa.

— Où est Mindy ?

Piper eut honte d'elle. Obnubilée qu'elle était par Colby, toutes ses pensées avaient été pour lui. Mais une jeune fille luttait aussi pour sa survie, quelque part, là, en bas.

Jedidiah regardait la rivière, le visage défait. Toute la communauté s'était rapprochée et se tenait en demi-cercle, derrière eux, horrifiés eux aussi. Après tout, si fous soient-ils, ils n'en étaient pas moins humains. Et l'une des leurs — qui ne savait pas nager — venait de tomber dans des rapides.

— Je ne les vois pas, dit Piper en se levant d'un bond et en ôtant sa veste.

— Qu'est-ce que vous faites ? lança Jedidiah, se relevant lui aussi.

— Je vais les chercher.

Elle s'avança vers le bord, prit une grande inspiration...

— Non !

Il l'attrapa par le bras.

— C'est trop dangereux.

Elle se contorsionna pour se dégager.

— Si personne n'a le courage de les secourir, moi j'y vais. Laissez-moi sauter avant qu'il ne soit trop tard.

Mais il secoua la tête, ses doigts serrant son biceps comme un étau.

— Ce serait du suicide. Ils sont partis.

Il dut se reprendre, débordé par l'émotion.

— Latham, attache-la s'il le faut. Personne d'autre ne sautera dans cette rivière.

Piper eut beau se débattre, griffant Latham, lui assenant des coups de pied, celui-ci l'entraîna loin du bord en poussant un chapelet de jurons.

— Lâchez-moi ! Ils vont mourir si personne ne les aide. Bande de lâches ! Mindy n'est qu'une gamine. Et Colby, un innocent qui a risqué sa vie pour votre fille... Votre amie.

Elle rejeta farouchement la tête en arrière, les foudroyant du regard. Comme personne ne réagissait, elle jura de nouveau.

— Mais enfin, qu'est-ce que vous avez dans la tête ? L'un des vôtres est en train de se noyer et vous restez plantés là, à ne rien faire !

— Je ne sais pas nager, avoua finalement Jedidiah en secouant la tête. Aucun de nous ne sait nager. Et je ne vais pas vous laisser vous tuer... Ce ne serait pas juste.

Elle le contempla en clignant des yeux.

— Ah. Vous avez quand même une conscience ?

Il serra les dents et détourna les yeux.

— Mindy est partie. Il n'y a plus rien que nous puissions...

— Papa !

Jedidiah fit volte-face.

Mindy, pâle comme un fantôme et trempée, émergea en courant des arbres de l'autre côté de la route. Colby était derrière elle, tout aussi livide et ruisselant.

— Mindy, mon Dieu. Mindy.

Jedidiah ouvrit les bras et étreignit sa fille, les épaules secouées par de gros sanglots silencieux.

Piper se précipita vers Colby, s'arrêtant juste devant lui. Elle leva des mains tremblantes et repoussa les courtes mèches collées sur son front.

— Ça va ?

Il hocha la tête.

— Je l'ai tout de suite retrouvée, mais le courant nous empêchait de remonter à la surface. J'ai dû l'entraîner plus loin pour pouvoir rejoindre la rive. Heureusement, elle a réussi à retenir son souffle suffisamment longtemps.

— Oh ! Colby. Je m'inquiète pour toi et, toi, tu ne penses qu'à Mindy ! Une gamine qui nous aurait probablement tiré dessus si son père ou un adulte de la bande le lui avait ordonné. Pourquoi as-tu pris un risque pareil ?

Il la contempla, les sourcils froncés, comme si sa question n'avait pas de sens.

— Parce que c'est moi qui étais le plus proche.

— Tu es un héros, Colby Vale.

Elle se dressa sur la pointe des pieds et déposa un bref baiser sur ses lèvres. Elles étaient si froides que ses yeux se remplirent de larmes.

— Un héros frigorifié. Il faut vite te réchauffer avant que tu ne meures d'hypothermie.

— Oui, approuva une voix dans son dos.

Elle se retourna et vit Jedidiah s'approcher d'eux, portant leurs vestes et une couverture. Latham était en train de faire monter Mindy enroulée dans une couverture dans une voiture.

— Tenez, séchez-vous, dit Jedidiah en tendant la couverture à Colby. Et remettez votre veste avant d'attraper une pneumonie.

Colby lui jeta un regard suspicieux.

— À quoi jouez-vous cette fois ? questionna-t-il en se frictionnant la tête. Oh... Laissez-moi deviner : vous voulez que je me sèche pour éviter que je mouille le siège de votre voiture puisque vous allez nous reconduire dans notre geôle ?

Piper enfila sa veste en silence tandis que Colby rendait la couverture mouillée à Jedidiah. Puis Piper l'aida à se rhabiller.

— D'accord. Vous vous méfiez de moi et je l'ai bien mérité,

convint Jedidiah. Mais, vous savez, on ne vous aurait jamais fait de mal. On a pris soin de vous — on vous a hébergés, on vous a permis de prendre des douches chaudes, on vous a donné à manger et de quoi vous habiller.

— Vous nous avez *hébergés* dans un abri glacial et sous garde armée. Nous sommes vos *prisonniers*.

— Pour vous protéger — et nous protéger, nous aussi. On ne savait pas qui vous étiez, ni si vous nous cherchiez des ennuis. On ne pouvait pas vous laisser repartir tout seuls à travers la montagne. Il aurait pu vous arriver quelque chose. On était en train de décider de ce qu'il convenait de faire.

— Vous saviez qui nous étions, que j'étais policier.

— Sans aucune identification sur vous. On ne pouvait pas vous croire simplement sur parole.

— Vous saviez très bien que j'étais policier. Sinon, vous ne m'auriez pas craché le mot poulet à la figure comme une insulte toutes les cinq minutes.

Le regard de Piper allait et venait, de l'un à l'autre. La colère et la frustration de Colby étaient compréhensibles… Ils avaient été si près d'être libres ! Et maintenant, c'était retour à la case départ. Elle aussi était en colère. Mais comme elle se retournait pour dire son fait à Jedidiah, elle vit non pas un dangereux criminel mais un homme abattu, les épaules voûtées sous le poids de la culpabilité et de la douleur. Il n'avait même pas d'arme à portée de main pour autant qu'elle puisse en juger.

— On voulait se protéger, voilà tout…

— Ça ne vous autorisait pas à nous kidnapper, contra Colby.

— Je sais, je sais. Désolé.

Colby fronça les sourcils, décontenancé, et échangea un regard avec Piper.

— Je vais vous laisser partir maintenant, ne vous en faites pas, reprit Jedidiah. Avec ma bénédiction et une voiture.

Il fourragea dans sa poche et en sortit des clés.

— La Mustang de Mindy est là-bas, derrière le Charger. Vous pouvez la prendre.

Colby ne bougea pas, scrutant Jedidiah avec suspicion.

— Allons-y, Colby, souffla Piper en attrapant les clés et en essayant de l'entraîner vers la Mustang.

Les autres membres du groupe étaient remontés dans leurs véhicules. Le gros pick-up surélevé avait été dégagé et le Charger accidenté, rangé sur le bas-côté. Une Mustang bleu marine attendait effectivement, stationnée à une cinquantaine de mètres après le virage. Elle semblait vide.

— Vous nous laissez partir ? Simplement comme ça ? s'étonna Colby, toujours immobile en dépit des tentatives de Piper qui le tirait par la main. Si c'est pour nous percuter comme tout à l'heure quand nous passerons près d'un ravin…

Jedidiah écarta les mains en signe de reddition.

— Vous l'avez sûrement deviné… Ces terres, on les occupe illégalement. On ne fait de mal à personne, mais… Et puis, on est tombés sur vous. J'ai pensé que vous pouviez être une menace… Il fallait bien que je nous protège. Que je protège nos biens.

Il s'éclaircit la gorge.

— J'ai eu tort. On a tous eu tort. Vous avez sauvé ma petite fille. Je vous dois plus que je ne pourrais jamais vous payer.

— Alors, donnez-moi un téléphone.

Il secoua la tête.

— Je n'ai pas menti à propos des téléphones. On a des véhicules parce qu'ils nous sont indispensables pour transporter du matériel… Ou pour lever le camp en cas d'urgence. Mais on vit de la terre. Sans électronique.

— Juste bardés d'armes extrêmement onéreuses, ironisa Colby.

Le visage de Jedidiah s'empourpra.

— Pour chasser le chevreuil. Nourrir nos familles.

Piper ne sut si elle devait le croire. Mais elle n'avait pas envie de rester là à discuter quand on leur donnait la possibilité de partir.

— Comment quitte-t-on ces montagnes ? Où est l'endroit le plus proche où on peut trouver un téléphone ?

— Il y a un GPS dans la voiture.

— Un GPS. Et ce n'est pas de l'électronique, ça ? souligna Colby, sarcastique.

Jedidiah fronça les sourcils, la colère commençant à reprendre le pas sur la culpabilité.

— Mindy est jeune, bougonna-t-il. Je ne voulais pas qu'elle puisse se perdre en allant en ville. Il y a un magasin d'articles de pêche sur la route, à la sortie de cette piste. Vous y trouverez un téléphone et tout ce qu'il faut.

Il se passa une main dans les cheveux.

— Je vous donne des vestes et une voiture avec un réservoir plein d'essence. C'est tout ce que je peux faire. Mais si vous vous perdez et que vous mourez dans ces montagnes, ce ne sera pas ma faute. J'apprécie ce que vous avez fait pour ma fille. Et c'est ma façon à moi de vous remercier.

Sur ces mots, il fit signe à ses hommes et les voitures se mirent en branle, à la file indienne.

Colby passa le bras autour des épaules de Piper, comme s'il s'attendait à un coup fourré et se préparait à prendre la fuite. Mais Jedidiah rejoignit sa fille sans plus s'occuper d'eux. Latham, qui avait retiré les airbags du Charger, se glissa derrière le volant et se mit en route. Il ne restait plus que la Mustang et le pick-up de Jedidiah, où Mindy attendait son père.

— S'il avait voulu nous tuer, il l'aurait fait depuis longtemps, souffla Piper en tirant Colby par la manche. Allez, en route. Partons avant qu'il ne change d'avis.

Enfin, ils se dirigèrent vers la Mustang.

— Je vais conduire, annonça-t-elle. Toi, il faut que tu te sèches.

Elle s'était attendue à ce qu'il proteste. Protecteur comme il l'était, il devait considérer que c'était à lui de prendre le volant et de les sortir de ces montagnes. Mais il était toujours très pâle et ses gestes, un peu lents, imprécis.

Elle l'examina, soucieuse.

— J'imagine que tu ne voudras jamais enlever ces vêtements trempés pour te réchauffer plus vite ?

Il leva les yeux au ciel.

— Pour risquer d'être pris au dépourvu, nu comme un ver, si jamais il arrivait encore quelque chose ? N'y compte pas.

Elle fit la grimace.

— Dommage.

Certes, elle aurait bien aimé le voir, nu, à côté d'elle, mais toute cette étendue de peau dorée ondulante de muscles l'aurait par trop distraite de la conduite. Elle s'installa au volant et mit le contact, soulagée de constater que le moteur démarrait. Elle n'avait pas plus confiance en Jedidiah que Colby. Poussant le chauffage au maximum, elle orienta les ventilateurs vers Colby tout en gardant un œil sur le pick-up de Jedidiah, un peu plus loin sur la piste.

Elle vit Mindy agiter la main et elle lui fit un signe en retour. Colby ne s'en aperçut pas. Les doigts ankylosés par le froid, il se débattait pour tenter de boucler sa ceinture.

— Pourquoi ne demandes-tu jamais d'aide ? questionna-t-elle d'un ton réprobateur en se penchant vers lui pour arrimer sa ceinture à sa place.

Dire que c'était l'un des hommes les plus droits, les plus respectables qu'il lui ait été donné de rencontrer... Pourquoi fallait-il qu'il ait tant souffert ? C'était si injuste qu'elle en aurait pleuré.

Elle sursauta comme on frappait à la vitre.

En un éclair, Colby déboucla sa ceinture et se pencha vers elle d'un air protecteur.

— Que voulez-vous ? demanda-t-il à Jedidiah à travers la vitre.

— Mindy me dit que Todd Palmer vous a volé votre cheval.

Colby fronça les sourcils et abaissa la vitre.

— Oui. Et ?

— Disons simplement que Palmer a traîné ses guêtres par ici et qu'il ne s'y est pas fait beaucoup d'amis. Vous n'avez pas une idée de l'endroit où il pourrait être ?

— Non.

— Quel véhicule conduisait-il ? Et à quoi ressemble ce cheval qu'il vous a pris ?

Comme Colby ne semblait pas pressé de répondre, Piper se pencha vers la fenêtre.

— Il a volé mon pick-up — un F-350 bleu auquel est attelé un van marqué Caraway Ranch. Il y a deux chevaux à l'intérieur. Un hongre bai et un frison noir qui s'appelle Gladiator. Pourquoi nous demandez-vous ça ?

Il se redressa et lui adressa un sourire placide.

— Faites attention. Le chemin peut être traître à cette période de l'année.

Là-dessus, il tourna les talons et rejoignit son véhicule.

Piper et Colby regardèrent celui-ci s'éloigner, puis disparaître dans le virage. Colby remonta la vitre.

— Fichons le camp avant qu'il ne revienne avec un fusil.

— Avec plaisir.

Elle l'aida à assujettir de nouveau sa ceinture et se mit en route.

Ainsi que l'avait dit Jedidiah, la piste les conduisit, avec l'aide du GPS, jusqu'à une petite route gravillonnée, au pied de la montagne. Là, ils ne tardèrent pas à apercevoir le magasin d'articles de pêche dont il leur avait parlé. Comme elle s'apprêtait à obliquer pour s'y arrêter, Colby attrapa le volant.

— Continue à rouler. On va d'abord rejoindre une grande route.

— Le magasin... Tu crois que c'est un piège ?

— Je ne pense pas, mais je préfère ne pas courir de risque.

Il en coûta à Piper de passer son chemin alors que deux véhicules étaient garés devant la petite échoppe — et donc, des gens — des humains... La *civilisation* ! Mais elle fit confiance à l'instinct de Colby. Après tout, c'était lui le policier.

Environ une heure plus tard, un panneau de signalisation annonça un axe plus important, une route à deux voies, extrêmement rurale, mais goudronnée et en relativement bon état. Elle poussa un soupir de soulagement. Jamais elle n'avait vu une aussi belle route de sa vie ! Dix minutes après, ils étaient dans le bureau du gérant d'un relais routier.

Colby s'entretint avec la police locale et expliqua ce qui leur était arrivé, demandant qu'on leur envoie une voiture de patrouille pour les chercher, Piper et elle.

Ils découvrirent qu'ils se trouvaient à Johnson County, dans le Tennessee, pas loin de Mountain City, une bourgade de dix-huit mille habitants. Elle était située à la pointe nord-est de l'État, dans les Blue Ridge Mountains, à trois heures de route de Destiny en passant par les grands axes et non par les routes de campagne qu'avait empruntées Palmer pour les perdre au fond de la forêt. Et à cinq bonnes heures de Lexington. Pas étonnant que ni elle ni Colby n'aient reconnu les lieux. Ni l'un ni l'autre n'avaient jamais arpenté ce coin de montagne.

Colby appela ensuite son supérieur à Destiny.

— Chef Thornton ? Oui, c'est Colby.

Il éloigna vivement le combiné de son oreille en faisant la grimace.

Piper entendit les vivats et les acclamations de ses collègues.

— J'en conclus que ton équipe est heureuse d'avoir de tes nouvelles.

— Apparemment.

Il cligna de l'œil, comme l'ancien Colby. Le *vrai* Colby. Son soulagement fut si grand de le voir redevenir lui-même que les larmes lui montèrent aux yeux. Elle avait eu tellement peur qu'il ne paie le prix ultime simplement parce qu'il avait eu la malchance de se trouver mêlé à ses problèmes.

Lorsque le bruit reflua dans le récepteur, il porta de nouveau le combiné à son oreille.

— Oui... Nous allons bien, tous les deux. Elle est là, avec moi.

Il lui sourit de nouveau.

— Pour faire court, Todd Palmer et ses comparses nous ont kidnappés et largués en pleine montagne, à Johnson County.

Il se tut pendant quelques instants puis indiqua :

— Le shérif envoie quelqu'un nous chercher. Ce serait bien

que vous lui fassiez parvenir la photo du permis de conduire de Palmer pour qu'ils puissent émettre un avis de recherche.

Il écouta de nouveau son interlocuteur et son sourire s'estompa progressivement. Il jeta un bref regard à Piper.

— Oui, monsieur. Oui. D'accord. Vous êtes sûr ?

Il se rapprocha du bureau et se pencha au-dessus d'un vieux fax.

— En fait, j'appelle d'une ligne fixe. Nous n'avons plus nos portables. Mais il y a un fax ici. Je vais vous donner le numéro.

Il répondit à plusieurs questions, donnant des précisions concernant Jedidiah et sa troupe, la façon dont ils s'étaient échappés, avant d'être rattrapés puis libérés après le sauvetage de Mindy.

Le fax s'enclencha pendant qu'il parlait et une bande de papier thermique se mit à défiler, s'enroulant au fur et à mesure sur elle-même. Coinçant le téléphone contre son oreille, Colby déplia le papier de ses deux mains.

— Oui… Blake et Dillon ? Très bien. Oui, je la reconduirai jusque chez elle, donc c'est parfait. Je comprends… Merci, chef. À plus tard.

Il reposa le combiné sur son socle, arracha le papier de l'appareil et se tourna vers elle.

— Alors ? s'enquit-elle.

— D'abord, deux de mes coéquipiers, Blake Sullivan et Dillon Gray, vont venir ici pour enquêter conjointement avec le bureau du shérif de Johnson County sur Palmer et Jedidiah. Ils recherchent déjà activement Palmer. Voyant que Gladiator n'arrivait pas au refuge, Griffin, le responsable, en a informé Dillon qui a appelé l'organisation de la foire. À peu près au même moment, un propriétaire signalait au 911 qu'un policier lui avait « emprunté » son cheval et qu'il n'était jamais revenu.

— Toi, quand tu t'es lancé à mes trousses avec ce hongre.

— Oui… Malheureusement, nous étions déjà kidnappés depuis deux bonnes heures à ce moment-là. Et il leur a fallu encore un certain temps pour commencer à imaginer ce qui avait pu se produire. Ils ont essayé d'entrer en contact avec Palmer au numéro qu'il nous avait donné mais, évidemment, il n'a pas répondu. Ils ont ouvert une enquête, se disant qu'il avait dû nous arriver quelque chose à tous les trois, et Dillon a demandé les photos de vos permis de conduire, à toi et à Palmer, afin de pouvoir lancer un avis de recherche. C'est quand la photo de Palmer est arrivée qu'il a compris qu'il y avait un problème. Le chef Thornton vient de me l'adresser par fax...

Il déroula le papier et le lui montra.

C'était un cliché en noir et blanc de mauvaise qualité d'un homme chauve, entre quarante-cinq et cinquante ans, les bras couverts de tatouages.

— Je te présente Todd Palmer. Le *vrai* Todd Palmer.

13

— On ne connaît peut-être pas l'identité du faux Palmer, déclara Colby. Mais on a au moins une piste concernant notre homme des montagnes.

Il fit glisser le dossier de l'autre côté de la table de conférence en direction de Dillon et Blake.

— Apparemment, il a déjà eu maille à partir avec la loi par ici. Dès que Piper et moi l'avons décrit, le shérif a su de qui nous parlions. Son vrai nom est Daniel Jedidiah Holmes.

— Mais il se fait appeler Jedidiah, pas Daniel, précisa Piper, assise à côté de Colby.

— À propos du shérif, où est-il ? releva Dillon. Je ne l'ai pas vu à notre arrivée avant que l'adjoint nous fasse entrer ici.

— Lui et plusieurs de ses hommes sont partis en montagne récupérer le corps du complice de Palmer que j'ai tué et chercher Jedidiah, dit Colby. Mais je pense que Jedidiah et sa bande auront plié bagage aussitôt après nous avoir laissés partir.

Blake hocha la tête.

— J'ai déjà eu affaire à des bandes de vagabonds dans leur genre. Ils se tiennent toujours prêts à partir. Cela étant, la plupart du temps, ils sont inoffensifs.

— Lui n'a pas l'air de l'être, nota Dillon en poussant le dossier qu'il venait de feuilleter vers Blake. Il a eu des ennuis avec la justice depuis sa jeunesse. Vols par effraction, vols de voitures. Il a fait quelques séjours en prison, le dernier remonte à quelques mois. Sa famille — ou son équipe, quel que soit le nom qu'il leur donne — devait l'attendre dans les montagnes pendant qu'il purgeait sa peine. Il a dû leur falloir un certain temps pour construire ces bâtiments que vous nous avez décrits, la cuisine, la salle de bains... Ils doivent squatter là depuis pas mal de temps.

— Aucune violence n'a été rapportée dans le secteur, souligna Blake en tournant les pages du dossier. C'est peut-être un voleur mais je ne pense pas qu'il soit dangereux.

— Je te garantis qu'il peut l'être, grommela Colby.

Blake éleva les mains devant lui.

— OK. Désolé. Tu as raison. C'était juste une constatation, à la lecture du rapport.

Dillon tapota du doigt le dossier concernant Palmer.

— Il faut qu'on trouve le lien entre Palmer, quelle que soit sa véritable identité, et ce Jedidiah. Vous dites que lui et sa fille le connaissaient mais semblaient ne pas le porter dans leur cœur, ce qui tendrait à indiquer qu'ils sont ennemis. Ça peut expliquer que Palmer vous ait laissés dans ce coin-là... Il savait qu'une bande de squatters détestant les flics vivait par là.

— Tu crois qu'il s'est dit que Jedidiah finirait le travail si jamais ses hommes manquaient leur coup ?

— Pourquoi pas ? Peut-être même que c'était le but recherché — que vos morts soient imputables à Jedidiah... Puisqu'ils se connaissaient et n'étaient apparemment pas en bons termes ?

— Oui, ce n'est pas impossible. Pourquoi sinon Palmer nous aurait-il conduits aussi loin ? Il y a d'autres endroits isolés beaucoup plus près de Destiny.

— Et que viennent faire les chevaux dans tout ça ? intervint Piper. Désolée. Je ne devrais pas me mêler de votre enquête.

Colby posa une main sur son épaule.

— Tes remarques sont tout aussi dignes d'intérêt que celles de n'importe qui dans cette pièce. Ne t'excuse pas. Le pick-up et le van ainsi que la description des chevaux sont mentionnés dans l'avis de recherche, n'est-ce pas, Dillon ?

— Oui. Et on l'a étendu à tout l'État. Votre véhicule et le

cheval ne sont pas du genre à passer inaperçus. Quelqu'un va forcément les voir et nous prévenir.

Piper remercia Dillon d'un sourire mais quelque chose lui soufflait que, si Gladiator allait bien, quelqu'un l'aurait déjà signalé.

— Je crois que nous devrions nous concentrer sur Palmer et laisser Jedidiah au shérif, déclara Colby. Si on trouve pourquoi il a choisi ce faux nom, cela pourrait nous aider à découvrir sa véritable identité.

Il prit le portrait-robot de Palmer que Dillon et Blake avaient apporté. La police de Destiny ne disposait pas de dessinateur attitré mais ils avaient fait appel aux services de celui d'un comté voisin.

Piper contempla le croquis dans les mains de Colby. Il était étonnamment ressemblant. Elle se passa les mains sur les bras comme si elle avait froid de nouveau tandis qu'elle examinait les autres dessins, ceux représentant les comparses de Palmer, exécutés à partir des descriptifs que Colby et elle avaient fournis.

— Ça va ? s'enquit Colby.

— Oui... Ce sont juste les souvenirs qui reviennent.

— Ils ne pourront plus te faire de mal, Piper. J'y veillerai.

Elle sourit, puis remarqua que Dillon et Blake les observaient.

— Désolée. Je vous en prie, continuez. Vous croyez qu'il y a une raison particulière pour laquelle Palmer a choisi l'identité de Todd Palmer ?

— Peut-être, lâcha Dillon, promenant son regard de l'un à l'autre.

Il roula les épaules comme pour soulager des tensions.

— Même quand ils commettent des crimes, les gens ont tendance à s'en tenir à ce qui leur est familier. Palmer a parcouru tout le Tennessee ces dernières semaines. On a retrouvé sa trace dans une demi-douzaine de foires. Et pourtant, il a usurpé l'identité d'un certain Todd Palmer, de Lexington, dans le Kentucky. Chez vous, mademoiselle Caraway.

— Oui, il doit être originaire de là-bas, renchérit Colby en pianotant sur la table. Il a *d'abord* pris cette identité et, ensuite seulement, s'est mis à sillonner le Tennessee.

— C'est ce que je pense aussi. Concernant sa fausse identité, l'adresse sur le permis de conduire est celle du vrai Palmer. Seule la photo a été changée. Ce que je me demande, c'est pourquoi il n'a pas choisi quelqu'un présentant au moins une vague ressemblance avec lui pour le cas où il devrait se soumettre à une vérification d'identité ? C'est presque comme s'il s'était agi pour lui d'une simple blague... Ou qu'il avait voulu adresser un pied de nez aux autorités.

— Peut-être qu'il était sûr de ne pas se faire coincer et qu'il ne s'est pas inquiété de cette photo, intervint Blake.

— Peut-être, dit Dillon, l'air peu convaincu.

— Quelles que soient ses raisons, je crois qu'il faut étendre l'avis de recherche à Lexington et aux comtés avoisinants.

— Tout à fait, convint Dillon en faisant un signe à Blake.

Celui-ci inclina la tête et, dans la foulée, se leva pour aller modifier l'avis en question.

Sitôt que la porte se fut refermée, Colby demanda :

— Est-ce que Blake et Donna sont toujours à couteaux tirés depuis que le chef a assigné Donna comme mentor à Blake ?

Dillon leva les yeux au ciel.

— Plus que jamais.

— Attendez, dit Piper. Donna ? La policière que j'ai vue à la foire ? Je croyais qu'ils étaient en couple, tous les deux.

Les deux hommes éclatèrent de rire.

— Ça, c'est la meilleure, souligna Colby. Donna serait ravie d'entendre ça.

Il s'esclaffa de nouveau.

— Il n'y a pas plus pacifique que Donna ; elle s'entend avec tout le monde. Contrairement à Blake qui, lui, a le chic pour prendre *tout le monde* à rebrousse-poil. Bref, en désespoir de cause, notre chef a eu l'idée de le mettre en binôme avec Donna pour lui apprendre un peu à arrondir les angles et à se familiariser avec la façon dont on aime travailler à Destiny — dans la bonne entente. Blake est un ancien militaire. Il a été détective à Knoxville avant d'intégrer notre équipe. Disons qu'il a ses anciennes habitudes... encore un peu chevillées au corps. Mais on va l'apprivoiser.

— Si on ne l'a pas étranglé d'ici là, grommela Dillon.

Piper se demanda presque s'il plaisantait, tant la tension était perceptible entre les deux hommes.

— Donna et lui avaient l'air de bien s'entendre, à la foire, nota-t-elle.

Dillon dodelina de la tête.

— Les apparences sont parfois trompeuses. Ce n'est pas par hasard que je suis ici à la place de Donna. Initialement, c'était elle qui devait venir mais elle a déclaré au chef que, s'il ne voulait pas voir revenir Blake dans un sac en plastique, il valait mieux qu'il désigne quelqu'un d'autre pour cette mission. C'est moi qui ai tiré la courte paille.

— Waouh... Merci, souligna Colby avec une moue dépitée.

— Rien de personnel, répondit Dillon en souriant. Mais j'ai une femme merveilleuse et un bébé qui m'attendent à la maison. Alors, les déplacements professionnels paraissent moins tentants que par le passé.

Colby sourit.

— Je comprends.

Son téléphone se mit à vibrer dans sa poche. Il le sortit et consulta l'écran.

— Ils ont trouvé le corps. Ils ne connaissent pas encore son identité mais ils ont scanné ses empreintes pour les envoyer à l'analyse. Ils n'ont pas encore localisé le campement de Jedidiah. Les techniciens du labo vont passer au crible l'endroit où Palmer nous a déposés pendant que le shérif et ses hommes continuent à rechercher Jedidiah.

Blake reparut, annonçant :

— J'ai étendu l'avis de recherche et parlé au shérif Jamie O'Leary de Meadow County, votre comté, mademoiselle Caraway. L'un de ses adjoints se trouvait à proximité du domicile du vrai

Todd Palmer et il s'y est rendu. Il a appris par un voisin que Todd Palmer était en déplacement pour affaires depuis un certain temps — il l'avait eu au téléphone le matin même. Todd allait bien et ne pensait pas rentrer avant encore quelques semaines. Apparemment, tout le voisinage était au courant.

Colby frotta son menton hérissé d'une barbe de deux jours. L'équipe du shérif de Johnson County avait veillé à ce qu'ils puissent se rafraîchir dans un motel à leur arrivée et le shérif leur avait alloué une somme d'argent pour qu'ils aient des vêtements propres et de nouveaux téléphones, mais, s'il était rapidement passé sous la douche, il n'avait pas pris le temps de se raser, pressé qu'il était de rejoindre le poste de police et de se plonger dans l'enquête. Piper l'avait suivi, ne voulant rien manquer, elle non plus, des développements de l'affaire.

— Voilà peut-être la raison pour laquelle il a choisi Todd Palmer, observa-t-il. Parce qu'il savait que celui-ci devait s'absenter pour une longue durée. Ce qui confirme notre hypothèse qu'il doit venir de Lexington.

— Son seul autre lien avec Lexington, c'est le ranch Caraway et vous-même, mademoiselle Caraway, déclara Dillon. Vous êtes absolument certaine de n'avoir jamais rencontré Palmer ?

— Oui. Et je ne connais pas non plus le vrai.

— Mais notre homme connaissait ses parents, précisa Colby. Plusieurs éléments indiquent qu'il les a rencontrés. Et ceux-ci sont morts il y a dix ans.

— Toutes mes condoléances, intervint Dillon.

— Merci, répondit Piper. C'était il y a longtemps maintenant.

— Oui, mais la peine ne s'estompe pas pour autant. J'ai perdu ma sœur quand j'étais à l'université et qu'elle était encore au lycée… Je sais qu'on n'oublie pas.

Il s'éclaircit la gorge.

— Pour en revenir à notre affaire et au rapport avec votre cheval… Avez-vous envoyé la photo du portrait-robot de Palmer à votre directeur de ranch ?

— Non, pas encore. J'ai eu Billy au téléphone ce matin pour

donner de mes nouvelles étant donné qu'il n'en avait pas eu depuis plusieurs jours. Il fallait aussi que je le prévienne que Gladiator avait disparu afin qu'il puisse reporter les éventuelles saillies prévues jusqu'à ce que nous sachions…

Elle s'interrompit un instant.

— Jusqu'à ce que nous sachions s'il va revenir. Mais je vais lui faire parvenir le croquis que vous avez apporté. Il est plus ressemblant que celui réalisé par le dessinateur d'ici.

Joignant le geste à la parole, elle prit le portrait en photo avec son téléphone, rédigea un court message et appuya sur Envoyer. Quelques minutes plus tard, elle recevait la réponse. Billy confirmait que l'homme à qui il avait confié Gladiator était bien celui de la photo.

— On s'en doutait, mais autant en avoir la confirmation, déclara Colby. Maintenant, reste à comprendre sa connexion avec le ranch Caraway et à découvrir pourquoi il a volé Gladiator et voulait éliminer Piper.

— Et toi, ajouta-t-elle.

Il secoua la tête.

— Non. Il ne me visait pas personnellement. Il se trouve que j'étais là et que je le gênais. Mais tout est centré sur toi.

— Je suis d'accord, acquiesça Blake. Il va falloir creuser votre passé, celui de votre famille… et de votre ranch.

Il attrapa un bloc-notes à l'en-tête du bureau du shérif.

— Si Palmer connaissait vos parents, c'est donc qu'il était dans le secteur il y a plus de dix ans. Vous avez dit que vous aviez quitté le ranch à la mort de vos parents. Quand y êtes-vous revenue ?

— Quand j'ai eu dix-huit ans, à ma majorité. J'aimais beaucoup ma tante Helen mais je voulais reprendre l'entreprise familiale dont elle avait confié la gestion à Billy.

Dillon redressa la tête d'un coup.

— C'est lui qui a géré le ranch seul jusqu'à votre retour ?

— Pratiquement. Il envoyait des rapports à ma tante et elle

approuvait les dépenses au-delà d'un certain montant, lisait les contrats mais, dans l'ensemble, c'est lui qui tenait les rênes.

— Et tout cela, pendant combien de temps ?

— Environ quatre ou cinq ans. J'ai repris la main il y a six ans et, comme je me rendais compte que j'avais besoin d'aide, je l'ai rapidement réengagé. Si vous pensez qu'il pourrait m'en vouloir, vous vous trompez. Ce n'est pas du tout dans le caractère de Billy. Nous nous entendons bien. Et puis s'il avait eu une dent contre moi, je m'en serais aperçue depuis longtemps.

— Vous avez sûrement raison. Mais il faut quand même qu'on creuse un peu du côté de ce Billy. Nom de famille ?

— Abbott.

— OK, dit Blake. Vous avez déclaré que vous ne connaissiez pas Palmer. Ça signifie qu'il ne s'est pas montré au ranch au cours de ces six dernières années — au moins. Mais, il y a quelques mois, il s'y présente avec de faux documents attestant la propriété de votre cheval, en votre absence.

Il tapota le bloc-notes du bout de son stylo.

— Je n'arrive pas à déterminer s'il voulait ou non que vous puissiez retrouver sa trace. Mais il est clair qu'il avait sous le coude des gros bras prêts à s'occuper de vous — et du policier qui vous accompagnait. Il n'a pas eu à improviser. Tout ça était préparé de longue date. On n'a pas affaire à un amateur. C'est probablement un escroc professionnel. Et je ne vois qu'une raison pouvant expliquer qu'un criminel patenté disparaisse de la circulation pendant plusieurs années avant de refaire subitement surface…

— La prison, lancèrent Colby et Dillon en chœur.

— Et donc, soit il est en liberté conditionnelle, soit il a purgé la totalité de sa peine, continua Colby. C'est une hypothèse de travail intéressante. On va éplucher la liste des libérations de prisonniers correspondant au profil de Palmer, dans le Kentucky, il y a environ deux mois.

— Je m'en charge. Et je vais étendre la recherche aux centres pénitentiaires du Tennessee... Au cas où, annonça Blake en se levant et en quittant la salle de nouveau.

Piper contempla la porte qui se refermait.

— Quelle énergie, souligna-t-elle. Sitôt revenu, il repart déjà pour aller faire d'autres recherches.

Dillon fit la grimace.

— Il saute sur tous les prétextes pour ne pas m'avoir dans les pattes.

Colby sourit et regarda Piper.

— Tu ne m'as pas dit que tout allait bien dans ton ranch jusqu'à il y a quelques mois ? Que tu envisageais même de construire une nouvelle écurie ?

— D'agrandir le bâtiment actuel, oui. Il est en excellent état. Les écuries se trouvent en bordure de la propriété, sur une parcelle de terrain que mon père avait vendue à mon voisin — M. Wilkerson — à l'époque où j'étais au collège. L'élevage de M. Wilkerson était en pleine expansion à ce moment-là et il avait besoin de terres pour faire paître ses chevaux. Mais ensuite, mes parents sont morts et je suis partie à Paducah, chez ma tante. Et, pendant mon absence, Mme Wilkerson est morte d'un cancer et M. Wilkerson a vendu tous ses chevaux et arrêté l'élevage.

Elle agita la main.

— Désolée... Je m'égare. Bref, l'important, c'est que, quand j'ai repris les rênes du ranch, j'ai racheté ce terrain à M. Wilkerson. Il y avait construit des écuries ultramodernes juste avant que Mme Wilkerson ne tombe malade. Comme il avait tout arrêté pour se consacrer exclusivement à sa femme, elles n'avaient même pas été utilisées. Elles étaient à l'état neuf, et vides. Curieusement, quand je lui ai offert de racheter la parcelle avec les écuries qui y étaient installées, il m'a fait une contre-proposition à un prix nettement inférieur.

— Inférieur ? s'étonna Colby en secouant la tête. Mais pourquoi ?

— Je crois qu'il voulait tout liquider au plus vite. Il m'a

proposé de racheter l'ensemble, terre et écuries, pour le prix qu'il avait payé à mon père. Peut-être voulait-il, en me rendant ce service, faire honneur à la mémoire de mon père ? Je ne sais pas. Toujours est-il qu'il m'a fixé un ultimatum : c'était à prendre ou à laisser. J'ai pris.

— Combien coûtent des écuries dernier cri ? s'enquit Colby. Est-ce qu'on parle là de sommes exorbitantes ?

Piper sentit le rose lui monter aux joues.

— Exorbitantes, je ne sais pas, mais ça se chiffre en centaines de milliers de dollars.

Dillon échangea un bref regard avec Colby avant de reporter son attention sur Piper.

— Wilkerson avait-il de la famille ? Un parent qui aurait pu se sentir lésé et considérer le marché qu'il avait conclu avec vous comme un manque à gagner le privant d'une partie de son futur héritage ?

Elle secoua la tête.

— Pas que je sache... À part un neveu qui n'est venu qu'une fois, il y a très longtemps. Les Wilkerson n'avaient pas d'enfants. Je me rappelle ma mère disant que Mme Wilkerson était une enfant unique et que ses parents étaient morts depuis longtemps. M. Wilkerson avait bien une sœur ou un frère, mais ils ne se fréquentaient pas. Seul ce neveu est venu lui rendre visite un été, pendant quelques semaines. Je crois qu'il s'appelait Dwayne ou quelque chose comme ça. Mais nous n'étions pas amis avec Wilkerson et nous ne passions pas notre temps à épier ce qui se passait chez eux. Même si c'est mon voisin, je ne vois sa maison que depuis les écuries. Alors, peut-être que d'autres parents sont venus et que je ne l'ai jamais su.

Elle secoua la tête.

— Désolée... Je ne vous suis pas d'une grande aide.

— Mais si, assura Colby. Toutes les informations, même les plus anodines, peuvent être utiles à l'enquête. Pour en revenir aux écuries, tu m'as dit avoir dû annuler la construction de l'extension à cause... d'une série d'incidents ?

— Des incidents ? releva Dillon en croisant les bras sur la table. C'est-à-dire ?

Elle soupira.

— Le shérif de mon comté a déjà mené l'enquête avec ses adjoints. Il n'y avait rien d'alarmant, d'après lui. C'est seulement que beaucoup d'accidents se sont enchaînés : des outils perdus, du matériel détérioré, détruit... Chaque fois, ça m'obligeait à puiser dans la caisse. Et avec le projet d'extension et les versements que j'avais déjà effectués aux entrepreneurs, j'ai fini par manquer de trésorerie et n'ai pu m'acquitter du remboursement de mon hypothèque. C'est pour ça que j'étais absente quand Gladiator a été volé. J'étais allée vendre quelques-uns de mes chevaux dans une vente aux enchères pour me renflouer et pouvoir payer les salaires des employés.

Elle poussa un profond soupir.

— Malheureusement, je n'ai pas tiré une somme aussi importante que je l'espérais de mes ventes et n'ai pas pu rembourser la totalité de l'échéance due pour mon prêt hypothécaire. Et puis, c'est allé de mal en pis... J'ai découvert ce qui s'était passé avec Gladiator et... Bref, vous connaissez la suite. Il faut vraiment que je rentre au plus tôt chez moi pour colmater les brèches de mes finances en perdition !

Dillon s'apprêtait à poser une question lorsqu'on frappa à la porte vitrée. En réponse à l'invite de Dillon, un adjoint passa la tête par l'entrebâillement de la porte.

— Excusez-moi, déclara-t-il en entrant, suivi d'un jeune homme en jean délavé et T-shirt gris. Voici Derrick Huff. Monsieur Huff, dites-leur ce que vous m'avez rapporté.

Le jeune homme, d'une vingtaine d'années, les regarda, triturant nerveusement un bout de papier entre ses mains. Finalement, il opta pour tendre le papier à Colby, qui était le plus proche de lui.

Celui-ci baissa les yeux pour lire le document, puis se leva d'un bond.

— Vous êtes avec Jedidiah ? Où est-il ?

Les yeux de Huff s'écarquillèrent.

— Non, non, je ne suis avec personne, se récria-t-il. Quelqu'un m'a interpellé à quelques pâtés de maisons d'ici et m'a proposé de l'argent pour vous apporter ça...

— Adjoint, envoyez tout de suite...

— C'est déjà fait, détective Vale, coupa celui-ci. Plusieurs hommes ratissent déjà le quartier, à la recherche de Jedidiah. Racontez-nous ce qui s'est passé, monsieur Huff.

— Eh bien... Comme je l'ai dit. Ce type m'a arrêté dans la rue et m'a demandé de venir ici avec son véhicule et de vous donner ça.

Piper se pencha pour lire le papier que tenait Colby et Dillon demanda :

— Alors ? Que dit ce mot ?

Colby foudroya Huff du regard puis se mit à lire :

« Je connais ce Palmer dont vous avez parlé à Mindy. Tout ce que je peux en dire, c'est qu'il n'est pas fréquentable. Quand vous êtes partis de la montagne... »

— Partis ? s'exclama Piper, indignée. Comme si on était venus leur rendre une visite de courtoisie ! « Relâchés » serait plus juste ! Pardon... Je t'ai interrompu.

Colby sourit et continua :

« On a cherché Palmer et ses hommes pour être sûrs qu'ils n'étaient plus dans le coin. Et on a trouvé le pick-up et le van que vous nous aviez décrits, dans un fossé, à quelques kilomètres. Les chevaux étaient toujours à l'intérieur. Abandonnés. Apparemment, le véhicule avait dérapé sur une plaque de glace et quitté la piste. Palmer et ses hommes sont partis sans même s'occuper des chevaux. »

Piper se couvrit la bouche de ses mains.

Le visage de Colby se contracta sous l'effet de la colère et il tendit le papier à Dillon, puis prit Piper dans ses bras.

— Je suis désolé pour Gladiator, Piper.

Dillon lut le reste du mot.

— Il ne dit pas grand-chose d'autre, déclara-t-il lorsqu'il eut terminé. Simplement qu'il voulait que vous puissiez récupérer votre bien et qu'il est désolé pour tout.

Il secoua la tête.

— Il essaie de faire amende honorable pour qu'on fasse preuve d'indulgence à son égard quand on l'aura coincé.

Piper s'efforçait de retenir ses larmes et ce ne fut que grâce à Colby qu'elle réussit à ne pas éclater en sanglots.

— Et c'est le pick-up et la remorque qu'il vous a demandé de conduire jusqu'ici ? demanda Colby.

— Oui, ils sont dans le parking, acquiesça-t-il en sortant un trousseau de clés de sa poche.

— Posez-le sur la table. Peut-être qu'avec un peu de chance, on trouvera encore les empreintes de Palmer dessus.

Piper secoua tristement la tête.

— Penses-tu... Il a été manipulé par plusieurs personnes.

Huff fronça les sourcils, son regard allant de l'un à l'autre.

— Et, sinon, vous comptez faire quelque chose pour ces chevaux ? Il fait froid dehors. Il faut leur donner à boire et à manger.

Piper releva tout d'un coup la tête.

— Les chevaux ? Ils sont vivants ?

— Oui. Il y en a un marron et un noir, sacrément costaud. Je crois que je n'en ai jamais vu d'aussi grand. De quelle race...

Mais Piper avait déjà quitté la salle comme une fusée.

14

Dillon désigna la cache d'armes dans le coffre ouvert de la voiture de Blake devant le bureau du shérif de Johnson County.

— Tu es sûr que tu ne veux pas prendre plus de munitions ?

Colby enfonça le pistolet que Dillon venait de lui donner dans l'étui fixé à sa ceinture.

— J'ai quatre chargeurs dans mes poches et un dans le canon. Si j'ai besoin de davantage, c'est que je suis cuit.

— Bien vu, admit Dillon en souriant. Tu sais, tu pourrais laisser Mlle Caraway ramener son cheval au ranch toute seule et rester ici avec Blake et moi pour nous aider à faire avancer l'enquête. On ira à Lexington demain matin afin de se mettre en rapport avec le shérif du coin et voir ce qu'on peut trouver sur Palmer. Rien ne t'oblige à aller dormir dans la chambre d'amis de Mlle Caraway dès ce soir alors que tu as une bonne chambre d'hôtel ici.

Dillon regarda Piper qui bombardait le pauvre vétérinaire de questions alors que Gladiator avait subi un examen complet et qu'il avait été déclaré en état de rentrer au ranch. Le hongre avait eu moins de chance. Il était déshydraté et devrait rester quelques jours entre les mains du vétérinaire avant de pouvoir retrouver son propriétaire, à Destiny.

— Piper m'a assuré que cela ne l'ennuyait pas de me loger ce soir. Elle a d'ailleurs proposé de nous héberger tous les trois aussi longtemps que nécessaire à Lexington mais je lui ai dit que, quand vous arriveriez, nous descendrions à l'hôtel. Si je pensais que Blake et toi aviez vraiment besoin de moi aujourd'hui, je serais resté. Mais je sais que ce n'est pas le cas. Et je ne me vois pas restant assis dans cette salle de conférences alors qu'elle a au moins cinq heures de route. Après les terribles épreuves qu'elle vient de vivre, je pense qu'elle a besoin de repos. Très franchement, je préfère m'assurer qu'elle arrive à bon port... et que tout va bien au ranch.

— Tu as traversé les mêmes épreuves qu'elle et, en plus, tu as eu une commotion cérébrale. Tu dois être tout aussi fatigué qu'elle.

Comme Colby fronçait les sourcils, à bout d'arguments, Dillon éclata de rire et lui donna une tape dans le dos.

— J'ai compris, va, ne t'en fais pas. Tu as été piqué toi aussi, mon vieux. Quand je vais dire ça à Ashley...

— Comment ça, piqué ?

— Piqué par la flèche de Cupidon.

En représailles, Colby lui assena une rude bourrade à l'épaule. Ce qui ne réussit qu'à amuser Dillon davantage encore.

Reprenant son sérieux, il déclara :

— Plaisanterie mise à part, si jamais tu rencontrais le moindre problème une fois arrivé là-bas, Blake et moi pouvons être sur place en une heure avec l'hélicoptère du shérif. OK ? Donc, pour le cas où les choses tourneraient au vinaigre, n'hésite pas à appeler.

Colby hocha la tête.

— Bien sûr. Merci.

— On va terminer le travail ici, reprit Dillon. Et, demain, nous vous rejoindrons. Je n'ai pas encore eu le temps de fixer un rendez-vous avec le shérif de son comté...

— Moi, si, coupa Colby. Il nous attend dans son bureau à 1 heure. Je lui ai déjà expliqué l'affaire dans les grandes lignes et il m'a dit qu'il envoyait un adjoint au ranch pour jeter un coup d'œil et s'assurer que tout allait bien.

Dillon approuva d'un signe de tête.

— Tu me mâches le travail. Avant longtemps, tu vas postuler pour être détective en chef.

— Sûrement pas. Ce n'est pas assez bien payé pour tout le travail supplémentaire que ça exige.

— Dillon !

Celui-ci se retourna en entendant Blake qui l'appelait depuis l'entrée du bâtiment.

— Le shérif au téléphone, pour toi !

Dillon assena une nouvelle tape amicale sur l'épaule de Colby.

— À demain, alors. On devrait arriver avant midi.

— D'accord.

Dillon retourna en courant vers le bâtiment.

Colby salua Blake de la main puis se dirigea vers la remorque. Piper était debout, calée contre la portière de son pick-up, les clés à la main, les yeux fermés. Elle était tellement harassée qu'elle s'était assoupie debout !

Au moment où il tendait la main vers sa joue, ses yeux s'ouvrirent d'un coup et il dut intercepter le coup de poing qui partait dans sa direction.

— Hé, doucement, Piper ! C'est moi.

Elle secoua la tête comme pour émerger de sa torpeur.

— J'étais en train de m'endormir debout, constata-t-elle avec incrédulité.

— J'en ai bien peur, dit-il en lui prenant les clés des mains.

Avec un sourire gentiment moqueur, il ajouta :

— Voilà ce que c'est de trop fréquenter les chevaux.

— Haha. Très drôle.

Elle se couvrit la bouche et bâilla à s'en décrocher la mâchoire.

— Bon sang, je suis vraiment épuisée.

— C'est bien pourquoi je vais conduire. Allez, installe-toi, dit-il en l'escortant jusqu'à la portière passager.

Mais elle s'arrêta et lui jeta un regard ennuyé.

— Palmer m'a pris mon sac à main. Je n'ai ni permis de conduire ni argent pour mettre de l'essence et ce pick-up est un gouffre sans fond. Un plein ne suffira jamais pour atteindre Lexington.

— Ne t'en fais pas, assura-t-il en ouvrant la portière. Dillon m'a donné la carte de crédit de la police de Destiny. Et j'ai imprimé des duplicatas de nos permis de conduire à partir du fichier général en attendant qu'on nous en ait établi de nouveaux.

— Je suis impressionnée. Tu as pensé à tout.

— Pas tout à fait.

Il la souleva dans ses bras, notant la légère rougeur qui envahissait ses joues comme il la déposait sur le siège.

— Qu'est-ce que tu as oublié ?

— Pas exactement oublié. Mais disons qu'il y a quelque chose qui me tracasse et dont je n'ai pas eu le temps de m'occuper.

Il éleva le trousseau de clés.

— Je sais que Palmer pensait qu'on ne redescendrait pas vivants de ces montagnes, donc il est peu probable qu'il ait fait un double de tes clés. Mais on n'est jamais trop prudent. Penses-tu que quelqu'un, au ranch, pourrait faire changer les serrures avant ton retour ?

Elle baissa les yeux.

— Oh... Oui. Merci. Je vais appeler Billy pour qu'il...

Il lui souleva doucement le menton.

— Piper ?

Une larme roula sur sa joue, qu'elle chassa d'un revers de main.

— Ce n'est rien. Je suis fatiguée, c'est tout.

Il prit son visage dans ses mains.

— Tu es la personne la plus courageuse, la plus brave que j'aie jamais connue. Mais même les plus courageux d'entre nous ont le droit de pleurer, parfois.

À ces mots, son visage se chiffonna et elle s'accrocha à ses épaules — ou il l'étreignit dans ses bras, il n'aurait su le dire avec exactitude.

En temps normal, face à une femme en pleurs, il aurait paniqué et pris ses jambes à son cou. Mais ce ne fut pas le cas avec Piper. Les sanglots déchirants qui secouaient sa silhouette menue lui donnaient juste envie de la serrer plus fort, de la protéger et de veiller à ce qu'il ne lui arrive rien.

Sans trop savoir comment, il trouva les mots qu'elle avait besoin d'entendre, murmura des paroles apaisantes en la berçant contre lui. Et lorsque les larmes se tarirent et que l'orage fut passé, il se rendit compte qu'une tempête d'un autre genre s'y était substituée. La bouche de Piper se mit à courir sur sa peau, dans l'encolure en V de sa chemise, provoquant une décharge d'adrénaline en lui. Il se tendit, le souffle court. Le désir le submergea avec la puissance d'un ouragan, envahissant ses sens, d'une intensité telle qu'il se mit à trembler.

Piper recula, le visage congestionné, la respiration rapide, le regard rivé sur sa bouche. Puis elle humecta ses lèvres du bout de sa langue rose.

Un soupir rauque lui échappa. Il avait tellement envie d'elle, ici et maintenant. Mais non, c'était impossible. Elle tombait de sommeil, d'épuisement, elle était vulnérable. Et lui non plus n'était pas dans son état normal. Sans compter que, s'il continuait à l'embrasser, il ne pourrait plus s'arrêter.

Il lui en coûta terriblement, mais il s'arracha à elle. Devant le regard interrogateur qu'elle levait vers lui, il s'efforça de sourire.

— Non, Piper... Pas maintenant. Pas ici.

Elle cligna des paupières et regarda autour d'elle, comme si elle s'apercevait de l'endroit où ils se trouvaient.

— Seigneur... Je perds la tête, murmura-t-elle.

Elle le repoussa.

— Allez, en route. Je vais appeler Billy à propos des serrures. Je dois être encore plus fatiguée que je ne le croyais pour me comporter de la sorte.

Avec un petit rire embarrassé, elle enfonça une touche sur son téléphone et claqua sa portière.

Il se tint immobile pendant quelques instants, contrarié de l'avoir mise mal à l'aise. Pensait-elle qu'il n'avait pas envie d'elle ? Rien n'aurait pu être plus loin de la vérité. Encore maintenant, son pouls battait à tout va dans ses oreilles.

Contournant le véhicule, il grimpa sur le siège conducteur. Il démarra puis regarda Piper.

Elle dormait.

Il sourit et secoua la tête. Il ne l'avait pas froissée autant qu'il ne l'avait craint.

Environ une heure plus tard, il négociait un virage sur une petite route de campagne lorsqu'une main chaude se posa sur la sienne, sur le volant. Il regarda Piper et sourit.

— Salut, la marmotte.

— Arrête la voiture.

Il fronça les sourcils.

— Qu'y a-t-il ? Tu...

— Arrête-toi.

— OK, OK.

Il ralentit et se rangea sur le côté.

— Je veux que tu m'embrasses.

La bouche de Colby s'assécha.

— Que je t'embrasse ?

— Tu m'as entendue. Embrasse-moi. C'est une expérience.

— Une expérience ?

Il répétait tout ce qu'elle disait comme un perroquet mais il était tellement interloqué par sa demande qu'il ne trouvait rien à répondre.

Elle déboucla sa ceinture, se mit à genoux sur le siège et se pencha vers lui, pressant sa poitrine contre la sienne.

— Est-ce qu'il faut que je te le répète encore une fois ?

Le regard de Colby descendit vers ses lèvres, puis plus bas dans l'échancrure de sa chemise, révélant l'ensorcelant décolleté qui était resté gravé dans sa mémoire depuis qu'elle avait ôté son soutien-gorge, là-haut, dans la montagne.

— Piper, tu ne dois pas avoir les idées claires. Tu es encore traumatisée, fatiguée...

Elle pressa ses lèvres sur les siennes et, ce faisant, réduisit à néant les vestiges d'honneur qu'il lui restait. Sa conscience s'évapora au contact de la chaleur captivante de ses lèvres, du délicieux mordillement qu'infligeaient ses dents à sa lèvre inférieure tandis qu'elle s'efforçait de l'inciter à lui retourner son baiser.

Un grognement monta dans sa gorge et il l'attira sur ses genoux. Savourant la chaleur de son corps, il laissa glisser l'une de ses mains jusqu'à la cambrure de ses reins, caressant les courbes exquises de ses hanches, de son postérieur, tandis que son autre main s'enfonçait dans ses longs cheveux pour l'attirer plus près encore. Enfin, sa langue s'insinua entre ses lèvres, entamant un duel endiablé avec celle de Piper jusqu'à ce que, emporté par le désir, il veuille... davantage.

Leurs baisers, dans la montagne, étaient nés du besoin désespéré de survivre, de générer de la chaleur, de chasser les brumes du délire. Ce baiser-ci était l'aboutissement naturel de l'absolue fascination qu'il avait ressentie à l'instant où il l'avait vue à la foire, petite mais énergique, intrépide, prête à tout risquer pour l'amour d'un cheval. Depuis lors, le désir avait couvé au plus profond de lui, fermement tenu en laisse, mais, maintenant qu'il avait commencé à s'exprimer librement, il les consumait tous les deux tel un feu dévorant.

Il se tourna à demi avec elle pour qu'elle prenne appui contre la portière, prêt à laisser ses lèvres courir partout sur elle... mais pas avant de l'avoir entendue murmurer son nom après ce simple baiser. Non qu'il n'ait jamais rien connu de semblable... Seigneur, cette femme avait tout d'une de ces sirènes sexy du vieux folklore ! Où avait-elle appris à embrasser comme cela ? À cette pensée, une onde de jalousie d'une force incroyable le traversa. Tout à coup, il avait envie de tuer le premier homme qui aurait osé ne serait-ce que poser le regard sur elle. Tandis qu'il continuait à l'embrasser de plus en plus voracement, une phrase s'imprima, insistante, sur l'écran de son esprit éperdu de désir.

Elle est à moi.

Les implications de cette idée finirent par lui apparaître et une sueur froide le parcourut, chassant les brumes de la passion. Rompant le baiser, il s'écarta d'elle, s'efforçant de recouvrer son souffle.

Ses seins voluptueux se soulevaient et s'abaissaient à un rythme accéléré, lui donnant envie de l'embrasser de nouveau, de poursuivre ce qu'ils avaient commencé.

— Non.

Le son de sa voix était rauque, voilé. Il s'éclaircit la gorge.

— Non ? répéta-t-elle, la passion obscurcissant encore son regard.

Il ferma les yeux, prit une profonde inspiration, puis planta son regard dans le sien.

— Je suis désolé. Ce n'est pas le bon moment. Tu es vulnérable et, moi, je...

— Tu... Quoi ?

Elle l'étudia pendant un moment, puis elle se dégagea et, après quelques acrobaties, se laissa retomber sur le siège passager.

— Tu n'as pas envie de moi ?

Il partit d'un rire dur et baissa la tête, arrêtant un regard appuyé sur son entrejambe.

— Je ne crois pas qu'il soit utile que je réponde à cette question.

Il se passa une main sur le visage.

— Je te désire plus que tout... Plus que je n'ai jamais désiré personne. Mais il y a des tas de choses qui font que... ce n'est pas possible.

— Pourquoi ?

Elle ne paraissait ni fâchée ni blessée. Elle avait l'air simplement curieuse, comme si elle essayait de démêler un problème qui lui échappait. Comment pouvait-elle se comporter aussi... normalement quand son monde à lui avait complètement basculé ? Était-ce cela l'expérience à laquelle elle avait voulu se livrer ? La passion qui l'avait submergé céda le pas à la frustration, la douleur, la colère. Ses mains enserrèrent le volant comme si elles avaient voulu le réduire en miettes.

— C'est bon ? Tu as eu ce que tu voulais ?

Elle cligna des yeux.

— Quoi ?

— Tu as dit qu'il s'agissait d'une expérience. Quel en était le but ? Voir si j'étais un salaud capable de profiter d'une femme quand elle était vulnérable ? Eh bien, tu as eu ta réponse. C'est oui !

— Quoi ? Non, mais non... pas du tout ! Colby, je voulais savoir si ces baisers qu'on avait échangés dans la montagne avaient juste servi à nous tenir chaud ou si tu éprouvais la même...

Elle se passa la langue sur les lèvres comme son regard s'arrêtait sur sa bouche.

— La même irrésistible attirance que moi, chaque fois que je pose les yeux sur toi.

De nouveau, elle pointa le bout de la langue pour s'humecter les lèvres, et le corps de Colby, ce traître, réagit instantanément. Le désir l'assaillit de nouveau, plus intense que jamais. Il jura.

Elle repoussa ses cheveux de son visage.

— Tu as des racines profondément implantées à Destiny, n'est-ce pas ? Je suppose que tu n'envisagerais jamais de déménager ?

Il poussa un long soupir. Il était fatigué, si fatigué. Sa tête l'élançait encore. La conséquence des coups qu'il avait reçus, certainement... Sinon, comment aurait-il pu penser, fût-ce une seconde, que Piper s'était jouée de lui ? Elle n'était pas ce genre de personne. Elle n'était ni vindicative ni méchante. Et lui qui retournait toutes ses frustrations contre elle ! Il eut honte de lui tout à coup.

— Non, dit-il d'un ton beaucoup plus calme, cette fois. Je ne l'ai jamais envisagé.

La déception l'envahit au moment même où il prononçait cette vérité. Qui scellait le sort d'un avenir commun pour eux deux. Ou plutôt d'une absence d'avenir commun.

— Et toi, tu as tes racines dans ton ranch. Je ne te vois pas renonçant à ton héritage familial pour venir vivre à Destiny... Je me trompe ?

— Non, c'est vrai.

Ils se regardèrent pendant une longue minute, des torrents d'émotions et de pensées non formulées tourbillonnant entre eux. Ni l'un ni l'autre ne parlèrent plus. Tout avait été dit. Ils étaient follement attirés l'un par l'autre, mais il n'existait aucune possibilité pour eux d'être ensemble. Ils avaient des objectifs différents, des objectifs auxquels ni l'un ni l'autre n'étaient prêts à renoncer.

Il aurait dû rester à Mountain City avec Dillon et Blake.

Elle tira sur sa ceinture et déclara d'une voix atone, regardant droit devant elle :

— Ramène-moi chez moi, s'il te plaît.

Il la regarda, cherchant désespérément le moyen d'apaiser la douleur qui pulsait entre eux comme un être vivant. Mais que dire ? Ils se connaissaient depuis quelques jours. Cet... Ces sentiments qui s'étaient fait jour entre eux ne constituaient pas une raison suffisante pour tout abandonner et changer de vie.

Il n'avait pas de solution magique pour tout arranger. Le mieux à faire était de la ramener au ranch, où elle pourrait poursuivre le cours de son existence et l'oublier.

Mais lui ? Comment diable allait-il bien pouvoir l'oublier, *lui* ?

15

Le long trajet de Johnson County jusqu'au ranch de Piper, près de Lexington, aurait été moins pénible après cette désastreuse « expérience » avec Colby si Piper avait réussi à dormir tout du long. Lorsqu'elle vit enfin apparaître le portique proclamant « Ranch Caraway », elle en aurait presque pleuré de soulagement.

Jusqu'à ce qu'elle voie ce qui l'attendait. Alors, les larmes lui montèrent aux yeux, mais pour une tout autre raison.

Colby ralentit.

— Le shérif est chez toi. Ce n'est pas bon signe.

— Encore une nouvelle tuile, certainement, soupira-t-elle. Je te l'ai dit, elles se sont multipliées ces derniers temps. Il a dû être appelé pour la dernière catastrophe en date... Ce qui expliquerait cette tranchée, sur le côté de la maison, et la présence de la camionnette du plombier. Nom d'un chien, ça va me coûter une fortune. Si je dois payer le déplacement, en plus des réparations, j'en aurai pour deux heures de main d'œuvre, rien que pour le trajet.

Sitôt qu'il eut garé le véhicule derrière la voiture de patrouille, elle tendit la main vers la poignée, mais Colby posa la main sur son épaule.

— Piper, je tire des revenus confortables de la ferme, en plus de mon salaire. Et j'ai des économies à la banque. Je peux...

— *Non*, coupa-t-elle d'un ton bref. Désolée, mais je ne veux pas accepter d'argent, ni de toi ni de personne. Mais merci quand même, j'apprécie ton offre.

Elle s'apprêtait à mettre pied à terre lorsqu'elle vit, bouche bée, trois personnes émerger de chez elle, dont une menottée.

— Qui est cette fille ? Tu la connais ? s'enquit Colby.

— Oui... Mais, apparemment, pas si bien que ça puisqu'on l'arrête. Elle s'appelle Arlene Garza. Je l'ai engagée il y a deux mois.

L'adjoint fit monter la jeune fille à l'arrière de la voiture de police, puis claqua la portière.

— Et qui est le type, à côté de l'adjoint ?

— Billy Abbott, mon bras droit. Viens, je vais te présenter et voir ce qui se passe.

Ils descendirent de la camionnette et s'avancèrent vers les deux hommes.

— Piper ! Content de te voir, s'exclama Billy en la serrant avec effusion contre lui.

— Je... ne... peux... plus... respirer, le taquina-t-elle.

Il la libéra, rougissant.

— Désolé. C'est juste que je suis tellement soulagé que tu ailles bien...

Il regarda la remorque et son visage s'éclaira d'un sourire.

— Dieu merci, tu as retrouvé Gladiator. Si tu savais comme je m'en veux... Je me sens responsable. Mais cet acte de vente avait l'air... parfaitement vrai et tu ne répondais pas au téléphone, alors...

— Stop, Billy. Stop. On a déjà parlé de tout ça. C'est du passé, désormais, OK ? Dis-moi plutôt ce qui se passe ici. Pourquoi l'adjoint emmène-t-il Arlene ?

La jeune fille pleurait. Par la vitre de la portière arrière, Piper voyait ses épaules, secouées de sanglots. Colby était en pleine conversation avec l'adjoint.

— Eh bien ? demanda-t-elle. Qu'est-il arrivé ? Et pourquoi la cour a-t-elle été inondée ?

Billy serra les poings.

— On a encore eu deux ou trois bricoles qui ont disparu et de nouvelles dégradations... Deux selles, qui ont été retrouvées plongées dans des abreuvoirs... Fichues ! J'étais tellement furieux que je suis aussitôt allé en ville acheter une de ces caméras de chasse, tu sais, celles qui servent à repérer le gibier et qui ne se déclenchent que lorsqu'elles détectent un mouvement...

Piper était encore sous le coup de la mauvaise nouvelle concernant les selles lorsqu'elle prit conscience de ce que venait de dire Billy. Atterrée, elle se demanda à combien allait se monter cette dépense supplémentaire.

— Et, pour tout couronner, il y a quelques heures, en rentrant des écuries, poursuivit Billy, j'ai trouvé l'eau qui jaillissait en continu d'un des robinets, sur le côté de la maison. Il était cassé. J'ai dû couper l'arrivée d'eau générale. Heureusement, le plombier a pu réparer rapidement. Mais je lui ai demandé de vérifier le reste de la plomberie pour m'assurer que rien d'autre n'avait été saboté.

— *Saboté* ? Et tu crois que c'était Arlene ?

— Je ne le *crois* pas, elle a avoué. Et, même si elle avait nié... J'ai la preuve que c'est elle.

Il tendit le bras, montrant un arbre à une cinquantaine de mètres de la façade de la maison.

— J'ai fixé la caméra là-bas. Quand j'ai eu coupé l'eau et appelé le plombier, je suis allé consulter la carte SD. On reconnaît très bien Arlene en train de taper avec une batte de base-ball sur le robinet. J'ai aussitôt prévenu le shérif.

Piper secoua la tête.

— Je ne comprends pas qu'elle ait pu faire une chose pareille. C'est une gentille fille. Qu'a-t-elle à y gagner ?

Colby et l'adjoint s'approchèrent.

— Mademoiselle Caraway, je suis l'adjoint Hollenbeck. Mademoiselle Garza refuse pour l'instant d'expliquer les raisons de son geste. Mais après ce que vient de m'apprendre le détective Vale concernant ce Palmer, je parie qu'elle est de mèche avec lui et que c'est elle qui est responsable de tous ces prétendus accidents qui se sont produits au ranch.

— Attendez... Vous croyez vraiment que Palmer serait derrière tout ça et qu'Arlene travaillait pour lui ?

Hollenbeck hocha la tête mais Colby observa :

— Attendons d'avoir tous les éléments en main. Elle n'a reconnu que la destruction de ce robinet sans pour autant expliquer pourquoi elle avait fait ça. Dis-moi, j'aimerais bien en savoir un peu plus sur ce type que tu as engagé pour s'occuper de la sécurité il y a quelques mois ?

— Ken Taylor ? C'est un ami du shérif. Il ne peut pas être mêlé à ça. J'ai toute confiance en lui.

— Tu avais toute confiance en Arlene, non ?

Elle se tut... et fronça les sourcils en voyant la porte de la maison s'ouvrir, livrant passage à un homme d'un certain âge, en bleu de travail, en train d'écrire quelque chose sur ce qui semblait être un carnet de factures. *Super.*

Colby jeta un regard compatissant à Piper et, avec tact, s'écarta de quelques pas. Elle rougit. Il ne manquerait plus qu'il la prenne en pitié à cause de ses problèmes financiers !

Tandis que la voiture de l'adjoint s'en allait, emmenant Arlene, elle se tourna vers Billy.

— Tu veux bien conduire Gladiator à l'écurie ?

— Bien sûr. Au fait, j'ai fait des provisions et je suis même allé chez Bradford acheter de la poitrine de bœuf, ton morceau préféré. Je ne savais pas ce qu'aimait ton... ami, alors j'ai pris aussi des carrés d'agneau. Tout est dans le réfrigérateur.

— Oh ! merci, c'est vraiment gentil. J'en ai déjà l'eau à la bouche !

Elle sourit et lui donna les clés puis fit signe à Colby de les rejoindre.

— Billy, voici mon *ami*, le taquina-t-elle. Le détective Colby Vale. Colby, Billy Abbott, mon indispensable bras droit.

Billy rougit de plaisir et serra la main de Colby.

— Piper m'a dit au téléphone que vous étiez du Tennessee. Je ne savais pas qu'un policier du Tennessee avait compétence pour enquêter dans le Kentucky.

— J'ai tenu à raccompagner personnellement Piper à titre de courtoisie, après tout ce qui lui était arrivé, et j'assiste les autorités locales dans l'enquête. Ne vous inquiétez pas ; je n'enfreins aucune loi, précisa-t-il sèchement.

Le visage de Billy ne serait pas devenu plus cramoisi s'il avait passé tout un été en plein soleil sans écran total, songea Piper.

Billy s'éclaircit la gorge, embarrassé, et agita la main en direction de la remorque.

— Eh bien, merci pour tout ce que vous avez fait pour ma patronne... et pour notre étalon.

Colby plissa les yeux, étudiant Billy comme s'il redoutait de le voir d'un instant à l'autre se muer en tueur psychopathe.

— Le mérite en revient surtout à la chance. Et Gladiator a été rendu par un des méchants, pris de remords, alors...

— À entendre Piper, vous lui avez sauvé la vie un million de fois et, sans vous, elle ne s'en serait jamais sortie. Donc, vous avez toute ma gratitude.

— Excusez-moi, m'dame... Vous voulez payer à comptant ou à crédit ? lança une voix, derrière eux.

Tous trois se retournèrent vers le plombier, qui tendait la facture à Piper.

— À crédit, grommela-t-elle en voyant la somme inscrite sur le papier. Si tant est que j'en ai encore.

Elle fit un pas en direction de la maison.

— Colby ? Tu viens ?

Il regarda Billy qui se dirigeait vers le pick-up.

— Je crois que je vais plutôt aller aux écuries si ça ne t'ennuie pas. J'aimerais rencontrer ce vigile, qui s'occupe de la sécurité du ranch.

Billy s'immobilisa, pâlissant à l'idée de devoir prendre Colby comme passager.

— Est-ce que Ken est aux écuries ? demanda Piper.

— Je pense, oui.

— Très bien. Allons-y, alors, décréta Colby en grimpant dans la camionnette.

— Vas-y, dit Piper à Billy. Je prendrai la golfette électrique pour vous rejoindre.

Il hocha la tête sans enthousiasme et monta dans le pick-up.

— Pour cette facture, mademoiselle Caraway... ? rappela le plombier.

— Suivez-moi, répondit-elle en entrant dans la maison. Mon bureau est à droite.

Lorsqu'elle se fut occupée du plombier et de différents problèmes rapportés par les employés du ranch, il s'était écoulé une heure. Surprise que Colby ne soit pas encore revenu, elle sauta dans la voiturette de golf qu'elle conservait garée près de la maison — heureusement, du côté qui n'avait pas été inondé — et se dirigea vers les écuries.

Elle arriva au moment où Billy chargeait l'un des étalons pur-sang dans la remorque qui avait été précédemment occupée par Gladiator.

— Billy ? Qu'est-ce que tu fais ?

Il referma la porte de la remorque.

— Avec Arlene et le plombier, je n'ai pas eu le temps de te mettre au courant de la situation du ranch. Pendant ton absence, la banque a émis un ultimatum : soit on s'acquitte des échéances non honorées, augmentées des agios et des frais, soit ils déclenchent le processus de saisie. Ils ont menacé d'obtenir une injonction pour fermer le ranch et saisir tous les chevaux jusqu'à ce que l'ensemble des dettes soit apuré.

Elle porta une main à sa poitrine.

— Mon Dieu. Je sais que nous sommes en retard, mais ça semble... terriblement radical. Quelle est la date butoir ?

— Il y a quatre jours.

Elle le contempla, interdite.

— Quoi ? Mais alors... Je ne comprends pas.

Elle regarda les écuries.

— Oh ! non. Ne me dis pas que tous les autres chevaux...

Il éleva une main pour l'arrêter.

— Détends-toi ! L'hypothèque court toujours. Personne n'a pris aucun cheval. Et ce, grâce à Môsieur...

D'un geste emphatique, il désigna la remorque, le sourire aux lèvres.

— Mes talents de commercial ont été utiles. Romeo ici présent est attendu pour deux saillies, toutes deux payées d'avance.

— Non ! Deux ? D'avance ? répéta-t-elle, incrédule.

Elle éleva la main et tapa victorieusement dans celle de Billy avant de se jeter dans ses bras.

— Tu es le meilleur ! Je ne sais pas comment te remercier.

Il lui jeta un drôle de regard.

— Ne sois pas si surprise. Tu sais, j'ai géré le ranch pendant des années avant ton retour. Je m'y connais un peu en matière d'élevage et de reproduction.

Elle fronça les sourcils. L'avait-elle offensé ?

— Je sais. Je ne voulais pas...

— Il faut que j'y aille avant que les clients ne demandent à être remboursés. Je serai parti deux semaines, je pense. Tu trouveras tous les détails de l'opération dans le registre, au bureau.

Sur ce, il se détourna et sauta sur le siège conducteur.

Piper s'avança et tapa à la vitre.

Il l'abaissa, arquant les sourcils.

— Où est Colby ? Le détective Vale ?

Il montra de la main, par-delà les écuries, la seule maison qui jouxte sa propriété, à une centaine de mètres, de l'autre côté de la clôture de bois blanche.

— Il est allé chez M. Wilkerson. J'ai eu beau lui dire que le shérif était déjà allé le voir, après son retour il y a deux jours, rien n'y a fait.

— Comment le shérif a-t-il su que M. Wilkerson était rentré ?

— J'ai appelé O'Leary à la seconde où je l'ai vu dans sa cour, tu penses bien.

— Merci. Je ne te le dis pas assez souvent, je crois, mais j'apprécie vraiment tout ce que tu fais pour moi.

Gêné comme il l'était toujours lorsqu'il recevait un compliment, Billy répondit par un petit signe de tête.

Elle recula et agita la main, attendant que la camionnette et la remorque aient disparu au bout de l'allée, sur la route. Puis elle prit une grande inspiration et se dirigea vers la maison de son voisin.

— Vous êtes sûr que vous ne connaissez pas cet homme ? s'enquit Colby, assis sur le canapé, en se penchant en avant, le portrait-robot de Palmer à la main.

Wilkerson daigna à peine le regarder.

— J'ai déjà répondu au shérif.

— Oui, monsieur. Mais le shérif O'Leary n'avait pas ces dessins en sa possession lorsqu'il est venu vous voir, déclara patiemment Colby.

— Vous me les avez déjà montrés. Et je vous ai déjà dit que je ne connaissais personne du nom de Palmer et que je n'avais rien à voir avec ce micmac, dans le ranch voisin, concernant ce grand cheval noir.

Un coup frappé à la porte vitrée, sur l'arrière de la maison, attira l'attention des deux hommes.

Poussant un profond soupir, Wilkerson se mit péniblement debout.

— J'ai eu plus de visites indésirables en deux jours que je n'en ai normalement en une année. Ça me donnerait presque envie de plier bagage et de repartir.

Profitant de ce que le vieux grincheux lui tournait le dos, Colby leva les yeux au ciel et l'escorta jusqu'à la porte.

Wilkerson accueillit Piper avec la même mine renfrognée qu'il avait arborée en voyant Colby.

— Mademoiselle Caraway. Si vous cherchez votre ami détective, vous tombez bien : il était justement sur le point de partir. Au revoir, détective Vale.

— Merci de m'avoir consacré un peu de votre temps, répondit Colby, sortant à contrecœur.

La porte se referma derrière lui et Wilkerson tira le rideau.

Piper regarda Colby.

— Eh bien, dis donc. Qu'est-ce que tu lui as fait ?

— Je lui ai simplement posé quelques questions, mais ça n'a pas eu l'heur de lui plaire. Je pense qu'il cache quelque chose.

— Sérieusement ?

— Oui.

La dépassant, il s'engagea sur la douce pente d'herbe qui menait à la clôture qu'il avait franchie d'un bond pour venir voir Wilkerson.

Piper pressa le pas et le rattrapa.

— Je suis sûre qu'il t'a dit qu'il n'avait rien à voir avec ce faux acte de vente. J'ai su par Billy que le shérif était déjà venu lui parler.

Colby s'arrêta devant la clôture et s'appuya des deux mains sur la traverse supérieure.

— Ton directeur de ranch n'est pas beaucoup plus âgé que toi, n'est-ce pas ?

Elle fronça les sourcils, perplexe.

— Billy ? Il doit avoir environ six ans de plus que moi. Pourquoi ?

— Notre cher Billy est fou amoureux de toi.

Les joues de Piper rosirent.

— Oui, je sais. Ça rend la situation… un peu délicate, parfois, étant donné que ce n'est pas mutuel. Mais… ce n'est pas le sujet. Pourquoi es-tu allé voir M. Wilkerson sans moi ?

Il eut envie de lui dire qu'elle devait mettre les choses au point avec Billy et lui faire clairement comprendre qu'il n'avait rien à attendre d'elle. Mais, comme il ne savait pas si l'antipathie qu'il éprouvait résultait d'un sixième sens ou, simplement, de la jalousie que l'homme lui inspirait, il préféra se taire.

— Je ne savais pas que tu aurais préféré venir avec moi. Je l'ai vu dehors, donc je suis allé voir s'il pouvait nous aider dans notre enquête.

Il fit la grimace.

— Mais on ne peut pas dire qu'il se soit montré très coopératif.

Donc, tant que nous ne saurons pas quel lien existe entre tous ces incidents et Palmer, tout le monde est suspect.

Elle planta les poings sur ses hanches.

— « Tout le monde » ? Tu crois qu'Arlene, Wilkerson, Billy — ne le nie pas, j'ai vu la façon dont tu le regardais — et, pourquoi pas aussi, le plombier sont mêlés à ça ? Oh ! et Ken Taylor, mon palefrenier et vigile, tant qu'on y est ! Je suis sûre que tu l'as mis sur le gril, lui aussi, pas vrai ?

Il n'osa pas nier. Évidemment qu'il l'avait interrogé, comme d'ailleurs il interrogerait tous les autres employés. Mais, d'après Taylor, la plupart avaient déjà terminé leur journée et les autres cesseraient de travailler au coucher du soleil. Ce qui signifiait qu'il devrait attendre le lendemain.

Elle dut lire dans ses yeux sa sincérité. Ses épaules s'affaissèrent.

— Colby, j'apprécie vraiment ton aide. Mais tu ne peux pas soupçonner tout le monde, ici, d'être en cheville avec Palmer.

Elle ouvrit le bras, embrassant toute sa propriété.

— J'emploie beaucoup de monde. Je ne veux pas qu'ils démissionnent les uns après les autres parce qu'ils ont l'impression que je ne leur fais pas confiance. Promets-moi de ne pas interroger tous les employés quand ils arriveront. J'ai une exploitation à faire tourner. Comment veux-tu que je fasse si tu fais peur à tout le monde ?

— Tu es beaucoup trop gentille... Et beaucoup trop laxiste concernant ta sécurité.

Elle le regarda, ouvrant de grands yeux.

— Comment ça, trop gentille ?

Il soupira puis, la saisissant par la taille, il l'assit sur la clôture. Elle poussa un cri de surprise et se rattrapa à ses épaules.

— Qu'est-ce que tu fais ?

— Écoute-moi bien, dit-il, son regard dérivant malgré lui vers ses lèvres.

Elle déglutit avec peine.

— OK, je suis tout ouïe.

Le simple fait de la toucher, de sentir le creux de sa taille, fût-ce au travers de sa veste, avait suffi à embraser ses sens. Il retint de justesse le grognement qui montait dans sa gorge.

— Colby ?

À son intonation voilée, il devina qu'elle aussi se remémorait leur dernier baiser.

— Oui… Ce que je voulais dire, c'est que, tant que Palmer ne sera pas appréhendé, tu dois être sur tes gardes. Tu ne peux pas partir du principe que tout le monde est inoffensif. Tant qu'on ne connaîtra pas la vérité…

Elle laissa entendre un ricanement amer.

— La vérité ! Est-ce que tu as seulement une théorie ?

— J'y travaille. Tous ces « incidents » dans ton ranch ont un impact sur tes finances. C'est peut-être ça le but. Si Palmer voulait seulement te tuer, il aurait eu mille occasions de te tirer dessus quand tu te déplaces sur tes terres.

Il leva les yeux vers le ciel qui s'assombrissait.

— Il est tard. Rentrons.

— La golfette est près de l'écurie. Ça nous évitera de rentrer à pied.

Ils enjambèrent la clôture.

— Tu as faim ? demanda-t-elle.

— Je ne serais pas contre manger un morceau. Est-ce que tu as un autre véhicule avec lequel nous pourrions aller en ville, demain ? Je t'invite dans le restaurant de ton choix.

— Ce n'est pas la peine. Billy a acheté ma viande préférée après que je l'ai appelé de Mountain City, ce matin. Il y a de quoi manger pour quatre !

— Décidément, l'ami Billy pense à tout.

Elle plissa les yeux en manière d'avertissement.

Il lui retourna un large sourire.

— Est-ce que tu as du thé glacé sucré ?

— Je viens d'arriver, donc, non. Mais je peux en faire.

— De la viande tendre et un bon thé sucré du Sud… Je dois être au paradis.

Son téléphone se mit à vibrer dans sa poche. Après avoir brièvement consulté l'écran, il décrocha.

— Dillon ? Que se passe-t-il ?

Il écouta, l'air de plus en plus ennuyé. Finalement, il dit :

— D'accord. Merci. Je vais le lui transmettre.

Il coupa la communication et rangea l'appareil.

— Il y a du nouveau... En premier lieu, ils ont retrouvé les corps dans la montagne.

— Le type que tu as poignardé ? Ça, ce n'est pas nouveau.

— Non, les deux autres comparses de Palmer. Ils ont été retrouvés, abattus tous les deux, d'une balle dans le dos. À mon avis, Palmer élimine tous les témoins.

— Oh ! non.

— Ce n'est pas tout... Ta charmante petite employée, Arlene, s'est mise à table. On ne peut plus l'arrêter.

— Que veux-tu dire ? Et comment Dillon est-il au courant ?

— Le shérif de ton comté a cherché à joindre celui de Johnson County et, comme celui-ci fait partie de la battue, en montagne, il a eu affaire à Dillon. Arlene a avoué être responsable de tous les actes de vandalisme qui ont eu lieu chez toi.

Piper porta une main à sa gorge.

— Mais... C'est impossible. Elle a à peine dix-neuf ans. Elle économisait pour l'université. Je ne peux pas imaginer que...

— Tu ne l'aurais jamais imaginée non plus détruisant à coups de batte de base-ball tes robinets, et pourtant elle a été prise en flagrant délit, assena Colby.

— Je sais, je sais. Est-ce qu'elle a dit pourquoi elle avait fait ça ? Elle m'en voulait de quelque chose ?

— On la faisait chanter, déclara Colby. Il y a deux mois, alors qu'elle travaillait comme serveuse dans un restaurant — elle mettait effectivement de l'argent de côté pour ses études, cette partie-là est vraie, mais elle a omis de préciser qu'elle faisait les poches des clients pour économiser plus vite — un client l'a vue faire et l'a prise en photo. Il s'est servi du cliché pour l'obliger à postuler dans ton ranch.

Ils reprirent le chemin des écuries.

— Elle s'est pliée à la demande du maître chanteur une fois, pensant qu'il la laisserait ensuite tranquille. Mais il l'a de nouveau prise en photo en pleine action, au ranch, et… Bref, ça a été l'engrenage.

— Est-ce qu'elle a donné son nom ?

— Elle ne le connaît pas.

— Évidemment. Ç'aurait été trop beau, dit Piper en soupirant.

— Attends la suite, reprit Colby. Le shérif lui a montré des copies de tous les croquis que Dillon lui a faxés et elle l'a formellement reconnu. Devine qui c'était ?

Elle croisa les bras.

— Palmer, bien sûr.

— Non. C'était Jedidiah.

16

Piper referma le lave-vaisselle et s'adossa contre le plan de travail.

— Je n'en reviens pas. Jedidiah. Je n'arrive toujours pas à croire qu'il ait été mêlé à ça. Ça n'a pas de sens. Il nous a laissés partir. Et il m'a rendu Gladiator ! Pourquoi aurait-il agi ainsi s'il était de mèche avec Palmer ?

Colby s'adossa au comptoir, face à elle.

— Tu as déjà entendu parler du principe du rasoir d'Ockham ?

— C'est un peu la même chose que la devise KISS, non ? En gros, faire le plus simple possible ?

La bouche de Colby s'étira en un sourire sexy.

— C'est à peu près ça. Plus une théorie est alambiquée, plus tu dois échafauder d'hypothèses pour tout faire cadrer, moins tu as de chances de tomber juste. En fait, c'est le fond de la nature humaine. De vastes conspirations sont difficilement soutenables et s'écrouleront facilement. Donc, bien souvent, l'explication la plus simple est la bonne.

— Et, dans le cas qui nous occupe, qu'est-ce que cela signifie ?

— Que Palmer et Jedidiah travaillaient probablement ensemble initialement et qu'ils sont désormais ennemis. Palmer voulait qu'on meure là-haut — il avait donné ses ordres à ses gros bras. Et puis, Jedidiah nous a trouvés. Il avait peut-être l'intention de nous tuer mais, quand il a su que Palmer était dans le coup, il nous a laissés partir.

Elle hocha la tête.

— Oui, ça se tient. Mais je préférais l'idée que Jedidiah ait bon fond et qu'il nous ait relâchés parce que tu avais sauvé Mindy.

— Tu ne vois toujours que le bien chez tout le monde, n'est-ce pas ?

— Pas du tout. Je ne suis pas aussi naïve que tu sembles le croire. J'ai seulement une vision de la vie un peu plus optimiste que la tienne. Ça doit tenir à ton travail.

— Peut-être.

— Comment penses-tu qu'ils se soient rencontrés ?

— Sans doute en prison. Ils ont tous les deux un passé de criminel. Mais Jedidiah, dans le Tennessee, a toujours purgé des peines d'emprisonnement dans des maisons d'arrêt, pas en centre de détention. Donc, Blake étend les recherches pour voir où il aurait pu être condamné à une peine plus lourde, au cours de laquelle il aurait pu faire la connaissance d'un détenu correspondant à la description de Palmer. Une prison de laquelle ils auraient, de plus, été libérés tous les deux il y a environ deux mois.

Elle hocha longuement la tête, puis leva les yeux vers la pendule.

— 21 heures... Il est encore tôt mais, avec les événements de ces derniers jours, je suis moulue. Je crois que je vais aller me coucher. Tu peux veiller aussi tard que tu le veux, bien sûr... mais je vais te montrer ta chambre.

Elle jeta un rapide regard ennuyé autour d'elle.

— Mince. Le sac de couchage qu'on t'a fourni à Johnson County est resté dans le pick-up. Je vais te préparer...

Il l'interrompit en se détachant du comptoir.

— Je l'ai sorti avant que Billy ne s'en aille mais je l'ai posé à l'écurie et j'ai oublié de le récupérer en revenant de chez Wilkerson. J'irai le chercher quand je serai prêt à aller me coucher. Ça t'ennuie si j'utilise la voiturette un peu plus tard ?

— Bien sûr que non, assura-t-elle en ouvrant un tiroir à sa gauche et en lui montrant son contenu. J'imagine que tes dons de fin limier te permettront de deviner quelle clé est la bonne.

Il se pencha, son visage à quelques centimètres du sien, et fit mine de réfléchir intensément.

— Mmm… Voyons, c'est peut-être celle qui a le porte-clés en forme de voiture de golf ?

— Bravo pour ta perspicacité, déclara-t-elle en souriant, avant que son regard ne s'abaisse jusqu'à ses lèvres et que son sourire ne s'efface.

Au lieu de s'écarter, Colby se rapprocha. Et, comme deux aimants incapables de résister à l'attraction qu'ils exerçaient l'un sur l'autre, ils se retrouvèrent enlacés.

Aucun d'eux n'essaya de se soustraire à cette étreinte, comme s'ils avaient tous deux conscience que c'était la dernière fois. Que, s'ils devaient assouvir la folle attirance qui les poussait l'un vers l'autre, ce serait ce soir ou jamais.

Demain, Colby quitterait le ranch et travaillerait main dans la main avec le bureau du shérif et ses collègues enquêteurs de la police de Destiny. Une fois l'affaire résolue, il retournerait à sa vie, à des centaines de kilomètres de là. Mais, pour l'instant, il était ici, avec elle. Et, pour le meilleur ou pour le pire, si déraisonnable que cela paraisse, elle ne voulait pas perdre une seconde de ce moment.

Ils cherchaient leur souffle lorsque Colby s'écarta d'elle, mettant fin à leur fougueux baiser. Les mains enfouies dans ses cheveux, le front contre le sien, sa poitrine se soulevant et s'abaissant rapidement. Haletante elle aussi, Piper le contempla. Sa maison, qui lui avait paru confortablement tiède un moment plus tôt, lui semblait être une étuve désormais. Elle avait envie d'arracher ses vêtements. D'arracher ceux de Colby. Ses doigts tâtonnèrent pour trouver les boutons de sa chemise.

— C'est insensé, murmura Colby. Tout à l'heure, dans le pick-up, on s'est dit que…

— Oublie le pick-up.

— Piper…

— Embrasse-moi.

Avec un grognement étouffé, il couvrit sa bouche avec une

telle passion, une telle avidité qu'elle gémit contre ses lèvres. Elle enroula les jambes autour de ses hanches comme il la soulevait dans ses bras et se mit à chercher les boutons de sa chemise, qu'elle fit frénétiquement sauter les uns après les autres. Enfin, elle promena voluptueusement ses mains sur son torse musclé. La bouche de Colby abandonna la sienne pour aller se perdre dans son cou, qu'il effleura, embrassa, mordilla. Elle cria son nom et tout le corps de Colby se contracta contre le sien.

— Ne me dis pas que tu n'as pas de préservatifs, souffla-t-il à son oreille d'une voix rauque, saccadée. S'il te plaît... Où est ta chambre ?

Elle rit et laissa délibérément glisser sa main plus bas, toujours plus bas, entre eux. Lorsque ses doigts se refermèrent sur sa chair tendue, il retint son souffle, secoué d'un frisson, et renversa la tête en arrière.

— Oh ! Piper... Arrête de me torturer...

Mais, d'un long et ferme aller-retour, elle persista à le caresser, se délectant de la façon dont il se mordait la lèvre, les yeux fermés.

— Piper.

— Au fond du couloir, la dernière porte à gauche.

Il se tourna, avec elle dans ses bras, et s'avança rapidement dans la direction indiquée.

Elle pressa de nouveau sa main sur la longueur de son sexe, lui tirant un gémissement. Il manqua trébucher.

— Si tu recommences, je te prends ici, par terre, dans le couloir.

— Des promesses, toujours des promesses, le taquina-t-elle.

Il rit et emprisonna sa main tandis qu'il entrait dans la chambre.

— Ils doivent être dans la table de chevet, indiqua-t-elle, montrant le côté gauche du lit.

— Ils *doivent* être ? releva-t-il, la soutenant d'un bras tandis qu'il fourrageait fébrilement de l'autre dans le tiroir.

— Les voilà, dit-il, le soulagement s'entendant dans sa voix.

Il prit la boîte, soulevant un petit nuage de poussière qui le fit tousser.

Le visage de Piper s'enflamma.

— Il y a un certain temps que je n'ai pas eu de relation, OK ?

Il lui décocha un grand sourire.

— Tu m'attendais, c'est ça ?

Elle se recula et plongea son regard dans le sien.

— Je crois que je t'ai attendu toute ma vie.

Il déglutit avec peine et ferma les yeux.

— Non, Colby. Arrête de penser. Arrête de te sentir coupable parce que notre histoire n'a pas d'avenir. On a ce soir. Alors, ne nous gâche pas ce moment... D'accord ?

Il rouvrit les yeux et prit son visage en coupe.

— Piper, je...

Elle pressa ses lèvres sur les siennes, se servant du désir dévorant qu'il éprouvait pour elle comme d'une arme. Un frémissement le parcourut, puis il lui rendit son baiser avec une ferveur renouvelée.

Ils se déshabillèrent précipitamment, leurs vêtements volant par-dessus le lit, atterrissant un peu partout, par terre. Au moment où elle repoussait le couvre-lit, elle entendit le son de l'étui en plastique qu'il déchirait. Elle arrangea rapidement les oreillers et se retourna. Il était là, dans toute sa gloire, tel un grand fauve affamé prêt à la dévorer. Mais, au lieu de la renverser sur le matelas, il reprit son air préoccupé et porta de nouveau ses mains à son visage.

— Piper, chérie, je ne veux pas que tu puisses le regretter. Je te désire plus que tu ne peux l'imaginer. Et je tiens beaucoup, beaucoup à toi. Mais on n'a pas les mêmes rêves, pas les mêmes projets tous les deux. Je ne vois pas comment ça pourrait marcher entre nous. Je voudrais t'avoir auprès de moi, en continu. Je ne supporterais pas de te savoir à des centaines de kilomètres... Ce serait trop dur. Alors, si tu veux, on peut tout arrêter. Je...

Elle plaqua sa main sur sa bouche.

— Colby, je suis une grande fille, pas une petite fleur fragile.

Crois-le ou non, je *peux* faire l'amour avec toi et survivre le lendemain, quand tu t'en iras travailler et que tu m'oublieras.

Il fronça les sourcils et ôta sa main de sa bouche.

— Je n'ai jamais dit que je t'oublierais.

— Eh bien, tu n'as pas exactement dit « je t'aime » non plus. Mais moi non plus, donc...

Cette fois, ce fut elle qui prit son visage entre ses mains.

— Colby, moi aussi, je tiens à toi, sinon nous ne serions pas ici. Je te désire — plus que tout. Je sais ce que le futur nous réserve — ou, plutôt, ne nous réserve pas — mais je veux quand même qu'on continue.

L'incertitude qu'elle lisait dans ses yeux lui serra le cœur. Quel homme merveilleux... Il était tellement soucieux de la préserver, de ne pas la blesser.

Pourrait-elle réellement faire l'amour avec lui et poursuivre le cours de sa vie comme si de rien n'était ? Probablement pas. Il y aurait certainement pour toujours un grand vide au fond de son cœur. Mais il y en aurait un plus grand encore si elle renonçait à lui maintenant par peur de souffrir plus tard.

— Colby ? Tu n'as pas envie de moi ? dit-elle en promenant ses mains sur sa poitrine.

Elle sentit ses muscles tressauter délicieusement à leur contact. Oh ! Seigneur, elle le désirait tant...

OK. S'il fallait faire la guerre pour obtenir ce qu'elle voulait, elle était prête à livrer bataille. Impitoyablement.

— Moi, je te veux, murmura-t-elle de sa voix la plus enjôleuse.

Le fauve se jeta sur elle.

Elle se retrouva sur le dos, Colby la couvrant d'attentions dont elle n'avait même pas osé rêver jusque-là. Il joua de son corps comme d'un instrument de musique ultrasensible, l'attirant à lui, tour à tour le caressant, puis le tourmentant délicieusement pour mieux le faire vibrer, trépider sous ses doigts, lui ouvrant un monde de merveilles qu'elle n'avait jamais connues.

Faisant passer son plaisir avant le sien, il veilla à la propulser vers les cimes de la félicité puis, juste avant que les ultimes frissons de l'extase ne la secouent, il entra enfin en elle.

— Colby !

Elle s'accrocha à ses épaules tandis qu'il se mettait à aller et venir en elle, sa bouche chaude sur ses lèvres, sa langue dansant avec la sienne, tandis que leur merveilleux corps-à-corps s'enfiévrait.

Puis, juste à l'instant où elle se croyait sur le point de mourir de plaisir, dans un ultime coup de reins, il cria son nom en même temps que tout son corps se rigidifiait. Elle l'étreignit contre lui l'espace d'un long, d'un extatique moment, hors du temps, puis, ensemble, pantelants, ils redescendirent tout doucement des hauteurs vertigineuses où la passion les avait emportés.

Tandis que le corps de Colby se relâchait contre le sien et que le rythme de sa respiration revenait peu à peu à la normale, il roula sur le côté, se pelotonnant, tendre et protecteur, autour d'elle. Elle se lova avec bonheur contre lui. Jamais elle ne s'était sentie aussi chérie, aussi aimée.

Bien plus tard, alors que les effets de la passion s'étaient depuis longtemps dissipés, elle demeura dans le noir, les yeux grands ouverts, le tenant toujours étroitement serré contre elle.

Se demandant comment elle pourrait jamais renoncer à lui.

Colby se redressa en sursaut dans le lit. Quelque chose l'avait réveillé, mais quoi ? Puis il identifia le bruit. La vibration de son téléphone dans la poche de son pantalon. À ceci près que celui-ci gisait quelque part sur le sol de la chambre de Piper où régnait une totale obscurité. Chez lui, dans *sa* chambre, il y avait tant d'écrans LCD — téléviseur, console de jeux, enregistreur DVD — que la pièce était perpétuellement illuminée comme un soir de célébration de fête nationale.

Avec précaution, il se détacha de son corps soyeux, démêlant ses jambes des siennes, et mit pied à terre. Quelques secondes plus tard, il plongeait la main dans la poche du pantalon, attrapait le téléphone et, se guidant à la lumière de son écran, quittait la chambre sur la pointe des pieds pour rejoindre le séjour où les voyants du téléviseur et des autres équipements électroniques fournissaient quelques repères visuels. S'asseyant sur le canapé, il lut rapidement le message qu'il venait de recevoir. Il rappelait son correspondant lorsque la lumière s'alluma. Il cligna des yeux et se retourna.

Piper se tenait près du commutateur dans une chemise de nuit Hello Kitty, les bras croisés. Il ne put retenir un sourire.

— Allô ! Colby ? dit Dillon dans le récepteur.

— Attends une seconde, répondit-il, bouchant l'émetteur de son autre main. Je ne voulais pas te réveiller, Piper. C'est Dillon. Je ne...

Elle vint se planter devant lui.

— Tu aurais *dû* me réveiller, coupa-t-elle avec humeur. Ça me concerne. J'ai le droit de savoir ce qui se passe.

— Colby ? répéta la voix, impatientée, de Dillon.

Colby hésita puis déclara :

— OK, tu as raison. Je mets le haut-parleur.

Prise de court, elle vint prendre place à côté de lui.

— Merci.

Il posa le téléphone entre eux deux.

— Désolé, Dillon. Vas-y. J'ai mis le haut-parleur. Piper est avec moi.

Il y eut une pause puis Dillon déclara :

— Bonsoir, mademoiselle Caraway. Désolé de vous déranger. Colby, tu as eu mon texto ?

— Oui. Peux-tu répéter son contenu à haute voix, s'il te plaît ?

— Bien sûr. On n'a pas relevé d'empreintes dans le pick-up autres que celles du jeune type que Jedidiah a payé pour restituer le véhicule au bureau du shérif, ce qui signifie que Palmer — ou Jedidiah — a été assez malin pour tout nettoyer. Ça n'a donc été qu'une perte de temps. En revanche, comme on connaissait le patronyme de Jedidiah, on a fini par trouver où il avait récemment été incarcéré. C'était au centre de détention de Potosi, une prison de haute sécurité à Washington County, dans le Missouri.

— Dans le Missouri ? releva Piper. C'est loin de Lexington.

— Oui, à six ou sept heures de route, acquiesça Dillon. Jedidiah est sorti de prison il y a quelques mois, ce qui corrobore les dires d'Arlene Garza, qui prétend l'avoir vu à Lexington à peu près à cette période. Partant du principe qu'il avait dû rencontrer Palmer en prison, nous avons fait l'inventaire de tous ses associés connus... Et bingo ! Le faux Palmer s'appelle en réalité Shane Crowder. Tout ce qu'on sait de lui, c'est qu'il purgeait une peine pour avoir dévalisé un fourgon blindé.

— Ce qui est réputé impossible, observa Colby.

— Oui, mais, apparemment, lui et ses comparses y sont parvenus. Et ils ont fait main basse sur un butin de — tenez-vous bien — cinq millions de dollars !

Les yeux de Piper s'agrandirent.

— De combien de mois de prison a-t-il écopé ? demanda Colby.

— Pas suffisamment. Les deux convoyeurs ont été tués. Il aurait dû prendre perpét. Seulement voilà, il y a eu erreur sur erreur dans cette affaire. Résultat des courses : ces lascars ont failli être relaxés pour vice de procédure. Et l'argent n'a jamais été retrouvé.

— Non ? C'est-à-dire qu'à l'heure qu'il est, on ne sait toujours pas où il est ? souligna Colby.

— Exactement. Et, donc, notre ami Shane passe un marché avec la justice : il dénonce ses deux comparses afin qu'ils écopent de très lourdes peines et révèle où est caché l'argent en contrepartie de quoi il bénéficie, lui, d'un régime de faveur et ne se voit condamner qu'à cinq ans de prison. Les fédéraux en obtiennent huit... Le marché est conclu. Les procès se déroulent, les deux complices de Shane sont inculpés d'assassinat et condamnés comme prévu à la prison à perpétuité sans possibilité de libération conditionnelle. Quant à Shane, lui, on l'envoie purger sa peine tranquillement, dans un autre établissement pénitentiaire. Selon les termes du contrat, il fournit aux fédéraux un plan qui indique à ces derniers où est caché le butin... Vous êtes toujours là ?

— Oui, dit Colby.

— Bien. Une des conditions du marché, stipulée par l'avocat de Shane, était que les fédéraux devaient enregistrer le déroulement de la découverte de la cache, ceci afin d'assurer le respect de l'accord qui avait été passé. Sur la vidéo, on les voit ouvrir le coffre-fort. On voit les piles de billets de banque... Et, tout à coup, *boum !* Une explosion, et tout l'argent part en fumée avant que les fédéraux n'aient eu le temps de prélever un seul billet.

Colby et Piper échangèrent un regard.

— Et alors, que s'est-il passé ? Shane n'aurait-il pas dû se voir condamné à une peine de prison à vie suite à cela ? Il a dû être tenu pour responsable du subterfuge...

— Eh non. Il a mis cette entourloupe sur le dos de ses complices... Alors qu'il était de notoriété publique qu'il s'y connaissait en explosifs puisqu'il les avait utilisés dans des entreprises de bâtiment et des compagnies minières pour lesquelles il avait travaillé. Son avocat a fait valoir que son client avait respecté à la lettre les clauses du marché passé avec les autorités puisqu'il avait effectivement révélé où se trouvait l'argent et qu'il n'était nullement stipulé que ceux-ci devaient le récupérer. Bref, les fédéraux ont dû s'incliner. Shane s'en est tiré avec ses huit années et a été libéré à peu près en même temps que Jedidiah.

Tout le monde se tut pendant quelques instants.

— Je n'y crois pas, assena finalement Colby. C'est une feinte. Shane n'aurait jamais fait brûler cinq millions de dollars. Cette cachette devait être un leurre, il avait dû la prévoir *avant* même le braquage du fourgon, pour le cas où les choses tourneraient mal. Les billets que les fédéraux ont juste eu le temps d'apercevoir devaient être faux. Ou alors il avait pris la précaution de placer de vrais billets sur le dessus des piles et dissimulé la fausse monnaie au-dessous. Ces cinq millions doivent toujours attendre, quelque part. Et si, moi, je parviens à cette conclusion, nul doute que les fédéraux aussi ont dû y penser. Alors, pourquoi ne lui ont-ils pas collé au train pour voir où il les conduisait ?

— Qui te dit qu'ils ne l'ont pas fait ?

— Dans ce cas, s'ils l'ont laissé voler Gladiator et nous kidnapper, Piper et moi, sans lever le petit doigt, je peux te dire qu'ils vont le regretter.

Dillon éclata de rire.

— D'accord avec toi. Bon, en tout cas, il va sans dire qu'ils ont dû suivre à la trace notre expert en explosifs à sa sortie de prison, ce qui explique que celui-ci ait eu besoin de Jedidiah pour l'aider à mettre au point son projet suivant... Le temps qu'il sème ses encombrants poursuivants. Quand il y a réussi, il a disparu.

Piper fronça les sourcils.

— Vous avez fait du beau travail. Ce que vous avez découvert est fantastique, mais... je ne vois toujours pas où j'interviens dans tout ça. Je n'avais rien à voir avec ces types... Pourquoi se sont-ils focalisés sur moi ?

— Ton terrain, répondirent Colby et Dillon en même temps.

Elle pâlit.

— Quoi ? Vous voulez dire que Palmer... Enfin, Shane aurait enterré cinq millions de dollars dans ma propriété ?

— Oui, répondirent-ils de nouveau à l'unisson.

— Tout cadre, insista Colby. Shane et Jedidiah se lient d'amitié en prison. Ils parlent, échangent des confidences. Shane savait que les fédéraux le traqueraient à sa sortie, donc il avait besoin de l'aide de quelqu'un pour éloigner les soupçons et les orienter sur une fausse piste. Une fois la voie libre, Jedidiah et Shane récupéreraient le magot, se le partageraient — s'ils ne s'étripaient pas avant — puis ils disparaîtraient, chacun de son côté. Mais il y avait un hic.

Piper croisa les bras.

— Moi. Mon ranch et tous mes employés. Il fallait que personne ne puisse le voir récupérer l'argent.

— Précisément, reprit Colby. D'où ces accidents incessants

pour causer du tort à ton exploitation. À mon avis, Shane pensait t'avoir à l'usure. Il espérait sans doute que tu finirais par jeter l'éponge et que tu mettrais la clé sous la porte sans même tenter de vendre le ranch. Mais il avait sous-estimé ta ténacité. Alors, il a eu l'idée de voler Gladiator pour t'éloigner et t'éliminer, loin du ranch, dans la montagne. Il ne pouvait pas te tuer sur place... Le ranch, devenu scène de crime, aurait été envahi par la police. Te faire disparaître servait mieux ses desseins. J'imagine qu'il aurait indiqué à la police sous couvert d'anonymat l'endroit où trouver nos corps... Le ranch aurait été fermé, vidé, et il aurait eu les coudées franches.

— Mais... Jedidiah ne nous a pas tués et il nous a même restitué les chevaux.

— Parce qu'ils ont dû se quereller, comme on l'a déjà évoqué, dit Colby.

— Oui. Mais l'ennemi de mon ennemi n'est pas forcément mon ami, assena Dillon. Je ne fais confiance ni à l'un ni à l'autre.

Piper se frictionna frileusement les bras.

— Vous n'auriez pas appelé à 2 heures du matin uniquement pour nous dire ça, observa-t-elle. Nous sommes en danger, c'est ça ? Il n'y a personne au ranch à cette heure-ci, excepté Ken Taylor, à l'écurie, et moi — et Colby. Vous pensez... qu'ils vont venir ?

Quelques secondes s'écoulèrent, puis Dillon répondit :

— C'est peu probable, avec les avis de recherche qui ont été placardés partout... Mais mieux vaut ne pas prendre de risque.

— C'est-à-dire ? releva-t-elle, tendue.

— Blake et moi sommes en route. Quand les pièces du puzzle ont commencé à s'emboîter et à faire sens, nous avons décidé de vous rejoindre dès cette nuit. Nous ne sommes plus qu'à une heure du ranch maintenant.

Elle jeta un coup d'œil anxieux à Colby, puis aux rideaux tirés, devant la fenêtre, comme si elle pouvait voir à travers.

— Et s'ils arrivent avant vous ?

Colby passa le bras autour de ses épaules.

— Écoute, personne ne pense qu'ils vont agir ce soir. Mais mieux vaut se tenir prêt. Dillon a prévenu le shérif O'Leary ; il nous envoie un adjoint pour monter la garde. Il ne devrait plus tarder.

Il la sentit se décrisper un tant soit peu.

— D'accord. Merci.

Elle lui adressa un petit sourire mal assuré, puis ses yeux s'agrandirent.

— Et Ken ? Il faut le prévenir qu'il doit redoubler de prudence.

— Je vais l'appeler. Dillon… Y a-t-il autre chose ?

— Non. À tout à l'heure.

Colby coupa la communication. Il s'apprêtait à demander le numéro de Ken à Piper lorsqu'on frappa à la porte.

Elle sursauta violemment et porta une main à sa gorge.

Colby tira son arme de son étui et lui fit signe de se baisser.

— Accroupis-toi et ne fais pas de bruit, murmura-t-il.

Plaqué contre le mur, il s'approcha de la fenêtre et jeta un coup d'œil par l'interstice entre les rideaux. Il rangea son arme dans son étui.

— C'est l'adjoint Hollenbeck, qui était ici hier matin.

— Ouf ! J'ai eu tellement peur que…

Puis elle ouvrit de grands yeux.

— Zut ! Il faut que j'aille m'habiller.

Colby sourit en la regardant quitter la pièce en courant, sa courte chemise de nuit se soulevant et révélant ce qu'elle ne portait *pas* au-dessous.

Les coups retentirent de nouveau.

— Mademoiselle Caraway ? Détective Vale ? C'est l'adjoint Hollenbeck !

Colby déverrouilla la porte et l'ouvrit. Les deux policiers se serrèrent la main.

— Bonsoir. Merci d'être venu.

— De rien. Je vais aller jeter un coup d'œil autour de la maison et des dépendances. Puis, je m'installerai sur le canapé pour monter la garde. D'accord ?

— D'accord. Je m'apprêtais à appeler le vigile, qui est dans les écuries, Ken Taylor, pour le prévenir et lui dire d'ouvrir l'œil.

Haussant le ton, il lança :

— Piper… ? Peux-tu me donner le numéro de Ken ?

— Oh… Désolée.

Sa voix lui parvint un peu étouffée, comme si elle était en train de passer à la hâte des vêtements par-dessus sa tête. Elle lui indiqua le numéro. Il le composa aussitôt, saluant de la main Hollenbeck qui sortait, et appuya sur la touche Appel. Rien. Il recommença et consulta l'écran. Alors qu'il avait eu cinq barres de signal quelques instants plus tôt, il n'en avait plus aucune.

Piper émergea de la salle de bains, en jean et T-shirt à manches longues.

— Tu as averti Ken ? Où est l'adjoint Hollenbeck ?

— Parti faire le tour de la propriété.

Pourquoi n'avait-il aucun signal ? Une boule se forma dans son estomac.

— Piper, tu as ton téléphone à portée de main ?

— Bien sûr. Le tien est déchargé ?

Elle rentra dans la chambre et revint, l'appareil à la main.

— Peux-tu appeler Ken ?

Elle cligna des yeux.

— Tu as l'air soucieux.

— Je le suis. Appelle-le.

Ses doigts pianotèrent sur le clavier et elle porta le téléphone à son oreille, puis fronça les sourcils.

— L'appel ne passe pas. C'est bizarre. Je n'ai jamais eu de problème avec les portables à la maison jusqu'ici.

Colby jura et l'entraîna dans le couloir, loin de la porte d'entrée.

— On dirait que quelqu'un bloque le signal.

Elle le regarda et blêmit.

— Oh ! mon Dieu.

— Est-ce que tu as une pièce sécurisée, dans la maison ?

— Sécurisée ? Tu veux dire, une pièce aveugle ?

— Si tu n'as pas mieux, oui.

— Il y a le dressing, à côté de ma chambre, déclara-t-elle d'un ton incertain.

Il l'entraîna vers la chambre et fronça les sourcils lorsqu'il vit que la porte du dressing n'avait pas de serrure. Mais c'était toujours plus sûr qu'une pièce possédant des fenêtres. Il la poussa à l'intérieur et éteignit la lumière.

— Assieds-toi par terre derrière les vêtements de la penderie et ne bouge pas d'ici, OK ?

— O... OK.

Elle hocha la tête, l'air alarmé, et se passa une main tremblante dans les cheveux. Colby l'embrassa rapidement.

— Ne t'en fais pas. C'est probablement une fausse alerte, un problème d'antenne-relais. Mais je préfère prendre mes précautions. Je retourne dans le séjour, attendre le retour de l'adjoint Hollenbeck.

Pan ! Pan ! Pan !

Pan ! Pan !

Colby jura.

— Piper, ce sont des...

— Des coups de feu. Je sais.

— Il faut que j'aille prêter main-forte à Hollenbeck. Bloque cette porte avec tout ce que tu trouves et ne sors sous aucun prétexte.

Il partit en courant et se dirigea vers la porte d'entrée.

17

Colby s'accroupit près de la voiture de patrouille et pressa deux doigts contre le cou de l'adjoint, sans grand espoir. Il secoua la tête et lui ferma les yeux, récitant une courte prière. Avait-il de la famille ? Une femme, des enfants qui l'attendaient, à la maison ?

Le pistolet de Hollenbeck était toujours dans son étui. Il n'avait pas eu le temps de dégainer. On avait dû le prendre pour cible alors qu'il se dirigeait vers les arbres sur l'arrière droit de la maison. Il n'avait eu aucune chance. Pourtant, Colby avait bel et bien entendu un échange de tirs, qui semblait trop proche pour venir des écuries. Alors, qui avait tiré sur qui ?

Colby attrapa le micro de la voiture pour appeler les secours. Le câble se balança sous son nez, coupé net. Il jura et jeta le micro sur le siège passager. Voilà qui expliquait la portière ouverte. Après avoir abattu Hollenbeck, le tireur était venu sectionner le cordon du micro.

Un son lui parvint depuis l'autre côté de la voiture — une sorte de gargouillement. Se courbant en deux, il contourna la portière ouverte et vit une forme étendue à la limite des arbres, qu'il n'avait pas remarquée dans sa précipitation à porter secours à l'adjoint.

Colby courut vers elle et découvrit sans grande surprise... Jedidiah. Un pistolet gisait à un mètre de lui. Du bout du pied, il l'envoya dans les taillis et s'agenouilla pour voir s'il pouvait stopper le saignement. Mais il n'y avait rien à faire. Les balles avaient traversé la poitrine et l'abdomen de l'homme. Le sang imbibait déjà sa chemise, sa veste et le sol au-dessous de lui.

— Eh bien, Jedidiah. Que s'est-il passé ? Vous êtes venu ici avec Shane récupérer vos millions et vous vous êtes entre-tués ?

La tête de Jedidiah roula d'un côté et de l'autre. Sa respiration était laborieuse.

— N... Non. Pas *avec* Shane, souffla-t-il d'une voix à peine audible. Ici... Pour prévenir Piper et... vous. Essayé... de l'empêcher.

Il se mit à tousser, s'étrangla.

Colby rangea son pistolet dans son étui et posa la tête du mourant sur ses genoux pour l'aider à respirer.

— Désolé... pour... ce que je vous ai fait. Vous êtes... un type bien...

Colby balaya du regard les bois, la maison.

— Qui d'autre est ici, Jedidiah ? Seulement Shane ? Ou sont-ils plusieurs ?

Comme aucune réponse ne venait, Colby baissa la tête. Les yeux de l'homme étaient ouverts, mais ils ne voyaient plus. L'air ne sifflait plus dans sa poitrine. Il était parti.

Même si Colby doutait de la sincérité du personnage, doutait qu'il soit venu pour les aider, une part de lui espérait qu'il avait dit vrai et que Jedidiah s'en était allé, la conscience apaisée. Il lui ferma les yeux et récita pour lui aussi une brève prière. Puis il reposa sa tête sur le sol.

Un nouveau coup de feu déchira la nuit. Puis un autre. Ceux-là semblaient venir des écuries. Colby se releva d'un bond, puis hésita. Le bâtiment était à une certaine distance. Si Ken était en difficulté, il devait le rejoindre au plus vite. Il était déjà arrivé trop tard pour sauver deux vies.

Courant jusqu'à la voiture, il en sortit l'adjoint, qu'il étendit sur le sol, à côté de Jedidiah. Après un instant d'hésitation, il tira sur les bandes auto-agrippantes de son gilet pare-balles. Quelques minutes plus tard, il retournait à la voiture et sautait à l'intérieur.

Les mains de Piper tremblaient si fort qu'elle dut s'y reprendre à deux fois pour sortir le pistolet du holster de l'adjoint Hollenbeck. Les larmes aux yeux, elle se détourna des deux morts.

Elle ne savait pas ce qui se passait ni qui les avait tués. Mais ce qu'elle savait, c'était que l'homme qu'elle aimait — car elle avait fini par comprendre qu'elle aimait Colby — était là quelque part, en danger. Et elle n'allait pas rester tapie au fond d'un placard pendant qu'il affrontait *ses* ennemis *à elle*, seul, sans renforts.

Pan !

Machinalement, elle rentra la tête dans les épaules même si le coup de feu venait de trop loin pour l'avoir visée, elle. Elle prit une inspiration pour se donner du courage et vérifia que le couteau était bien dans sa poche arrière. Puis elle monta dans la voiturette de golf.

Après avoir posé le pistolet sur le siège, à côté d'elle, elle appuya à fond sur la pédale d'accélérateur et le véhicule électrique se mit en mouvement avec une insupportable lenteur.

Colby stoppa la voiture de police au bas de la pente pour bénéficier de l'effet de surprise. Il s'avança sans bruit jusqu'à la double porte des écuries, balayant l'étendue de terrain devant lui avec son pistolet.

Il y avait eu une nouvelle salve de tirs moins d'une minute plus tôt. Mais depuis, plus rien. Cela signifiait-il que le combat était terminé ? Que Ken Taylor avait réussi à tuer Shane ? Ou l'inverse ? À moins que ce dernier ne soit venu accompagné...

Tandis qu'il se tenait immobile, aux aguets, il aperçut une ombre sortant de derrière un arbre, à sa droite, et courant vers les écuries. Elle ouvrit la double porte. La lumière de l'intérieur éclaira brièvement son profil avant que l'homme ne disparaisse dans le bâtiment. Mais Colby avait eu le temps de le reconnaître.

Palmer, alias Shane Crowder.

Ce qui signifiait... Colby se dirigea furtivement vers l'arbre derrière lequel Shane s'était caché. Lorsqu'il vit le corps sans vie étendu sur le sol, il frappa de toutes ses forces le tronc d'arbre, poussant un chapelet de jurons.

Éclat qu'il regretta immédiatement de peur d'avoir gâché l'effet de surprise sur lequel il avait tablé. Sans compter qu'il avait maintenant mal à la main. Mais bon sang... Il venait de trouver un troisième mort ! Ken Taylor n'avait pas mérité d'être assassiné et abandonné là, comme un sac de détritus.

De nouveau, Colby tomba à genoux et procéda aux vérifications qui semblaient être devenues le rituel beaucoup trop familier de cette nuit, murmurant une prière pour le défunt. Puis il se releva et évalua la situation.

Balayant les alentours du regard, il rebroussa chemin, plié en deux, longeant le bâtiment, d'arbre en arbre, pour rejoindre la voiture. Il n'y avait plus personne pour protéger Piper. Il allait laisser la capture de Shane à la police locale et retourner auprès d'elle.

Il venait juste de franchir la double porte lorsque les battants se rouvrirent brusquement, livrant passage à un cheval.

— Yah ! cria une voix, de l'intérieur.

Aussitôt après, une cavalcade se fit entendre et Colby vit plus d'une quinzaine de chevaux sortir au galop de l'écurie et s'éloigner dans la nuit. Le dernier d'entre eux était un grand cheval noir, très familier, avec une longue crinière souple — Gladiator. Que diable se passait-il ?

Il recula précautionneusement, plaqué contre le mur, ne voulant pas être vu si jamais quelqu'un sortait du bâtiment. Il ne lui restait plus que quelques pas pour atteindre le couvert des arbres lorsque deux petits phares percèrent la nuit, venant de la maison. Colby se figea, comprenant immédiatement de quoi il s'agissait. La voiture de golf !

Le ronronnement du moteur électrique lui parvint avant même qu'il n'ait reconnu la silhouette de Piper, au volant.

Arrête-toi, il va t'entendre. Coupe ce moteur !

Il se détacha de l'obscurité, agitant les bras pour essayer d'attirer son attention. Mais elle ne parut pas le voir. Figée de stupeur, elle regardait les chevaux qui dévalaient la pente au grand galop.

Colby revint sur ses pas, son regard allant de la double porte de l'écurie à Piper. Lorsqu'il atteignit l'ouverture, il jeta un coup d'œil à l'intérieur. Vide. Où était Shane ? Dans la sellerie ? En haut, dans l'appartement de Ken ? Pouvait-il être sorti par la porte de derrière ?

Il s'apprêtait à traverser l'ouverture béante de la double porte pour couper la route de Piper lorsqu'il marcha sur quelque chose. Il baissa les yeux. Un câble électrique serpentait sur le sol jusqu'à un bosquet de pins, à une douzaine de mètres du bâtiment. L'autre extrémité courait le long de l'allée centrale de l'écurie et disparaissait dans la dernière stalle, sur la gauche — celle de Gladiator. Il fronça les sourcils, se demandant à quoi pouvait bien servir ce fil électrique...

Puis, comme dans un flash, la réponse lui apparut. D'un seul coup, toutes les pièces du puzzle s'imbriquèrent dans son esprit.

La construction de l'écurie datait d'un peu plus de huit ans.

Shane avait purgé une peine de huit années pour le braquage de la banque.

Ce qui signifiait que les fondations du bâtiment avaient été coulées à peu près à l'époque où Shane avait volé cinq millions de dollars... Cinq millions qui dormaient depuis quelque part, sur les terres de Piper. S'il les avait cachés sous plusieurs dizaines de centimètres de béton, comment pouvait-il les en sortir ? Avec de la dynamite. Et Shane Crowder était expert en explosifs.

Colby fit volte-face et s'élança.

Était-ce un rire qu'il avait entendu ?

Boom !

Une onde de chaleur le percuta, le propulsant dans les airs. Le sol vola à sa rencontre à toute vitesse. Puis... Plus rien.

Piper contempla, interdite, le trou dans le mur, au fond de l'écurie, à hauteur du box de Gladiator. De petits morceaux de bois se mirent à pleuvoir autour d'elle. Et Colby, qu'elle avait aperçu devant la double porte ouverte un instant avant l'explosion, avait voltigé en l'air pour retomber lourdement sur le sol, comme un pantin désarticulé. Et maintenant, il ne bougeait plus.

S'obligeant à se secouer, elle attrapa son arme, sauta de sa voiturette et s'élança en direction de l'écurie.

Mon Dieu, faites qu'il ne soit pas mort. Faites qu'il ne soit pas mort !

Un sanglot s'échappa de ses lèvres comme elle tombait à genoux à côté de lui.

— Colby ? Colby, tu m'entends ?

Elle se pencha au-dessus de lui. Écouta sa respiration. Les yeux fermés, il gisait sur le côté, lui tournant le dos.

— Colby ?

Elle porta une main tremblante à son cou pour chercher son pouls.

— Il est mort, *chérie.*

Elle releva brusquement la tête, son sang se glaçant dans ses veines lorsqu'elle vit l'homme qui se tenait devant elle.

— Shane.

Les sourcils de Palmer-Shane s'arquèrent de surprise.

— Oh ? Vous avez découvert ma véritable identité ? Je suis impressionné.

Elle esquissa un geste pour le mettre en joue.

Mais, prompt comme l'éclair, il lui saisit le bras et le tordit.

Elle poussa un cri de douleur et le pistolet tomba.

La tirant brutalement par le bras, il l'obligea à se remettre debout, ses doigts s'enfonçant comme des serres dans sa chair.

— Est-ce qu'il y a d'autres flics dans le secteur ? questionna-t-il en la secouant.

Elle fit non de la tête, serrant les dents pour ne pas pleurer.

— N... Non, je ne crois pas. L'adjoint... L'adjoint Hollenbeck faisait une tournée d'inspection de routine pour s'assurer que tout allait bien.

Elle essaya de ne pas repenser à son visage sans vie.

— De routine ? J'aurais plutôt dit qu'il me cherchait, comme cet imbécile de Jedidiah.

Il se déchaîna contre ce dernier, déversant un tombereau d'insanités contre lui et ses pairs.

— On était censés se partager l'argent. Mais il a fallu que cet abruti se découvre une conscience ! Il a eu ce qu'il méritait. Il n'avait qu'à pas me chercher des noises !

Il s'approcha plus près, si près qu'elle sentit son souffle chaud sur elle.

— Le pauvre idiot !

Elle tourna la tête, essayant de voir Colby. Respirait-il ? Un sanglot s'étrangla dans sa gorge.

Colby, s'il te plaît, bouge. Fais un mouvement pour que je sache que tu es en vie !

Shane la secoua de plus belle.

— Il est mort, je vous dis ! Je l'ai vu rôder autour de l'écurie et j'ai appuyé sur le bouton juste au bon moment. Il n'y a plus que vous et moi maintenant. Et cinq millions de dollars.

Il la relâcha et la poussa vers l'écurie.

— Avancez. Vous allez m'aider à sortir l'argent. Il est dans le box de ce fichu cheval. Du moins, ce qu'il en reste.

Il se mit à rire.

— Une sacrément bonne idée de l'avoir enterré dans les fondations, hein ? Il est resté bien au chaud, à m'attendre, pendant toutes ces années. Mais quelle plaie pour l'en ressortir ! Si vous aviez juste fermé votre fichu ranch, j'aurais pu le récupérer sans que quiconque n'en sache rien.

Excepté M. Wilkerson, songea-t-elle. Mais si Shane avait réussi dans son entreprise et qu'elle avait renoncé à son exploitation, il aurait pu profiter d'une absence de Wilkerson. Personne ne se serait rendu compte de rien jusqu'à ce que la propriété soit mise en vente et qu'on découvre le trou béant, au fond de l'écurie.

— Stop, ordonna Shane.

Ils venaient juste de franchir l'entrée. Elle jeta un regard désespéré à Colby qui gisait, immobile, sur le sol.

— Je ne vous ai pas dit de vous retourner.

Shane la poussa d'une bourrade à l'épaule et elle trébucha et se rattrapa à la paroi du premier box. Relevant la tête, elle lui jeta un regard de défi.

— Qu'est-ce que vous voulez ? cracha-t-elle.

Il rit.

— Ah, voilà ! Je retrouve Piper Ann la téméraire. Celle de la montagne !

Son sourire s'effaça.

— Je vous l'ai dit : que vous m'aidiez à charger tout cet argent dans ma camionnette. Je l'ai garée juste à côté de l'écurie, près du box éventré. Je vous déconseille de tenter de vous enfuir. Croyez-moi, vous n'irez pas plus vite que mes balles, assena-t-il en tapotant son arme, à sa ceinture. Si vous êtes gentille, je vous garderai peut-être en otage jusqu'à ce que je mette les voiles.

De nouveau, il la poussa dans le dos.

Elle escalada les gravats, les tas de sciure, de débris de pare-bottes et de restes de licous et de rênes que le souffle avait arrachés aux murs. Et, tout en avançant, elle adressa au ciel une prière muette pour Colby — et Ken Taylor. Qu'était-il advenu de lui ? Était-il terré chez lui, dans l'appartement ? Ou Shane lui avait-il réglé son compte comme à l'adjoint et à Jedidiah ? Et Colby... *Mon Dieu, Colby*.

Sa gorge se noua de chagrin. Dire qu'elle s'était crue incapable d'utiliser son couteau contre quelqu'un... En cet instant, ses doigts la démangeaient d'en saisir le manche, dans sa poche arrière, et de montrer à Shane comme elle savait bien viser. L'image de Colby, inerte, sur le sol, constituait une motivation plus que suffisante.

Lorsqu'elle atteignit le fond de l'écurie, elle contempla, bouche bée, l'étendue des dégâts. Non seulement tout était détruit à l'intérieur mais les murs avaient été soufflés sur trois mètres, de part et d'autre de l'angle du bâtiment. Dans le sol, au fond du trou qui épousait le coin du bâtiment, un coffre métallique en forme de L dont le couvercle n'était plus qu'un amas de métal distordu laissait apparaître des piles de billets de banque.

— Malin, hein ? se vanta en riant Shane. Mon dispositif a fonctionné comme sur des roulettes. J'ai dû prévoir un compartiment spécial pour la dynamite, au-dessus du coffre, avec un angle en V, pour que le souffle s'oriente vers le haut et l'extérieur, et non vers le bas, où se trouvait l'argent. J'avais travaillé à la construction du bâtiment, cet été-là. C'est moi qui ai coulé le ciment ici.

Piper s'immobilisa, pétrifiée.

— Quoi ? Il y avait de la dynamite pendant tout ce temps-là, au-dessous des murs ?

— Oui.

— Mais... Si j'avais décidé d'agrandir le bâtiment pendant que vous étiez en prison, un ouvrier aurait pu toucher ce compartiment, faire tout exploser. Il y aurait eu des morts...

Il secoua la tête.

— Non. Je me tenais au courant de ce qui se passait ici. J'aurais trouvé le moyen de vous empêcher d'effectuer des travaux, même depuis ma cellule.

Il indiqua le box éventré.

— C'était le dispositif parfait. Je n'ai eu qu'à faire passer le fil par une gaine en PVC, dans le mur, pour pouvoir le moment venu le raccorder au détonateur. Ce soir, je n'ai eu qu'à connecter les fils et... *boum !*

Il rit de nouveau, clairement impressionné par sa propre ingéniosité.

— Évidemment, je ne pouvais pas vous laisser réaliser cette extension des écuries. Quelqu'un aurait tout découvert. J'ai dû agir plus tôt que prévu à cause de votre fichu projet.

Il haussa les épaules.

— Mais tout s'est bien passé, finalement.

— Bien passé ? Combien de personnes sont mortes pour que vous puissiez parvenir à vos fins ? Combien de vies avez-vous prises, ou détruites — comme celle d'Arlene ?

— Arlene ? répéta-t-il, l'air sincèrement surpris. J'ai tué quelqu'un de ce nom-là ? Ça ne me dit rien.

Elle frissonna, horrifiée par son total mépris pour la vie humaine.

— La jeune fille que Jedidiah et vous avez fait chanter pour qu'elle commette tous ces actes de malveillance dans mon ranch.

Il haussa les épaules.

— Oh ! ça ! C'était Jedidiah. Je lui avais dit de trouver le moyen de vous contraindre à fermer le ranch pendant que je m'efforçais de semer les fédéraux qui étaient à mes trousses. S'il a chargé quelqu'un de faire le sale boulot à sa place, je n'y peux rien.

Il enjamba le trou dans le sol et abaissa le hayon du pick-up noir qui était garé juste devant le box. Par où était-il passé ? Il avait dû abattre une portion de clôture sur l'arrière de sa propriété.

Le véhicule était muni d'un couvre-benne qui était en position relevée.

— Allez, assez discuté. Faites-moi passer les billets.

Elle regarda autour d'elle, puis attrapa un morceau de bois qu'elle déposa en travers de la cavité et y prit place, les jambes de part et d'autre du coffre ouvert, au-dessous.

— Futé, admit Shane. Maintenant, dépêchez-vous.

Elle lui lança une première pile, qu'il rangea dans la benne.

— Allez, plus vite.

Elle continua à lancer pile de billets après pile de billets. Au bout de quelques minutes, la moitié de l'argent se retrouva dans le pick-up.

Levant les yeux, elle vit Shane, le dos tourné, poussant l'argent au fond de la benne pour faire de la place sur l'arrière, plus près de lui.

Saisissant sa chance, elle prit appui de ses deux mains de chaque côté du trou et bondit. Zigzaguant entre les décombres, elle courut vers l'allée.

Clic.

— Un pas de plus, et je vous fais exploser la cervelle.

Elle se figea sur place et, très lentement, pivota sur elle-même. Shane la tenait en joue depuis l'autre côté du trou.

— Pressée de partir, Piper Ann ? Mais on n'a pas fini. Il reste au moins deux millions et demi là-dedans. Revenez.

Elle hésita. Une fois la totalité de l'argent transférée dans le pick-up, il la tuerait sans un battement de cils. Mais Dillon et Blake n'allaient sûrement plus tarder. Si elle pouvait gagner du temps...

— Allez, au travail ! aboya-t-il, le visage empourpré.

— Pourquoi m'appelez-vous toujours Piper Ann ?

Il la considéra, perplexe.

— C'est comme ça que vous appelait votre père.

— Mon deuxième prénom est Leigh. Mon père était le seul à m'appeler Ann. Comment le saviez-vous ?

Il haussa les épaules.

— Je vous l'ai déjà dit. Vos parents sont venus me voir un jour. Ils ont été très gentils, surtout votre mère : elle m'avait même fait des biscuits maison. Une vraie dame — sûrement la seule que j'aie jamais rencontrée.

Ses yeux se durcirent.

— Ce qui ne signifie pas que j'hésiterais à tuer sa fille s'il le faut. Venez par là. Et bouclez-la.

— Mais...

Pan ! Les vestiges d'un pilier de bois explosèrent en une pluie d'échardes qui retomba contre ce qui restait du mur du fond.

— La prochaine est pour vous, promit-il, plissant les yeux.

— OK, OK.

Son cœur cognait dans sa poitrine, le sang battait dans ses oreilles. Les mains tremblantes, elle épousseta les morceaux de bois qui s'accrochaient à son T-shirt et s'avança vers lui en trébuchant sur les débris.

Toussant à cause de la sciure, dans ses cheveux, elle se rassit au bord du trou pour décharger l'argent restant dans l'autre partie de la cache en L.

— Lâchez cette arme.

Piper sursauta en entendant la voix familière. Colby se tenait de profil dans l'ouverture, à l'extérieur de l'écurie, non loin de la camionnette, pointant le canon du pistolet de l'adjoint sur la tête de Shane.

Il est vivant ! Elle n'osa pas bouger ni faire un bruit de peur de le déconcentrer.

L'arme toujours à la main, mais dirigée vers le sol, Shane demeura totalement immobile. Mais son regard virevoltait de toutes parts. Comme Piper quelques instants plus tôt, il évaluait les possibilités qui s'offraient à lui.

— Posez votre arme, ordonna Colby.

Shane hésita.

Piper retint son souffle ; la tension, dans l'écurie, était presque tangible.

Le regard de Shane glissa derrière elle, puis il sourit et déposa l'arme sur le sol. Pas assez loin, de l'avis de Piper.

— Vous êtes un coriace, poulet. Peut-être que j'aurais dû écouter ce que mon complice avait à dire pour sa défense, là-haut, au lieu de le descendre parce qu'il avait échoué. Mais ça n'aurait pas changé grand-chose puisqu'il fallait, de toute façon, que je les élimine pour protéger mon secret.

Le son de son rire mauvais résonna dans la nuit et l'estomac de Piper se contracta sous l'effet de la nausée.

— Ça va ? lui demanda Colby sans quitter Shane des yeux.

— Oui, répondit-elle, s'interdisant de lui retourner la question de peur que Shane ne pense que Colby n'était pas en pleine possession de ses moyens et ne tente quelque chose.

— À genoux, Shane. Les mains derrière la tête.

Shane rit.

— Vous avez pris les menottes de cet imbécile d'adjoint ?

— J'ai dit : à genoux.

Les yeux de Shane se rétrécirent, son sourire se fit féroce.

— Et si je refuse ? Vous tireriez sur un homme désarmé ?

— Oui, s'il le faut.

Shane cligna des yeux. Pour la première fois depuis qu'elle le connaissait, Piper vit la peur passer dans son regard. Mais il la dissimula aussitôt sous son habituel air méprisant.

— OK, OK. Très bien. Je me mets à genoux.

Il maugréa et grimaça en pliant les jambes comme s'il souffrait de polyarthrite.

— Voilà, vous êtes content ?

— Les mains derrière la tête.

Shane poussa un soupir exagéré et obéit.

— Piper, viens là, dit Colby. À ma gauche, loin de Shane.

Elle s'extirpait du trou lorsqu'un bruit caractéristique l'arrêta net.

Schk-schk.

Le son d'un fusil à pompe qu'on rechargeait. Très lentement, elle se tourna vers la gauche. Debout dans l'allée, hors de vue de Colby, se tenait un homme pointant un long et terrifiant fusil sur elle. Un homme auquel Colby et elle avaient parlé quelques heures plus tôt.

M. Wilkerson.

— Je ne veux pas vous tuer, mademoiselle Caraway. Mais je ne peux pas laisser votre petit ami abattre cet infâme bon à rien. Même si c'est un bâtard, c'est quand même mon fils.

Son *fils* ? Son fils illégitime ?

Piper le contempla, sous le choc, son regard allant du père au fils. Il n'existait aucune ressemblance entre les deux hommes. Mais si Shane était vraiment son fils, elle savait comment il avait pu connaître sa mère et son père. Il avait dû faire leur connaissance un jour qu'il était en visite chez son père. C'était donc lui… Le jeune « neveu » qui était resté quelques semaines chez leur voisin, tant d'années auparavant. Son nom n'était pas *Dwayne*, ainsi qu'elle l'avait rapporté à Colby, mais *Shane*.

Les Wilkerson avaient dû vouloir tenir sa véritable identité secrète comme il n'était pas le fils de Mme Wilkerson. L'avaient-ils gardé quelque temps avant de l'expédier loin, ailleurt, pour que la chose ne s'ébruite pas ?

— Détective Vale, dit M. Wilkerson. Baissez votre arme et laissez partir Shane sinon je me verrai dans l'obligation de décharger mon fusil sur Mlle Caraway.

Elle regarda Colby, une larme solitaire roulant le long de sa joue. La peur lui enserra le cœur comme un étau glacé, une peur tout entière éprouvée pour Colby, pas pour elle. Cet homme d'honneur, cet homme merveilleux, qu'elle aimait de tout son cœur. Et elle était terrifiée à l'idée qu'il puisse lui arriver quelque chose.

— Non, Colby. Ne baisse pas ton arme. S'il te plaît. Laisse-le me tuer. Je te le demande. Ne lui obéis pas.

Elle vit sa mâchoire se contracter et il tourna les yeux vers Shane, qui, toujours à genoux, ne le regardait pas, les mains nouées derrière la tête. Il attendait, comme chacun d'entre eux.

Laissant échapper un sanglot sonore, Piper se mit à tirer sur son T-shirt comme s'il s'était accroché sur un bout de bois qui dépassait des décombres. Elle fit mine de s'essuyer les yeux avec, se détournant juste assez pour que Colby puisse voir sa main droite et le couteau qu'elle venait de sortir de sa poche.

— Shane ? lança Wilkerson, l'arme toujours pointée sur elle.

Piper ouvrit le couteau, le regard braqué sur Colby.

Shane regarda Colby par-dessus son épaule.

Celui-ci, sans quitter Piper des yeux, se pencha lentement pour poser son pistolet sur le sol.

— C'est bon, Wilkerson. Laissez-la. J'ai posé mon arme.

Puis, comme s'il acceptait de lui faire confiance puisqu'elle ne lui laissait pas le choix, il lui adressa un imperceptible hochement de tête.

— C'est vrai, il l'a lâché, dit Shane en s'esclaffant, tandis qu'il esquissait un geste pour ramasser son arme.

Wilkerson abaissa son arme.

— Maintenant ! cria Piper en élevant la main qui tenait le couteau.

Colby et Shane plongèrent tous deux vers leurs armes. Le fusil de Wilkerson se releva au moment où Piper lançait le couteau aussi fort et aussi droit que possible, exactement comme son père lui avait appris à le faire.

Pan ! Pan ! Pan !

Des tirs résonnèrent depuis l'extérieur du box éventré.

Un cri guttural retentit.

Wilkerson tomba à genoux dans l'allée, les yeux grands ouverts, les mains refermées sur le manche du couteau planté dans sa gorge.

Piper se couvrit la bouche, à la fois soulagée et horrifiée que son lancer ait atteint son objectif.

Les mains de Wilkerson retombèrent et il bascula contre le mur avant de s'effondrer sur le sol, mort.

Des mains saisirent Piper aux épaules par-derrière.

— Non ! hurla-t-elle sauvagement en se contorsionnant pour leur échapper.

— Piper ! Tout va bien ! C'est moi, Colby.

Elle se retourna pour contempler son beau, son bien-aimé visage, remarquant à peine la forme inerte de Shane allongée sur le sol, derrière lui, le pistolet encore à la main.

— Tu es vivant, murmura-t-elle. Dieu merci, tu es vivant.

— Tu as pris un très grand risque, dit-il d'une voix étrangement contrainte et faible. Ne recommence jamais ça.

Il la serra contre lui et l'embrassa sur le sommet de la tête. Puis ses bras se relâchèrent et il s'affaissa, comme une marionnette dont on aurait coupé les ficelles.

Piper le contempla, interdite, effondré sur le sol.

— Colby !

Recouvrant ses esprits, elle tomba à genoux, ses mains courant sur lui, à la recherche de blessures.

— Colby ? Colby ! Réponds-moi ! Où es-tu blessé ?

Des cris lui parvinrent depuis l'extérieur, des pas précipités qui accouraient dans leur direction.

Dillon et Blake s'encadrèrent tout à coup dans la fracture du mur.

— Y a-t-il quelqu'un d'autre dans le bâtiment ? demanda Dillon, regardant Colby, le front plissé par l'inquiétude.

— Non. Je ne sais pas ce qu'il a. Il a été projeté au sol par l'explosion... Puis il y a eu un échange de coups de feu. Je ne sais pas s'il a été... S'il vous plaît, aidez-le !

Dillon fit un signe à Blake.

— Appelle une ambulance et demande un hélico. Vite.

Blake s'éloigna en courant. Dillon franchit d'un bond l'excavation, dans le sol, et s'agenouilla auprès de Colby.

18

Piper dut se faire violence pour ne pas intervenir tandis que l'infirmier aidait Colby à passer du fauteuil roulant à la voiture de location, une semaine après la débâcle, à son ranch. Mais il fallait se faire une raison : ce n'était pas avec son misérable mètre cinquante-huit qu'elle pouvait soulever un homme de la stature de Colby. Sa tentative s'était d'ailleurs soldée par un cuisant échec, Colby ayant failli se retrouver étalé de tout son long sur le trottoir.

Heureusement qu'elle avait eu le bon sens de louer une voiture plus facile d'accès que son haut pick-up pour le trajet jusqu'à Destiny. Colby n'aurait jamais pu se hisser dans sa camionnette en ce moment.

— Voilà, dit l'infirmier en achevant d'aider Colby à s'installer dans le véhicule. Ça va, détective Vale ?

— Ça va *très bien*, répondit Colby du ton maussade qui ne l'avait pas quitté depuis son premier jour d'hôpital.

Il supportait mal l'idée d'avoir besoin d'assistance.

L'infirmier fit mine de ne pas avoir remarqué son humeur boudeuse.

— Attendez, je vais boucler votre ceinture...

— Ne vous en faites pas, je vais m'en occuper, l'interrompit Piper en se penchant pour fixer la sangle transversale de Colby.

D'un commun accord, ils étaient convenus que la ceinture ventrale serait trop inconfortable compte tenu de l'emplacement de son incision. Il avait frôlé la mort, cette nuit-là. Au dire du médecin, sans le gilet pare-balles de l'adjoint Hollenbeck, le souffle de l'explosion aurait déchiqueté ses organes. Il s'en était sorti de justesse avec une rupture de la rate.

S'arrachant à ses pensées morbides, Piper l'embrassa sur le sommet de la tête.

Il la récompensa d'un froncement de sourcils.

— Je ne suis pas un golden retriever.

Elle leva les yeux au ciel et l'embrassa sur les lèvres.

Cette fois, elle eut droit à un clin d'œil et un sourire.

Elle ressortit de la voiture et ferma la portière. Après avoir remercié l'infirmier et lui avoir renouvelé ses excuses pour l'humeur massacrante qu'avait affichée Colby pendant toute la semaine, elle se hâta de faire le tour du véhicule et se mit au volant.

— Prêt ?

— Plus que prêt. En route, chauffeur.

Elle feignit de ne pas avoir noté son ton dictatorial et démarra.

— Tu as pensé à faire la demande, pour les soins et l'aide à domicile, le temps de ta convalescence ?

— Je me débrouillerai très bien tout seul.

— Oh ? Le médecin t'a déjà autorisé à conduire pour aller passer tes visites de contrôle au cabinet ?

Il s'abstint de répondre. Son silence parlait de lui-même.

— Demande une infirmière, assena-t-elle.

Il grommela quelque chose dans sa barbe et regarda par la vitre.

— Est-ce que Blake t'a dit ce qu'il a découvert concernant Wilkerson et Shane ?

— Que Shane était le soi-disant neveu dont je t'avais parlé ? Pauvre Mme Wilkerson. Non seulement son mari l'avait trompée mais il ignorait qu'un enfant était né de sa relation extra-conjugale. C'est l'Assistance publique qui est remontée jusqu'à Wilkerson quand Shane s'est retrouvé orphelin. Pauvre Shane… Devoir se faire passer pour un neveu parce que son père ne voulait pas le reconnaître comme son fils…

Elle secoua la tête.

— Pas étonnant qu'il ait mal tourné.

— Je ne verserai pas de larmes sur lui. Mais je te concède qu'avoir été orphelin de mère, ignoré de son père et envoyé à l'orphelinat sans même se voir autorisé à porter le nom de son géniteur… Ça a de quoi laisser des traces.

Elle doubla une voiture qui roulait à petite vitesse et se rabattit sur la file de droite.

— Sous quelque angle qu'on regarde la chose, c'est très triste. Shane était quasiment condamné d'entrée de jeu, avec une mère toxicomane et un père déjà marié qui refusait de le reconnaître.

Elle jeta un coup d'œil dans le rétroviseur.

— Shane m'a dit qu'il aurait pu m'empêcher, depuis la prison, d'entamer les travaux si j'avais décidé d'agrandir les écuries pendant qu'il purgeait sa peine. Wilkerson devait veiller au grain et jouer les informateurs. Je me demande pourquoi puisqu'il n'avait pas voulu entendre parler de son fils auparavant… Il a dû être pris de remords après la mort de sa femme et décider de protéger son fils.

Colby haussa les épaules.

— Ou peut-être qu'il briguait une part de l'argent que son fils avait caché… On n'en saura jamais rien.

Négligemment, il leva la main, montrant une sortie.

— Tiens, regarde, prenons cette petite route. Ce sera plus amusant que l'autoroute.

— Plus amusant ? Je ne la connais pas. Je ne sais même pas où elle mène.

— Allez, s'il te plaît… Fais-moi plaisir.

Avec un soupir, elle actionna le clignotant en secouant la tête et prit la bretelle de sortie.

— Et maintenant ? Je vais à droite ou à gauche ?

— À gauche. Elle a l'air de longer l'autoroute. Ce sera plus joli. On verra le paysage.

— Le paysage. Je me demande si les antalgiques n'ont pas

légèrement altéré ton discernement. Si ça se trouve, ce détour va nous rallonger le trajet de dizaines de kilomètres.

— Tu es pressée ? Tu as un rendez-vous au ranch ?

Le ranch. Les mains de Piper enserrèrent le volant jusqu'à faire blanchir ses phalanges.

— Non. Non, rien de particulier.

Elle se força à sourire.

Une heure s'écoula, le silence qui régnait dans l'habitacle de la voiture rompu seulement par le souffle du vent.

Un panneau de signalisation, devant eux, annonça une intersection. Piper ralentit.

— Si on a longé l'autoroute, on devrait être environ à mi-chemin de Destiny maintenant. À ton avis, je continue tout droit ou je tourne à gauche ?

— Va tout droit. Ensuite, tourne à droite à la pancarte.

— La pancarte ? Je ne vois pas de pancarte droit devant.

— Tu la verras, affirma-t-il, l'air très content de lui.

Elle lui jeta un coup d'œil en coulisse, intriguée, mais poursuivit sa route, tout droit comme il le lui avait indiqué.

— J'ai bien l'impression qu'ils ont doublé ta dose sans me prévenir.

Il rit, puis porta la main à son ventre en faisant la grimace.

— Ce n'est pas gentil de me faire rire alors que je souffre.

Il tendit la main vers la droite.

— Tiens, regarde.

De fait, il y avait une pancarte. Ou, plutôt un portique sur lequel était écrit Ranch de la Deuxième Chance. Elle rangea la voiture sur le côté.

— Je ne crois pas qu'on peut passer par là. C'est une propriété privée.

— Est-ce que tu me fais confiance ?

— Quoi ?

Il saisit sa main sur le volant et l'embrassa.

— As-tu confiance en moi ?

Elle contempla le dessus de sa main, là où elle éprouvait encore la brûlure de ses lèvres.

— Euh, oui.

Il rit, avec circonspection cette fois, et lâcha sa main.

— Je connais le propriétaire. Allons jusqu'à la maison. Je veux te montrer quelque chose.

Elle s'apprêtait à protester mais son sourire était si heureux, si serein — et si sexy — qu'elle n'eut pas le cœur de lui résister. Seigneur, comme elle aimait cet homme… ! Mais l'inverse était-il vrai ? Toute la question était là. Certes, ils étaient tombés d'accord sur le fait qu'ils n'avaient pas d'avenir commun. Mais, cela, c'était avant l'explosion. Avant qu'elle ne passe plus d'une semaine de folle inquiétude à son chevet, à prier pour sa guérison. Seulement voilà, elle était à présent en train de le reconduire chez lui ; il s'apprêtait à la quitter. Ceci en soi ne constituait-il pas une réponse ?

— Piper ? appela-t-il, la tirant de ses pensées.

Elle acquiesça d'un signe de tête, passa la marche avant et franchit le portique. Une clôture blanche à trois lisses courait de part et d'autre de la chaussée, exactement comme celle qui ceignait son ranch. Mais, alors que ses terres étaient jaunies par l'hiver, l'herbe, ici, était d'un vert vibrant. On avait dû semer une variété résistante au froid.

De grands chênes étendaient leurs épaisses ramures vers le ciel. Dénudées pour le moment, elles se couvriraient de feuillage dès le printemps et procureraient une ombre bienvenue. Elle imaginait sans peine une douzaine de chevaux galopant derrière cette clôture, se tenant sous les arbres, se désaltérant à cette petite mare dont elle voyait scintiller la surface un peu plus loin.

— C'est vraiment magnifique ici.

— Oui. Magnifique.

Il souriait d'un air béat lorsqu'elle le regarda. Elle stoppa la voiture.

— Colby, qu'est-ce que…

Il poussa un si profond soupir qu'elle s'empressa de dire :

— OK, OK, on y va.

Elle redémarra, négocia la courbe de l'allée et un petit corps de ferme à bardeaux blancs apparut, cerné d'un large porche. Ses volets noirs contrastaient élégamment avec le blanc immaculé des murs et le vert de l'herbe. Une balancelle oscillait doucement sous la brise légère, à l'extrémité gauche du porche.

— Ton ami nous attend ? demanda-t-elle en rangeant la voiture devant la maison.

Sans répondre, il déboucla sa ceinture et poussa la portière.

— Attends, dit-elle en se précipitant pour l'aider à se lever. Tu es sûr que tu peux marcher ? Je peux approcher la voiture si tu veux.

— Non, c'est parfait ici.

L'entraînant avec lui, il pivota sur lui-même pour faire face au vaste pâturage qui s'étendait sous leurs yeux.

— Qui vit ici ? Est-ce que c'est ton frère, Scott, qui a déménagé ici ? À moins que Joey n'ait finalement réussi à percer à Nashville et que Lisa et lui aient acheté cette maison ?

Elle essaya de se retourner mais il l'en empêcha.

— Ce n'est pas facile de te faire une surprise, Piper Ann Leigh Caraway. Veux-tu te taire pendant une minute ?

Il consulta sa montre.

— Oui, on est juste à l'heure. Un peu de patience.

Ses réponses vagues la rendaient folle. Elle s'apprêtait à exiger une explication lorsqu'un bruit de sabots martelant le sol se fit entendre. Une course lourde, caractéristique, comme celle d'un cheval de trait. Puis l'animal apparut, traversant le champ de la droite vers la gauche, sa crinière luisant et sa longue queue noire ondulant derrière lui.

Abasourdie, elle le contempla pendant quelques secondes puis sa vision se brouilla et les larmes roulèrent sur ses joues.

— Gladiator ? Que fait-il ici ? Je l'ai vendu il y a deux jours. Je ne comprends pas.

Colby la fit pivoter vers lui.

— Oui, tu l'as vendu. Ainsi que ton ranch.

— Mais... Comment le sais-tu ?

— Je suis enquêteur de police, tu te souviens ?

— Oui, mais tu étais cloué sur un lit d'hôpital. Qui t'a prévenu ?

— Ton directeur de ranch m'a peut-être rendu une petite visite.

— Billy ? Pourquoi ? Que t'a-t-il dit ?

— En gros, que j'étais un imbécile de te laisser partir et de rentrer, seul, à Destiny. Et que tu étais plus bête encore d'avoir tout vendu pour me suivre, comme une vagabonde, dans l'espoir que je finirais par recouvrer mes esprits et admettre que j'étais amoureux de toi.

Elle cligna des paupières.

— Il m'a traitée de *vagabonde* ?

Il rit et passa son pouce sur ses lèvres. Un frisson la parcourut.

— C'est vrai ? Tu comptais t'installer à Destiny et tenter de me convaincre que nous étions faits l'un pour l'autre ?

Le visage de Piper s'enflamma.

— Dit comme ça, ça a l'air pathétique.

— Pas du tout. Surtout si l'on pense que j'ai vendu ma ferme à Destiny deux jours avant que, toi, tu ne te sépares du ranch, dans le Kentucky.

De nouveau, elle en resta sans voix pendant quelques secondes.

— Quoi ? Tu as vendu ta maison ? Mais... J'étais en train de te ramener chez toi.

— Oui. Et c'est ce que tu as fait. Tu m'as ramené chez moi.

Il la fit pivoter avec lui vers la maison.

— Bienvenue dans ma nouvelle maison — dans *notre* nouvelle maison, si tu es d'accord. Elle est exactement à mi-chemin de *ton* ancien ranch et de *mon* ancienne ferme. Mais, tu sais, je n'ai jamais eu l'intention de te faire renoncer à tes rêves, à ton ranch. Ce n'est sans doute pas trop tard si tu veux te rétracter et...

Elle posa un doigt sur ses lèvres, le cœur gonflé d'émotion depuis la seconde où il avait prononcé les mots « notre maison ».

— Colby, tu m'as dit un jour, en parlant de ta sœur, que

tu aurais bien voulu qu'elle ne renonce pas à son rêve pour épouser Joey. Mais elle n'a pas renoncé à son rêve ; elle s'en est simplement trouvé un autre. Un plus grand. Je n'ai pas besoin du ranch pour être heureuse, Colby. J'ai juste besoin d'un rêve plus grand.

Elle leva les yeux vers lui et attendit.

Il prit une inspiration un peu nerveuse.

— Je t'aime, Piper. Si tu veux bien de moi, je te propose qu'on bâtisse ce rêve ensemble. Qu'on commence une nouvelle vie et qu'on fonde une famille. Enfin, si ça ne t'ennuie pas de partager ta vie avec un flic qui va devoir travailler dur pour monter en grade dans un nouveau comté...

Il plongea la main dans sa poche et en tira un objet brillant, qu'il brandit devant lui :

— Je te présente le tout nouvel adjoint au shérif de ce comté. C'est un nouveau départ pour moi. Et j'aimerais beaucoup que tu repartes de zéro, toi aussi, comme nouvelle propriétaire de ranch. Alors, qu'en dis-tu ? Tu veux bien m'épouser ?

Piper avait le visage baigné de larmes maintenant.

— Tu m'aimes ?

— Oh ! ma chérie. Je t'aime plus que tout au monde.

Elle sourit au milieu de ses larmes.

— Moi aussi, je t'aime. De tout mon cœur, de toute mon âme. Donc, ma réponse est...

— Attends... Attends une seconde.

Il rangea l'écusson doré dans sa poche.

— Je savais que j'oublierais quelque chose, maugréa-t-il en se mettant à tâter ses autres poches.

— Colby ?

— Juste une seconde... Ah, voilà ! clama-t-il.

Et il produisit triomphalement la plus belle bague qu'elle ait jamais vue. De petits diamants scintillaient sur le dessus, formant un fer à cheval.

Elle retint son souffle.

— Elle est superbe. Mais comment as-tu fait pour...

— Tu te souviens du jour où ma sœur est venue me voir de Nashville ? Tu t'es demandé pourquoi elle ne restait pas plus longtemps à mon chevet ?

Elle rougit.

— Oh ! non. Ne me dis pas qu'elle a couru les bijouteries pour t'aider à monter cette mise en scène ? Et moi qui lui en ai voulu qu'elle ne t'ait pas consacré plus de temps !

— Pas de problème. Elle a compris pourquoi tu te montrais tellement revêche.

— Revêche ? Je n'étais pas...

Il sourit.

— Si. Mais elle s'en remettra. Je lui ai expliqué ce que je voulais et elle s'est fait un plaisir de dépenser mon argent pour l'achat d'un bijou.

Il montra le sol autour d'eux.

— Quant à ceci... Je l'ai acheté sur Internet. L'acte de vente ne sera signé que dans quelques semaines mais le vendeur m'a autorisé à louer la propriété en attendant que la vente soit officielle. Donc, nous sommes ici chez moi... Chez nous. Si tu es d'accord.

— Oh ! Colby. Si je m'étais doutée... Je n'étais même pas sûre que tu m'aimais.

— Fais-moi penser à te le dire chaque jour de notre vie, si tu acceptes de devenir ma femme.

Il fit mine de mettre un genou à terre et elle le rattrapa par le bras.

— Non, surtout pas ! Je ne pourrais jamais t'aider à te relever.

Elle poussa sa main vers sa main gauche et il glissa la bague sur son annulaire. Elle l'éleva devant elle, admirant la façon dont le fer à cheval scintillait au soleil.

— Est-ce que je dois considérer que c'est « oui » ?

Elle cligna des yeux.

— Oh ! mais oui... Oui ! Bien sûr que c'est « oui » !

Jetant ses bras autour de son cou, elle l'embrassa à pleine

bouche. Il lui retourna son baiser avec tant d'ardeur qu'elle cherchait son souffle lorsqu'il la libéra.

— Alors, on reste ici ? demanda-t-elle en souriant. On est arrivés ?

— Parfaitement. On est arrivés. Oh... Et une dernière chose..., dit-il en la saisissant aux épaules pour la faire de nouveau pivoter vers le pré, où Gladiator paissait tranquillement près de la mare. Je me suis dit que ce serait un peu difficile d'ouvrir un ranch sans chevaux, alors...

Il éleva la main et fit un signe.

Quelques secondes plus tard, un bruit de sabots ébranlait de nouveau le sol. De *nombreux* sabots. Gladiator leva la tête et regarda vers la droite de la propriété, derrière la maison. Retenant son souffle, elle vit déboucher une demi-douzaine de chevaux, crinières au vent.

Piper porta les deux mains à sa bouche.

— Non ! Tu n'as pas fait ça ?

— Si. J'ai demandé à Billy de racheter six de tes chevaux préférés. Je ne pouvais pas me permettre davantage. Oh ! et pour être tout à fait honnête, je n'avais pas de quoi racheter Gladiator non plus. Donc, j'ai plus ou moins conclu un arrangement provisoire avec le propriétaire en lui expliquant la situation... Il a accepté de le restituer en attendant que tu puisses le lui rembourser. Je me suis dit que tu pourrais utiliser l'argent que t'a rapporté sa vente...

Elle rit et se jeta de nouveau dans ses bras.

— Oui, je crois que ça peut s'envisager, s'exclama-t-elle, radieuse. Et maintenant, si tu appelais ton mystérieux complice pour qu'il m'aide à te faire gravir les marches de ce porche ?

Il lui décocha un large sourire.

— Tout est prévu, répondit-il, agitant de nouveau la main.

Une silhouette émergea en courant des taillis, au coin de la maison, souriant de ce même adorable sourire en coin qui l'avait séduite chez Colby. Piper avait déjà fait la connaissance de son frère, Scott, à l'hôpital. Elle lui retourna son sourire.

Comment aurait-il pu en être autrement ? Il était l'un des plus proches parents de Colby, et ne tarderait pas à devenir également l'un des siens.

Des larmes de joie scintillèrent de nouveau dans ses yeux comme elle posait son regard sur son futur mari.

— Allez, Colby, rentrons chez nous.